麗末鮮初 한문학의 동향과
佛敎 한문학의 진폭

임종욱 지음

보고사

책을 내면서

지난 2001년 『韓國 漢文學의 이론과 양상』이란 제목으로 책을 내고 어언 5년이란 햇수가 흘러갔다. 그 5년 동안 학술대회나 논문집 등에 발표했던 글을 살펴보니, 주로 麗末鮮初와 佛敎漢文學에 집중되었던 것을 알게 된다. 이 두 분야는 내가 평생을 두고 공부해야 할 큰 산이면서 놀이터다. 그간에 쓴 글들을 모으고, 또 새롭게 집필한 글들을 정리해서 이렇게 한 권의 책을 만들어 세상에 내보낸다.

麗末鮮初는 정치사적으로는 거친 풍랑의 시기였지만, 우리 문학이 내적으로 성숙하는 시기이기도 했다. 왕조의 교체와 儒佛間의 갈등과 교섭 양상은 우리 한문학계가 풀어야 할 큰 과제라고 여겨왔다. 이 책에 실린 네 편의 논문도 그런 과제를 내 나름대로 풀어가는 과정에서 얻어진 소득이다. 생각도 짧고 배움도 옅어 풍족한 수확을 거두지 못해 못내 부끄럽지만 다음 단계의 도약을 위한 발판으로 삼는 뜻에서 한 자리에 묶어 보았다.

2부에는 사대부 문인들의 문집 속에 보이는 佛敎詩들의 현황들을 정리한 글들이 모여 있다. 불교 한문학 연구가 그간에 주로 禪僧들의 작품에만 국한되어 이루어져 왔는데, 내 생각은 조금 다르다. 儒家 지식인들의 불교시들과 著作들을 포섭할 때 비로소 제대로 된 불교 한문학의 윤곽이 잡힐 것이라 믿는다. 틈틈이 조사한 여섯 분의 유가 지식인들의 불교시들을 정리해 보았다. 아직 찾아보고 살펴야 할 인물들이 너무 많아 겨우 소략한 상태를 면한 정도에 지나지 않는다. 이것들은 후일의 과제로 남겨두고, 그간의 성과를 마무리해서 재출발의 계기를 삼고자 한다.

3부에서 다룬 내용은 역시 불가 한문학 연구의 일환에 따른 결과물들이다. 禪詩의 연구에만 머물지 말고 고승들이 남긴 저작물들까지도 한문학의 영역에 포섭하여 좀 더 거시적이고 대승적인 관점에서 불교 한문학을 읽어야 한다는 취지에서 써본 글들이다. 여전히 미진한 성과지만, 내일의 작업들에 기대를 걸면서 한 곳에 묶었다.

학자의 길을 가면서 내가 꼭 이루고 싶은 과제는 두 가지다. 하나가 麗末鮮初文學史를 정리하는 것이고, 韓國佛敎漢文學史를 탈고하는 것이 두 번째다. 역량이 소터럭 한 올밖에 안 되는 사람이 고래를 통째로 삼키겠다는 희망인 줄은 알지만, 한 걸음 한 걸음 나가다보면 언젠가 그 높은 봉우리에 오르지 않을까 기대하면서 정진하겠다.

언제나 공부에 힘이 되어 주시는 모교의 한용환 선생님, 김갑기 선생님, 김무봉 선생님께 감사드린다. 또 아내와 두 딸, 주변 여러분들의 격려는 나에게 다할 수 없는 소중한 자산이다. 실망시키지 않는 사람으로 살도록 노력하겠다.

청주대학교 한문교육과의 수많은 학생들은 내가 공부하는 의미이자 노력의 원천이다. 그 무대 위에서 제 역할을 할 수 있도록 따뜻하게 후원해 주시는 김홍철 선생님과 최병철 선생님이 계셔서 항상 가슴이 훈훈하다.

보고사에는 또 한 번 신세를 진다. 김홍국 사장님과 원고를 잘 편집해주신 편집부 식구분들께도 감사의 말씀 올린다.

책을 낼 때마다 항상 보람보다는 부끄러움이 앞선다. 다음 번 저서

가 나올 때는 좀 더 당당한 자세로 세상에 보일 수 있도록 勇猛精進
해야겠다.

2006년 10월 초입에

청주대학교 연구실에서 소담한 햇살을 맞으면서 쓴다.

차 례

제2부 : 高麗 朝鮮時代 문인들의 불교시와 산문

제1부
麗末鮮初 한문학의 동향

고려시대 辭賦의 성격 고찰
―李奎報와 李穡, 鄭道傳의 사부를 중심으로―

1. 들어가는 말

고려 시대는 우리 문학사에 있어서 재편의 시기였다고 할 수 있다. 즉 삼국과 통일신라시대 이래로 내려오던 鄕札體 문학이 차츰 세력을 잃고 대신 俗謠 등과 같은 민중 문학이 싹텄으며, 또한 사대부들의 전유 갈래였던 景幾體歌도 등장하였다. 이 두 갈래는 비록 후대이긴 하지만, 순수 우리말과 글을 이용해 지어진 창작품이라는 점에서 큰 의의를 가진다. 고려시대에 들어 우리는 비로소 온전한 의미의 민족 문학을 가졌다고 말할 수 있는 것이다.

아울러 삼국시대부터 발전하여 통신신라 시기에 완숙한 형태를 갖춘 漢文學의 성장도 간과할 수 없다. 고려 초기에 이미 三崔에 같은 뛰어난 문장 경륜가들이 나왔는데, 崔致遠은 그 정점에 놓여 있었다고 할 수 있다. 光宗 이후 과거제가 정착되고 12門徒와 같은 사립 교육 기관이 정착되면서 고려 시대의 한문학은 왕성한 작품 활동이 전개되었다. 특히 고려시대는 儒佛道 세 사상이 다툼을 벌이지 않고 三教一理의 논리 아래 融攝하던 시기로, 이런 풍토는 문학의 다채로운 발달에 더할 수 없는 기여를 하였다. 古詩나 近體詩와 같은 정통 한

시 문학이 발달했는가 하면 고려 시대에는 辭賦와 같은 장중하면서 장편 형식을 가진 갈래들도 지어지기 시작하였다. 辭賦는 일반 한시보다 훨씬 창작에 심혈을 기울여야 했던 만큼 사부의 창작이 본궤도에 올랐다는 사실은 고려 시대 문인들의 역량이 상당했음을 시사한다. 현재 남아 있는 최초의 작품은 최치원의 賦「詠曉」지만, 고려 시대 문인들의 문집과 『東文選』에 실린 課賦 등을 종합하면 46편의 사부 작품이 고려 시대에 쓰여졌던 것으로 보인다.1)

본고는 고려 시대에 쓰여진 이들 사부 작품을 중심으로 갈래의 특징과 성격을 살펴보고, 특히 많은 작품을 남긴 세 작가, 이규보(1168~1241)와 이색(1328~1396), 정도전(1342~1398)의 작품을 중심으로 세 작가의 개성과 사부 세계를 점검하여, 고려시대 문학사의 한 측면을 규명해보고자 한다. 이에 앞서 먼저 간단하게 고려시대 사부의 현황을 점검하여 논의의 실마리를 풀고자 한다.

고려시대에 쓰여진 사부 작품은 모두 46편이다. 이 가운데 사가 10편이고, 부는 36편이다. 또 작가가 확인되는 작품이 40편이고, 무명씨의 작품이 6편이다. 사부 작가의 명단을 보면 아래와 같다. 괄호 안의 숫자는 작품 편수다.

辭(10편)
이인로(1) / 이색(6) / 정몽주(1) / 정도전(1) / 이숭인(1)

賦(36편)
최치원(1) / 김부식(2) / 이인로(2) / 이규보(6) / 최자(2) / 강창서(1) / 정의(1) / 이견(1) / 이승휴(1) / 민지(1) / 윤선좌(3) / 이달충(2) /

---

1) 물론 散逸된 작품을 포함하면 훨씬 많을 것이다.

이색(2) / 정추(1) / 정도전(3) / 이첨(1) / 무명씨(6)

무명씨의 작품은 모두 課賦로 쓰여진 것으로, 중국의 고사나 유교적 이념을 바탕으로 하여 국가의 대사를 논의한 작품이다. 또 문학사에 이름이 잘 알려지지 않은 기명 작가의 작품 중에도 그런 성격의 작품이 많다. 예술적인 품격을 지닌 작품은 이런 과부 형식의 작품 이외의 것에서 찾아야 할 것이다. 사의 경우는 이인로의 「和歸去來辭」를 비롯해서 10편이 쓰였지만, 그 중 6편이 이색의 것이고, 이색의 門人이라 할 수 있는 정몽주와 정도전, 이숭인의 작품이 남아 있는 것으로 보아 고려 후기에 이르러 본격적으로 쓰였던 것으로 보인다.

시대적으로 볼 때도 고려 초기부터 말기까지 고르게 작품이 쓰였음을 알 수 있다. 이것은 부가 가진 귀족 문학적 특징과 상당한 한문 소양이 바탕이 된 문인에 의해 쓰여질 수 있었으며, 단순한 일상잡사를 다루기보다는 大義와 經綸을 담아야 한다는 내용적 특질 때문에 그렇지 않나 보여진다.[2]

2. 李奎報의 부, 환상성과 교훈성

이규보의 행적을 살펴보면 그의 생애는 초기와 중기, 후기로 나뉘어짐을 알 수 있다. 과거에 급제했지만 이렇다 할 직책을 얻지 못하고 방화하다가 말직을 얻어 분투 끝에 관료의 길에 들어선 것이 초기(1217년, 49세 전후)였다면, 한 순간의 실수로 권력자의 눈밖에 나 크

---

2) 賦文學의 장르적 성격에 대한 논의는 졸고, 「韓國 '賦'文學 研究 試論」(『동악어문론집』 36집, 2000)을 참고하기 바란다.

나큰 곤욕을 치른 끝에 다시 관료로 오른 시기(1217년부터 1219년 사이), 이후 최씨 정권의 충실한 신하로써 비교적 평탄한 삶을 살았던 시기 등이 그것이다. 짧은 시기였지만 그가 좌천을 당해 곤욕을 치렀던 약 3년 여 동안은 그의 인생과 문학에 있어 크나큰 변화를 가져다 준 시기였다고 할 수 있다. 이런 좌절을 겪은 그는 보신과 안전 제일주의를 처신의 좌표로 삼았던 것으로 보인다. 그리고 이러한 생각은 그대로 여과 없이 그의 문학에서도 드러나게 되었다. 그의 문학에는 이러한 인생 역정이 낳은 보신주의와 明哲保身의 현명한 처세를 꿈꾸는 의식의 흐름이 반영되어 있다고 하겠다. 아울러 그는 대단히 재기발랄하고 재능과 상상력이 풍부한 문인적 기질의 소유자였음을 지적해야 할 것이다. 시세를 건드리지 않는 범위 내에서 허용되었던 자유로운 상상력의 유희적 세계가 또한 그의 문학에는 저변에 깔리게 되었던 것이다.

이러한 두 가지 측면을 염두에 두면서 그가 남긴 여섯 편의 賦를 보면 그 양자의 단편들을 찾을 수 있게 된다.

이규보가 남긴 6편의 賦는 문집에 실린 순서로 보면 「畏賦」, 「夢悲賦」, 「放蟬賦」, 「祖江賦」, 「春望賦」, 「陶甑賦」가 그것이다. 「외부」는 '두려움'이라는 문제를 獨觀處士와 沖默先生이 서로 문답 형식으로 주고받는 구성으로 짜여져 있는데, 그의 부 가운데 가장 길다. 「몽비부」는 한 귀공자가 현생의 온갖 부귀영화를 누리다가 죽어 허무하게 무덤 속 주인으로 자리하는 인생의 끝자락을 봄 감회를 다룬 것이고, 「방선부」는 거미줄에 걸린 매미를 풀어주면서 쓸데없는 짓을 했다고 비웃는 동료들에게 자신의 뜻을 밝힌 작품이며, 「조강부」는 그가 장년기 때 겪었던 좌절과 좌천의 비통한 경험이 바탕이 되어 쓰여진 것이다. 「춘망부」는 봄날에 그려지는 다양한 심경을 서정적으로 묘사한 것이고, 「도앵부」는 흙으로 빚어진 술항아리를 비유로 들어 인생의 교훈을 찾는 작품이다.

이렇게 여섯 편의 賦는 소재에 있어서 그렇게 다양하다고 할 수는 없지만, 각각 작자 이규보의 내면 세계와 미의식의 특징을 잘 보여준다고 할 수 있다. 이 요소들을 환상성과 교훈성의 각도에게 추적해보기로 하겠다.

(1) 환상성

이규보는 현실을 개혁하거나 비판하기보다는 추수하는 입장에 선 작가였다. 물론 이런 성향이 그의 청년기 때부터의 모습은 아니었을 것이지만, 진보적인 자세를 갖기에는 그의 의식이나 현실적인 여건이 허락하지 않았을 것이다. 그런 수세적인 입장에 섰던 그로서 마음 한 구석에서 솟구치는 자유에 대한 욕망은 결국 문학으로밖에 표현할 수 없었을 것이다. 그런 상상력의 자유로운 유희가 잘 드러난 것이 賦에서이다.

이규보의 부에서 환상성이 비교적 잘 드러난 작품은 「몽비부」와 「춘망부」라고 할 수 있다. 중국의 楚辭나 漢賦가 보여주는, 몽환적이고 화려하기 그지없는 경물과 외관의 묘사에까지는 이르지 못하다고 해도, 귀족 출신 청년의 화려하고 낭만적인 생활 모습과 봄날의 정취가 주는 다양한 감흥을 두 작품은 적절하게 묘사하고 있다. 대표적인 구절을 들어 논의해보기로 하자.

目倦乎華靡　　　눈에도 물려버린 아리따운 자태와

耳慣乎絲竹　　　귀에도 익어버린 거문고며 피리 소리.

冬而至於凉　　　겨울철 매서운 찬바람이 불어도

不知其凝嚴	살을 에이는 추위도 알지 못하네.
夏而至於溫	여름철 찌는 듯한 날씨에도
不知其暑溽	덥고 무더운 줄도 알지 못하네.
又安知人生	그러니 또 어찌 알겠는가 인생살이에
有羈窮困躓憂愁哀怨之屬哉	온갖 고난과 걱정과 근심이 쌓였음을.
當春陽之旣舒兮	봄 날씨가 이미 따뜻해짐이여
感芳華之蕩意	그윽한 꽃향기에 마음을 들뜨게 하네.
召賓友於華堂兮	여러 손님과 친구를 화려한 집에 초청함이여
玉爲簪兮珠爲履	옥으로 만든 비녀를 꽂고 구슬로는 신을 삼았네.
酌芳醑兮行金鍾	좋은 술을 금 술잔에 부어 마시고
莫不濡首而霑醉	모두들 정신이 나가도록 마시며 취한다네.3)

　귀공자의 권태롭고 방만한 생활 모습을 묘사한 부분이다. 세상을 살아가면서 느껴야 하는 고통과 괴로움은 알지 못한 채 온갖 향락에 젖어 살아가는 부유층의 퇴폐적인 생활을 폭로함으로써 시대적 모순을 드러내려는 의도는 물론 이 작품에는 없다. 단지 그 화려하고 흥청거리는 삶의 즐거움도 죽으면 한낱 한 떼기 무덤의 주인이 되어 자취 없이 사라져야 하는 안타까움을 강조하기 위한 무대 장치로 제시되어 있다. 그러기에 더욱 묘사는 화려하고 환상적이다. 이 작품은 전반부가 이러한 귀족층 자제들의 부화하기 그지없는 방탕한 생활이 화려한 묘사 속에 서술되다가 후반부에서는 술에 취해 잠든 귀공자의 경험이 진술되어 있다. 그는 어둡고 침침한 저물 녘 산 속을 헤매다가 올망졸망 무덤들이 모여있는 언덕에 이른다. 그 무덤은 옛날 그와 함께 어울려 흥청거렸던 귀공자들의 무덤이었다. 삶의 화려함과 죽은 뒤에 적막함을 대비시켜 보여주면서 '華胥之夢'의 모티프를 빌려온 이 작품

---

3)「夢悲賦」,『東國李相國集』권1.

은 막을 내린다.

　이 작품의 주제는 물론 결말부에 나오는 "왕손이여, 이것을 꼭 마음에 새겨서, 빈천하여 떠도는 사람들의 시름을, 길이길이 잊지 말도록 하시오."4)에 있지만, 그렇다고 살아서의 부귀한 생활을 포기하라는 것은 아니다. 다만 어려운 입장에 처한 사람들의 형편도 잊지 말라는 것이다. 작자가 개인적으로 오랜 동안 꿈꾸었던 화려한 고위 관료로서의 모습이 작품의 전반부에 묘사된 장면을 통해 연상할 수 있다. 이어지는 「춘망부」에서도 우리는 환상성의 세계를 엿볼 수 있다.

有若丹禁日長	만약 궁성에 해는 길고
萬機多簡	나랏일이 모두 가지런히 정리되어
感韶光之駘蕩	봄 경치 충만함에 가슴 뿌듯해지니
時登覽乎飛觀	때로 높은 다락에 올라가노라.
羯鼓聲高	갈고 소리는 둥둥둥 높이 울리고
紅杏齊綻	붉은 살구꽃은 일제히 망울을 터뜨렸네.
望神州之麗景	도성의 아름다운 경치를 바라봄에
宸歡洽兮玉觴滿	기쁨에 충만하여 옥 술잔에 술이 넘치니
此則春望之富貴也	이것이 바로 봄날의 부귀로움일세.
彼王孫與公子	저 왕손이며 귀공자들
結豪友以尋芳	호탕한 벗으로 모여 꽃구경을 나서네.
後乘載妓	뒷 수레에는 기생들을 태웠는데
茜袂紅裳	빨간 옷소매에 붉은 치마 입었구나.
隨所駐兮鋪筵	가는 곳마다 멈춰 서서 자리를 펼치고
吹瑤管兮吸玉簧	대 피리를 불면서 옥 피리로 흥을 살리네.
望紅綠之如織	붉고 푸른 춤사위가 비단을 펼친 듯한데

---

4) 王孫兮以銘肌　永不忘貧賤羈離者之憂.

擡醉以俏佯　　　취한 눈을 치켜 뜨며 어깨춤을 추느니
此則春望之奢華也 이것이 바로 봄날의 호사스러움일세.5)

　이 묘사는 그대로 고위 관료로서 작자가 누리고 싶은 이상적인 삶이 그대로 재현되어 있다. 정치도 안정되고 아름다운 봄날을 맞아 도성의 높은 다락에 올라 술잔을 기울이며 그 정취를 마음껏 누리는 광경은 부귀와 호사를 극한 관료들의 모습과 그대로 일치된다. 실제로 이규보가 이런 관료적 삶을 살았다고는 볼 수 없다. 그렇기 때문에 그가 꿈꾸는 관료적 삶의 묘사는 더욱 큰 환상성을 지닐 수밖에 없는 것이다. 장안의 왕손과 귀공자들이 봄날을 맞아 꽃구경을 나서고 화려하게 치장한 기생들의 춤사위를 감상하면서 취한 눈으로 어깨춤을 추면서 사는 그 호사와 열락에 이규보는 한껏 몸을 던지는 것이다.

　그러나 이규보의 賦가 보여주는 전반적인 정서는 환상성의 다채로운 표현보다는 교훈성의 제시에 더 가까운 듯하다. 무신 집권기를 사는 문신 관료가 가진 태생적 한계는 언제 어떻게 현재의 지위에서 떨려날지 모른다는 지속적인 불안감인 것이다. 때문에 관료적 삶의 환상성에 취해 있기보다는 어떻게 하여 이런 삶을 지속시킬 것인가에 관심이 더갈 수밖에 없었다. 이로 해서 환상성의 분출은 장황하고 수사의 효과를 극한의 수준으로까지 상승하지 못하고, 불안한 현실에 대한 위태로운 처지를 드러내는 방향으로 이어진다. 귀공자들의 쾌락적인 현실의 삶은 곧 무덤 속에 잠든 쓸쓸하고 고적한 인간의 현실로 떨어지며, 봄날의 화사한 정취와 호탕한 놀음도 이별의 애상 속에 파묻히고 만다. 范仲淹의 「岳陽樓記」의 의장을 빌려온 듯한 이 작품의

---

5) 「春望賦」, 『東國李相國集』 권1.

구성이 관료로서의 책임감과 사명 의식으로 매듭지어지지 못하고 "기쁠 만하면 기뻐하고 슬플 만하면 슬퍼하니, 진실로 상황을 좇아 마음을 움직일 수 있네. 현상과 발맞춰 밀고 옮겨가니, 한 번 설핏 보아서 알 수 있는 사람이 아닐세."6)로 결말을 맺는 것은 이러한 그의 정치적·사회적 환경을 암시하는 것일 수도 있다. "상황을 좇아 마음을 옮겨가는(與物推移)" 그의 처세 방식은 이러한 난세를 살아가는 문인의 슬픈 자화상이 되는 것이다.

관료로서 문인으로서 득의의 삶을 온전하게 누리진 못했다 하더라도 이규보의 생애는 비교적 동시대 지식인 문인들에 비해 평탄하고 관료적 숙원을 이루었다고 정리할 수 있을 것이다. 그런 그의 상대적으로 성공적인 삶은 그의 曠達한 기질과 어울려 자신감 넘치는 필력, 삶의 즐거움을 최대한 담아내려는 작품 세계로 그를 이끌어 '환상성'을 구가한 作風을 일궈냈던 것이다. 그러나 적어도 이규보의 賦 작품에 드러나는 주제의 본령은 그쪽보다는 감계를 중심으로 한 교훈성의 표출에 집중되고 있다. 그는 바로 그의 일말 불안한 정치적 위치와 삶의 굴곡이 빚어낸 결과로 보인다.

(2) 교훈성

교훈성은 이규보의 賦 6편에 모두 나타나는 중심 주제라고 할 수 있다. 그리고 작품의 結構가 궁극적으로 드러내려는 미학적 본질이라고도 말할 수 있다. 환상성이 드러나는 「몽비부」와 「춘망부」도 이미 앞에서 살폈듯이 안전을 추구하고 위태로움을 피하려는 작자의 숨은 의도가 깔려 있었다. 그런 저의는 다른 4편의 작품에서는 전반적인

---

6) 可以喜則喜 可以悲則悲 誠能遇境沿機 與物推移 而不可以一揆測知者乎.

정서로 채워지고 있다.

「외부」는 인간의 '두려움'이라는 무거운 주제를 다룬 작품이다. 독관처사는 이 세상에 절대적인 강자란 없으며 모든 존재는 상대적으로 존재한다고 주장한다. 서로 물고 물리는 먹이사슬처럼 얽혀있는 세상에서 절대적으로 안전한 사람은 없기에 자신은 항상 일거수일투족에 두려움을 느낀다고 설명한다. 이에 대해 충묵선생은 자신은 세상의 그 무엇에도 두려움을 느끼지 않다고 반론을 펼친다. 그러면서 두 사람 사이에 몇 가지 상황을 전제로 한 문답이 진행되는데, 충묵선생은 어떤 상황에서도 자신은 두렵지 않을 근거를 가지고 있다고 장담한다. 이에 대해 독관처사는 그러면 그대는 진정 두려워하는 것은 무엇이냐고 묻는데, 이에 대해 충묵선생은 이렇게 대답한다.

僕亦安得而無乎	낸들 어찌 두려움이 없을 수 있겠는가?
僕之所畏	내가 두렵게 여기는 것은
不在諸物	남에게 있지 않고
特關於己	바로 내게 있다네.
俯頷戴鼻	턱 위 코 아래에 있는데
中齟外哆	안에는 이빨이 있고 밖에는 입술이 있네.
一闔一闢	닫혔다 열렸다 하는 것이
維門之似	마치 문과 닮았지.
物入由是	먹는 음식도 이곳을 통해 들어가고
聲出由是	말도 이곳으로부터 나오게 되니
誠不可不有	없어서는 안 될 것이지만
而亦不可不畏之地也	또한 두렵게 여기지 않을 수 없는 것이기도 하네.
銘可鑑兮金緘口	옛날 '금함구'란 명(銘)을 거울삼을 만하고
詩可觀兮垣屬耳	또 '원속이'란 시도 눈여겨봐야 할 것이야.

一語一默	한 마디 말과 한 순간의 침묵이
榮辱所自	영예롭고 수치스러운 것의 원인이 되네.
食其以之而烹	역이기가 이 때문에 삶겨서 죽었고
伍被以之而死	오피도 이 때문에 사형을 당했지.
禰衡以之而敗身	예형도 이 때문에 몸을 망쳤고
灌夫以之而棄市	관부도 이 때문에 시체가 버려지는 형벌을 받았네.
是以聖人不畏於人	때문에 성인은 남을 두려워 않고
唯畏於口	오로지 자신의 입만 두렵게 여기네.
苟愼於其口	진실로 이 입만 삼간다면
於行世乎何有	한 세상 살아가는 데 무슨 어려움이 있겠는가?7)

작자는 이 세상에 가장 두려운 것은 '입[口]'이라고 단언한다. 그것은 모든 재앙의 근원이고 영예와 수치의 원인이 된다고 말한다. 때문에 "함구는 금"이며 "담에도 귀가 있다."는 금언을 잊지 말아야 한다는 것이다. 이런 그의 진술은 물론 객관적으로 올바른 태도라고 할 수 있다. 그러나 정말 해야할 말까지 함구로 일관하는 것이 처세의 묘수라면 과연 어떨지 의문이 든다. 그러면서 충묵선생은 독관처사가 겉으로는 재앙을 두려워한다고 하면서 함부로 입을 놀려 재앙을 불러들이고 있다고 논박한다. 이에 대해 독관처사도 선생의 가르침 덕분에 크게 깨우친 바가 있다며 동의한다. 결국 두 사람은 관료 문인으로서 문신 집권기를 살아가기 위한 가장 좋은 방편으로 봐도 못 본 척하고 들어본 못 들은 척하면서 말없이 살아가는 것이 최상이라는 점에 일치를 본 것이다. 일종의 현실과의 타협이라고 할 수 있다.

이어지는 「방선부」 역시 교훈성을 바탕에 깔면서 처세의 묘리를

---

7) 「畏賦」, 『東國李相國集』 권1.

갈파한 작품이다. 거미줄에서 매미를 구한 행위가 매미에게는 선행이
겠지만 거미에게 악행이니 괜한 짓을 했다는 주변 사람의 말에 작자
는 반론을 제기한다.

蛛之性貪	거미란 놈은 성질이 탐욕스럽고
蟬之質淸	매미란 놈은 자질이 깨끗하네.
規飽之意難盈	오로지 배만 채우려는 욕심은 채우기 어렵지만,
吸露之腸何營	이슬만 마시는 창자에서 무엇을 더 구하리오?
以貪汚而逼淸	탐욕스런 거미가 깨끗한 매미를 핍박하는 것을
所不忍於吾淸	내가 차마 볼 수 없었기 때문일세.8)

이 작품은 그의 산문인 「蝨犬說」의 의장을 그대로 빌려온 것인데,
물론 주제는 다르다. 淸貧한 매미의 고결한 삶이 貪慾스런 거미로 인
해 침해되고 고초를 겪는 부조리를 그는 용납할 수 없다는 것이다. 그
는 세상의 온갖 생명체들 가운데 매미만큼 깨끗한 자질을 가진 것은
없다고 생각한다. 파리며 나비들은 썩은 내나 향기를 좇아 다니니 자
칫 거미줄에 걸려 죽더라도 남의 탓할 수 없지만, 매미는 원래 그런
이득을 바라는 마음이 없는데, 그런 매미가 거미줄에 걸린 것은 세상
의 덫에 걸린 것과 같다고 하였다. 그러면서 그는 교훈적 취지의 결말
로 작품을 마무리한다.

遡喬林而好去	높은 숲을 찾아 잘 가서
擇美蔭之淸幽	아름다운 그늘의 깨끗한 곳을 가려서는
移不可屢兮	자주 옮기지 말지어다.

---

8) 「放蟬賦」, 『東國李相國集』 권1.

有此網蟲之窺儉	이런 거미들이 엿보고 있노라.
居不可久兮	또 한곳에 오래 머물지도 말아라
蟷蜋在後以爾謀	버마재비가 너를 뒤에서 노리고 있노라.
愼爾去就	너의 거취를 조심한 다음에야
然後無尤	허물없이 지낼 수 있을 것이로다.9)

결국 이 결말도 매미를 위한다는 구실이지만 관료로서 처신 문제를 지적한 것과 다를 게 없다. 안전한 곳에 옮기되 자주 옮기지는 말고 한 곳에 너무 오래 머물지도 말라는 주문은 일견 모순된 것이다. 그러나 그것이 바로 관료적 삶의 모순이다. 권력자의 逆鱗을 건드리지 않기 위해 노심초사하는 힘없는 문인 관료들의 현실과 아픔을 이 작품은 은근히 빗대어 풍자하고 있는 것이다.

「조강부」는 그의 관료 생활 가운데 가장 큰 위기였던 1219년에 탄핵을 받아 계양(지금의 부평)으로 좌천되어 가던 도중에 지은 것이다. 한강과 임진강이 합류하는 지점이 조강에 이르러 그 거센 물살과 더러운 물빛을 보면서 느낀 자신의 소회가 담겨 있다.

浩浩江流	드넓게 강물이 흘러감이여
濁如涇水	경수의 물처럼 흐리구나.
漆色而泓	칠흑의 빛으로 넘실대며 흐르니
懍 難俯視	몸 굽혀 보기도 두렵고 어렵네.
湍又激而迅兮	여울졌다 솟구치며 빠르게 흘러감이여
豈瞿塘之足譬	어찌 구당에 족히 견줄 수 있겠는가.
控百川之奔會兮	뭇 개울을 끌어 모아 합쳐 내달림이여
若鼎湯之驚沸	마치 솥 안 뜨거운 물이 부글거리며 끓는 듯하네.10)

---

9) 「放蟬賦」, 『東國李相國集』 권1.

조강의 거세고 혼탁한 물살을 보면서 그 속에 숨어서 작자가 미끄러져 떨어지기를 기다리는 이무기며 악어, 毒龍의 존재를 떠올린다. 어제까지 다섯 마리 말이 끄는 수레를 탔고 다니던 태수였다 한들 오늘 자신의 처지는 석양에 지는 해를 맞으면 구슬픈 원숭이 울음소리나 듣는 불우한 처지에 처했다고 자탄한다.

그러나 작자는 이러한 시련을 운세의 탓으로만 돌리지 않는다. 그는 공자를 비롯하여 맹자와 賈誼 등과 같은 중국의 현인들의 처지를 빗대어서 그나마 자신은 좌천을 당하는 정도이니 그나마 다행이라며 위로한다. 그러면서 결론 삼아 벼슬에 나가고 물러가는 것이야 하늘이 내려준 운명이니 천명을 즐기면서 옛날 聖人들의 업적을 이루기를 희망한다. 이 작품도 결국 모순된 상황을 비판하기보다는 추수함으로써 일신의 안전을 지키려는 작자의 태도가 반영되어 있다고 말할 수 있을 것이다.

끝으로 「도앵부」를 보자. 작자가 가지고 있는 변변찮은 질항아리를 소재로 하여 쓰여진 작품인데, 역시 교훈성이 짙게 깔려 있다. 볼품없는 질항아리이지만 그 구실로 보면 금으로 만든 그릇보다 유용하며 구하기 쉬움에 파손에 대한 염려도 접어둘 수 있다고 賞讚한다. 뿐만 아니라 알맞게 술을 담아둘 수 있어 늘 부족하지도 넘치지도 않게 술을 담고 있으니 謙虛의 미덕을 군자에 비견할 수 있다고 평가한다. 그러면서 결말에서 타고난 분수를 지키면서 살아가는 미덕을 노래하는 것이다.

嗟小人之徇財   아, 재물에 도취한 저 소인배들은

---

10) 「祖江賦」, 『東國李相國集』 권1.

眛斗筲之局促	두소와 같은 국량으로
以有涯之量	유한한 양을 가졌으면서
趁無窮之欲	끝없는 욕심만 부리고 있네.
積不知散	쌓기만 하고 남에게 줄줄 모르면서
猶謂不足	오히려 부족하다 하니
小器易盈	자그마한 그릇은 쉽게 차서
顚沛是速	엎어지는 것도 금방이지.
予置斯甖於座右	나는 이 항아리를 늘 옆에 놓고
戒滿溢而自勗	가득 차면 넘치게 되는 것을 경계하노라.
庶揣分循涯	타고난 제 분수에 따라 한평생을 보내면
儻全身而持祿	몸도 온전하고 복도 제대로 받을 것일세.

분수에 맞게 사노라면 몸도 온전하게 본전하고 주어진 복록도 잃지 않으리라는 그의 말속에는 평생을 관료적 줄타기를 해온 그의 삶의 고단한 편린들이 담겨 있는 것이다.

이렇게 그의 부 6편에 깔려 있는 주제는 관료로서의 원만한 처세의 길을 모색하는 태도로 점철되어 있다. 물론 이런 그의 현실 인식은 무사안일주의로 비판받을 소지도 없진 않다. 그러나 그가 살아야 했던 각박한 무신 집권기의 현실과 결부짓고, 억울한 죄목으로 좌천과 유배의 길을 걸어야 했던 좌절의 시간을 고려한다면 충분히 용인될 수도 있을 것이다.

3. 李穡의 사부, 自警과 道學精神

이색은 고려 말의 문인이자 학자다. 그의 생애는 고려 말과 조선 초에 있어서 가장 주목받고 비중 있는 역할을 맡으며 진행되었다. 원나라의 賓貢科에 아버지와 함께 급제하여 국제적으로 文名을 드날렸고, 조국에 돌아와서도 공민왕의 개혁 정치에 참여하여 이 땅에 性理學의 새로운 기풍을 진작시키는 데 가장 크게 공헌하기도 했다.

그러나 말년으로 접어들면서 이색은 차츰 문벌 가문 출신의 관료가 지닌 한계를 드러냈다. 이미 관계와 학계에 정치가와 교육자, 철학자로서 공고한 기반을 구축한 그는 더 이상 개인이 아니었다. 그의 언설은 어떤 방식이든 당시 정계와 학계, 民心의 동향을 영향을 끼치는 것이었다. 이성계에 위한 단행된, 1388년(우왕 14) 5월의 위화도회군 이후부터 특히 그는 정계의 원로로써의 비중과 정도전을 중심으로 한 開國派와의 갈등, 그리고 적극적으로 이에 대응하지 못했던 우유부단함 등이 얽혀 실로 고통스런 시간을 보내게 된다. 이런 일련의 역사적 · 개인적 상황과 사건으로 하여 그의 정신은 상처를 입게 되고, 역사 앞에 선 개인으로서의 처신 문제와 성리학을 주축으로 하여 시대를 개혁하려는 의지는 충돌과 갈등을 빚으면서 타협의 길을 모색하기에 이른다.

이색에게는 6편의 辭와 2편의 賦가 전한다. 사는 고려시대 작가 중 가장 많은 작품을 남긴 셈인데, 그의 제자라고 할 수 있는 정몽주와 정도전, 이숭인 등도 각각 1편의 사를 남기고 있는 것으로 보아 고려시대 최고의 辭 작가라고 해도 좋을 것이다. 본고에서는 그의 사부 작품을 자경과 도학정신이라는 측면에서 살펴보고자 한다.

(1) 自警의 노래

이색은 고려말이라는 복잡한 현실을 살아가면서 나름대로 처신의 묘를 강구하였다. 그가 지닌 정치적 비중으로 볼 때 그가 하는 행동의 향방에 따라 큰 분란을 일으킬 수 있었기 때문이었다. 그러니 더욱 처신은 신중할 수밖에 없었다. 그는 자신의 의사를 정면으로 내세워 관철시키기보다는 절충과 대화로써 풀어나가기를 바랬다. 이런 태도는 치세에는 좋은 미덕이 되지만, 난세에서는 모든 세력으로부터 회유와 협박, 또는 비난을 당하기 좋은 처신이기도 하다. 그럼에도 불구하고 이색은 자신의 처신을 조심스럽게 갖자는 경계의 자세를 잊지 않았다. 그런 태도는 그의 작품 속에도 그대로 수용되었다.

豈予德之回譎兮	어찌 나의 덕이 굽었고 거짓되겠는가
予則懷其純一也	나는 맑고 한결같은 마음을 품었네.
豈予行之奇邪兮	어찌 나의 행실이 괴기하고 사특하겠는가
予則視其正直也	나는 정직하게 세상을 보고 있다네.
豈予學之訐詐兮	어찌 나의 배움이 험담하고 속이려는 데 있겠는가
予則師其悃愊也	나는 진실하고 참됨을 스승으로 삼았네.
豈予學之鹵莽兮	어찌 나의 배움이 거칠고 잡스럽겠는가
予則底于其極也	나는 극치에 닿고자 애쓴다네.
豈予政之多疵兮	어찌 나의 다스림이 흠이 많겠는가
予則蹈夫繩墨也[11]	나는 원칙을 따르기를 잊지 않았지.

위 구절은 세상 사람들이 자신에 대해 오해하는 부분을 열거하면서 나의 속마음은 그렇지 않음을 강조하는 대목이다. 사람들은 내가 굽었고, 사특하며 남을 속이고 배움도 조잡하며 정치적 과실도 많다고 하지만, 자신은 그렇게 살지 않았음을 극구 변명한다. 사람들의 평판과 자신의 본심을 대구 형식으로 나열하고 있는 이 작품에서 우리는 그의 自警하는 마음을 읽을 수 있다. 그는 純一하게 살고 正直하

---

11)「自訟辭」,『목은시고』권1.

게 행동하며 참됨과 진실을 좇고 배움의 극치에 이르며 원칙을 준수하라고 자신에게 경계하고 있는 것이다. 자신에게 그렇게 살라고 타이르면서 자신의 현실적 삶을 다시 한 번 추스리는 구절이기도 하다. 또한 주변에서 끊임없이 그를 왜곡하고 비방하는 현실이 그치지 않았음도 이를 통해 읽을 수 있다.

이런 그의 자경심은 곧 어지러운 현실을 극복하는 의지와 희망을 찾아 이룩하려는 방향으로 나아간다. 개인적 자경을 백성과 사직의 안위를 보존하겠다는 자경으로 승화시키는 것이다.

嗟夫我人	오호라, 우리 사람들은
萬物之靈	만물의 영장이라
忘吾形以樂其樂	내 몸도 잊고 그 즐거움을 즐기며
樂其樂以歿吾寧	그 즐거움을 즐기다가 나의 편안함을 마치리라.
物我一心	물상과 내가 한 마음이며
古今一理	옛날과 지금이 한 가지 이치이니
孰口腹之營營	누가 한 몸 돌보는 일에 바빠
而甘君子之所棄	군자들로부터 달게 버려지겠는가?
慨文王之旣沒	슬프다, 이미 문왕도 세상을 떠나셔서
想於牣而難跂	물고기의 낙락함도[12] 발돋음 하여 보기 어려우니
使夫子而乘桴	만약 공자께서 뗏목을 타고 오신다면[13]

---

12) 於牣: 물고기가 뛰노는 모양. 문왕이 靈沼에 있을 때 물고기들도 스스럼없이 와서 뛰어 놀았다고 한다.

13) 乘桴: 『論語』「公冶長」편에 나오는 말. "공자께서 말씀하시기를, 나의 도가 이 세상에서 시행되지 않을 것 같다. 차라리 뗏목을 타고서 바다로 갈까 보다. 그 때 나를 따를 사람은 자로일 것이다. 이 말은 들은 자로가 기뻐하자, 공자께서 다시 말씀하셨다. 자로는 용맹에 있어서는 나보다 앞서지만, 같이 다닐 재목감은 못 되느니라.(子曰道不行 乘桴浮于海 從我者 其由也與 子路聞之喜 子曰由也 好勇 過我 無所取材)"

亦必有樂于此	또한 반드시 이곳에서 즐기시리로다.
惟魚躍之斷章	생각하니 '어약'14)이라는 짧은 구절은
迺中庸之大旨	바로 중용의 큰 뜻이니
庶沉潛以終身	바라건대 깊이 배우며 생애를 마쳐
幸摳衣於子思子	子思子15)를 스승으로 섬겼으면 다행이겠네.16)

자신의 외가 영해부에 있는 觀魚臺라는 누대의 아름다움을 노래한 작품의 마무리 부분이다. 누대의 웅장한 모습을 즐기던 그는 그 즐거움은 나 혼자만의 즐거움이 아니라 사람들 모두의 즐거움이 되어야 한다고 생각한다. 그것이 곧 物我一體의 구현이라는 것이다. 백성들과 즐거움을 함께하는 與民同樂의 자세는 위대한 군왕의 시대나 지금 시대나 마찬가지 이치이니, 이를 저버린다면 군자들로부터 버림을 당해도 좋다고 그는 주장한다. 그렇게 만든다면, 세상에 도가 사라져 난세가 되었을 때 공자가 뗏목을 타고 떠나시겠다던 그 곳도 다름 아닌 이곳이 될 것이라고 그는 확신한다. 사람들이 타고난 자신의 착한 본성을 물고기가 자유롭게 뛰놀듯이 지키며 살 수 있게 만들자고 다짐한다. 그것이 바로 『중용』에 담긴 큰 뜻이라는 것이다.

이처럼 이색에게 있어서 자신과 시대 상황을 관찰하면서 얻어진 자경의 정신은 修身의 경계를 넘어 治國과 平天下의 길로 나아간다. 그러면 그 平天下는 어떻게 실현될 수 있을 것인가? 이런 고심은 이색으로 하여금 성리학이 추구하는 道學精神을 진작시킴으로써 가능

---

14) 『詩經』 大雅 「旱麓」에 나오는 구절. "솔개는 하늘 위를 날고 물고기는 연못에서 뛰고 있네.(鳶飛戾天 魚躍于淵)"라 하였다.

15) 子思. 춘추시대 魯나라 사람. 자사는 자이고 이름은 孔伋이다. 공자의 손자로 曾參에게 배웠는데, 『중용』을 지었다고 한다.

16) 『牧隱詩藁』 권1.

하다는 결론을 이끌어낸다.

(2) 道學精神의 구현

이색은 여말선초 성리학의 전개에 있어 중추적 역할을 했던 인물이다. 조선이 개국한 뒤 勳舊派 학자들이든 節義派 학자든 그의 제자였거나 私淑을 하지 않은 사람이 없다고 할 만큼 그의 학문은 큰 영향력을 지니고 있었다. 이런 그에게 있어서 經世治國은 단순한 이념이 아닌 현실적 과제였다. 특히 공민왕이 원나라에 대해 자주노선의 입장을 천명하면서 성리학 이념으로 국가를 재편할 때 그가 맡은 임무는 막중한 것이었다. 이색은 불교적 우주관을 배경으로 하여 성리학 정치 이념이 실현된 국가를 건설하려는 뜻을 품었다. 그는 취할 부분은 취하고 버릴 부분은 버릴 줄 아는 유연한 사고를 가진 인물이었던 것이다.

물론 그의 국가 경영의 좌표의 중심에는 성리적 정치 이념이 자리 잡고 있었다. 철저하게 異端 배척을 내세운 성리학의 기존 노선을 충실히 좇지는 않았지만, 여말의 난세를 극복하고 새롭게 정비된 국가를 재건하는 데 성리학의 도학정신이 탄탄한 밑받침이 될 것은 의심하지 않았다. 아래 작품은 그런 이색의 마음을 그대로 담고 있다.

續道緖於千載兮　　천 년 세월의 도통을 이었음이여
乃命其溪曰濂　　　그 시내 이름하여 염계[17]로다.
惟山中之無偶兮　　산중에는 벗할 사람이 없음이여

---

17) 濂溪 : 물 이름인데, 송나라의 유학자 周敦頤가 廬山에 옮겨 살면서 자기 고향에 있는 염계의 이름을 따왔기 때문에 세상에서 그를 염계선생이라 했다. 「태극도설」 및 『통서』 등을 지었고, 性理學의 개조가 되었으므로 도통을 이었다 한다.

尙摳衣於長函　　　모시고 섬길 스승이 있네
聞一言以悟道兮　　한 말씀만 듣고도 도를 깨달음이여
洗利欲之貪婪　　　이욕의 더러움을 깨끗이 씻으려네
開心源之瑩淨兮　　마음 근원의 맑고 깨끗함을 열침이여
惟太極之泳涵　　　오로지 태극에서만 노닐리라
若有遇於介然之頃兮　아주 짧은 시간이라도 만남이 있음이여
諒天地其可三　　　진실로 천지와 함께 셋이 될 수 있겠구나
胡唐虞之遺墟蔓草寒烟兮　어쩌다 요순이 남긴 자취가 풀 더미, 찬
　　　　　　　　　　　　연기가 됨이여
吾道被于南炎　　　우리의 도가 남방(南宋)으로 내려갔도다[18]
胡泓渟之而不需兮　어찌하여 물은 고여 있기만 하여 비를 흩뿌리지
　　　　　　　　　　않는가
朔雪越嶺之交粘　　북녘의 눈과 월령의 독한 장기가 뒤섞여 엉겼구나.
信餘緒可以理天下兮　참으로 남은 실마리로 천하를 다스릴 수 있음이여
魯齋獨騁其征驂　　노재[19]가 홀로 가는 말을 달렸도다.
然波及者靡不周兮　그러나 물결이 두루 미치지 않은 데가 없음이여
夫何恨於商參　　　서로 어긋나 만나지 못함[20]을 어찌 원망하리요.
惟後生之可畏兮　　오로지 후생이 두렵기만 함이여
靑乃出乎其藍　　　푸른빛도 쪽빛에서 나오네.
幸其道之揭日月兮　다행히 그 도가 해와 달같이 걸렸음이여
吾依光兮心焉甘　　내가 그 빛에 의지하니 마음으로 달게 여기노라.
將忘勢而內樂兮　　세상의 권세를 잊고 안으로 도를 즐김이여
日嘯倚於南櫊　　　날마다 남쪽 처마 밑에 기대 휘파람을 부노라.
苦相招而不止兮　　거듭 부르는 일이 그치지 않아 괴로움이여

---

18) 于南 : 송나라의 楊龜山이 程明道에게 배우고 고향으로 돌아갈 때, 명도가 문
　까지 전송하면 坐客에게 "내 도가 남으로 가는구나.(吾道南矣)"라고 하였다.
19) 魯齋 : 許衡의 호.
20) 參商 : 參은 서쪽의 별이고, 商은 동쪽 별이다. 서로 어긋나 만나지 못한다는
　뜻이다.

忽軒眉而載瞻　　　문득 눈썹을 들어 바라보기도 한다네.

欸初心之弗竟兮　　오호라, 처음 마음은 다함이 없음이여

終歲月以聊淹　　　세상을 마칠 때까지 애오라지 머물러 살려네.

바름과 충실함을 이정표 삼아 험난한 세상을 바로잡으려는 이색의 정치관과 도학정신이 잘 드러나 있다. 道統의 끊김이란 단순히 유가적 이상 세계가 실현되지 못했다는 차원이 아니다. 이색은 당시의 난맥상을 도통의 끊김으로 보았던 것이고, 이를 匡正하는 작업을 통해 끊겼던 도통이 이어질 것으로 확신했다. 비록 현실은 "북녘의 눈과 월령의 독한 장기가 뒤섞여" 어지럽지만, 성리학의 도학정신으로 무장한 후생들이 성장해서 이 나라를 이끈다면 "해와 달 같이" 환한 시대가 열릴 것을 믿어 의심치 않았던 것이다. 요순이 이룬 밝은 정치가 풀 더미 속에 찬 연기처럼 팽개쳐진 현실에서 이색은 利慾으로 더러워진 마음을 말끔히 씻어내고 맑고 깨끗한 마음 바탕을 드러내고자 최선을 다하였다. 공민왕 시대에 전개된 일련의 자주 노선 정책은 이런 이색과 당시 신진 성리학자들의 노력과 이념이 실현된 것으로 보아도 좋은 것이다.

4. 鄭道傳의 사부, 自然美와 君子論의 전개

정도전(1337~1398)은 여말선초 정치사와 사회사의 전개에 누구보다 중요한 역할을 했던 인물이다. 충주관비의 자식으로 태어났다는 말을 들을 만큼 그의 가계는 보잘 것 없었고, 그런 만큼 그는 정치적으로 반항적이며 혁명적인 인물로 성장할 수밖에 없었다. 재능만큼 인정을 받지 못하는 고려의 귀족 중심 사회는 그에게 있어서 타도의 대상이었는데, 성리학의 후예임을 자부한 그로서는 이것은 더욱 막중한 책임이었다. 결국 이런 그의 정치적 성격은 이성계를 도와 고려를 무너뜨리고 朝鮮을 건국하는 데 결정적인 역할을 하도록 만들었다.

그러나 그의 정치적 역정은 여기에서 그치지 않았다. 그는 王權 중심의 국가가 아닌 臣權과 왕권이 균형을 이루며 정치가 이루어지는 이상국가를 꿈꾸었다. 그런 그의 신념은 권력욕에 눈이 어두운 일부 王子들과 마찰을 빚어 결국 太宗 李芳遠에 의해 제거되는 운명을 걷도록 만들었다. 이런 일로 해서 그는 조선조 내내, 최고의 開國功臣이었으면서도 만고의 逆臣으로 폄하되는 인물이 되어버렸다. 고려의 충신으로서 개국을 반대하다가 참살 당한 鄭夢周가 역으로 만고의 忠臣으로 인정받는 것을 생각하면 묘한 아이러니를 느끼게 만든다.

정도전은 정치적인 역할만큼이나 다양한 업적을 남겼다. 개국의 기반이 되는 제도 정비를 거의 도맡아 했고, 각종 법안이나 문안은 거의 그의 손에 의해 나왔다고 해도 과언은 아닐 것이다. 또한 文人으로서도 그는 상당한 역량을 보였다. 詞賦 문학에서는 그는 4편의 작품을 남기고 있다. 詞가 1편이고 賦가 3편이다. 많은 작품은 아니지만, 당시의 문인으로서는 적지 않은 양이다. 그러나 그의 사부에는 복잡다단한 난세를 살았던 인물의 격동적인 일신사가 기록되지 않았다는 점에서 주목할 필요가 있다. 그의 부는 기본적으로 自然 소재가 꾸준히 등장한다. 물론 그 자연은 시인 자신에 의해 어느 정도 은유적으로 표현된 것이지만, 자연의 다양한 풍경들을 담았다는 점에서 문장가로서의 그의 풍모를 읽을 수 있게 만든다. 또 혼란기를 극복하고 새 시대를 열었다는 자부심이 깔린, 한 시대를 주도한 인물로서 君子의 위상을 일부 제기하고 있다는 점에서도 그의 賦는 의미를 가진다. 여기서는 이 두 점에 초점을 맞춰 정도전의 사부 문학을 살펴보기로 한다.

(1) 自然美의 구현

정도전의 사부에 묘사된 자연 풍광에는 낭만성이 깃들여 있다. 「墨竹賦」와 「梅川賦」에서, 그는 벼루와 붓을 의인화하면서 기이하게 그려진 대나무의 형상을 제시하기도 하고 추운 겨울날 개울가에 오롯이 핀 매화꽃의 굳세고 깨끗한 품성을 보여주었다. 또한 「江水之詞」에서는 유유히 흐르는 강물의 모습과 강가의 아름다운 정경을 여과 없이 그려내기도 했다. 보통 사대부들의 자연 소재가 도학적 은유로 치장된 것에 비해 정도전의 사부 속에 그려진 자연에는 그런 잔상이 드리워져 있지 않다. 물론 대나무와 매화는 四君子의 하나로, 그 정신적 지향을 정도전도 배제하지는 않지만 배치가 도식적이지 않아 이념의 잣대를 느끼지 않기에 충분하다. 無慾한 자연과 어우러져 사는 物我一體의 삶을 추구하면서도 그는 자연에 어떤 인위적인 의미를 부여하지는 않는다. 이런 점에서 우리는 정도전의 대가적 풍취를 느낄 수 있는 것이다. 먼저 대동강을 遠景으로 놓고 그려진 작품부터 읽어보자.

江之水兮悠悠	강물은 굽이굽이 흐르는데,
泛蘭舟兮橫中流	蘭舟를 강물 위에 띄웠네.
高管激噪兮歌聲發	피리는 재게 울리고 노래도 낭랑함이여
賓宴譽兮獻酬	손님 맞은 잔치에 잔을 올리네.
或躍兮錦鯉	뛰어오르는 것은 비단 잉어요
飛來兮白鷗	날아오는 것은 하얀 갈매기로다
煙沉沉兮極浦	안개 자욱해라 먼 포구를 감쌌고
草萋萋兮芳洲	풀 우거진 언덕에 모래톱은 향기롭네
覽時物以自娛兮	경치를 바라보며 스스로 즐거워함이여
蹇忘歸兮夷猶	돌아갈 일도 잊고 강가를 서성이네

<table>
<tr><td>景忽乎西馳兮</td><td>문득 햇살이 서쪽으로 내달림이여</td></tr>
<tr><td>水汒汒兮逝不留</td><td>강물은 아득히 흘러가 머물지 않는구나</td></tr>
<tr><td>曾歡樂之未幾兮</td><td>일찍이 기뻐 즐겼던 때는 그 얼마였나</td></tr>
<tr><td>隱予心兮懷憂</td><td>내 마음을 숨기고 근심을 품었노라</td></tr>
<tr><td>嗟哉盛年不再至兮</td><td>아아, 젊음은 두 번 오지 않음이여</td></tr>
<tr><td>老將及兮夫焉求</td><td>장차 늙어감에 무엇을 구하겠는가[21]</td></tr>
</table>

작품의 중간 부분에서 흐르는 강물을 흐르는 세월에 비겨 늙음을 한탄하는 대목이 나오지만, 아름다운 자연 풍광에 휩싸인 채 그 아름다움을 즐기는 시인의 감흥을 방해하지는 않는다. 아름다운 자연을 더 이상을 즐길 수 없도록 어두워지는, 그런 시간의 흐름을 아쉬워하는 감정 그 이상은 아니기 때문이다. 넘실거리는 강물 위에 배 한 척을 띄우고 비단 잉어와 하얀 갈매기를 벗삼아 여흥을 즐기는데, 안개 자욱한 먼 포구와 향초 우거진 강가 모래톱은 그대로 산수화의 배경이 되고 있다. 부침이 심한 정치판에서 잔뼈가 굵은 작자의 모습은 어디에서도 찾을 수 없다. 자연과 마주하자 그는 이미 세속의 관료가 아니라 한 사람의 자연인이 되어버렸다. 그리고 그런 시인의 눈에 비친 자연은 청정하고 순연하여 속세에로의 갈 길을 막을 만큼 매혹적이고 아름답다. 정도전이 자연의 아름다움에 매료되어 속세와의 거리감도 상실했던 사실은 그의 다른 시에서도 찾을 수 있는 일이다.

<table>
<tr><td>秋陰漠漠四山空</td><td>가을 그늘 막막하여 사방 산은 텅 비었는데</td></tr>
<tr><td>落葉無聲滿地紅</td><td>소리 없이 지는 잎에 온 땅이 붉게 물들었구나.</td></tr>
<tr><td>立馬溪橋問歸路</td><td>시냇가 다리에 말을 세우고 돌아갈 길 묻노니</td></tr>
<tr><td>不知身在畵圖中</td><td>이 몸이 그림 풍경 속에 든 것으로 착각했네.[22]</td></tr>
</table>

---

21) 『三峰集』 권2.

畵圖中에 **빠진** 것으로 알았다는 묘사는 자연과 시인이 하나가 된 物我一體의 경지를 가리키는 말에 다름 아니다. 그림 속이 아닌가 싶어 귀로를 물었다는 표현에서 자연합일의 미묘한 정황을 남심없이 읽을 수 있다. 「江水之詞」에 그려진 자연 역시 자연과 혼연일체가 된 시인의 모습이 그대로 담겨 있다. 정도전의 자연 애호와 그 아름다움을 시화하는 솜씨는 천연스럽다고 해도 좋을 만큼 빈틈이 없다.

이런 자연미의 구현은 다음 작품에서 자연 물상을 의인화하여 등장시킴으로써 더욱 핍진하게 실현된다.

于時夜雪新霽	이 때 밤새 내리던 눈이 새로 개이니
素月流光	하얀 달빛이 물 흐르듯 번짐이여
渡川流之淸淺	맑고 옅은 시내를 건너
散予策兮彷徨	내 지팡이 가는 대로 오고가노라
粲然得之	그러다가 찬연하게 얻었으니
于川之傍	맑은 시냇가 앞에서였네
欲誰何兮無言	누군가 묻고 싶어도 말은 나오지 않지만
羌意眞兮色莊	오호라, 그 뜻은 참되고 빛깔은 장엄하구나
縞裙兮練袂	명주 치마에 비단 소매를 달았음이여
羽衣兮霓裳	깃털처럼 하얀 저고리에 무지개 치마를 입었네
雪肌兮綽約	살결은 눈빛처럼 희고 얌전하고 의젓하니
玉貌兮輕盈	구슬처럼 빛나는 용모는 가볍고 탄탄하구나
飄飄然若泛銀河而歷廣寒	훨훨 날아서 은하수 타고 광한전을 지나
挹群仙於上淸也	상청궁[23]에서 뭇 신선들을 뵙는 듯하네
有一少年	한 소년이 있었으니

---

22) 『三峰集』 권3.

23) 도교에서의 유명한 道觀의 하나. 강서성 貴溪縣 上淸鎭에 있다. 상청은 도가에서 말하는 신선이 사는 곳으로 도관에 보면 '상청'으로 이름한 곳이 많다.

若嬉若噱	즐거운 듯도 하고 웃는 듯도 하구나
曰惟群物	그가 말하길, 세상의 모든 물상들은
各以類從	각기 같은 무리들끼리 어울리는 것이다
僊凡異處	신선과 범인은 거처를 달리하니
淸濁不同	맑음과 흐림이 다른 것과 같지요[24]

 추운 겨울날 매서운 찬바람을 이기고 시냇가에 핀 한 떨기 매화꽃을 보고서 그 영상을 노래한 작품이다. 물론 그 매화는 시인이 실제로 본 매화는 아니다. 한 인간의 정신 세계와 수양의 깊이를 매화를 빌어 묘사한 것이다. 그러나 그 사실은 작품의 맨 끝에 간단하게 밝혀져 있으니, 독자의 몫은 아니다. 독자는 三冬의 매서운 혹한 속에 꿋꿋하게 붉은 꽃잎을 틔운 매화의 선홍빛 아름다움에 매혹될 뿐이다. 더구나 여말 문인들의 문학 속에서 매화는 구원자의 이미지를 가지고 있다.[25] 정도전의 매화는 이색의 매화처럼 굳센 지도자의 형상을 하지는 않았다. 오히려 가냘프고 섬세하며 부드러운 仙女의 형상을 하고 있다. 그것은 자신의 고결한 자태를 승화시켜 이미 티끌 많은 속세로부터 우리를 仙界로 이끄는 구실을 한다. 자연미를 究竟의 경지로까지 끌어올리고 있는 것이다. 세상의 모든 물상은 같은 무리들끼리 어울린다는 선계 소년의 말은 시인이 지향하려는 이상 세계가 자연 그 자체임을 암시한다. 시인은 자연과 하나가 됨으로써 仙界로의 비상을 꿈꾸고 있는 것이다.

---

24) 『三峯集』 권1.

25) 이색의 時調 속에 등장하는 梅花를 연상하면 이는 쉽게 확인된다. "白雪이 즈자진 골에 구루미 머흐레라 / 반가온 梅花는 어늬 곳이 퓌엿는고 / 夕陽에 홀로 셔 이셔 갈 곳 몰나 ᄒ노라" 이때의 매화는 단순한 추위를 이긴 孤節의 상징 이상의 의미망을 형성한다. 즉 난세를 바로잡고 이상 세계로 우리를 인도할 상징물로 구현되어 있다.

여말선초를 가장 치열하고 강인한 의지로 사람을 살았다가 장렬하게 최후를 마감한 정도전의 문학 속에서 이런 견결한 자연 세계를 발견한다는 것은 놀라움이자 기쁨이 아닐 수 없다.

(2) 君子論의 전개

정도전의 사부에서 발견할 수 있는 또 하나의 주제는 君子의 참모습에 대한 논의다. 군자는 유학의 종주인 孔子가 『論語』에서 제자들에게 끊임없이 강조했던, 이상적인 지식인상이다. 어지러운 시대를 바로잡고 萬民의 모범이 되어야 할 인격체로서 공자는 군자의 위상을 정립했고, 이런 군자를 양성하고자 노력하였다. 고려 말기의 어지러운 시대상을 성리학적 이념으로 극복하여 새로운 국가까지 건설했던 인물군이 신진 사대부층이었던 만큼 이들이 이상으로 추구했던 인간형 역시 君子일 수밖에 없었다. 신국가 건설의 최첨단에 서서 이를 완수했던 정도전에게 있어서도 군자의 위상은 당연히 중요한 것이었다. 그 군자론의 일단을 우리는 그의 사부 문학에서 찾을 수 있다.

軒冕兮儻來	벼슬살이야 우연히 올 뿐이고
富貴兮雲浮	부귀란 것도 뜬구름일 뿐이지
惟君子所重者義兮	군자가 무겁게 여기는 것은 오직 의로움이니
名萬古與千秋	이름을 만고 천추에 남기는 것이지
擧一杯以相屬兮	술 한 잔을 들어 서로 권하니
庶有企兮前修	옛사람 높은 수양을 배워 따르세[26]

세속적 성공에 얽매이지 않고 오직 의로움만 추구할 수 있을 때 그

---

26) 『三峰集』 권2.

는 군자로 불릴 자격이 있음을 시인은 천명한다. 공자가 강조한 군자 다울 수 있는 덕목의 첫 번째 항목이 바로 '仁'인데, '인'의 외형적 실현은 '義'였다. 私慾을 버리고 公益을 위해 노력하는 의로운 인간상이 바로 군자였던 것이다. 이런 공자의 군자관은 정도전에게서도 그대로 실현된다. 몸의 영화를 잊고 정신의 부귀공명을 꿈꾸면서 의로움을 굳게 지켜 영원한 명예를 남기는 인간으로 거듭 나기를 정도전은 동시대의 지식인들에게 거듭 강조하는 것이다.

이런 君子의 이상을 동시대에 실현한 인물로 정도전은 陽村 權近 (1352~1409)을 제시한다. 권근은 정도전 못지않게 여말선초의 정치적 상황 속에서 행동하는 지식인으로 활동한 사람이다. 정도전이 왕자의 난에 휘말려 개국 초기에 일찍 죽었다면 권근은 조선 초기의 관각 문학을 대표하는 문인으로 자리매김하였다. 특히 그는 문장에 뛰어났고, 經學에도 밝아 四書五經의 구결을 정하기도 했다. 또한 그의 『入學圖說』은 후일 李滉(1501~1570)과 張顯光(1554~1637) 등에게 크게 영향을 끼쳤다. 그는 성리학자이면서도 문학을 존중하였고, 詩賦詞章의 학을 실용면에서 중시하여 이를 장려하였으며, 경학과 문학의 양면을 조화시킨 인물이었다. 신흥 유교 국가로 출범한 朝鮮에 있어서 없어서는 안될 긴요한 인물이었던 것이다. 이런 권근의 인물됨을 알고 그를 새 시대를 열 군자로서 인정하는 데 정도전은 조금도 인색하지 않았다.

時焉春夏	때는 마침 봄 여름 무렵이니
生意發榮	뜻은 일어나고 꽃은 피네
人惟君子	사람 가운데 오직 군자만이
秉心剛明	잡는 마음이 굳고 밝도다

<table>
<tr><td>一念之微</td><td>미묘한 한 생각은</td></tr>
<tr><td>惻然其萌</td><td>측은한 마음이 싹터 올랐네</td></tr>
<tr><td>四海之廣</td><td>넓고 넓은 세상 천하에</td></tr>
<tr><td>熙熙者氓</td><td>평화로운 백성들일세</td></tr>
<tr><td>細入毫芒</td><td>잘게는 미미한 터럭 속에도 들어가지만</td></tr>
<tr><td>包乎有形</td><td>크게는 거대한 형체도 감쌀 수 있네</td></tr>
<tr><td>混兮無間</td><td>섞어놓으면 간격이 없고</td></tr>
<tr><td>闢兮無窮</td><td>열어놓으면 다함이 없네</td></tr>
<tr><td>前無其始</td><td>앞으로 보아도 시작이 없고</td></tr>
<tr><td>後無其終</td><td>뒤로 보아도 마침이 없구나</td></tr>
<tr><td>孰主張是</td><td>누가 이것을 주장했는지</td></tr>
<tr><td>道爲之宗</td><td>우리 도의 으뜸이 됨이로세</td></tr>
<tr><td>孰得其妙</td><td>누가 그 묘한 이치를 얻었는가</td></tr>
<tr><td>陽村權公</td><td>바로 양촌 권공이로세</td></tr>
</table>

　굳고 밝은 마음을 지니고 惻隱之心을 이룬 사람으로서 군자의 모습을 제시하면서, 군자가 세상을 살아가면서 이룩하는 숭고한 업적을 기리고 있다. 넓고 넓은 천하에 선량한 백성들을 바르게 이끌어 갈 治者로써 군자는 시화되고 있는 것이다. 간격도 없고 다함도 없으며, 시작도 없고 끝도 없는, 그 넓은 세계를 포괄하고 있는 세계가 군자가 나아가야 할 목표로 정도전은 당당하게 주장한다. 이것이 유학의 본령이고, 그 묘한 이치를 얻은 이가 바로 권근이라고 시인은 자랑스럽게 천명한다. 자신보다 15년 후배인 젊은 학자를 보면서 이렇게 최고의 찬사를 아낌없이 쏟아낼 수 있는 것은 정도전의 인재 사랑에서 비롯된 것임에 분명하다. 난세에 소중한 것은 바로 인재임을 그는 절실히 알았던 것이다. 권근 역시 그런 선배의 기대와 권면을 저버리지 않

았다.

따지고 보면 宇宙에서 아름다움의 총화가 山水自然이라면 인간 세상에서의 아름다움의 총화는 바로 君子다. 정도전이 그의 문학 속에서 자연미를 구현하고 군자론을 전개한 것은 이런 맥락에서 보면 같은 실마리에서 이어진 것임을 알게 된다.

5. 끝맺는 말

고려시대는 우리 문학사에서 美學의 황금시대였다고 해도 좋다. 작품의 양으로 보면 조선조에 훨씬 미치지 못하지만, 미학적 깊이로 따지면 어깨를 견주고도 남음이 있다고 말할 수 있다. 儒佛道의 정신세계가 서로 충돌하지 않고 화해롭게 공존하면서 문학적 상상력을 더한 시대가 바로 고려시대였고, 그 시대의 문학 역시 이런 자유로운 상상력의 세계를 다채롭게 수용하고 있다. 본고에서는 고려시대 문인들이 남긴 사부 작품들의 문학 세계의 일단을 점검하기 위해 쓰여졌다. 모두 46편이 남아 있는 사부 작품은 양적으로 소수일지 모르지만, 밀도와 다양성으로 보면 이후 사부 문학사의 전개에 중요한 영역들을 개척했다고 말할 수 있을 것이다. 본고에서는 고려시대 사부 작가 중 양적으로나 질적으로 중요성을 더하는 세 사람의 작가, 이규보와 이색, 정도전의 작품을 살피면서 고려시대 사부 문학의 현황을 가늠하는 출발점으로 삼고자 하였다. 그 결과를 간단히 정리하면 다음과 같다.

① 무신집권기를 살다간 문인이었던 이규보는 賦만 6편을 남기고 있다. 우리는 그의 부에서 중국의 賦가 이룩했던 전형적인 성격인 환

상성과 교훈성의 특징을 찾을 수 있었다.

② 여말선초의 가장 영향력 있는 지식인이자 정치가였던 이색은 6편의 辭와 2편의 부(賦)를 남겼다. 그의 사부 작품을 통해서 시대와 개인의 역할을 강조한 自警의 자세와 성리학의 이념으로 난세를 바로 이끌려는 道學精神의 유로를 읽을 수 있었다.

③ 고려 말기의 신진 사대부로써 조선이라는 유교 국가를 건설하는 데 결정적인 기여를 했던 정도전은 1편의 詞와 3편의 賦를 남겼다. 누구보다 치열하게 자신의 운명을 개척했던 그의 문학은 치열함보다는 순수 무구한 자연의 세계를 동경하고 그 아름다움을 형상화한 시세계를 열어놓았다. 또한 새로운 이념으로 난세를 극복할 이상적인 인간형으로서 君子의 모습을 부각시켜 동시대의 과제를 완수할 대안을 제시하기도 하였다.

여말선초 文人들의 人心物情論과
그 문학적 추이

1. 들어가는 말

　우리 문학사에서 고려 말과 조선 초는 여러 가지 의미에서 중요한 시기다. 왕조 교체가 일어났다는 정치사적 사건도 큰 의미를 갖지만, 그 왕조 교체를 계기로 이루어진 理念의 재편과, 무엇보다 節義와 名分을 중시했던 유가계 지식인들의 대응 방식이 대립되어 나타났기 때문에 더욱 그렇다. 모두가 유가적 윤리를 신봉했지만, 그 이념을 어떻게 실천하느냐의 문제는 사람에 따라 조금씩 다르게 표출되었던 것이다. 물론 그들의 시대에 대한 대응 방식의 차이는 이념상의 갈등도 개재되어 있지만 계층적, 신분적인 이해가 갈등의 양상으로 나타난 것도 사실이다. 그렇다고 하더라도 이념적 지향과 현실적 처신에 괴리와 대립이 발생했을 때 이것을 어떻게 받아들이고 극복했는가는 관심을 두기에 충분한 주제인 것이다. 유학자들이 왕조 교체라는 문제를 두고 자신의 행동에 대해 고민한 시기는 이 때가 유일하기 때문이다.

　본고는 인간의 행동을 결정하는 주제가 마음이고, 마음이 반응하는 외부의 상황이 物情[世態]이라는 점에 초점을 맞추어 논의를 전개하

고자 한다. 여러 가지 측면에서 마음의 갈등이 많았던 이 시기에 유가
의 지식인들은 마음을 어떻게 설명했는지 살펴보고, 나[心]와 대비적
관계에 놓이는 상황[物]을 받아들이는 문제는 어떻게 이해했는가 하
는 점을 설명하려는 것이다.

　본고에서는 이 문제에 접근하는 하나의 시론으로 여말선초를 살았
던 대표적인 문인들의 글에 나타난 마음과 物情에 대한 그들의 생각
을 정리해보고, 그런 생각들이 문학 속에는 어떻게 반영되었는가 검
토하려는 것이다. 여말선초를 살다간 사람들이 처했던 정치적 환경은
조금씩 다르다. 어떤 이는 왕조 교체에 반대하는 입장이었고, 어떤 사
람은 적극적으로 교체를 주도했으며, 교체론자였지만 개국 이후 國基
를 다지는 일에 공헌한 사람도 있다. 이런 정치적 차이가 그들의 人心
物情 논의에 해석적 차이를 제공하는 데 시사하는 자료가 될 것이지
만, 본고에서는 그 점을 굳이 부각시키지는 않겠다. 왕조 교체를 떠나
난세에 대처하고 이를 바로잡을 대안의 제시는 그들 모두에게 절실한
문제였기 때문이다.

2. 마음이란 무엇인가

　儒學에 있어서 性情의 문제는 대개 理氣의 논의와 결부되어 설명
되었다. 性은 理의 발현이고 情은 氣에 의해 포섭된다고 보았던 것이
다. 때문에 性은 不變이지만 情은 可變的이었다. 그래서 四端七情의
논의가 전개된 것이다. 여말선초의 문인들은 대개 性理學의 영향을
받은 유학자들이니, 일정 정도 이 논의에 대한 언급도 비슷한 궤적을
그렸을 것으로 여겨진다. 그러나 배움의 과정과 다다른 곳이 달랐던

만큼 차별적인 성격도 없진 않았을 것이다.

먼저 李穡(1328~1396)의 생각부터 살펴보자. 이색은 사람은 태어날 때부터 참된 마음을 가지고 태어남을 분명히 한다.

> 이것을 거울에 비유한다면 곱고 더러운 것은 물건에 있을 뿐이요, 거울에는 아무런 자취도 없는 것이니, 어찌 일찍이 물건을 비춰주는 까닭으로 해서 물건에게 더러움을 받겠는가. 이것으로 볼 때 사람은 태어날 때부터 이미 참되다는 것을 알 수 있다. 오직 大人은 이것을 잃지 않기 때문에 능히 대인이 되는 것이요, 대인이라고 밖에서 얻은 것은 아니다.[27]

마음을 거울에 비유한 구절이다. 거울이 더러운 물건을 비췄다고 더러워지지 않듯이 마음도 더러운 일에 노출되었다고 해서 더러워지지는 않는다. 왜냐하면 사람은 날 때부터 마음에 참됨을 싣고 태어나기 때문이다. 그러나 이색은 이 마음의 참됨은 스스로 노력하지 않는다면 항구적이지 않다는 한계가 있다고 보았다. 훌륭한 사람이 그렇게 될 수 있었던 까닭은 그 참된 마음을 잃지 않았기 때문인데, 참됨을 잃지 않으려는 노력 속에 大人의 덕성이 유지된다는 것이다.

> 마음이 천지에 있는 것을 明命이라 한다. 만물에 부여된 것이 균일하지만 그 중에 사람이 가장 신령스럽다. 그러나 氣質이 앞을 가리고 物欲이 뒤를 덮으니, 三品이란 말이 나온 것이다. 성인이 이것을 근심하여 가르침을 세워서 몸을 단속하고 몸을 닦아서 禮를 회복하게 했

---

27) 李穡, 「眞養齋記」(『文藁』 권3), 譬之鏡 姸媸 在乎物 而鏡則無迹 曷嘗以照物之故 爲物所汚哉 是知人之生 旣眞矣 惟大人者 不失之故 能爲大人耳 非大人之從外得也.

다. 이에 상하와 사방이 고르게 정제하게 되고 방정하게 되었다. 이것은 우리 儒家의 말이다.[28]

만약 하늘로부터 밝게 받은 마음이 기질로 가려지고 물욕으로 덮여버리면 더 이상 마음은 中正을 유지하지 못하게 된다. 즉 선악의 갈림길에서 갈등하게 된다는 말이다. 이 때문에 聖人이 가르침을 열어 私慾을 이기고 예[公益]를 회복하도록 대비했다고 이색은 말한다. 그러므로 끊임없는 자기 갱신의 修養이 없으면 마음도 평정을 유지할 수 없는 셈이다. 이는 성인의 가르침을 익혔다고 해서 지식인의 도리가 끝나는 것이 아니고, 그 가르침을 잃지 않도록 항상 경계하고 자중하는 자세가 뒤따를 때 참다운 지식인이 된다는 말로 환치시킬 수 있다. 때문에 사람은 진정 자신을 감추고 싶으면 마음까지 감출 수 있어야 된다.

> 나는 들으니 숨는 사람은 그 몸만 숨기는 것이 아니라 반드시 이름도 숨기며, 이름만 숨기는 것이 아니라 또 반드시 마음도 숨긴다고 한다. 이것은 다른 것이 아니라 사람이 알까 두려워하여 남이 알지 못하게 하는 것이다.[29]

몸이나 이름은 남의 눈과 귀를 닫고 막으면 감출 수 있다. 그러나 마음은 상대의 마음을 닫을 때라야 감춰진다. 남의 마음을 닫으려면

---

28) 李穡, 「平心堂記」(『文藁』 권6), 心在天地日明命 賦之物 均矣 而人最靈 然其氣稟拘於前 物欲蔽於後 三品之說 所由起也 聖人憂之 立敎以明倫 克己以復禮 於是 上下四方 均齊方正矣 此吾說也.

29) 李穡, 「南谷記」(『文藁』 권1), 吾聞隱者 不獨隱其身 又必名之隱 不獨隱其名 又必心之隱 此無他 畏人知 而不使人知也.

자신의 마음부터 감추어야만 가능하다는 것이다. 이렇게 할 때 비로소 마음은 완전히 남이 知覺하는 경계를 넘어서는 것이다. 그러므로 마음은 감추지 않고 몸이나 이름만 감추는 것은 얄팍한 속임수에 지나지 않게 된다. 오래 지나지 않아 그의 거짓됨 마음은 탄로날 수밖에 없는 것이다. 그러면 마음을 어떻게 두어야 할 것인가? 이에 대해 이색은 이런 해답을 제시한다.

> 그것은 우연히 좋은 글귀를 얻은 것이지 잘 지으려고 한 것이 아니었다. 또 우연히 拙하게 지어진 것이지 졸하게 지으려고 했던 것도 아니다. 내 마음이 마침 그렇게 되었을 뿐이다.[30]

好惡를 염두에 두는 것은 이미 마음이 好惡에 얽매인 것이다. 그러니 자연스러운 마음[心性]의 출현을 기대할 수 없다. 인위와 욕심이 가해지지 않은 상태에서 발현되는 性情의 진실이 본마음의 실체인 것이니, 그럴 때 拙은 졸렬하지 않고 진정한 大巧의 경지에 오르는 것이다. 이렇게 李穡은 마음의 문제를 하늘의 참됨을 싣고 태어난 것이기에 외부의 상황에 오염되지는 않는다고 보았다. 그러나 그 물들지 않음은 旣定의 사실이 아니라 부단한 자기 노력이 뒷받침될 때 가능하다고 보았다. 외부의 유혹이나 압력, 내면의 이해 관계에 얽매이면 마음 역시 더럽혀질 가능성이 있다고 생각했다. 욕망에 물들지 않고 자연스럽게 분출되는 감정이 바로 心性의 본연의 모습이라고 이색은 생각했던 것이다.

鄭道傳(1337~1398)은 性과 情과 心의 관계를 가장 명쾌하게 풀이

---

30) 李穡, 「宋氏傳」(『文藁』 권20), 偶耳得好句 非吾有意於好也 偶爾得拙語 非吾有意於拙也 吾之心 適然而然耳.

한 사람이었다. 그는 性과 情, 心을 분명하게 구분지어 놓고 그 성격을 분석해 나간다.

> 우리 儒家의 말에 "한 가슴의 사이(마음)가 虛靈하여 어둡지 않아 모든 이치를 갖추어 만사에 응한다."고 하였다. 여기에서 '허령하여 어둡지 않다'고 말한 것은 마음(心)이고, '모든 이치를 갖추었다'고 한 것은 性이며, '만사에 응한다'고 한 것은 情이다. 오직 이 마음이 모든 이치를 갖추고 있다. 때문에 온갖 사물이 올 때 이에 응하여 각각 그 마땅함을 얻지 못함이 없으니, 사물의 마땅하고 마땅치 않은 것을 처리함에 있어 사물들은 모두 나에게서 명령을 듣기 때문이다.31)

정도전의 논리로 보면 心은 性과 동일시된다. 양자가 모두 '모든 이치를 구비하고 있는 것'이기 때문이다. 마음은 모든 이치를 갖추었으며, 허령하여 어둡지 않은 성격을 가진다. 그런 마음이 온갖 사물들에 응하게 될 때 情이 된다. 때문에 情은 형이하의 세계이지만 그 자체로 선악을 가를 수는 없다. 心性이 현실에서 실현된 상태가 情이고, 情은 마음의 소관이기 때문이다. 그러므로 허령하여 어둡지 않고 온갖 이치를 갖춘 心이 바름을 잃지 않는 것이 가장 중요하다.

> 나는 백성은 세 곳(君 · 師 · 父)에서 삶의 혜택을 받고 있으니 동일하게 섬겨야 하고, 그 섬기는 곳에 따라서는 생명을 바쳐야 한다고 들었다. 이것은 儒家의 말이지만, 불가의 승려들은 가정과 세상을 떠나서 어버이 버리기를 내던지듯 하니, 기타(君 · 師)야 의당 생각조차 못

---

31) 鄭道傳, 「佛氏心性之辨」(『三峰集』 권5), 且吾儒曰 方寸之間 虛靈不昧 具衆理 應萬事 其曰虛靈不昧者 心也 具衆理者 性也 應萬事者 情也 惟其此心 具衆理 故於萬物之來 應之無不各得其當 所以處事物之當否 而事物皆聽命於我也.

할 것 같은데도, 이따금 스승과 제자 사이에 은혜가 돈독하여, 급하고 어려운 일을 당하면 구원하려고 달려오는 것이 도리어 仁人이나 義士들보다 위에 있다. 祖明 같은 이가 바로 그런 사람인데, 그 마음 속에 의리가 본래 갖추어져 있어 없애려고 해도 없앨 수 없기 때문일 것이다. 저, 친척을 이별하고 인륜을 버리고 가서 돌아오지 않는 자는 또한 어떠한 마음에서일까? 비록 그러하지만 人心이란 모두 다 같은 것이어서, 내가 먼저 발한다면 저쪽에서도 감응되어 진실로 하지 않으려고 해도 그만두지 못할 바가 있을 것이다.[32]

마음의 바름은 인위적으로 체득된 것이 아니라 선험적으로 존재하는 것임을 강조하는 말이다. 정도전은 그 점을 세속의 윤리를 모두 버린 듯한 승려들도 결국 윤리의 그물에서 벗어나지 못한 점을 들어 밝히고 있다. 외형으로 보자면 다른 길을 가고 있는 듯이 보이지만, 실체 속에 들어가 보면 한치의 어긋남도 없다는 것이다. 마음 속의 義理는 없애려고 해서 없앨 수 있는 성질의 것이 아님을 이렇게 그는 증명한다. 그러므로 내가 마음의 바름을 발하여 상대에게 미치면 상대도 이에 감응되지 않을 수 없어서, 절로 교화된다고 그는 보았다. 그러나 마음이 흔들리고 중심을 잃으면 어떻게 되는가? 이에 대해 정도전은 다음과 같은 논의를 펼친다.

사람의 근심과 즐거움은 마음에 달려 있어서 그 만나는 경우에 따라서 발하는 것이 다르다. 그 마음이 근심에 매여 있으면, 아무리 좋은

---

32) 鄭道傳,「贈祖明上人詩序」(『三峰集』 권3), 吾聞民生於三事之如一 惟其所在 則致死焉 此儒者說也 浮屠人出家與世 棄親如遺 其佗宜若無以爲意也 而往往於師弟子間 恩義篤盡 其奔難赴急 反出仁人義士上 如祖明者是 則此心之中 義理本具 不可得以泯滅矣 彼或離親戚 去人倫往而不返者 亦獨何心歟 人心所同然者 自我發之 則彼之興感 固有所不能自已者矣.

산천과 아름다운 풍월을 만나더라도 슬픈 느낌을 도울 뿐이다. 零陵의
산은 남방에서 가장 수려하지만 귀양 가는 신하들은 감옥으로 여겨지
고, 岳陽樓는 천하의 장관인데도 좌천된 사람은 슬프게 생각했다. 그
래서 진실로 그 본심을 잃는다면 어디를 가나 슬프지 않은 데가 없는
것이니, 비록 누관이 있더라도 어찌 즐거울 수 있겠는가?[33]

本心을 잃어버리면 心性의 균형은 깨지게 되고, 그렇게 되면 外物
의 실체도 그릇되게 인식된다는 것이다. 그러니까 외물의 상태가 문
제가 아니라 內心의 상태가 문제다. 마음이 흔들림으로써 외물의 균
형도 깨지기 때문이다. 그런데 마음은 그 자체로 독립하여 존재하는
것이 아니다. 마음이 있으면 그것은 반드시 바깥으로 표출될 수밖에
없다고 정도전은 생각했다. 그러니 마음은 숨기고자 해서 숨길 수 있
는 물건이 아니다.

> 마음이라는 것은 한 몸 가운데의 주인이 되는 것이요, 자취(跡)라는
> 것은 마음이 일에 응하고 물에 접하는 가운데 발하여 나타난 것이다.
> 그러므로 이 마음이 있으면 반드시 자취가 있다고 했으니 둘로 나눌
> 수 없는 것이다. (중략) 그 마음에는 인의예지의 性이 있기 때문에 밖
> 으로 발하는 것이 또한 이와 같으니, 이른바 體와 用이 한 근원이요,
> 顯과 微에 사이가 없다고 하는 것이다.[34]

---

33) 鄭道傳, 「無說上人克復樓記後說」(『三峰集』 권4), 人之憂樂 係之心 而發之於
   所遇之境 彼其心 有係於憂者 雖遇山川之勝風月之美 適足以爲之傷感也 零
   陵之山 南方之最秀者也 而逐臣以爲囚 岳陽之樓 天下之壯觀也 而遷客以爲
   悲 苟失其本心 則無往而不感感也 雖有樓觀 豈得而樂哉.
34) 鄭道傳, 「佛氏心跡之辨」(『三峰集』 권5), 心者 主乎一身之中 而跡者 心之發
   於應事接物之上者也 故曰 有是心 必有是跡 不可判而爲二也 …… 以其心有
   仁義禮智之性 故發於外者 亦如此 所謂體用一源 顯微無間者也

體는 마음(心 또는 性)의 바탕이고 用은 마음의 쓰임이다. 바탕으로 있을 때는 隱微하지만 쓰여지면 顯現된다. 그러니 이것은 동전의 양면처럼 동시적이면서 不可分의 관계 속에 놓여지게 된다. 그러므로 억지로 힘을 써서 그 사람의 마음을 바꿀 수 없는 것이다. 정도전이 "무슨 일이거나 밖에서 이르는 것은 모두가 그 마음을 움직일 수 없는데, 하물며 그 평소에 지닌 것을 고치겠는가?"35)라고 지적한 것도 이런 맥락에서였다.

정도전은 마음의 문제를 논하면서 마음은 不變이면서 不易임을 내세웠다. 마음의 주인인 나조차도 변화시킬 수 없고, 당연히 외부의 어떤 힘도 바꾸지 못한다고 생각했던 것이다. 이것은 일정 정도 마음의 獨自性을 인정한 발언이다. 그러므로 사람이 어떤 마음을 먹고 어떤 일을 수행했다면, 이것은 나의 好惡에 의한 판단이기보다 나도 어쩔 수 없는 마음의 작용 때문이라는 주장도 가능해지는 것이다.

李詹(1345~1405)에게는 「淸心說」이란 글이 있다. 여기서 그는 마음을 맑게 하는 요령으로 無欲을 내세웠다. 마음의 본질에 대해 직접 언급한 글은 아니지만, 마음을 맑게 만드는 요령으로 무욕을 내세운 것을 볼 때 마음이란 탁해질 수도 있음을 전제한 셈이다. 때문에 무욕은 마음을 맑게 지킬 수 있는 修身의 한 과정이 된다.

> "마음을 맑게 할 수 있는가?" "가능하다." "그러면 요령이 있는가?" "있다." 하니, 청하여 물으니 대답하였다. "요령이란 욕심을 없게 하는 데 있다. 맹자는 말하기를, '마음을 기르는 것은 욕심을 적게 하는 것보다 좋은 것이 없으니, 사람됨이 욕심이 적으면 비록 (본심을) 지키지

---

35) 鄭道傳, 「李浩然名字後說」(『三峰集』 권4), 凡事 苟自外至者 擧不能動其中 況改平日哉.

못한 사람이 있더라도 적을 것이다.'고 하였다." 나는 말했다. "마음을
맑게 하는 것은 욕심을 적게 하여 지키는 일에만 그치지 않는다. 대개
(욕심이) 적게 하여 지극해진 것이 無다. 욕심이 없으면 고요히 있을
때는 虛靈하고, 움직일 때는 곧다. 고요할 때 허령하면 밝게 통할 것이
고, 움직일 때 곧으면 공평하고 넓을 것이다. 밝게 통하면 본심을 지키
고 기름이 치밀할 것이고, 공평하고 넓으면 살피는 것이 정밀해질 것
이다. 옛날의 성현은 비록 천성으로 말미암아 여기에 이른 것이지만,
또한 반드시 마음을 맑게 함으로써 이룬 것이다. 마음을 맑게 하는 요
령이 대체로 이와 같으니 그런 사람에게 있을 뿐이다. 內臣 姜公에게
는 평소 배움은 없었지만 마음을 맑게 하는 것으로 마음을 삼으니, 이
는 숭상할 일이다. 때문에 설을 써서 권한다."36)

욕심을 없애 마음을 맑게 하면 그 효용은 動靜에 있어서 모두 허
령함과 곧음을 얻게 된다고 보았다. 우리가 성현은 아니니 천성적으
로 '存養密'하고 '省察精'할 수는 없지만, 淸心을 통해 그것이 가능하
다는 것이다. 修養論의 입장에서 이첨은 마음의 문제를 거론했던 것
이다.
한편 河崙(1347~1416)에게는 「心說」과 「性說」이란 두 편의 글이
있어, 그의 心性論의 일단을 읽을 수 있게 한다. 먼저 두 편의 글을
읽도록 하자.

---

36) 李詹, 「淸心說」(『東文選』 권98), 心可淸乎 曰可 有要乎 曰有 請問焉 曰要
在無欲. 孟子曰養心 莫善於寡欲. 其爲人也寡欲 雖有不存焉者 寡矣. 余謂 淸
心不止於寡而存耳. 蓋寡焉以至者無 無欲則靜虛動直. 靜虛則明通 動直則公
溥. 明通則存養密 公溥則省察精. 古之聖賢 雖由性至 亦必以淸心致之. 淸之
之要 大槪如此 存乎其人而已. 內臣姜公 素無學而以淸心爲心 玆可尙已 故說
以勉之.

마음이란 理와 氣가 합쳐진 것이다. 천지보다 앞서지만 처음도 없고, 천지보다 뒤쳐져도 마침이 없는 것이 바로 이와 기이다. 이것을 일러 太極이라 한다. 태극은 이이고, 움직이고 고요한 것은 기이니, 이것이 천지 만물이 마음으로 삼는 까닭이다. 無極이어서 태극인 것이 마음이고, 만물이 각기 하나의 태극을 갖춘 것이 만물의 마음이다. 사람은 만물 가운데서 그 기운이 바르고 통한 것을 얻었으니, 때문에 이가 이 기에 담겼어도 온전하지 않은 것이 없다. 만물의 각각은 그 기의 구석지고 막힌 것을 얻었으니, 이가 이 기에 담겼어도 갖출 수 없는 것이다. 이것이 사람과 만물이 구별되는 까닭이다. 그러나 그 바르고 통한 것도 능히 맑음과 흐림, 순수함과 잡됨의 고르지 못한 것이 있을 수 있다. 때문에 지혜롭고 어리석으며, 현명하고 不肖한 차이가 난다. 구석지고 막혔다 해도 또한 한 자락 良知가 없진 않으니, 때문에 父子와 君臣, 報本과 有別의 윤리에 가까운 것이 있다. 이에서 사람과 만물의 마음이 이와 기의 서로 합하지 않은 것이 없음을 볼 수 있다. 오로지 기만으로 말한다면 五臟을 만드는 한 물건이고, 오로지 이만으로 말한다면 五性의 모두 일컬어 이름한 것(總名)이니 오직 이와 기가 합한 것이라야 마음이라 이를 것이다. 이와 기가 서로 떨어진다면 이는 이이고, 기는 기이어서 바로 마음이라 말할 수 없게 된다. 舜임금이 禹임금에게 명하여 이르기를, "人心은 지극히 위태롭고, 道心은 지극히 幽微하다." 하였다. 이와 기가 마음 사이에 뒤섞인 것으로 나누어 말하여 맑고 한결같이 중정(中正)의 도를 잡으라는 경계로 삼게 한 것이니, 이것이 萬世 心學의 연원인 것이다. 수천 년 세월이 흘러서 비로소 周子(周敦頤)의 「太極圖說」이 있었고, 程子와 朱子가 이를 부연하여 理氣說이 밝혀지고 갖추어지니, 오늘의 학자들에게는 얼마나 다행스러운가. 이것을 알면 죽고 사는 이치를 알 수 있을 것이요, 삶이 순조롭고 죽음이 편해질 수 있을 것이다.37)

---

37) 河崙, 「心說」(『浩亭集』 권2), 理與氣合者也. 先天地而無始 後天地而無終者
　　理與氣也. 此之謂大極也 大極者理也 其動靜氣也 此天地萬物之所以爲心也

하륜은 마음이란 이와 기가 합쳐진 것으로 정의한다. 그러면서 이는 본질을 담당하고, 기는 현상을 담당한다면서 기능적 차이가 있다고 보았다. 그러나 이와 기가 원활하게 기능할 때 마음도 제 역할을 할 수 있다고 생각했다. 그러면서 사람(人)과 만물(物)은 기 가운데에서 사람은 正通한 것을 얻었고, 만물은 偏塞한 것을 얻어서 차이가 난다는 것이다. 이러한 人과 物을 氣의 차원에서 차별화한 점이 하륜의 人心物情論의 특징이라고 하겠다. 즉 인심은 正通한 데 物情은 偏塞하다는 사고의 일단이 드러나는 것이다.

性이란 것은 天理(본연의 성품)가 사람 마음에 있는 것이다. 仁義禮智信은 그 밖으로 드러난 이름인데, 하늘에 있으면 이가 되고, 사람에게 있으면 성이 되지만 실상은 하나다. 고요히 움직이지 않는 것은 그 體요, 느끼어서 드디어 통하는 것은 그 用이다. 惻隱해 하는 것과 부끄러워하고 미워하는 것, 사양하는 것과 시비를 가리는 것은, 그 用이 밖으로 나타난 것이다. 밖으로 드러난 것을 보면 體가 마음 속에 있음을 알 수 있으니, 이것이 본연의 성(本然之性)이다. 다만 타고난 자질이 일정하지 않아 어두움과 밝음, 강함과 약함이 같지 않은 것이 있으니, 이것이 이른바 기질의 성(氣質之性)이다. 孟子는 성의 선함을 말했는데, 이는 근본을 極究하고 근원을 窮究한 의론이어서 기질의 성

所以無極而大極者 天地之心也. 萬物各具一大極者 萬物之心也 人於萬物之中
得其氣之正且通者 故理之寓於是氣者 無不全 物則得其氣之偏且塞者 故理之
寓於是氣者 不能具 此人物之所以分也. 然其正且通者 不能無淸濁純雜之不齊
故有智愚賢不肖之不同 偏且塞者 亦不無一路之良知 故有近於父子君臣報本
有別之倫理者 斯可見人物之心 無非理與氣之相合者也. 專以氣言 則五臟之一
物 專以理言 則五性之總明 惟其理與氣合者 斯謂之心矣. 理與氣相離 則理自
理而氣自氣 便不可謂之心矣. 舜之命禹曰 人心惟危 道心惟微 以其理與氣之
雜於方寸之間者 分而言之 以爲精一執中之戒 此其萬世心學之淵源也. 數千載
之下 迺有周子大極圖說 程子朱子 敷而衍之 理氣之說 明且備 今之學者 一何
幸也. 知此則可以知死生之理矣 可以知生順而死安矣.

에는 미치지 못했다. 荀子는 성의 악함을 말했고, 揚子(揚雄)는 성에
는 선악이 뒤섞여 있다고 말했으며, 韓子(韓非子)는 성에는 세 가지
등급이 있음을 말했다. 이는 모두 기질의 성만 말했을 뿐 본연의 성에
는 이르지 못한 것이다. 대저 본연의 성은 堯舜과 凡人이 같지만, 기
질의 성은 십백천만 명이라도 같지 않다. 그러나 학문에 힘써서 그 기
질을 변화시킨다면 본연의 성이 이에 이르게 될 것이다. 한 개의 밝은
구슬이 맑은 물에 있으면 밝게 빛나고, 흐린 물에 있으던 어둡게 흐려
진다. 그러나 물이 흐리더라도 걸러서 맑게 만들면 본래 맑은 물이 있
던 것과 다를 것이 없다. 밝은 것은 밖에서 구할 것이 아니고, 흐린 것
도 고유한 것이 아니니, 능히 걸러낼 수 있는가에 달렸을 뿐이다. 이
본성의 자연스러움을 좇는 것이 바로 道이고, 이 도를 실천하여 마음
에 얻은 것이 덕(德)이다. 진실로 글자의 뜻(字義)에 밝다면 또한 성을
알 수 있을 것이고, 또한 도와 덕도 알 수 있을 것이다. 앎이 밝으면
실천하는 것도 바를 것이니, 앎을 밝게 하지 못하고서 실천할 때 어김
이 없음을 얻는 것은 있을 수 없는 일이다.[38]

또 하륜은 性이란 理가 사람의 마음에서 실현된 것이라고 정의한
다. 그러나 性은 四端으로 보면 本然之性을 갖추었지만, 타고난 資稟
에 따라 昏明强弱의 차이가 나타나니 氣質之性도 병존한다고 보았

---

38) 河崙, 「性說」(『浩亭集』 권2), 性者 天理之在人心者也. 仁義禮智信 其名也 在
天爲理 在人爲性 其實一也. 寂然不動者 其體也 感而遂通者 其用也. 惻隱羞
惡辭讓是非 用之見於外者也 觀其見於外者 則可以知其體之有諸中矣. 此所謂
本然之性也. 惟其資稟不齊 故有昏明强弱之不同 此所謂氣質之性也 孟子言性
善 此極本窮源之論 而不及乎氣質之性 荀子言性惡 揚子言善惡混 韓子言性
有三品 是皆言氣質之性 而不及乎本然之性 夫本然之性 則堯舜與塗人一也
而氣質之性 則十百千萬之不同 然而强勉學問而變化其質 則本然之性 卽此而
是矣 有如一般明珠 在淸水則明 在濁水則昏 水之濁者淘汰而至于淸 則與夫
本在淸水者無以異 其明非外求 其昏非固有 在能淘汰而已耳 循是性之自然者
道也 行是道而得於心者 德也 苟能明於字義 則亦可以知性矣 亦可以知道與
德矣 知之明則行之正矣 未有知不能明而行得不差也.

다. 주자학의 心性論이 거의 재현된 논의이긴 하지만, 이 두 가지 性 가운데 어디에 초점을 맞추어 풀어나가는가에 따라 性에 대한 판정도 달라질 수 있음을 지적한 점은 독특하다. 그는 사람에 따라 기질지성은 각자 다르지만, 배움을 통해 기질을 변화시킨다면 본연지성을 온전히 지킬 수 있음을 강조했다. 이것을 그는 淸濁水 속에 잠긴 明珠의 비유로 설명하였다. 물의 청탁은 기질의 차이일 뿐이고, 明珠의 밝음은 변함 없는 本然으로 존재하기 때문이다. 탁한 물을 잘 걸러낸다면 명주의 밝음은 마침내 완연히 제 모습을 드러낸다고 보았다. 이로 볼 때 하륜은 기질지성으로 말미암아 때로 마음은 흐려진 듯이 보일 때도 있지만, 이는 일시적인 현상이고 부단한 노력으로 흐림을 걸러낸다면 본연지성의 밝음은 그 빛을 잃지 않는다고 생각한 것이다. 하륜 역시 修養論的인 입장에서 心性을 논의했던 것이다.

權近(1352~1409)은 理와 氣를 차별적으로 보지 않았다. 우주상의 만물은 모두 이와 기에서 발현되어 만 가지로 나눠진 것으로 그는 보았다. 그리고 그 전체는 모두 나의 마음 속에 존재하는 것으로 규정한다.

> 대저 천지 사이에 가득 찬 만물들은, 모두 한 가지 氣에서 나뉘어지고 한 가지 이치(理)로 관통된 것이니, 크게는 천지도 예외일 수 없고 작게는 터럭 끝만한 것도 빠질 수 없다. 陰이어서 볼 수 없는 귀신이나 陽으로서 한정 없는 人物, 위로는 하늘에 뜬 해와 별, 아래로는 땅에 붙은 풀과 나무들의 이치가, 안으로는 나의 몸에 근본하고 밖으로는 사물에 갖추어져, 어디나 있지 않은 데가 없고 언제나 그렇지 않는 때가 없는 것인데, 그 전체는 모두 나의 마음 속에 있다. 때문에 내 마음의 작용이 능히 사물의 이치를 통하여 간격 없음이 물과 달보다 더한 것이다.[39]

理氣의 원리는 무차별적으로 만물에 적용되어 크고 작은 것이든, 넓고 좁은 것이든 가치에 있어서는 마찬가지다. 나의 몸에서부터 만물에 이르기까지 어느 곳 하나 적용되지 않는 부분이 없다. 이기의 원리는 내 마음속에 있는 것일 뿐만 아니라 마음과 몸도 별개의 것이 아님을 권근은 은연중에 주장한다. 마음은 몸을 거쳐 발현되기 때문이다. 다만 마음과 몸은 酷近(아주 가까움)이지 同一體는 아니라는 단서가 붙는다. 아래 글을 읽어보자.

仁이란 것은 마음의 온전한 德이고, 賢·善이라 하는 것은 모두 마음이 드러난 것이다. 사람마다 모두 이 마음이 있어 하늘에서 받아 몸에 간직하고 있는데, 마치 玉이 돌 속에 있고, 금이 광석 속에 있는 것과 같다. 한 몸의 주체가 되고, 온갖 이치의 근원을 갖추어 맑고 밝게 빛을 발한다. 때문에 느낌에 따라 반응하여 처음에는 어리석은 사람이나 지혜로운 사람의 차이가 없는 것이다. 보통 사람들은 스스로 혼미하여 잃고 말지만, 성인은 타고난 대로 온전하게 지킨다. 때문에 옥과 같이 정결하고 금과 같이 순수하여 자연스럽게 大成했던 것이다. 그 보배로 여길 것은 물건 속에 있지 않고 바로 나에게 있는 것이다.40)

마음과 몸의 관계를 권근은 寶玉과 鑛石의 관계로 본다. 보옥도 광

---

39) 權近,「淮月軒記」(『陽村集』권11), 大抵物之盈天壤之間者 皆一氣之所分 而一理之所貫也 大而天地不能外 小而毫芒不能遺 幽而鬼神之不可見 明而人物之不可窮 上而日星之昭乎天 下而草木之麗乎土 內則本於吾身 外則該於事物 無處不在 無時不然 而其全體總會於吾心 故吾心之用 能通萬物之理而無間 有甚於水月也.

40) 權近,「寶巖記」(『陽村集』권11), 夫仁者 心之全德 而曰賢曰善 皆心之著也 人人皆有此心 得之天 蘊諸身 猶玉在石 猶金在鑛 以爲一身之主 而具萬理之源 瑩澈光明 隨感而應 初無愚智之間 衆人自昏而失之 聖人則全之於天 玉潔金粹渾然大成 其可寶者 不在物而在我.

석이 있어야 보옥으로 존재할 수 있다. 보옥이 의지할 장소인 광석이 없다면 보옥은 존재할 수 없다. 때문에 마음도 마음이 담길 몸이 있어야 마음일 수 있는 것이다. 그러므로 마음이 몸에 담겨 있을 때에는 느낌에 따라 반응하는 것이 일치하여 愚智의 구별이 없다. 그러니 그 균형을 잃게 되면 어리석어지고 이를 잘 지키면 聖人도 될 수 있다. 그러면 어떻게 그 균형을 유지하여 내 몸 속의 보옥같은 마음을 지킬 것인가? 그 해답은 물건 속에 있지 않고 나에게 있다고 하였다. 즉 보옥과 광석을 구분하지 않고 渾然한 상태의 것으로 볼 때 옥과 금의 가치를 확인할 수 있는 것처럼, 몸과 마음을 이중의 잣대로 나누지 않고 一體의 것으로 파악하라는 말이다. 마음을 기르면서 몸도 기르는, 心身을 동시에 수양하는 노력을 통해 우리는 성인의 경지에 이를 수 있다고 권근은 생각했던 것이다.

이처럼 여말선초 문인들의 마음에 대한 생각은 공통점과 함께 차이점도 가지고 있다.

이색은 마음은 하늘의 참됨을 지니고 태어나지만 후천적인 자기 연마와 수양이 없으면 品格이 떨어질 수 있다고 보았다. 부단한 수련 끝에 자연스럽게 유출되는 마음이야말로 진정한 心性의 본체라고 생각했던 것이다.

정도전은 心·性·情을 분명하게 개념적으로 설명하면서 크게는 心·性 / 情으로 나눠 파악한다. 그는 心·性의 운용에 따라 情도 좌우된다는 주장을 편다. 즉 情은 心·性의 부수적인 존재라는 것이다. 마음이 주인이 되어 움직여지면 정은 外物에 자취를 남기게 되니, 不可分이지만 앞서는 것은 마음이 된다. 그러므로 體用와 顯微의 문제도 같은 근원이고 간극이 없다고 보는 것이다. 정도전은 心·性은 모든 행위와 심리의 절대적인 기준이 된다고 판단했던 것이다.

이첨은 無欲을 내세워 마음의 맑음을 유지하라고 주문한다. 마음도 맑음의 상태에 있다가 흐려질 수도 있으니, 이를 막기 위해서는 끊임없는 자기 연마 수양이 필요하다는 것이다. 마음이 맑아져야 비로소 인간의 모든 행동은 허령함과 곧음을 얻어 성현의 경지에 들 수 있다는 것이다.

하륜은 氣를 중심으로 인심과 물정의 차이를 변별하였다. 인심은 正通하여 인심이 되지만, 물정은 偏塞하여 물정이 된다는 것이다. 그러면서 性에는 본연지성과 기질지성이 있으므로, 인심이라 하더라도 현현한 상태는 달라질 수 있음을 지적한다. 어지러워진 기질지성을 바르게 다스리기 위해서는 어떻게 해야 하는가? 역시 배움을 통해 기질을 변화시키는 방법이 있다고 하였다. 이처럼 하륜 또한 收養論의 입장에서 인심과 물정을 논의하고 있다.

권근은 理와 氣를 무차별적으로 볼 것을 주장한다. 이것은 心・性과 情을 현상으로 드러난 상태에서는 구분할 수 있어도 근원을 통해 본다면 하나라는 것이다. 때문에 몸과 마음의 문제도, 동일체는 아니더라도 선후나 우열로 가려서는 안 된다고 보았다. 권근이 조선 초기의 文衡을 잡은, 조선 중기 詞章派가 형성되는 데 근원을 이룬 사람의 한 사람임을 생각할 때 文章과 道學을 차별화하여 보지 않는 입장이 心・性과 情, 몸과 마음의 문제에서도 적용되었음을 짐작하게 한다.

3. 物情이란 무엇인가 − '傳' 양식을 통하여

고려 후기로 접어들면서 상당량의 傳들이 쓰여진다. 문집이 남아 있는 문인들의 경우 몇몇 사람을 제외하고 대개 몇 편의 傳이 포함되어 있음을 알 수 있다. 물론 이들 傳은 實傳으로서, 假傳이나 托傳, 또는 소설화된 傳과는 성격이 다르다. 그러나 그들이 전에서 立傳하고 있는 인물들의 양상이나 입전자의 평가를 주목하면 당대적 삶과 인간에 대한 작자의 시선을 읽을 수 있다. 또한 입전된 인물은 당대 사회를 구체적으로 생활하면서 살다간 인물이라는 점에서 여말선초라는 물리적 현실을 어떻게 바라보았는지 해명하는 데 잣대가 될 수도 있다.

이색은 모두 7편의 전을 남겼고, 작품들은 『목은문고』 권20에 실려 있다. 「宋氏傳」, 「吳全傳」, 「朴氏傳」, 「草溪鄭顯叔傳」, 「崔氏傳」, 「白氏傳」, 「鄭氏家傳」이 그것이다. 마지막 「정씨가전」을 제외하면 모두 큰 재능과 포부를 가졌으면서도 이런저런 여건 때문에 뜻을 펴지 못하고 불우하게 살다 죽은 선비와 학자들의 전기이다. 이색이 이런 인물들의 전을 쓴 이유는 「오동전」 결말 부분에 나오는 이색의 말로 분명해진다.

> 『논어』에서 말하기를 "싹만 나왔다가 패지 못한 경우도 있고, 또 패기만 하고 여물지 못한 경우도 있다."고 했다. 아아! 슬픈 일이다, 아아! 슬픈 일이다.41)

이 구절은 『논어』 제9편 子罕篇 21장에 나온다. 이 말은 아까운 인재가 제대로 쓰이지 못하고 이름 없이 사라지는 현실에 대한 개탄에 다름 아니다. 더구나 그의 전에 등장하는 인물들은 이색이 傳聞으로 들은 생면부지의 사람들이 아니다. 어떤 계기든 그가 직접 만나 함께

---

41) 李穡, 「吳全傳」(『文藁』 권20), 語曰 苗而不秀 秀而不實 嗚呼悲夫 嗚呼悲夫.

생각을 나눴던 사람들이다. 때문에 그들의 능력과 가치를 절실하게 체험할 수 있었고, 그런 사람을 잃은 아쉬움은 더욱 애절하게 문맥을 흐른다. 인재가 인재로 쓰이지 못하고 버려지거나 잊혀지는 세태에 그는 깊은 절망에 빠져 이런 전을 썼던 것이다. 입전 인물이 비록 실존했던 사람이라고 해도, 일정 정도는 작자의 형상이 반영되었을 것임은 분명하다. 뜻을 이루지 못하고 역사의 뒤편으로 사라진 사람들의 목록 속에는 작자인 李穡 자신도 포함된다고 볼 수 있다. 학계의 원로이자 정계의 거목으로 살았던 이색이지만, 현실 속의 그는 미약할 수밖에 없는, 고립된 처지였던 것이다. 전 속의 한 인물이 말하는 세태에 대한 비판은 이색의 목소리가 그대로 녹아있다.

> 이상한 일이구나. 나쁜 나무 밑에서는 쉬지 않는 법이고, 盜泉이란 샘물은 마시지 않는 법이다. 그것은 무슨 까닭인가 하면 그 이름을 미워하기 때문이다. 그런데 어떻게 그 모양이 높다랗게 생겨서 한 고을 사람들이 쳐다보는 것을 無信이라고 이름을 지었단 말인가? 곡식을 버리면 사람이 살 수 없고, 병기를 없애면 사람이 몸을 지키지 못하는 것이다. 그러나 곡식과 무기 버리기를 헌신짝 버리듯이 할지언정 감히 믿음만은 버릴 수가 없다고 우리 공자께서 이미 말씀하시지 않았는가?[42]

당시 세태의 부조리함을 타인의 목소리를 빌려 토로한 것이나 마찬가지다. 마음의 수양이 이루어지지 않아 품격이 떨어져 버린 物情에 대한 솔직한 자기 반성이면서 성토라고 할 수 있다. 정도전의 전에

---

42) 李穡, 「草溪鄭顯叔傳」(『文藁』 권20), 異哉 惡木不息也 盜泉不飮也 夫何故 惡其名也 烏有巍然其形 爲一邑所瞻視 而以無信 表之者乎 去粟 人無以自生 也 去兵 人無以自衛也 然且去粟與兵 如棄弊屨 然而不敢去信 吾夫子已言之.

오면 이런 성토는 더욱 신랄해진다.

정도전에게는 傳이 단 한 편밖에 전하지 않는다.「鄭沉傳」으로,『三峰集』권4에 실려 있다. 정침은 나주 땅의 戶長으로 衙前에 지나지 않은 낮은 신분의 사람이었지만, 왜적을 만나자 두려워하지 않고 끝까지 항거하다가 사세가 불리해지자 홀로 투신하여 죽은 사람이다. 그러자 사람들이 불행하게 죽은 것은 애석하게 여겼지만, 투신하여 죽은 점에 대해서는 어리석은 짓으로 평가했다. 이에 대해 정도전은 "명예를 좋아하는 선비는 한 번 죽는 것을 달게 여기고 후회하지 않는다."[43]면서 그의 죽음은 義烈과 慷慨함의 소치로서 "모두 하늘이 준 자질의 아름다움에서 나온 것으로, 이름을 좋아하는 선비가 목적한 바가 있어서 한 것과 비교가 되지 않는다."[44]고 높게 평가한다. 그는 단순히 명예나 얻자고 목숨을 가볍게 버린 사람이 아니라는 것이다. 당시의 세태가 왜구가 30년 넘게 들끓어 양반집 자녀들이라도 그들의 포로가 되면 노예나 첩이 되는 것도 달갑게 여기고 심지어 첩자가 되어 길을 인도하기까지 했다. 그런 개돼지만도 못한 짓을 하면서도 부끄럽게 여기지 않으니, 그 까닭은 죽음을 두려워했기 때문이라는 것이다. 평소에는 節義니 名分을 내세워 격분하던 사람들도 막상 일이 닥치면 圖生할 궁리나 하는 것이 현실인데, 이에 비할 때 정침의 의로운 죽음은 만세의 귀감이 된다는 것이다. 그러면서 정도전은 자신의 志操論을 전개한다.

아! 사람에게 진실로 죽음이 없다면 사람의 도리는 벌써 없어지고

---

43) 鄭道傳,「鄭沉傳」(『三峰集』권4), 故好名之士 甘心一死 而不以爲悔.

44) 鄭道傳,「鄭沉傳」(『三峰集』권4), 此皆出於天質之美 又非好名之士 有所爲而 爲者比也.

말았을 것이다. 적이 항복하기를 협박할 때 충신이 죽음이 아니라면 어찌 그 충의를 보전하겠으며, 강포한 자가 핍박할 때 열녀가 죽음이 아니라면 어찌 그의 정조를 보전할 수 있겠는가? 사람이 난처한 사태를 당하여 그 바른 길을 잃지 않는 것은 다행스럽게도 한 번 죽는다는 것이 있기 때문이다.[45]

마음의 바름을 지키다가 여의치 못할 때 끝까지 節義를 버리지 않을 수 있는 것은 죽음이 있기 때문이라는 것이다. 죽을 장소에서 죽어야 할 때 죽음을 두려워한다면 어떻게 사람답게 살 수 있느냐고 정도전은 되묻는다. 그가 心·性의 운용을 중시하고 情조차도 부수적인 것임을 강조하면서, 마음의 주인되기를 권면한 태도가 立傳의 목표에서도 분명하게 천명되고 있는 것이다.

李崇仁(1349~1392)에게도 두 편의 전이 전한다.『도은집』권4에 있는「草屋子傳」과「裵烈婦傳」이 그것이다.「초옥자전」은 金震陽 (?~1392)의 검소하고 청렴한 사람 됨됨이를 기술한 것이고,「배열부전」은 倭寇에게 쫓기다가 몸을 더럽히지 않고 위협에도 굴하지 않으면서 당당하게 죽음을 택한 열부의 義行을 칭송한 것이다. 배열부에 대한 이숭인의 평에 다음과 같은 구절이 나온다.

사람들이 항상 말하기를 신하가 되어서는 신하의 도리를 다하고, 자식이 되어서는 자식의 도리를 다하며, 아내가 되어서는 아내의 도리를 다해야 한다고 말한다. 하지만 큰 어려움에 닥쳐서 이것을 실천하는 사람은 드물다. 배씨는 일개 부인으로써 죽음 보기를 돌아가는 것처럼

---

45) 鄭道傳, 앞의 글, 嗚呼 誠使人無死 則人道滅久矣 當寇敵脅降之時 忠臣非死 何以全其義 當彊暴侵逼之時 烈女非死 何以保其節 遭難處之事 能不失其正 者 幸有一死焉耳.

하고 賊을 꾸짖는 말은 비록 옛 忠烈의 선비라 할지라도 이보다 더할 수 없을 것이다.[46]

이 역시 당시 物情의 僞善됨을 극명하게 지적한 것으로 볼 수 있다. 입으로는 명분과 의리를 내세우면서도 정작 위기가 닥치면 두려움에 떨면서 변절하는 물정에 대한 이숭인의 憤慨를 읽을 수 있다.

권근에게는 3편의 전이 전한다. 『陽村集』 권21에 실려 있는데, 「司宰少監朴强傳」과 「優人孝子君萬傳」, 「儒生裵尙謙傳」이 그것이다. 「박강전」은 나라의 존망을 지키고자 신명을 다 바친 한 老將의 일생을 기록한 것이고, 「군만전」은 천한 신분의 사람이면서도 아비를 죽인 호랑이에게 복수한 군만의 효심을 그렇지 못했던 일곱 형제의 행적과 비교하여 칭송한 것이다. 그리고 「배상겸전」에서는 강직한 아비를 둔 상겸이 또 다른 방식으로 아비의 遺風을 좇은 일을 상찬하고 있다.

권근이 이들의 전을 쓴 까닭은 나라와 인륜을 위해 큰공을 세웠으면서도 알아주는 이가 없어 초야에 묻혀 사라지는 일을 경계하기 위해서였다. 전의 말미에 나오는 권근의 평을 들어 당시 物情에 대한 그의 진단을 읽어보자.

전쟁이 일어난 이후로 충의를 가진 용사가 위급함을 당하여 목숨을 바쳐, 팔을 걷어붙이고 앞장서서 소리치며 칼날을 무릅쓰고 강한 적의 선봉을 꺾고 막아내어 특출한 공로를 세웠지만, 위에서 추천하여 뽑아 주는 사람이 없고 아래로는 기록해 주는 친구도 없어, 덧없이 흐르는 세월에 사적이 없어지고, 전하지도 못한 채 마침내 시골에서 죽어버려

---

46) 李崇仁, 「裵烈婦傳」(『陶隱集』 권4), 人有恒言曰 爲臣盡臣道 爲子盡子道 爲婦盡婦道 至於臨大難 鮮克踐之 裵一婦人 而其視死如歸 罵賊之言 雖古忠烈士 蔑以加焉.

초목과 함께 썩고 마는 사람이 얼마인가? 이것은 가엾은 일이다. 때문에 박강에 대하여 전기를 쓴다.47)

내가 죄를 짓고 조정에서 쫓겨나자 비록 오랜 친구라도 종종 나를 버리고 가면서 행여 불이익이라도 당할 것처럼 생각했다. 그러나 상겸은 그런 일은 생각하지도 않고 날마다 따르며 배우는 것을 일삼았다. 지금 비록 시골 사람들의 놀림거리가 되고 있지만, 또한 구차하게 시골 사람이 말하는 대로 따르지 않으니, 마음이 군센 사람이 아니라면 능히 그럴 수 있겠는가? 그의 기질은 부드럽고 온화하며, 행동은 공손하고 겸손하며, 마음은 강하고 바르니, 곧 이른바 정직 평강한 덕인 것이다.48)

첫 번째 글은 당시의 야박한 세태를 직접 지적한 것은 아니다. 나라가 어려운 상황에 처했을 때 신명을 바쳐 봉사한 사람이 단지 신분이 미천하고 든든한 후원자가 없어 그 업적이 사라진다면 진실이 발붙일 곳이 없을 것이라는 우려를 적은 것이다. 사사로운 이해 관계에 얽혀서 가치 있는 사실들이 기록되지 못하고 사라지는 현실에 대한 안타까움이 짙게 깔려있다.

두 번째 글에서는 부조리한 현실에 대한 비판이 한층 고조된다. 진실이 중요한 것이 아니라 자신에게 닥칠 危害만 앞세워 친구와의 정의도 저버리는 物情에 대한 참담한 마음이 쓰여져 있다. 그가 생각했

---

47) 權近,「司宰少監朴强傳」(『陽村集』 권21), 自兵興來 忠義之士 見危授命 奮臂先呼 冒白刃摧堅鋒 得雋制敵 以立異效 上無薦拔之知 下無紀述之友 數奇不偶 事泯不傳 卒死閭巷 草木同腐 幾何人哉 是可哀也已 故於强爲立傳云.

48) 權近,「儒生裵尙謙傳」(『陽村集』 권21), 予以罪竄于朝 雖舊要者 往往背馳而去 若將爲累 尙謙能不恤其然 日相從以問文學爲事 今雖爲鄕人所狎 亦不苟同於鄕人之所謂 是則其心非剛者能然歟 其氣柔而和 其行恭而奕 其心剛而正 卽所謂正直平康之德也.

던 心·性과 情이 일체를 이루지 못하고 마음과 몸이 따로 노는, 그릇된 人心의 향방에 대한 질책인 것이다.

　이처럼 네 사람의 전은 모두 뛰어난 자질과 공을 세우고도 세상에서 버려지는 인재와 어진 사람들의 삶을 그리는 데 집중되어 있다. 원래 전의 성격이 역사 속에서 개인은 어떤 역할을 하는가를 밝히는 데 있는 만큼 이런 입전 태도는 남다를 것은 없다고도 볼 수 있다. 그러나 그들은 전을 통해 당대 현실이 보여주는 物情의 흐름과 그 폐해를 지적했고, 행동을 주재하는 주인으로서 마음의 역할과 결부시켜 물정을 이해했다는 점에서 관심을 불러일으킨다. 또한 그들의 전 속에는 위기와 변혁이 빈발하는 현실 속에서 자신들이 취해야 할 행동의 전범들이 은연중에 담겨 있다. 결국 그들이 쓴 글도 그들의 마음에서 나왔던 것이다.

4. 人心과 物情의 만남, 時調를 중심으로

　懷古歌로 불려지는 여말선초 문인들이 남긴 일련의 時調는, 당시 문인들이 남긴 人心物情論에 대한 또 다른 문학적 표출이라고 할 수 있다. 옛 왕조가 무너지고 새로운 왕조가 들어서는 때는 분명 난세지만 功名을 이룰 수 있는 다시없는 기회이기도 하다. 이러한 역사적 상황은 당시의 유가 지식인들에게 어디에 마음(心)을 두고 어디(物)를 좇을 것인가 하는 선택을 하도록 만들었다. 위기와 선택의 순간이 닥치면 숨겨져 있던 사람의 마음도 드러나는 법이다. 存亡과 浮沈이 연속되는 왕조 교체기를 살던 지식인들이 그런 현실을 목격하면서 人心과 物情의 추이에 대해 무심할 수는 없었을 것이다. 여기에서는 그

런 추이에 대한 생각의 한 실마리를 찾아보기로 하겠다. 더구나 시조
는 다른 문학 갈래와는 달리 작가의 심경이 여과없이 표출되는 歌唱
형식이었던 만큼 마음과 물정에 대한 그들의 생각의 구체적인 실례를
읽을 수 있을 것이다.

> 五百年 都邑地를 匹馬로 도라드니
> 山川은 依舊ᄒ되 人傑은 간 듸 업다
> 어즈버 太平烟月이 꿈이런가 ᄒ노라 (吉再)

> 白雪이 ᄌ자진 골에 구루미 머흐레라
> 반가온 梅花는 어니 곳이 퓌엿는고
> 夕陽에 홀로 셔 이셔 갈 곳 몰나 ᄒ노라 (李穡)

> 興亡이 有數ᄒ니 滿月臺도 秋草로다
> 五百年 王業이 牧笛에 부쳐시니
> 夕陽에 지나난 客이 눈물 계워 ᄒ노라 (元天錫)

길재(1353~1419)와 이색, 원천석(1330~?)은 고려 왕조의 몰락을
목도하면서 아예 은둔하거나 심정적으로나마 거부 의사를 보였던 문
인이었다. 세 사람은 당시의 인심이 正道를 지키지 못하고 신흥 세력
이 제공하는 이익에만 몰두하는 태도에 비판을 가했다. '간 듸 업는
人傑'과 '白雪이 ᄌ자진 골'의 구름은 '依舊한 山川'과 '반가온 梅花'
와 대비되어 無常하게 변하는 人心에 대한 그들의 悲感을 더욱 부각
시킨다. 꿈이 되어버린 '太平烟月'과 해 저문 '夕陽'의 이미지는 망국
의 슬픔만큼이나 참된 마음이 사라진 현실을 애통해하는 작가의 심정
이 반영되었다고 볼 수 있다. '어즈버'에 함축된 탄식과 '홀로 셔 이셔

갈 곳 몰나' 하는 방황은, 참됨 마음의 실종을 개탄하고 그릇된 물정이 판치는 현실을 우려하는 두 사람의 '마음'이 그대로 담겨져 있는 것이다. 그러나 두 사람은 그 지점에서 더 나아가지는 못했다. 忠節을 이루기 위한 삶과 죽음의 경계에서 정확하게 멈춰버린 것이다. 즉 그들은 충절을 적극적인 행동으로 옮기지는 못했다.

원천석의 경우는 생각이 조금 다르다. 그는 '興亡의 有數'함을 인정한다. 그러니 화려했던 고려 왕성(滿月臺)에 가을 풀이 우거진 상황도 운수 소관으로 치부한다. 人心이 굳이 한 왕조에만 머물러 있을 이유는 없다고 그는 생각했다. 인심이 옮겨갔는데 목동의 피리 소리 속에 사라져버린 物情의 소재를 새삼 확인할 이유도 없는 것이다. 그는 몰락하는 고려 왕조에 대해 '관찰자(客)'의 위치 이상도 이하도 될 수 없었던 것이다. 때문에 그에게는 탄식(길재)이나 방황(이색)이 아니라 弔喪의 눈물을 흘릴 수 있을 만큼 인심과 물정으로부터 자유로울 수 있었던 것이다.

이어지는 鄭道傳의 시조에서는 '半千年 王業'을 물과 함께 흘려보내고 미래의 과업에 더 관심을 두는 태도가 드러난다.

> 仙人橋 나린 물이 紫霞洞에 흘너 드러
> 半千年의 王業을 물 소리 뿐이로다
> 아희야 故國興亡을 무러 무슴 ᄒ리오 (鄭道傳)

이 때 정도전이 '아희'로 호칭한 사람들은 고려 왕조의 몰락을 보면서 탄식하거나 방황하고 조상하는 일군의 인물들일 것이다. 그런 태도는 情의 발현일 뿐이지 心・性이 주재가 된 결과가 아니라고 정도전은 본 듯하다. 이미 망한 왕조의 흥망사를 되씹어보는 태도는 현명하지 못하다고 시인은 주장한다. 新舊의 교체는 물이 위에서 아래로 흐르는 것처럼 자연스런 일로서, 人心과 物情이 충돌하고 반목하는 상황이 아니라 體用과 顯微가 실천적으로 화합하는 현상이었다. 뒤돌아보기보다는 앞을 내다보자는 정도전의 역사관이 한 편의 시조 안에 담겨져 있다.

人心과 物情이 팽팽하게 대립하는 양상은 저 유명한 정몽주와 이방원의 시조에서 생생하게 드러난다.

> 이런들 엇더ᄒ며 저런들 엇더ᄒ리
> 萬壽山 드렁츩이 얼거진들 긔 엇더ᄒ리
> 우리도 이ᄀᆞᆺ치 얼거져 百年ᄭᅡ지 누리리라 (李芳遠)

> 이 몸이 주거 주거 一百 番 고쳐 주거
> 白骨이 塵土 되여 넉시라도 잇고 업고
> 님 向ᄒᆞᆫ 一片丹心이야 가싈 줄이 이시랴 (鄭夢周)

‘一片丹心’을 내세운 정몽주는 人心의 바른 바탕을 굳게 지키겠다는 입장인데 비해, ‘萬壽山 드렁츩’을 앞세운 이방원은 物情을 좇아 백년 만년 화락을 누리자고 유혹한다. 양자 사이에 화해란 있을 수 없다. 서로의 지향점이 완연히 다르기 때문이다. 이방원에게는 백년의 화락이 정몽주에게는 백 번의 죽음으로 치환되고, 만년의 얽으러짐도 ‘塵土가 된 白骨’로 無化되어 버린다. 정몽주가 人心을 無上의 차원으로 이상화시켰다면 이방원은 物情의 수준을 철저하게 세속화시켰다. 이런 극단적인 대립은 비단 두 사람만의 것은 아니다. 이상주의자와 현실주의자 사이에서 영원히 화해될 수 없는 엇갈림이었던 것이다.

5. 끝맺는 말

佛家에서는 모든 현상을 마음의 문제로 본다. '一切唯心造'라는 경구가 그것을 잘 설명한다. 불가의 이론에 상당량의 빚을 지고 태어난 性理學 역시 마음의 문제에 진지하게 접근했다. 그러면서 마음의 정체와 그 마음이 현실과 만나 빚어지는 物情에 대해서도 관심을 가졌다. 四端七情論은 그런 人心과 物情에 대한 유가의 해답일 것이다.

본고는 여말선초를 살다간 유가계 지식인들의 마음 찾기와 物情에 대한 진단, 또 그에 대한 입장을 찾아보는 데 목적을 두었다. 당대의 대표적인 문인들의 글을 통해 이 문제에 대한 해답를 얻고자 하였다. 그 결과를 간단하게 정리하면 다음과 같다.

먼저 마음(人心)의 문제에 대해 이색은 사람의 마음은 하늘의 참됨을 받아 태어나지만 후천적인 자기 수련이 없으면 품격이 떨어질 수 있다고 보면서, 꾸밈보다는 자연스러운 흐름을 좇는 것이 마음을 보다 잘 지키는 방법이라고 하였다.

정도전은 情에 대해 心·性의 우위를 주장했다. 그러나 우위는 주종적 관계를 말하는 것이 아니고 先後의 관계 속에서 설명할 수 있다고 보았다. 人心이 體라면 物情은 用인데, 양자 사이에는 간극이 아니라 차이만 있을 뿐이라고 보았다.

이첨은 無欲을 내세워 마음의 맑음을 유지하라고 주문하면서 마음이 맑아져야 비로소 인간의 모든 행동은 허령함과 곧음을 얻어 성현의 경지에 들 수 있다고 보았다.

하륜은 氣를 중심으로 인심은 正通하여 인심이 되지만, 물정은 偏塞하여 물정이 된다고 생각하였다. 또한 性에는 본연지성과 기질지성이 있는데, 어지러워진 기질지성을 바르게 다스리기 위해서는 역시 배움을 통해 기질을 변화시키는 방법이 있다고 하였다. 이처럼 하륜 또한 收養論의 입장에서 인심과 물정을 논의하고 있다.

권근은 心·性과 情을 지배하는 더 높은 원리가 理氣라고 보면서 이와 기는 무차별적인 성격을 가진다고 생각하였다. 그러므로 몸과 마음은 분리될 수 없으며, 선후나 우열을 가려서는 안 된다고 주장하였다.

한편 이 시대 문인들은 여러 사람이 傳을 남기고 있는데, 공통된 특징과 함께 변별되는 논리도 보여주었다.

이색은 미미한 신분의 인물이지만 마음의 바른 바탕을 잃지 않았던 사람들의 생애를 기록하여 수양보다는 출세에 골몰해 품격이 떨어져 버린 당대의 物情을 비판하였다. 정도전은 의리와 명분을 내세우다가도 위기가 닥치면 圖生할 궁리나 하는 현실을 매도하면서 人心이 굳세면 物情도 흔들리지 않음을 주장하였다. 이숭인은 당시 위정자들의 위선을 질책하면서 物情의 참다움은 오히려 民間에 있음을 역설하여 경종을 울렸다. 권근도 당대 지도층의 위선을 개탄하면서 心·性과 物情이 일체를 이루지 못하는 人心物情에 대해 질책하였다.

여말선초에 쓰여진 時調들은 왕조 몰락이라는 혁명적 상황 속에서 당대의 유가 지식인들이 그려낸 人心과 物情의 흐름이 단적으로 드러난다는 점에서 접근해보았다. 길재와 이색은 충절을 지키지 못하고 변절하는 세태들에 대해 깊이 탄식하고 방황하는 자세를 보여주었고, 원천석은 역사의 흐름은 順理라는 측면에서 받아들이는 태도를 보여주었다. 정도전의 경우는 과거에 얽매이기보다는 미래의 과업에 치중하자는 것이었다. 이들 시조 속에 담긴 人心과 物情의 현상학은 상황 논리로부터 완전히 자유롭지는 않지만 人心을 좇을 것인가 物情에 안주할 것인가 하는 나름대로의 판단이 개입되어 있었다. 그 인심과 물정의 갈등과 대립이 극한에까지 이르러 도저히 화해할 수 없는 파탄으로 귀결된 사실은 정몽주와 이방원의 시조를 통해 확인된다.

  본고에서 필자는 여말선초라는 변혁의 시대를 살다간 유가계 지식인들이 사람의 보편적인 마음과 자신들이 청했던 현실에 대해 어떻게 대응했는가 확인하고, 그것이 문학 속에서는 어떻게 수용되었는가를 알아보았다. 그러나 글을 마무리지으면서 당대 문인들이 남긴 기록에 대해 좀더 다양하게 접근하여 충분한 논의를 이끌어내지 못했다는 아쉬움을 떨칠 수 없다. 논의가 부족하거나 오독한 부분이 있다면 좀더 시간을 두고 글을 정리해 마무리할 것을 약속하면서 글을 마친다.

여말선초 漢詩에 나타난 견제와 수용의 논리

1. 들어가는 말

13세기 말에서 14세기 초까지 이어지는 여말선초는 역사적으로 극적인 사건이 중첩되던 시기였다. 왕조 교체와 더불어 학술 및 문화면으로도 주류 사상이 불교에서 유교로 바뀌는 기간이었다. 이런 일련의 변화는 당시 한문학을 지배했던 지식인층에게도 많은 고민과 대안을 강구하도록 만들었다. 그런 흔적들은 이 시기 문학에도 어느 정도 반영되어 나타났는데, 본 발표는 그런 문인들의 사고의 궤적을 문학 작품을 통해 추적하고자 한다. 여기서는 왕조 교체에 따른 忠의 문제와 불교에 대한 인식의 변화, 두 측면으로 접근하려고 한다.

다만 아쉬운 점은 忠의 문제와 관련되는 왕조 교체에 대한 그들의 고민과 갈등, 또는 대처 방식에 대한 자료는 기대만큼 많지 않다는 점이다. 아니 직접적으로 그 고충을 토로한 작품은 단 한 편도 남아있지 않다고 해도 과언은 아니다. 유교 사대부로서 不事二君의 문제는 그들로서는 도저히 대체할 수 없는 금과옥조였다. 그러나 유혈혁명의 산고 끝에 들어선 조선 왕조는 어떤 식의 반발도 용납할 여유가 없었다. 懷古歌 같은 시조가 전하긴 하지만, 예외적인 자료인 데다 弔喪의 의미 이상을 지니지는 않는다. 정몽주의 丹心歌 역시 충절의 메커

니즘이 조선 왕조에서도 그대로 통용된 결과 수용되었다고 봐야 할 것이다.

이 시기 문인들의 저작들은 조선으로 접어들면서 편집 출간되었고, 그 결과 혹시 있었다고 해도 위의 갈등은 철저하게 삭제되거나 숨겨져 사라졌을 것으로 짐작된다. 왕조 출범의 정당성이나 정통성을 비판하거나 의심하는 일은 실제로 있었다고 해도 폐기되는 운명을 걸었을 것이고, 오로지 왕조의 개창을 頌祝하는 작품들만 양산되거나 보존된 것은 이상한 일도 아니다.

본 발표에서는 그런 상황에서 남들과는 다른 처신을 보여주었고, 성격이 다른 한시를 남긴 거의 유일한 작가라고 할 수 있는 耘谷 元天錫(1330~?)의 작품을 검토하면서 당시 유가 지식인의 심리와 대응 양상의 한 측면을 살펴보고자 한다.

여말선초가 보여주는 시대적 특징 가운데 하나가 바로 崇儒斥佛이다. 사실 불교를 억누르고 유가 사상을 선양하려는 움직임은 이미 이전부터 없진 않았지만, 이 시기만큼 제도적으로나 실천적으로 실현을 지향한 시대도 많지 않다. 그러나 두 사상은 사실상 대립의 축이라기보다는 균형을 잡아야 하는 위치에 서 있었고, 많은 문인관료들은 외적인 지향과는 모순된 내면을 보여주고 있다는 점 역시 간과할 수 없다. 『佛氏雜辨』을 남겨 본격적으로 이념 공세를 펼쳤던 鄭道傳(?~1398)이나 『入學圖說』과 『五經淺見錄』 등을 써서 조선 유학의 서장을 열었던 權近(1352~1409)49) 등의 문집을 읽어보면 斥佛文字의 선봉에 섰던 이들의 작품 속에 親佛 성향의 작품이 적지 않은 것을 알 수 있다. 그리고 이런 성향은 그 의미와 강도는 조금씩 차이가 나더라

---

49) 그는 정도전의 『불씨잡변』에 주석을 남기기도 했다.

도 조선조 내내 지속된 현상이기도 하다.

물론 이것을 두고 유가 사대부들의 허위의식과 이념적 파탄을 드러낸 것이라고 예단할 수도 없고, 外儒內佛의 실체라며 척불론의 실체를 부정하는 반론을 펼칠 수도 없다. 뭔가 다른 각도에서 이 현상을 주목하고 해석해야 하지 않을까 판단된다.

그리하여 본 발표에서는 이 시기 문인들이 이 두 가지 문제에 대응했던 태도를 수용과 견제(또는 갈등)라는 기제를 바탕으로 풀어보고자 한다. 이를 통해 여말선초 문학사의 외형적 변화와 내면적 고민들의 실체를 재구할 수 있기를 바란다. 다만 아직 시론적인 입장에서 쓰여진 발표문임을 밝히면서 좀 더 폭넓고 체계적인 접근은 후일의 과제로 남겨놓고자 한다.

2. 원천석 : 隱遁과 批判의 이중주

원천석은 고려시대 시인 가운데 이색과 이규보의 뒤를 이어 세 번째로 많은 작품을 남기고 있음에도 불구하고 받아 마땅한 주목을 받지 못한 인물이라고 할 수 있다. 이는 그의 문집에 오랜 기간 원고로만 존재하다가 조선 후기 때 와서야 겨우 간행됨으로써 조선조 비평가들의 관심의 대상이 되지 못한 탓도 있다. 또 주로 문학사의 논의가 정치사적인 비중에 의존해서 논의되었던 그간 우리 학계의 연구 흐름도 일익을 담당했다.

원천석은 여말선초 정치사의 진행에 일절 관여하지 않았다. 그는 일찌감치 파행으로 흐르는 당대 현실에 실망을 느끼고 강원도 원주에 은거해버렸다. 이런 결정의 원인이 어디에 있었는지는 분명하지 않지만, 역사의 흐름이 몇몇 개인의 선의나 노력에 의해 바뀔 수는 없다는 판단이 개입되었던 듯하다. 필자는 이런 점을 天運論으로 이름 지어 논의한 바 있다.[50] 이렇게 본다면 그는 당대 정치 현실에 대해 소극적인 저항을 한 사람으로 규정할 수 있을 것이다.

그러나 그의 은둔은 당시 自號를 '-隱'이라 하여 심리적 은둔을 꾀했던 사람들과는 성격이 달랐고, 왕조 개창 이후 집단으로 杜門洞에 은둔했던 72賢과도 맥락을 달리한다는 점을 지적해야 한다. 그는 은둔한 이후에도 항상 개경에서 들려오는 소식에 귀를 기울이고 있었다. 그리고 우리가 익히 알고 있는 사건의 결과들을 들을 때마다 자신의 강렬한 생각을 놓치지 않고 자신의 시 속에 담았다. 더구나 그 내용들은 단순한 감상이나 울분의 차원을 넘어서 있다. 구체적으로 상황을 묘사했고, 참담한 결과에 대해 소신껏 평가하고, 그릇된 행동에 대해 철저하게 비판하는 목소리를 담고 있는 것이다. 이처럼 그는 개창 이전부터 실질적인 은둔을 행했을 뿐만 아니라 현실을 외면하지도 않았다. 더욱이 조선이 개창된 뒤에는 맹목적으로 고려 왕조에 대한 충의와 절의만 내세우지 않고 새로운 왕조에 대한 자신의 희망과 소신도 피력하고 있다. 이는 얼핏 행동이나 이념에 일관성이 없는 것처럼 보일 수도 있지만 상황에 대해 탄력적으로 대처했다고 평가하는 것이 온당하다. 이런 점들을 작품을 통해 살펴보기로 하자.

첫 번째 작품은 都統使 崔瑩 장군이 위화도 회군 이후 처형 당했다는 소식을 듣고 지은 세 편의 7언율시다.

水鏡埋光柱石頹   물밑으로 빛은 묻히고 주석의 신하는 쓰러졌으니

---

50) 拙著, 耘谷 元天錫과 그의 문학, 45~51쪽, 태학사, 1999.

四方民物盡悲哀　온천하의 백성과 사물들도 모두 슬퍼 우는구나.
赫然功業終歸朽　빛나던 공적과 덕업은 마침내 썩어 문드러졌으나
確爾忠誠死不灰　확고한 충심과 정성은 죽어도 재가 되지 않으리라.
紀事靑篇曾滿帙　일을 쓴 푸른 글귀는 일찍이 책마다 가득했는데
可憐黃壤已成堆　가여워라, 누런 흙덩이는 벌써 무덤을 만들었도다.
想應杳杳重泉下　생각하니 아득한 구천 속에서도
抉眼東門憤未開　눈 도려진 동문의 원한51)은 아직 풀리지 않았으리.

獨立朝端無敢干　조정 끝에 홀로 서서 감히 덤빌 이 없었더니
直將忠義試諸難　바로 그 충성과 의리로 온갖 어려움을 겪었구나.
爲從六道黔黎望　여섯 도의 백성들의 희망을 좇아 일했거니
能致三韓社稷安　능히 삼한의 사직을 안정시킬 인물이었네.
同列英雄顔更厚　함께 줄 선 영웅들 얼굴은 더욱 두텁고
未亡邪佞骨猶寒　죽지 못한 사악하고 망령된 인사 뼈까지 서늘하리.
更逢亂日誰爲計　다시 난세의 때를 만나면 누가 계책을 세울까
可笑時人用事姦　요즘 사람 간특한 꾀부림이 가소롭기만 하구나.

我今聞訃作哀詩　내 지금에야 부음 듣고 애도의 시를 지으니
不爲公悲爲國悲　공을 위해서가 아니라 나라 위한 슬픔을 담았네.
天運難能知不泰　하늘의 운수가 트이고 막힘을 알기 어려우나
邦基未可定安危　나라의 터전은 안위를 정할 수 없는 지경이로다.
鈷鋒已折嗟何及　날카로운 창끝은 꺾였으니 탄식한들 무엇하며
忠膽常孤恨不支　충성의 담력은 항상 외로우니 지탱 못함이 한스럽네.
獨對山河歌此曲　홀로 고국의 산하를 보며 이 곡조 노래하노니
白雲流水摠噫嘻　흰 구름 흐르는 물도 모두 탄식을 잊지 않는다.52)

---

51) 『十八史略』에 보면 伍子胥가 무고로 죽음을 당하게 되자 분하여 "내가 죽거든
　　눈알을 빼서 동쪽 문에 걸어두라. 내 눈으로 越나라가 吳나라를 멸망시키는 꼴을
　　보고 말리라"고 말했다는 고사가 실려 있다.

최영의 죽음에 대해 후세 사가들이 어떻게 평하든 고려 왕조의 입장에서 보았을 때 가장 중요한 지지자 한 사람을 잃은 것은 분명하다. 병권을 좌우했던 인물이 제거됨으로 해서 고려 왕조의 멸망은 한 치 앞도 내다볼 수 없는 지경에 이르렀던 것이다. 원천석의 그에 대한 전폭적인 신임과 존경은 위의 弔詩를 통해서도 십분 읽을 수 있다. 살아서 빛나는 공업을 세웠고 죽어서도 충정은 변하지 않으리라는 말속에는, 그렇지 못한 현실에 대한 질책이 담겨 있다. 의로운 충신은 불의의 죽음을 당하고 간사한 무리만 횡행하는 현실을 가슴 아파하면서 위난의 시기가 왔을 때 이를 구제할 인물이 이제는 영원히 사라진 것에 대해 한없는 울분을 토로하는 것이다. 위화도회군은 1388년 5월의 일이고 최영이 처형을 당한 것은 그 해 12월의 일이었다. 작가가 말한 것처럼 그의 죽음으로 사실상 고려 왕조는 붕괴했다고 해도 과언이 아니다. 산하는 옛 산하이지만, 인심은 옛 인심이 아닌 때가 온 것이다. 진정한 충신을 잃은 슬픔은 시인 개인의 몫이 아니라, 나라 전체의 몫이라는 사실을 그는 세 편의 애도시 속에 선연히 부각시켜 놓고 있다.

다음 작품은 최영이 피살된 이후 벌여진 중요한 사건 가운데 하나인 禑王과 昌王의 폐위 및 죽음과 관련된 일에 대해 자신의 회포를 토로한 것이다.

前王父子各分離　　전 임금 아비와 자식이 각기 헤어졌으니
萬里東西天一涯　　동서로 만 리 길 하늘 한 끝이라네.
可使一身爲庶類　　비록 한 몸이야 서인으로 만들었다한들
正名千古不遷移　　바른 이름이야 영원히 옮기지 못하리라.

---

52)『耘谷詩史』권4. 「聞都統使崔公被刑寓歎(三首)」

祖王信誓應乎天	조왕의 믿음직한 맹세 하늘이 감응했나니
餘澤流傳數百年	남은 은택은 수백 년을 흐르고 흘렀네.
分揀假眞何不早	거짓과 진실을 어찌 빨리 가리지 못했는가
彼蒼之鑑照明然	저 푸른 하늘의 거울만은 밝게 비칠 것이다.[53]

위화도 회군에 성공한 이성계 진영은 우왕을 폐위시키고 창왕을 즉위시켰다. 그러나 이듬해 1389년 11월에 다시 우왕과 창왕이 辛旽의 자식이라는 이유로 폐위시켜 庶人으로 강등시키고, 12월에는 끝내 두 사람을 살해하고 만다. 위 작품은 두 사람을 서인으로 강등시켰다는 소식을 듣고 심회를 토로한 것이다.

신하가 되어 한 해 사이에 임금 둘을 갈아치우는 패륜은 어떠한 명분으로도 허용될 수 없는 만행이다. 더욱이 자신들의 패륜을 덮어씌우기 위해 또 다른 패륜을 날조하는 일이 자행되는 것은 時運이 최악의 상황에까지 이르렀을 때 일어날 수 있는 일로 보았다. 그러나 사람이야 멋대로 廢庶人할 수 있을지라도 천운에 의해 주어진 正名(바른 이름 또는 이름을 바르게 하는 것)은 영원히 바꿀 수 없다. 역대 임금의 음덕과 은택이 하늘에 감응해 이어져온 왕조이기에 5택년을 계승한 것이니, 그 어떤 천운보다 더욱 굳건한 천운이 아닐 수 없다. 설령 백 번을 양보해서 그들의 실상이 패륜에서 빚어졌다고 해도 이를 미연에 간파하지 못하고 등극시킨 뒤 임금을 폐위시키는 불의를 자초했다면 이미 그들의 판단은 신빙성이 없는 것으로 보아도 무방하다. 모든 이치를 밝게 비추는 하늘의 거울이 엄연한데 사사로운 이익을 위해 천운을 거스르는 작태야말로 어떤 변명으로도 피할 수 없는 죄악

---

53) 『耘谷詩史』 권4. 「聞今月十五日 國家以定昌君立王位 前王父子以爲辛旽子
孫 廢爲庶人」

인 것이다. 그 죄악을 호도하기 위해 또 다른 죄악을 서슴없이 자행하는 혁명파의 교만함에 원천석은 분노의 수준을 넘어서 절망의 밑바닥에까지 떨어지는 허무를 느꼈을 것이다.

그런데 원천석의 작품에서 또 다른 흥미를 불러일으키는 작품은 조선이 개국한 뒤 쓰여진 두 편의 작품에서 보여주는 그의 태도이다. 한 편은 국호를 朝鮮으로 개칭했다는 사실에 대한 그의 태도를 보여주며, 다른 한 편은 조선이라는 새로운 나라 자체에 대한 그의 입장을 보여준다.

王家事業便成塵	왕씨 집안 사업이 문득 먼지 되었으니
依舊山河國號新	의연한 산하에 나라 이름은 새롭구나.
雲物不隨人事變	구름이란 사람살이 변한 줄 모르니
尙令閑客暗傷神	한가한 나그네의 마음을 아프게 한다.

恭惟天子重東方	천자께서 우리 동방을 중히 여겨서
名號朝鮮理適當	이름을 조선이라 하니 이치에 맞구나.
箕子遺風將復振	기자가 남긴 풍속이 장차 다시 떨치리니
必應諸夏競觀光	응당 나라들 다투어 우리 문화를 살피리라.54)

海東天地啓鴻基	해동 천지에 넓은 기틀을 열었나니
整頓綱常適値期	강상을 정돈하여 마침 때를 만났구나.
四代王孫今太祖	4대를 내려온 왕손이 오늘 태조가 되었고
三韓國土後高麗	삼한의 국토는 고려를 뒤이었네.
掃淸陵寢敷新命	능침을 맑게 쓸고 새로운 명령을 내리며
刪定朝班改舊儀	조정과 반열을 정리하여 옛 威儀를 고쳤다.

---

54) 『耘谷詩史』 권5. 「改新國號爲朝鮮二首」

從此異邦投盛化　　이로부터 이웃 나라가 성화에 몸 맡기리니
梯山航海不知疲　　산을 오르고 바다 건너도 힘겨운 줄 모른다.[55]

　이 두 작품에는 부분적으로 고려 왕실의 멸망을 애도하는 심정이 담겨 있긴 하지만 전반적으로 새 왕조의 개창을 긍정하는 정조가 중심을 이루고 있다. 이는 그가 최후까지 고려 왕실에 대한 충정을 버리지 않았던 태도와는 모순이 있는 것처럼 보이지만, 사실은 그의 二分法的 秩序觀이 적용된 결과에 다름 아니다. 천운의 흐름이 조선의 개국을 이끌었던 것이라면 이는 하늘의 의지가 실현된 것이니 인간이 그 옳고 그름을 논란할 성질의 문제가 아니다. 패륜과 불의로 점철된 현실은 분개할 사건이지만 국가의 흥망은 인간의 의지로 이루어진 사건과는 다른 차원의 사건이다. 천운의 순환이 빚어낸 혁명은 당위적이고 수용해야 할 자연사이지만 인륜을 더럽히고 질서를 흐트러뜨리는 행동은 경계의 대상인 것이다. 역사적 사건을 이분법적으로 나누어 그는 이해했는데, 논란할 수 없는 천운의 실현으로 보는가 하면 마땅히 질타하고 지목해야 할 대상으로 구분 지어 인식한 것이 그의 독특한 역사관이라고 할 수 있다. 조선의 개국에 대해서는 송축과 기대에 찬 시선을 보내면서 막상 자신은 그 천운의 새로운 흐름에 몸을 싣지 않는 모순된 행동을 보였던 이유가 여기에 있었던 것이다.

　이런 점으로 볼 때 여말선초 문학사에서 원천석의 존재는 대단히 유니크한 위치에 있다고 말할 수 있다. 麗末三隱처럼 적극적으로 개국의 부당성을 호소하다가 왕조와 운명을 같이한 인물들도 있고, 이후에도 절의를 지킨 일군의 지식인층이 없진 않았지만, 그 옳지 못한

---

55) 『耘谷詩史』 권5. 「新國」

과정이나 부도덕한 행위, 모순된 가치 등을 냉정하고 객관적인 관점에서 이를 시화한 인물은 없었다. 또 기왕에 개창한 조선 왕조에 대해 단순히 충절의 논리에만 경도되지 않고 긍정할 것은 긍정하고 받아들이면서 차후의 상황을 지켜보겠다는 태도 역시 시각을 달리해서 볼 요소라고 할 수 있을 것이다. 조선 왕조에 대한 비판적 수용에는 이미 개창하는 과정에서 저질러진 부당한 처사에 대한 견제가 전제되면서, 그 견제와 감시는 이후에도 계속될 가능성을 열어두었기 때문이다.56)

3. 鄭道傳과 權近, 두 개국 주역의 불교 견제와 수용

5백 년 고려 왕조의 정신적 구심점으로 굳건히 자리를 지켜왔던 불교는 말기로 접어들면서 차츰 그 한계를 드러내기 시작했다. 귀족 중심으로 불교가 고착되면서 민중의 신앙 위에 성장했던 뿌리를 잊어버리고 오히려 그들 위에 군림하는 파행이 만연했다. 그러면서 수양과 청렴 무욕을 근간으로 물질세계의 초월을 강조한 교리 역시 일부 몰지각하고 불교를 권력의 수단으로 삼는 승려층에 의해 심하게 왜곡되어 갔다. 이들은 부패한 권력층보다 더욱 세속화되어 버렸고, 그 결과 민중적 기반에 의거한 건강성은 훼손되었다. 이런 부조리하고 타락한 불교의 현실이 새롭게 유입되어 엄격한 자기 관리와 闢異端이라는

---

56) 이런 점은 공민왕에 대한 만장(挽章)이나 왕릉을 지나가면서 추모하는 한시를 지어놓고도 개국 이후 조선을 송축하는 악장(樂章)을 지었던 권근의 행동과는 확실히 차별된다. 물론 권근 역시 시대에 대한 갈등이나 고민이 없었다고 말할 수는 없다. 그러나 그 결과가 어떤 방식으로 남아 있지 않다는 점에서, 꼭 권근 한 개인만의 예가 아니더라도, 이 시기 지식인의 정신사의 지형도를 되짚을 필요를 느끼게 된다.

도학 이념에 충실했던 신진 유가 지식인들의 눈에 곱게 보일 리 없었다. 여러 가지 면에서 고려 말기의 불교는 스스로 소외를 자초한 부분이 많았다.

물론 상처가 곪으면 터지듯이 불교계 내에 자정의 노력이 움트지 않은 것은 아니었다. 太古普愚(1301∼1382)나 懶翁惠勤(1320∼1376) 등과 같은 고승들이 나와 새로운 宗風을 진작시키고자 노력했지만 역부족이었고, 오히려 성리학 이념으로 무장한 유가 지식인들의 결의를 강화시키는 결과를 초래했다.

그러므로 성리학을 정치 이념으로 출발한 조선 왕조가 불교를 배척한 것은 당연한 절차라고 할 수 있다. 앞에서도 언급한 것처럼 이들은 자신들의 입지를 강화시키고 이념을 보편화시키기 위해 다양한 저술 활동을 펴는 한편 불교에 대한 이론적 공격도 개시했다. 그리하여 억불은 만고의 진리이자 불변의 강령으로 조선을 지배하기 시작했다. 이는 이전까지는 볼 수 없었던 사상의 충돌이었다. 유불간의 허심탄회한 교유와 이해가 금이 가다 못해 산산이 부서지는 순간이었다.

그렇지만 8백여 년을 공고하게 기반을 다진 불교가 한두 차례 돌팔매질로 하루아침에 와해될 수는 없는 일이었다. 실제로 억불의 깃발을 높이 들었던 유가 지식인들의 내면 역시 불교와의 인연을 완전히 끊으려는 확고한 다짐도 없었던 것으로 보인다. 그러기에는 그들이 너무 많은 것을 불교에 빚지고 있었고, 정신적으로든 사회적으로든 개인적으로든 불교와 가까운 곳에 진을 치고 있었기 때문이다. 하늘에 뜬 이념만 보고 살기에는 디디고 있는 땅의 질서가 호락호락하지 않았던 것이다. 이런 점에서 억불의 목소리를 크게 내기는 했지만, 그것은 빈산을 울리는 메아리가 될 공산이 컸고, 스스로도 그런 모순에 대해 심각하게는 아니더라도 좌표 정리를 할 필요성이 대두되었을 것이다. 그런 정리가 과연 外儒內佛이라는 듣기 좋은 구호로 일단락될지는 의심스럽지만, 불교의 위험 요소와 자기 이념과는 모순되는 부분은 경계하고, 그 사회적 신앙적 가치는 수용하는 절충안이 마련되었던 것이다. 그런 보이지 않는 협상은 바로 이 시기, 여말선초에 부상하여 마무리되었는데, 이후 조선조 내내 그런 길항 관계는 지속된다고 하겠다.

본 발표에서는 이런 흐름을 보여주는 인물로서 정도전과 권근의 예를 들고자 한다.

정도전은 왕조 개창의 최고 공헌자이면서도 500년 조선 역사에서 두고두고 간신 역적으로 뭇매를 맞는 비운을 겪은 인물이다. 실상 조선의 법제 관련 기초를 세운 역할과 성과에 비교할 때 너무나 모순된 푸대접이라고 할 수 있다.

정도전의 대표적인 척불문자는 말할 필요도 없이 『불씨잡변』이다. 이 책에서는 그는 불교가 이념적으로 사회적으로 어떤 병폐가 있는지 조목조목 예를 들어 비판하고 있다. 그의 논거들이 다 옳다고는 할 수 없지만, 여말선초라는 환경에만 국한한다면 타당하다고 할 수밖에 없다. 그러나 『불씨잡변』을 벗어나면 우리는 그런 억불의 목소리를 듣기 아주 어려워진다. 고작 아래 인용한 글 정도가 인용될 만하다. 제목은 <호장로를 전송하는 시의 서>인데, 이글에서 정도전은 호의는 그대로 유지한 채 불교 교리의 모순과 한계에 대해 논리적인 변론을 펼친다.

> 호장로는 佛道를 수행하는 사람이다. 그들의 학설에, '作用이 바로 性이다.'고 하는 것이 있는데 과연 그러할까? 또한 사람은 눈썹을 움직이고 눈을 깜박이며 손을 흔들고 발을 옮기기만 하는 것일까? 그렇

지 않으면 이렇게 만드는 의리와 준칙이 그 마음속에 있어서 떠날 수가 없는 것인가? 사람의 작용은 이 법칙으로 말미암으면 옳은 것이 되고 이 법칙으로 말미암지 않으면 그른 것이 되고 보면, 이른바 性이라고 한 것에 변론이 있을 것이다. 나는 호장로의 행동거지에 준칙이 있음을 아름답게 여겨 가만히 이로써 질문하는 것이니, 호장로는 잘 생각해 보기 바란다. 그래서 만일 때달은 것이 있으면 돌아와 나를 가르쳐 주기 바란다. 이것이 서로 바르게 하는 방법일 것이다.[57]

눈으로 드러나는 것이 바로 性이라고 하면 그것을 情으로 규정하는 성리학과는 대치되는 주장이다. 그러면 눈으로 드러나는 작용을 하게 만드는 요인, 그 동력은 무엇인지 정도전은 따지고 있다. 이에 대해 해명을 해야 되지 않느냐면서 넌지시 힐론한다. 그러면서 호장로는 행동거지에 준칙이 있으니 자기의 말뜻을 이해했을 것이라 하면서 훗날의 해명을 기대한다고 자기 입장을 마무리한다. 문장의 맨 끝에 나오는 말, 즉 '서로를 바르게 하는 방법[相直之道]'은 상당히 중요한 발언일 듯하다. 조선의 유학자들이 불교를 비판하고 공박하는 행동의 저변에 과연 정도전처럼 유연한 사고가 있었는지는 다소 의심스럽다. 그렇지만 유불간에 호혜적인 상보 관계를 이 말처럼 잘 표현한 표어도 없을 것이다.

이렇게 정도전은 글에서 불교에 대해 견제하고 반론을 펼치는 맹장의 모습을 보이지만, 정작 그의 시에 오면 내용이 달라진다. 그는 누구보다 불교에 귀의하고 있으며 특히 승려들에 대해 상당한 호의와

---

57)『三峰集』3卷, 序,「送湖長老詩序」. 長老 佛者也 其學有曰作用是性者然乎 且人但會揚眉瞬目搖手擧足而已乎 抑有如是之義理準 則存乎其中 不可得以 離乎 人之作用 由是則者爲是 不由是則者爲非 則所謂性者有辨矣 予嘉長老 之威儀有則 私竊以是爲問 長老其思之 如有得焉 歸以敎我 亦相直之道也.

신뢰를 보내고 있다. 정도전에게 불교 관련 한시는 예상보다 꽤 많이 남아 있는데, 결국은 같은 입장의 변주라고 해도 무방하다. 일례로 <와운산인의 시권에 쓰다>로 제목이 된 5언고시를 읽어보겠다.

幽人謝塵事　그윽한 사람 세상일을 사양하고서
高臥白雲中　흰 구름 속에 높이 누워 있구나.
雲來本無心　구름이 와도 본시 마음이 없고
雲去忽無蹤　구름이 가면 문득 자취가 없네.
日夕自怡悅　낮과 저녁 나 홀로 즐거워하니
氣味與之同　기미가 그와 서로 어울리네.
我來逢玉雪　내가 와서 옥설을 만나게 되니
得以挹高風　높은 풍모를 더위잡을 길을 얻었네.
可思不可見　생각은 있을망정 보질 못하니
雲深山萬重　구름 깊고 산은 첩첩 만 겹이로다.58)

이 시를 읽으면서 그 작자가 『불씨잡변』과 같은 준열한 문장을 남긴 인물과 동일인이라고는 상상하기 어렵다. 정도전이 말한 塵事란 것이 어떤 世俗雜事인지는 충분히 짐작할 수 있다. 구름으로 비유된 無心과 無蹤 역시 해석하기에 어렵지 않다. 그는 이런 와운산인의 행위 속에서 위안과 대안을 찾았다. 이는 자신의 氣味와 완전히 일치하는 것이었고, 玉雪같이 맑고 깨끗한 비경 속에서 고풍의 참된 모습을 발견했던 것이다. 생각은 늘 하면서도 직접 겪을 수는 없다면서 산 첩첩한 심오한 경지에 발을 디디지 못하는 자신을 안타깝게 노래한다.

이는 실천 이념으로서 유학의 한계를 인정하고 이를 극복할 수 있

---

58) 『三峰集』 1卷, 「題臥雲山人詩卷」

는 대안으로서 불교를 수용하는 모습이라고 말할 수 있다. 몸과 그림자처럼 不可近不可離의 관계에 놓인 유불의 거리를 잘 지적하고 있는 것이다.

　정도전의 뒤를 이어 조선 초기 文衡을 장악한 권근(1352~1409)의 태도 역시 이런 경계에서 크게 벗어나지는 않는다. 그에게는 불교의 문제점을 주시하는 시도 몇 편 남아 있다. <明大選을 전송하면서[送明大選]>란 제목의 5언고시 전반부에 보면 "불교는 윤리를 도외시하고, 우리 유교는 이단을 배척한다(佛氏外倫理 吾儒排異端)"면서 "서로 가는 길이 달라 북쪽 오랑캐와 남쪽 월나라처럼 서로 용납하기가 어렵다(趨向旣胡越 由來相入難)"고 전제하고 있다. 그러나 이어 그는 "다만 진세(塵世)의 누가 적어, 때로 내왕이 잦기도 하다.(但以寡塵累 時焉相往還)"면서 도연명과 혜원, 문창과 한유의 예를 든다. 선은 그었지만 여전히 친연성은 부정하기 어렵다는 말이다.

　그러나 <차운하여 觀親가는 文上人을 보내며, 제자 周冕의 아우인데 승려다>란 다소 긴 제목의 시를 보면 비판의 강도가 조금 구체적이다.

我觀浮圖淸俊流	내 스님 중에 청준한 무리를 만날 때마다
每欲冠襟加頂胭	항상 갓 씌우고 옷 입혀 주고 싶었네.
吾門周生孝且仁	나의 문생 주생은 효성스럽고 어진데
有弟亦是禪林秀	그의 아우 역시 불가에서 뛰어났지.
曹溪一勺早已嘗	일찍이 조계의 물 한 잔을 맛본 뒤에는
吸盡西江未誇富	서강을 다 마시고도 많단 말 아니하네.
灰心忽復知憶親	회심59)이 문득 돌아와 부모님 뵙기를 생각하니

---

59) 灰心 : ①깨달은 마음. 외물에 구애되지 않고 마른 나무와 같이 적막하고 불이

兩意悠然雲出岫	두 마음 유연히 이는 구름만 바라보네.
吾心天理本自全	내 마음의 천리는 본래부터 온전한 것
蘊在方寸包宇宙	마음속에 숨겨져 있어도 우주를 감싸지.
强欲割愛非所安	억지로 애정을 끊음은 편치 못한 일
晨昏念慕日相湊	날마다 부모를 그리는 마음 떠나질 않았구나.
是有本源誰使然	이것이 본래의 근원이니 누가 시켰겠는가
請君於此宜潛究	부디 그대는 이 이치를 깊이 생각하게나.
由親豈無施等差	부모에게서 나온 사랑에 어찌 차등이 있겠는가
知新要在能革舊	새 이치를 알려거든 낡은 생각 버려야지.
行吾職分道非外	내 직분 행하는 것이 도 밖에 있지 않으니
愷悌君子神明佑	개제[60]한 군자는 천지신명도 돕는다네.
莫超倫理更求眞	인륜을 떠나서 따로 진리를 구하지 말지니
此言非誑君信否	내 말 거짓이 아닌 것을 그대는 믿겠는가.[61]

　권근의 제자에 周冕이 있는데, 형은 공문의 제자가 되었는데, 동생
은 불가에 몸을 의탁하고 있었다. 무슨 일로 몇 번 만나본 모양인데,
재주와 기량이 남달라 속세를 등지고 살기에는 아까운 인재였다. 그
런데 마침 부모님을 뵙겠다면서 길을 떠난다고 인사차 찾아왔다. 그
래서 送詩를 써주면서 기회를 빌려 몇 마디 충고를 한다.

　주면의 아우는 불제자로서도 정진하여 그 깊은 뜻을 깨쳤다. 그런
데도 부모를 잊지 못하는 마음이 있으니, 이는 灰心이 돌아온 것이다.
자식이 부모를 그리는 마음은 하늘이 준 당연한 이치로, 누가 시켜서

　꺼진 재와 같은 마음. ②믿음과 집착을 잃은 마음. [蘇軾・與楊元素書] 某病後
　百事灰心　無復世擧.
60) 愷悌 : ①덕이 성대함. ②마음이 누그러져서 和樂함. [班孟堅・西都賦] 流大漢
　之愷悌　蕩亡秦之毒螫. ③開明함.
61) 『陽村集』卷10. 「次韻送文上人歸覲　門生周冕弟僧」

하는 일이 아니다. 그러니 한 번 잘 생각해서 무엇이 진정한 길인지 판단해보라는 것이다. 불가의 옛 교리에 얽매이지 말고 과감하게 털고 나와 유가의 새로운 이치를 알라는 주문이다. 마음이 원하는 대로 하는 것이 곧 道라면서, 인륜을 저버리고 어찌 진리가 있겠냐고 넌지시 질정한다.

儒術을 신봉하는 권근으로서 당연히 나올 만한 권유고, 있어야 하는 비판이다. 가족 윤리를 근간으로 삼는 유교로서는 滅親潔身하는 불가의 입장은 용납하기 가장 어려운 교리였다. 그러므로 이런 견제와 匡正의 태도는 전혀 문제 삼을 것이 없고, 작자의 숭고한 이념을 잘 보여준 경우라고 지적해야 할 것이다.

기왕에 작품을 인용했으니 한 편을 더 읽겠다. 제목은 <사월 초파일 장단에서 짓다>로, 역시 5언고시다.

田翁日暮罷春耕	들 늙은이 해 저물자 봄갈이를 마치고서
高掛孤燈禮佛生	등불 하나 높이 걸고 부처 앞에 예불하네.
遙想鳳城三十里	아스라이 생각하니 봉성은 30리인데
疏星淡月照天明	성긴 별 담담한 달빛이 하늘에 밝게 비춘다.
此日農夫盡輟耕	이날이라 농부들도 밭갈이를 그치고서
紛然歸佛願修生	부주하게 돌아와 부처 앞에 발원하지.
江村寂寞無燈火	적막한 강촌이라 등불은 전혀 없고
只有中天月色明	중천에 달빛만이 휘영청 밝네 그려.
城郭家家不事耕	성안에선 집집마다 농사도 아니 짓고
觀燈終夜露華生	관등으로 밤을 새니 이슬방울 영롱하구나.
誰知懶慢村夫子	뉘라서 알리 게을러빠진 촌부자는
獨掩柴扉臥徹明	사립문 홀로 닫고 누워서 밤새는 줄을.62)

---

62) 『陽村集』 卷3. 「四月初八日 在長湍作」

부처님 오신 날 밤 장단에서 보고들은 사실을 열거하듯이 묘사한 작품이다. 당시 일반 백성들 사이에 이 날이 어떤 의미를 지녔으며 어떻게 하루를 보냈는지 짐작하게 하는 작품이다. 다만 이를 바라보고 있는 작자의 시선이 썩 반갑지만은 않다. 경계의 눈빛을 충분히 느낄 수 있다. 촌부자로 상정된 권근은 사립문을 굳게 닫은 채 답답한 마음을 억누르며 밤을 꼬박 새우는 것이다. 그 이유야 길게 설명할 필요도 없을 것이다. 이런 태도의 저변을 헤아리면 '시샘'의 심리는 읽히지만 신념상의 거부는 아니라고 봐야 할 것이다.

여하간 정도전보다는 현실 속에서 불교 문제를 목도했던 권근도 이 지점에서 더 이상 앞으로 나아가지는 않았다. 그에게도 상당수 불교 관련 한시가 전하는데, 위의 세 작품을 제외하고 전적으로 견제나 비판의 목소리가 담긴 작품은 보이지 않는다. 어쩔 수 없이 이념상의 구호이기 때문이다. 정도전이나 권근이나 유가에서는 일급의 논객이었다. 어설프게 이론의 함정 속에 빠져 현실과 실용을 외면한 강령만 외친다면 스스로 자신의 수준을 떨어드리는 일이 될 것이다. 견제는 견제대로 하면서 불교를 수용하는 지혜가 그들에게는 있었던 것이다.

이런 예로서 권근의 시 한 편을 인용하겠다. 제목은 <柏庭禪師에게 주다>다.

庭前柏樹碧嵾差	뜰 앞의 잣나무는 푸르러 무성한데
祖意玄深不可知	祖師의 현묘한 뜻은 깊어 알 수 없구나.
自有傲霜凌雪態	눈과 서리 버틸 태세를 스스로 지녔으니
元無易葉改柯時	가지며 잎이 바뀔 때가 원래부터 없었다오.
晴窓講法風聲冷	밝은 창에 說法하시니 바람소리는 우수수
夜榻安禪月影移	자리에서 참선에 드니 달그림자도 옮아가네.

| 欲識吾儒從事處 | 우리 선비들도 좇아 섬기는 공부가 있으니 |
| 後凋曾學我宣尼 | 歲寒後凋 그 말씀을 공자께 배웠지. |

我是先朝侍從臣	나는 바로 지난 왕조의 시종신이라
知師承命入楓宸	명령 받고 대궐에 왔던 스님을 알지.
能宣祖訓宗風振	조사의 가르침을 선양하여 종풍을 떨쳤고
特被天章寵渥新	임금의 사랑을 많이 받아 은혜는 새롭구나.
早信禪心同物我	선의 마음은 물아가 같다고 일찍이 믿었으니
將因淨智報君親	임금과 부모님께 淸淨한 지혜로 보답해야지.
臨離話舊寧無感	이별 자리에서 옛이야기 하니 어찌 감회가 없으리오
遙望山陵洒涕頻	멀리 산모롱이를 바라보니 눈물이 앞을 가리네.63)

7언율시 두 편으로 구성된 작품이다. 이 작품에도 견제의 논리가 전혀 없는 것은 아니지만 균형 감각을 잃지는 않았다.64) 작자는 유불의 가치를 등가의 입장에서 해석하고 이를 유가의 규범으로 확장하는 방안을 모색한다.

권근은 유불 친연성에 대해 상당히 조심스러운 입장을 견지했다. 그리하여 작품 속에 내면의 동향이 그렇게 선명하게 정리되지는 않고 있다. 그러나 막무가내로 벽이단의 논리로 치닫는 경직성과는 거리가 멀다. 결국 일정 정도의 혼선이 노출되고 있는 것이다. 이런 사실은 여말선초 유가 문인들이 불교에 대한 견제와 수용의 문제를 거론할 때 보였던 중요한 특징의 한 모습이 아닐까 여겨진다.

---

63) 『陽村集』 卷3. 「贈柏庭禪師」.
64) 아무래도 권근은 조선 왕조의 館閣文人으로서 강령에 충실했던 점을 고려해야 할 듯하다. 儒林과 유가 지식인의 전범이 되었던 만큼 자신의 의견을 자유롭게 개진하기에 장애가 있었을 것이다. 권근의 불교 인식과 수용의 문제는 좀더 정밀한 검토를 요한다.

4. 끝맺는 말

여말선초는 워낙 첨예한 갈등이 많이 노출되어 왕조 교체까지 이루어진 시기였다. 그러므로 그 변화의 소용돌이 속을 살다간 사람으로서 이런저런 감회나 회포가 없을 수는 없었다. (후)삼국시대처럼 국가간의 통합도 아니었고, 조선조 말처럼 외세와의 투쟁도 아니었다. 분명히 한쪽으로만 자기 입장을 내세울 여지가 많지 않았다. 심리적이든 현실 속에서든 모순과 알력이 있다면 이를 통합의 입장에서 받아들여야 할 시기였다고 여겨진다.

본고는 그런 문제적 시기를 산 문인 지식인들의 고민을 한시를 통해 살펴보고자 했다. 그리고 주제어로서 '견제'와 '수용'이라는 태도의 문제를 다루었고, 대상은 왕조 교체에 따른 충의 문제와 불교에 대한 대응 자세였다.

운곡 원천석은 고려 말 개국파들이 자신의 목표를 이루기 위해 저지른 불의에 대해서는 두려움 없이 비판의 칼날을 내세웠다. 그러나 왕조가 들어서자 비판적 수용의 자세를 보여준다. 이것은 어쩔 수 없는 선택이라기보다는 합리적 대응 방식으로 보인다. 그것이 어쩌면 현명한 지식인의 자세는 아니었을지 조심스럽게 판단해본다.

정도전과 권근은 조선 왕조 초기의 문물제도를 정비한 대표적인 인물이었다. 그들은 누구보다 앞장서서 불교를 배척하고 유교를 선양하는 과제를 성심을 다해 수행했다. 따라서 불교에 대해 강경한 자세를 유지했지만, 그것으로 모든 문제가 해결되지는 않았다. 불교라는 확고하게 존재감을 느낄 수 있는 종교를 일방적으로 부정할 수는 없었기 때문이다. 또 성리학과 불교는 동전의 양면처럼 양립해야 하는 사실을 전적으로 무시할 수도 없었다. 더욱이 그들은 신앙은 아니더라도 불교에 마음의 발을 깊이 들여놓고 있었다. 이런 안팎의 여러 변수들을 염두에 두면서 살펴본 그들의 한시에는 불교에 대해 견제하면서 수용하는 자세가 현현하고 있음을 알 수 있었다.

본고는 일부 문인들의 작품만을 대상으로 한 것이라 결론에서도 한계가 있을 수밖에 없다. 좀 더 찬찬히 자료를 살펴보고 질정을 얻어 견실한 논지를 얻도록 노력하겠다.

여말선초 두 知識人의 일본 체험

─鄭夢周와 申叔舟의 한시를 중심으로─

1. 들어가는 말

한국과 일본은 '가깝고도 먼 나라'라는 명성에 걸맞게 오래 전부터 꾸준히 교유해왔고 반목해 왔다. 삼국시대부터 동남해안 일대에 출몰한 倭寇는 두고두고 각 왕조 정부의 골칫거리였고, 이들과의 交隣 문제는 중요한 외교 현안으로 작용했던 것이다. 더구나 1592년에 발발한 壬辰倭亂은 한일 양국간에 전개되었던 정치, 외교, 군사상 대립과 알력이 집약적으로 폭발한 사건으로 동아시아 전반의 역사 전개에 심각한 영향을 끼쳤다. 또한 이전 麗末鮮初 심각하게 발생한 왜구의 약탈은 우리 민족에게 말로 못할 고통과 문화적 손실을 야기하였다.

이들을 근절시키기 위해 당시 고려 정부와 조선 정부는 당근과 채찍 두 가지 방향에서 노력을 기울였다. 특히 왜구의 소굴인 대마도를 정벌한 일은, 1419년 6월에 李從茂를 三軍都體察使로 임명하여 정벌한 것이 대표적이지만, 넓게 보면 이보다 앞서 있었던 고려 昌王 때와 조선 太祖 때의 정벌까지도 포함할 수 있다. 아울러 일본 정부에 사신을 보내 회유와 함께 왜구에 대한 문제에 공동으로 대응하는 정책도 포기하지 않았다. 때문에 여말선초 연간에는, 중국을 향한 사신에 비한다면 빈도수는 적지만 일련의 통신사 행렬이 이어졌던 것이다.

 본고는 그런 통신 사행을 담당했던 사람들 가운데 두 사람의 행적과 그들이 남긴 문학 작품, 특히 한시를 통해서 당시 지식인의 눈에 일본은 어떻게 비쳤는가를 살펴보고자 한다. 거대한 燕行使 일행들이 남긴 방대한 연행록 자료까지 되지는 않지만 통신사 자료도 녹록치 않은 양이고, 여기에는 산문뿐만 아니라 상당량의 운문도 있는 만큼 한일간의 문화 교류사를 살피고, 문학을 통해 이국적 세계의 발견이라는 재미난 화제도 제공할 것으로 믿는다. 고려시대 말에 일본을 다녀온 鄭夢周(1337~1392)와 조선시대 초에 일본 체험을 한 申叔舟(1417~1475) 두 사람이 남긴 문학 자료는 그런 의미에서 점검할 필요가 있는 것이다.

2. 鄭夢周와 申叔舟

 정몽주와 신숙주는 고려 말과 조선 초기를 대표하는 정치가이자 문인이다. 쓰러져 가는 고려 왕실을 온몸으로 지키려다 최후를 맞이한 사람이 정몽주라면, 신숙주는 새롭게 건국된 조선 왕조를 반석 위에 올려 앉힌 인물이다. 두 사람이 비록 왕조는 달리했지만 자신이 몸담고 있는 국가를 위해 최선을 다했고, 그 희생과 노력으로 왕조의 운명을 빛내고 영속시켰다는 점에서는 많은 닮은 부분이 있다고 해도 좋을 것이다. 또한 두 사람은 고려 왕조의 마지막 숨결을 지키고자 寧日 없이 중국과 일본을 오가면서 나라의 기틀을 지키려고 애쓴 정몽주나 왕조 창업 초기의 혼란과 난맥을 바로잡기 위해 일본에 사신으로 가서 정세를 살피고 정책에 반영한 신숙주 할 것 없이 자신의 신념과 의지에 따라 행동한 지성인으로 기억해야 할 것이다. 그들의 일본 체험 한시를 살피기 전에 먼저 두 사람의 생애부터 간단히 검토하여 이들의 한시가 갖는 문학사적 의미를 읽기로 하자.

정몽주는 본관이 延日이고, 자는 達可며, 호는 圃隱이다. 초명은 夢蘭 또는 夢龍이었고, 시호는 文忠으로, 永川 출생이다. 1357년) 감시에 합격하고 1360년 문과에 장원으로 급제하여, 藝文檢閱과 수찬, 衛尉寺丞을 지냈으며, 1363년 동북면도지휘사 韓邦信의 종사관으로 여진족 토벌에 참가하고 1364년에 典寶都監判官이 되었다. 이어 典農寺丞과 禮曹正郞兼成均博士, 成均司藝를 역임했고, 1371년 太常少卿寶文閣應敎兼成均直講 등을 거쳐 成均司成에 올랐으며, 이듬해 正使 洪師範의 서장관으로 明나라에 다녀왔다.

1376년에는 成均大司成으로 李仁任 등이 주장하는 排明親元의 외교방침을 반대하다가 彦陽에 유배, 이듬해 풀려 나와 사신으로 일본 九州의 장관에게 왜구의 단속을 청하여 응낙을 얻고 잡혀간 고려인 수백 명을 귀국시켰다. 1379년 典工判書와 進賢館提學, 禮儀判書, 예문관제학, 전법판서, 판도판서를 역임하고, 이듬해 助戰元帥가 되어 李成桂 휘하에서 왜구토벌에 참가하였다. 1383년 동북면조전원수로서 함경도에 침입한 왜구를 토벌, 다음해 政堂文學에 올라 聖節使로 명나라에 가서 긴장상태에 있던 對明國交를 회복하는 데 공을 세웠다.

1386년 同知貢擧가 되고 이듬해 다시 명나라에 다녀온 뒤 水原君에 책록되었다. 1389년 예문관대제학과 문하찬성사가 되어 이성계와 함께 공양왕을 옹립하고, 1390년 壁上三韓三重大匡, 守門下侍中, 都評議使司兵曹尙瑞寺判事, 景靈殿領事, 右文館大提學, 益陽郡忠義

伯이 되었다. 그러나 이 무렵부터 이성계의 威望이 날로 높아지자 그를 왕으로 추대하려는 음모가 있음을 알아채고 이성계 일파를 숙청할 기회를 엿보게 되었다.

1392년 명나라에서 돌아오는 세자를 마중 나갔던 이성계가 사냥하다가 말에서 떨어져 黃州에 드러눕자 그 기회에 이성계 일파를 제거하려 했지만 이를 눈치 챈 芳遠(太宗)의 기지로 실패, 이어 정세를 엿보려고 이성계를 찾아보고 귀가하던 도중 善竹橋에서 방원의 부하 趙英珪 등에게 격살되었다.

그는 義倉을 세워 빈민을 구제했고 유학을 보급했으며, 성리학 이론에도 밝았다. 『朱子家禮』에 따라 사회윤리와 도덕의 합리화를 기하며 개성에 5부 學堂과 지방에 향교를 세워 교육진흥을 꾀하는 한편, 『大明律』을 참작, 『新律』을 간행하여 법질서를 확립하고자 노력했다. 외교와 군사적인 측면에도 깊이 관여하여 국운을 바로잡으려 했지만 역부족으로 신흥세력인 이성계 일파의 손에 죽음을 당하고 말았다. 시문에도 뛰어나 시조 「丹心歌」 외에 많은 한시가 전해지며 서화에도 뛰어났다. 고려 三隱의 한 사람으로, 1401년 영의정에 추증되고 익양부원군(益陽府院君)에 추봉되었다. 중종 때에는 文廟에 배향되었고, 개성의 崧陽書院 등 11개 서원에 제향되었다. 문집에 『圃隱集』이 전하고 있다.

신숙주는 본관이 高靈이고, 자는 泛翁이며, 호는 保閑齋 또는 希賢堂으로, 시호는 文忠이다. 1439년 親試文科에 급제하여, 典農寺直長과 集賢殿 부수찬을 역임했으며, 1443년 통신사 卜孝文의 서장관으로 일본에 다녀왔다. 세종을 도와 훈민정음 창제에 공을 세웠고, 1447년 文科重試에 급제하여 應敎에 특진하고 부제학 등을 거쳤다. 1452년 首陽大君(世祖)이 謝恩使로 명나라에 갈 때 서장관으로 수행하고 이듬해 부승지로 癸酉靖難에 참여, 정난공신 2등이 되었다.

1454년 도승지에 오르고 세조가 즉위하자 그를 적극 보좌하여 佐翼功臣 1등에 예문관 대제학이 되어 高靈君에 봉해졌다. 이 해 奏聞使로써 명나라에 다녀와 일련의 외교문제를 해결했으며, 병조판서와 우찬성, 대사성 등을 역임하였다. 이듬해 우의정에 올랐고 1459년 좌의정에 승진했으며, 1460년 江原咸吉道都體察使로서 毛憐衛의 野人을 정벌, 1462년 영의정이 되었다. 예종이 즉위한 뒤에는 院相이 되었고, 이 해 南怡의 옥사를 처결한 공으로 翊戴功臣 1등이 되었다. 1471년 성종을 잘 보좌한 공으로 佐理功臣 1등에 채록, 영의정에 재임되었다.

그는 뛰어난 학식과 文才로 여섯 임금을 섬겼고, 역사와 학문에 두루 정통하여 『國朝五禮儀』와 『東國正韻』, 『國朝寶鑑』, 『世祖實錄』, 『永慕錄』 등 많은 국가 문헌들을 撰修했다. 세종으로부터 가장 깊은 총애를 받은 학자였지만 수양대군의 왕위 찬탈에 가담했기 때문에 후세 많은 비난을 듣기도 했지만, 조선 초기 왕조가 체제와 제도상 정비를 일신하는 데 그가 기여한 공로는 대단하다고 할 수 있다. 성종의 廟庭에 배향되었다. 저서에 문집 『保閑齋集』과 『北征錄』, 『海東諸國記』, 『四聲通攷』 등이 있다.

신숙주가 일본에 서장으로 다녀오고 30여 년이 지난 뒤 성종의 명령으로 작성하여 제출한 『해동제국기』는 1471년에 편찬되었다. 필사본 2책으로 남아 전한다. 이 책에는 일본의 地勢과 國情, 交聘往來의 연혁, 使臣館待禮接의 節目 등이 망라되어 있는 日本國記와 琉球國記, 朝聘應接記 등을 순서대로 기록되어 있다. 또 책머리에 海東諸國總圖와 日本本國圖, 西海道九州圖, 壹岐島圖, 對馬島圖, 琉球國圖 등 6장의 지도가 첨부되어 있어 조선 초기 韓日 관계사 연구의 귀중한 사료가 될 뿐 아니라, 일본의 역사와 지리를 연구하는 데에도 중요한 자료가 된다.

　1473년 권말에 전산전부관인양심조와 饋餉日呈書契 등이 첨부되었고, 이듬해 예조좌랑 南悌가 齊浦之圖와 富山浦之圖, 鹽浦之圖 등 3매를, 1501년(연산군 7)에는 成希顔이 유구의 사자에게서 들은 일본의 국정이 각각 첨부되어 있다. 東京大學本과 일본의 內閣文庫本 및 東京文具堂本 등 많은 異本이 전하고 있다.

　이처럼 두 사람이 일본에 사신으로 다녀온 시기는 각각 1377년과 1443년으로, 시기적으로 대략 70년 정도의 차이가 난다. 그 사이 왕조가 바뀌었고, 정몽주가 왜구의 침궐을 막고 포로로 잡혀간 백성을 데리고 돌아와야 하는 비교적 급박한 상황 아래 통신사의 임무를 수행한 반면, 신숙주는 정세를 살피고 외교 사안을 처리하는 등 의례적인 사행 임무를 맡았던 것으로 보인다. 정세와 완급의 차이는 있지만 異域萬里 바다 건너 荒蕪의 땅으로 들어간 문인으로서 소회와 책임감이 없을 수 없었을 것이다. 다만 정몽주의 일본 使行 한시는 13편에 이르고 있지만, 신숙주는『해동제국기』라는 저술을 후대에 남긴 탓인지 정작 한시는 두 편밖에 없다. 양에서 차이가 나지만 왕조와 목적을 달리한 통신사행에 임한 문인의 태도를 비교한다는 뜻에서 두 사람의 시를 살피고자 한다. 물론 이런 비교가 시세계나 세계관의 차이를 염두에 두고 그것을 밝히려는 의도는 아니다.

3. 정몽주의 일본 使行 한시

　정몽주는 牧隱 李穡(1328~1396)에 의해 '東方理學之祖宗'이라는

평가를 받은 만큼 성리학에 남다른 애정과 소양을 가졌던 인물이다. 그는 생애동안 네 차례에 걸쳐 중국을 여행하였고, 41살 되던 1377년 10월부터 다음해 7월까지 일본을 다녀왔다. 9개월이 걸린 여정으로 해를 거르고서야 돌아올 수 있었던 사행 길이었다. 이 여행의 목적은 주로 외교관으로서 공적인 사안들을 처리하기 위한 것이었지만, 그는 이 여행을 통해 중국과 일본의 대표적인 문인 지식인들과 교유할 기회를 갖게 된다. 또한 그의 외국 체험은 새로운 세계의 체험, 곧 일상성으로부터 벗어나 일상성과 비일상적 세계 사이에서 자기를 구축하는 境界人의 위치에 자신을 놓아두는 계기도 마련한다. 여행의 경험이 궁극적으로 변화의 정신과 개혁의 정신을 지도하는 역할을 맡게끔 하여 새로운 세계관의 형성에 자극제가 될 수도 있다는 특성을 고려할 때, 이 점은 그의 문학 인식 태도와 시세계를 규명할 때 함께 논의되어야 할 과제라고 생각된다.[65] 그는 양국의 여행을 통해 알게 된 각국의 지식인들과 귀국한 뒤에도 계속 교유하는 자세를 버리지 않았다. 인편이나 서찰을 통한 문학적, 인간적 교유가 지속되었던 것이다. 특히 그가 문인으로서 뿐만 아니라 당시 고려 사회에 새로운 지도 이념으로 자리잡아가던 성리학의 신봉자였다는 점은 중국의 지식인들로부터 그 이론을 제공받고 토론하며, 일본의 지배층과 지식인들에게 이를 전수하고 논의하는 위치에 서게 하였다. 그는 자신도 모르는 사이에 한·중·일 삼국 사이에서 한문학을 매개로 하여 성리학의 지도 이념과 규범적인 문화 지평을 여는 데 기여했던 것이다.

정몽주가 일본에 사신으로 갔을 때 지은 작품들을 구체적으로 검

---

65) 정몽주의 중국 사행 체험과 그에 따른 시작 현황과 내용 및 의의에 대해서는 졸고 「정몽주의 중국체험과 성리학적 세계관」(졸저 『高麗時代 文學의 硏究』 176~201쪽, 태학사, 1998)을 참조하기 바란다.

토하면서 읽어보도록 하자. 그가 일본에 머물 때 지은 詩作들은 『圃
隱先生文集』 권1에 11편이 「洪武丁巳奉使日本作」이라는 제목으로
묶어 있다. 그밖에 두 편의 작품이 일본 사행 시 지은 것으로 확인된
다.66) 먼저 첫 번째 작품이다.

海島千年郡邑開	바닷섬 긴긴 세월 동안 고을이 열렸는데
乘桴到此久徘徊	뗏목 타고 여기 와서 긴 시간 배회하노라.
山僧每爲求詩至	산사의 스님네는 번갈아 와 시를 구하고
地主時能送酒來	지주들도 때때로 술을 보내 위로한다.
却喜人情猶可賴	인정이 있어 기댈 만하여 이에 반가우니
休將物色共相猜	물색 가지고 서로 시기하는 일 그만 두어라.
殊方孰謂無佳興	낯선 곳이라 좋은 흥취 없다고 누가 말했는가
日借肩興訪早梅	날마다 수레를 빌어 때 이른 매화를 찾노라.

전해에 고국을 떠나 겨울을 나고 봄을 맞았다. 그야말로 낯설고 물
설은 오지요 변방이었다. 더구나 使行의 목적이 왜구의 출몰로 고통
받는 조국의 현실을 바로잡고 포로로 끌려간 백성들을 귀환시키는 일
이었다. 야만스런 오랑캐의 땅이라 해서 누구나 꺼리는 곳에 忠勇의
마음으로 당도했지만 두려운 심정을 버릴 수는 없었다. 그러나 막상
와보니 그 곳에도 인정이 있었고, 문학을 아는 승려들도 있었다. 일본
에서의 지식층은 주로 승려 계층에서 배출되었는데, 이 사실을 위 시
에서도 확인할 수 있다. 중세 때 일본을 대표하는 시인 바쇼[芭蕉]도
승려였다. 인정도 있고 문학을 아는 이들도 있으니, 외교적인 담판은
큰 문제가 될 것이 없겠다는 안도의 목소리가 들려올 듯하다. 저으기

---

66) 이것은 『海行摠載』 권1에 실린 정몽주 관련 기록에서 확인한 것이다.

안도하는 여유 속에서 비로소 수레를 타고 매화를 찾으며, 흥취를 즐기는 시인의 모습이 그려져 있다.

다음으로 두 번째 작품을 읽어보자.

僑居寂寞闋年華	쓸쓸한 타향살이 한 해를 보내노라니
苒苒窓欞日影過	덧없이 창가로 해 그림자는 지나가네.
每向春風爲客遠	매번 봄바람 맞으면 나그네 된 느낌 멀어지니
始知豪氣誤人多	호기가 사람을 그르쳤음을 비로소 알겠구나.
桃紅李白愁中艶	붉은 복숭아꽃이며 흰 오얏 꽃은 수심 속에서도 예쁘고
地下天高醉裏歌	땅은 낮고 하늘은 높으니 취한 가운데 노래로다.
報國無功身已病	나라의 은혜 갚지도 못했는데 몸은 이미 병들었으니
不如歸去老烟波	돌아가 자연 속에 묻혀 사느니만 못하구나.

일본에 온 지도 어느 덧 시간이 지나 벌써 한 해가 저물어 새해가 밝았다. 고국보다 조금 이르게 보는 봄바람을 맞으면서도 나그네 삶이 이전 새삼스럽지도 않다. 修己治人하겠다는 젊은 날의 호탕한 생각을 나무랄 수는 없지만 결국 뜻은 이루어지지도 않았고, 근심을 접으면서 봄 꽃 속에 술에 취해 목청을 높인다. 난세를 만나 더욱 갚아야 할 國恩은 쌓여가기만 하고, 우물쭈물하는 사이에 몸조차 병들어 이제 회복할 기미도 안 보인다. 그에게 있어서 몸의 병보다는 마음의 병이 더욱 깊다는 말이겠지만 장부가 뜻을 품고 이를 이루지 못한 자책감이 시 전반에 스며들어 있다. 사행의 목적을 이루지 못하고 흐르는 세월을 바라보면서 책무와 悔悟 사이에서 갈등하는 시인의 모습이 점철되어 있는 작품이다.

세 번째 작품은 그의 일본 기행시 가운데 비교적 널리 알려진 작품이다.

水國春光動　물의 나라에서도 봄빛은 일렁이는데
天涯客未行　하늘 끝 나그네는 떠나지 못하고 있네.
草連千里綠　풀은 천리를 뻗어 온통 푸르고
月共兩鄕明　달은 두 고을에 밝게 비춘다.
遊說黃金盡　유세를 하느라 황금도 다했는데
思歸白髮生　돌아갈 일 생각하니 머리는 백발이네.
男兒四方志　사내가 세상사에 뜻을 두는 까닭이
不獨爲功名　유독 공명을 세우는 일만은 아니겠지.

공적인 책임과 사사로운 감정이 적절하게 조화를 이룬 작품이다. 이국 땅에서 처음 보는 경관에 詩興이 절로 돋지만, 할 일을 다했으니 고향의 친지들이 그립지 않을 수 없다. 사람이 세상에 태어나 큰 뜻을 품은 것은 천하의 태평과 안녕을 도모하는 데 있지 어찌 개인적인 공명심을 충족시키는 데 있겠는가? 비 내리는 봄날의 장관을 하염없이 바라보면서 우수와 감상에 젖은 시인의 모습이 선명하게 부각되어 그려지고 있다.

네 번째 작품을 읽어보자.

平生南與北　평생과 남녘과 북녘을 떠돌아다녀
心事轉蹉跎　마음이며 일들이 모두 굴러 어긋났네.
故國海西岸　조국은 바다 서쪽 너머 해안인데
孤舟天一涯　외로운 배 한 척 하늘 끝에 떠있네.
梅窓春色早　매화 핀 창가에 봄 빛깔은 이르고
板屋雨聲多　널빤지 지붕에는 빗소리도 요란하다.

獨坐消長日　홀로 앉아 긴 하루를 보내노라니
那堪苦憶家　그리운 가족 생각 어떻게 견딜꼬.

한 해를 보내고 바다 멀리 天涯의 땅에서 맞은 봄의 감흥은 쓸쓸함을 넘어서 우울하기까지 하다. 나라와 백성을 위해 남북을 가리지 않고 뛰어다녔지만, 얻은 것이라곤 한 줌의 회한만 있을 뿐이다. 드넓은 바닷가에 한 척 쪽배로 자신을 빗댄 심정이 절절하게 다가온다. 使命을 마치고 어서 빨리 고국으로 돌아가 반가운 소식과 함께 그리운 가족들을 만나기를 손꼽아 기다리는 시인의 모습이 알알이 그려져 있다.

다섯 번째 작품이다.

夢繞鷄林舊廢廬　꿈에도 계림의 옛 움막을 맴돌거니
年年何事未歸歟　해마다 무슨 일로 돌아가지 못하는가?
半生苦被浮名縛　인생 반나절이 뜬 이름에 묶여 괴로웠는데
萬里還同異俗居　만 리 타향 땅에서 낯선 풍속에 살게 되었네.
海近有魚供旅食　바다 가까워 물고기로 나그네 음식을 공양해도
天長無鴈寄鄕書　하늘은 멀어 편지 고향에 전해줄 기러긴[67] 없구나.
舟回乞得梅花去　배 돌거든 매화 한 그루 얻어다 가서
種向溪南看影疎　시냇가 남쪽에 심어두고 어른대는 그림자나 보리라.

海島에 발이 묶인 지 워낙 오랜지라 꿈에서도 떠오르는 건 고향의 모습이다. 爲國衷情을 내세우고 와 있는 사행 길이지만 왠지 역사에 이름자나 올리려는 얄팍한 수작이 아니었나 하는 자책감이 든다. 그

---

67) 『漢書·蘇武傳』에 보면 흉노족에게 억류되어 있던 한(漢)나라의 사신 소무가 기러기 다리에 편지를 묶어 소식을 조정에 전했다는 고사가 나온다.

업보로 만리 땅에 외따로 떨어져서 낯선 풍속과 어울려 살 게 되었다고 탄식하는 것이다. 頸聯의 물고기와 기러기의 대비가 재미있다. 옛날 중국 晉나라에 張翰이라는 사람이 살았다. 생계를 위해 고향을 떠나 먼 타향에서 미관말직 벼슬살이를 하는데, 가을이 왔다. 가을이 되니 고향에서 나는 농어회가 그렇게 그리울 수가 없었다. 그래서 그 길로 벼슬을 그만 두고 고향으로 내려갔다는 것이다. 아무리 사신의 임무가 막중하다고 해도 일생의 즐거움을 팽개칠 수는 없지 않은가? 지금이라도 고향으로 달려가고 싶은 은근한 마음이 물고기 속에는 담겨 있는 것이다.

그러나 한편으로 시인의 마음속에 일신의 영달과 안녕만을 위해 대의를 저버릴 수 없다는 당위도 자리하고 있었다. 아무리 신세가 고달프고 역경에 놓였다 한들 대의를 저버린다면 君子일 수 없는 것이다. 매화는 일본에서는 흔하게 볼 수 있는 봄꽃이기도 하지만, 또한 사군자의 하나로, 절개와 지조를 상징한다. 특히 고려 말 문인들의 시에서 '매화'는 혼란한 세상을 바로잡을 진정한 군자요 구원자의 이미지가 강하게 나타난다.[68] 비록 내 고국으로 돌아가더라도 소요자연하며 일신의 안녕을 구하기보다는 군자의 자세로 굳세게 살아갈 것임을 마지막 구절은 암시한다.

여섯 번째 작품을 읽어보자.

弊廬貂裘志未伸　　낡은 집 살며 담비 가죽옷 뜻은 펴지 못했는데
羞將寸舌比蘇秦　　한 치 혓바닥을 소진[69]에 비하려니 부끄럽구나.

---

68) 졸고, 「李穡과 元天錫의 漢詩에 나타난 대응방식」, 『韓國詩歌研究』 4집, 13쪽, 1998. 韓國詩歌學會.
69) 중국 전국시대 때의 遊說客. 合從策을 주장해 秦나라를 제외한 여섯 나라의

張騫槎上天連海	장건[70]은 뗏목을 타고 하늘과 바다를 이었고
徐福祠前草自春	서복[71]의 사당 앞엔 풀이 절로 봄이로구나.
眼爲感時垂淚易	눈은 시절을 느껴 쉽게 눈물이 흐르고
身因許國遠遊頻	몸은 나라에 바쳤으니 먼 여행이 잦구나.
故國手種新楊柳	손수 심은 고국 땅의 버드나무는
應向東風待主人	동풍을 맞으면서 응당 주인을 기다리리라.

여러 사람의 고사가 작품의 앞 부분을 장식하고 있다. 소진은 천하를 다니면서 유세하여 결국 제 뜻을 이룬 사람이다. 천하를 周遊한 점이 시인과 닮았고, 합종의 계책을 이룬 점에서 시인의 처지와는 다르다. 그러나 소진의 합종책도 張儀의 連橫策으로 실패로 돌아가고 말았으니 절반의 성공이라고 하겠다. 장건 역시 황제의 명령으로 서역 만 리 땅을 13년이나 헤매면서 분투했지만 당초의 목적을 이루지는 못했다. 그러나 이후 중국이 서역을 개척하는 데 그의 선구적인 발길이 크게 공헌하였다. 오랜 시간 이역 땅을 유랑한 점이나 뜻을 이루지 못한 점에서 모두 시인의 처지와 닮았다. 서복은 황제를 상대로 사기를 친 대담한 방사였다. 엄청난 전별금을 받아 불사약을 찾겠다고 떠났지만 그는 끝내 돌아오지 않았다. 전설에 그는 조선 땅을 거쳐 바다를 건너 일본으로 들어와 살았다고 하니, 지금 고려 땅에 태어나 중국을 다녀온 뒤 일본에 온 자신의 처지와 닮은 데가 있다.

나라를 위해 바친 몸이니 어디든 못 갈 곳은 없지만, 뜻은 펼쳐지

재상을 동시에 지냈다.

70) 중국 前漢 때의 장군. 武帝의 명령으로 西域 여행에 나서 大月氏와의 동맹을 맺으려고 노력하였다.

71) 중국 秦始皇 때의 方士. 불사약을 구하겠다면서 진시황으로부터 童男童女 3천 명을 거느리고 떠났는데, 돌아오지 않고 일본으로 들어갔다고 한다.

지 않고 간간만 더하니 눈에서는 회한의 눈물이 마를 날이 없다. 고향
땅 버드나무조차 어찌 돌아오지 않느냐면서 동풍을 맞으며 자신을 기
다리리라는 토로가 빈 말로 들리지 않는다. 난세를 만나 雄志를 펼치
려고 辛酸의 길을 마다하지 않았지만 좀처럼 뜻을 이룰 기미는 보이
지 않는다. 작은 성공이라도 거둬 뒷날의 큰 성취에 밑거름이 되길 바
라지만, 고향을 그리는 마음과 겹치면서 그 기대조차 차츰 흐려진다.
　일곱 번째 작품을 읽는다.

山川井邑古今同	산천과 우물, 고을은 예나 지금이나 같은데
地近扶桑曉日紅	땅이 부상72)에 가까워 새벽 해가 붉구나.
但道神仙居海上	신선은 바닷가에 산다고 말하지만
誰知民社在天東	백성과 종묘사직도 하늘 동쪽에 있는 줄 누가 알리.
斑衣想自秦童化	화려한 옷매무새는 진나라 동자들의 화신인가 싶은데
染齒曾將越俗通	이빨 물들인 건 월나라 풍습과 통하는구나.
回看三韓應不遠	돌아보니 삼한 시대도 그리 멀지 않으니
千年箕子有遺風	천 년 전 기자의 유풍이 지금도 남아 있네.

　정몽주가 갔던 그 때의 일본 풍속의 일면을 엿볼 수 있는 작품이다.
신선이 사는 곳이라면 무욕과 無爲自然의 탈속한 공간이다. 그러나
같은 공간에 구원의 손을 기다리는 백성들도 있고, 오백 년 역사를 지
닌 사직의 뿌리도 묻혀 있다. 신선은 개인의 도피일 뿐이고, 民社를
위하는 것이 정도임을 시인은 은근히 강조한다. 倭人들의 服色이 화
려하고 원색을 아롱지게 입은 풍습과 중국 남쪽 지방 越사람들처럼

---

72) 東海 해 뜨는 곳에 있다고 하는 신목神木.

치아에 물을 들이는 풍속이 이들에게도 있었음을 경련을 통해 알 수
있다. 시인이 직접 실토하지는 않지만 그런 풍습이야말로 야만의 것
임을 은연중에 밝히고 있다. 중국의 월나라하면 옛날부터 沐猴而
冠[73]으로 불릴 만큼 문화와는 거리가 먼 곳인 楚나라와 인접한 곳이
다. 남방 섬나라의 기이한 행색과 풍습을 보고 의아하게 여긴 시인의
눈엔, 더구나 왜구의 창궐로 포로로 잡힌 백성들을 생환시켜야 할 임
무를 띤 그로서는 이런 모든 것들이 좋게 보이지는 않았을 것이다. 이
미 수천 년 전부터 문화를 이어받아 발전시킨 우리 고려 땅에는 아름
다운 미풍양속이 남아 있음을 말해 自矜心과 함께 사행의 목표를 이
루겠다는 다짐을 담고 있는 것이다.

여덟 번째 작품이다.

客子來時已遠遊	나그네 왔을 때부터 이미 멀리 노닐었더니
又尋風俗海東頭	또 새로운 풍속 찾아 동해 끝까지 왔구나.
行人脫履邀尊長	행인은 신을 벗은 채 어른들을 부르고
志士磨刀報世讐	지사는 칼을 갈며 세상의 원수에게 보복하네.
藥圃雪深新綠嫩	약초 밭에 눈이 깊으니 파란 새 순도 여리고
梅村月上暗香浮	매화 마을에 달이 뜨니 암향이 떠도는구나.
自知信美非吾土	신실하고 아름답다 해도 우리 땅 아님을 아느니
何日言歸放葉舟	언제나 쪽 배 풀어 고국으로 돌아갈까?

시인은 기왕 온 이국 땅 사행을 세상의 새로운 풍속을 尋訪하러 온
것으로 치부한다. 서쪽 멀리 중국의 풍속은 여러 번 가 봤는데 동쪽
倭國의 풍속은 본 적이 없더니 오늘 이렇게 왔다는 것이다. 그러면서

---

73) 『한서 · 항우본기』에 나오는 말이다. 功業을 이루었으니 그만 고향으로 돌아가
錦衣還鄕하라는 충고를 듣지 않는 항우를 두고 策士가 한 말이다.

그 새로운 풍속을 눈 여겨 살펴본다. 아마 왜인들이 맨발에 나막신을 신고 다니고, 어른들을 아랫사람이 무례하게 부르는 것을 보고 예의가 없는 나라답다고 여겼던 듯하다. 또 지사란 자는 칼을 차고 다니면서 개인적인 원한을 갚는 것을 보고 無法의 나라로 보았음직하다. 다만 이런 풍습에 대해 적대적으로 보기보다는 이 나라의 독특한 풍습 쯤으로 여겨 이해한 아량이 배여 있다. 또 이곳도 그 나름대로 정취가 있어 약초 밭에는 봄이 들자 눈 쌓인 큼 사이로 파란 새 순이 돋아나고, 매화 마을이라 이름한 동네에서는 달빛 속에 은은한 매화 향도 감돈다고 묘사하였다. 오래 이국 땅에 머물면서 그 지역의 民物에 대한 이해가 싹텄음을 보여준다. 그래서 풍습을 한 마디로 '信美'하다고 평했을 것이다. 다만 내가 오래 몸둔 고향은 아니요 이만큼 알고 즐겼으니 그만 돌아가길 바란다는 희망을 작품의 마무리로 슬쩍 끼어 넣는 여유도 보여준다.

아홉 번째 작품을 읽어보자.

故國無消息	고국에서는 소식도 없는데
經冬又經春	겨울을 나고 또 봄을 보내노라.
只應天地月	응당 천지에 뜬 달만은
分照兩鄕人	두 고을 사람들을 고루 비추려니.
句帶梅花淡	시구는 매화의 담담한 기풍을 띠었는데
愁連草色新	근심은 풀빛처럼 연이어 새롭구나.
此行眞不意	이런 처신 가질 줄은 진정 뜻밖의 일이니
却訝夢中身	문득 꿈속의 몸이 아닌가 의아하네.

이제 봄도 지나 여름으로 접어드는 계절이다. 지난 해 10월 가을에 왔으니 여름이 지나면 다시 가을을 맞게 된다. 그런데 고국에선 아무

소식도 없으니, 꼬박 한 해를 살지도 모르는 일이 되었다. 그러나 타향 땅이라 한들 달빛은 한 가지다. 저 달빛은 이곳 사람들도 비추지만 멀리 고국의 그리운 사람들 얼굴에도 환히 비춰질 것이다. 추위와 눈발을 이기고 꿋꿋이 피는 매화처럼 시인의 시구도 이젠 담담함이 배여 있다. 근심조차도 싱그러운 풀빛처럼 낯설지가 않아졌다. 그러면서 시인은 깜짝 놀란다. 처음 이 땅에 흙을 밟고 겨울을 나면서 勞心焦思했던 마음이 어쩌면 이렇게 느긋해졌을까? 더 이상 근심도 깊진 않고 오히려 평상심을 되찾은 것이다. 전나르이 나와 지금의 나는 그대론데 어쩌면 이렇게 다른 모습을 가지게 되었는지 실감이 나지 않는다. 도무지 내가 꿈을 꾸는 있는 것인지, 아니면 이곳이 꿈속의 세상인지 의아하기만 한 것이다.

열 번째 작품이다.

今日知何日	오늘이 어느 날인지 아는가
春風動客衣	봄바람이 나그네 옷깃을 헤살거리네.
人浮千里遠	사람은 붕 떠서 천리 밖에 와있고
雁過故山飛	기러기는 고향 산 언저리를 비껴가네.
許國寸心苦	나라에 바친 한 치 마음은 괴롭고
感時雙淚揮	때를 느껴 흐르는 눈물을 훔치노라.
登樓莫回首	다락에 오른들 뒤돌아보지 말아라
芳草正菲菲	향그런 풀들이 정녕 무성하게 피었으니.

杜甫風의 시 기운이 넘치는, 一筆揮之로 갈겨 쓴 작품이다.[74] 군더

---

74) 이 시를 읽고 두보의 「春望」이 떠오르지 않으면 이상한 일이다. 아래 전문과 번역을 읽으면 그 意匠이 닮았음을 금방 알 것이다.
　國破山河在　　나라는 깨졌어도 산하는 의연해

더기 없이 시인의 마음이 한달음에 읽혀진다. 이젠 자신의 처지도 무거운 임무도 모두 허공에 던져 버린 듯하다. 그저 그이 눈에는 봄철을 맞아 무성하게 자란 향기로운 풀과 꽃들만 보일 뿐이다.

그러나 이 시의 배경에는 두보의 시 「春望」이 자리잡고 있다. 안록산의 난을 겪으면서 불타 잿더미가 되어 버린 古都 長安의 처참한 모습을 바라보면서, 그래도 봄이 오니 꽃도 피고 새들도 날아가는 자연의 의연함을 보면서 위로와 感傷을 한꺼번에 느낀 그 상념이 이 시에도 감돌고 있다. 한 치 앞도 내다볼 수 없는 조국의 미래와 백성들의 고통, 고아처럼 외따로 떨어져 있는 자신의 처지, 그러나 천상 시인이라 모른 채 할 수 없는 봄날의 휘황한 광경들에 눈 둘 곳 몰라하는 정몽주의 모습이 한 손에 잡힐 듯 스케치되어 있는 작품이다.

마지막 열한 번째 작품을 읽어보자.

奉使遊桑域	사신이 되어 부상의 영역에 노닐며
從人問土風	사람들에게 토질과 풍속을 묻노라.
染牙方是貴	치아를 물들이는 것을 귀하게 여기고
脫履是爲恭	나막신 맨 발로 신는 것이 공경이라네.
柳入新年綠	버들은 새해 들자 더욱 푸르고
花如故國紅	꽃은 고국 땅처럼 우련 붉구나.
客居殊寂寞	나그네 살이 남달리 쓸쓸하니

城春草木深	성안에 봄이 오자 초목은 흐드러지네.
感時花濺淚	때를 느낀 듯 꽃은 망울져 피고
恨別鳥驚心	이별이 서러워 새는 놀란 듯 운다.
烽火連三月	봉홧불은 석 달 동안 연이어지고
家書抵萬金	집안 편지는 만금으로도 볼 길 없구나.
白頭搔更短	흰 머리 자주 쓸어 더욱 짧아지니
渾欲不勝簪	쓸어 묶으려도 비녀 질도 안 되네.

喜聽足音跫   발자국 소리[75]조차 듣기 즐겁네.

옛 사람들은 觀光을 정의하면서 觀國之光이라 하였다. 그 나라의 빛나는 곳, 즉 문화를 잘 살펴본다는 것이다. 사신이 되어 갔으니 단순히 찬사하고 폄하하기보다 토질과 풍속을 물어 정리하고 조정에 알리는 것이 그 책무다. 치아를 물들이고 나막신을 맨 발로 신는 일이야 앞에서도 나왔지만, 그것이 귀한 일이고 공경의 뜻인 줄은 말하지 않았다. 처음 시인의 마음은 그런 풍습은 야만이고 무지의 결과라 치부했었다. 그러나 좀더 자세히 살펴보니 섬나라의 풍습에 그런 일은 고귀한 상징성을 띠고 있음을 알게 되었다. 야만인으로 눈 돌리고 살펴보지 않고 돌아가면 그곳의 실상을 제대로 알고 왔다고 할 수 없는 일이다. 때문에 시인은 이 점을 한 번 더 묘사하면서 내면에 감춰진 문화적 의미도 정리하는 것이다. 그러면서 이젠 오래 섬나라에 살다 보니 그 풍속에도 익숙해져 나막신 소리일망정 반갑게 들리게 되었다고 술회하는 것이다. 딱딱한 선비의 기상만이 아닌 다감한 시인의 정서도 가진 이가 정몽주였음을 보여주는 예다.

이렇게 하여 정몽주의 문집에 실린 日本使行詩 열한 편을 읽어보았다. 이밖에도 정몽주가 왜인들과 교유하고 그곳의 풍속과 사정에 대해 기울인 관심을 알 수 있는 한시는 몇 편이 더 있다. 우선 왜국에 있는 사찰 觀音寺를 다녀와서 지은 기행시가 두 편 전한다.[76] 뿐만

---

75) 空谷跫音 고사를 말한다. 『장자 · 서무귀편』에 나오는 이야기로, 빈 산골짜기를 홀로 지나노라면 무심했던 발자국 소리마저도 반갑게 들린다는 말이다. 왜인들의 귀에 거슬렸던 언행도 이제는 익숙해져 심상하고 반갑게 들린다는 시인의 생각이 숨겨져 있다.

76) 여기서는 해설 없이 작품만 소개하기로 하겠다.
　　野寺春風長綠苔　　들판 절 봄바람에 푸른 이끼는 긴데

아니라 그는 고국으로 돌아와서도 왜국에서 온 지식인들과 계속 교유 관계를 유지하였다. 특히 永茂라 불리는 스님과의 친분은 상당히 돈 독했음을 알 수 있는데, 永茂上人과 주고받은 작품 세 수가 문집에 남아 있다. 그리고 洪長老와도 교분을 나눈 작품이 실려 있는데, 특히 홍장로는 포로로 잡힌 고려인들을 인솔하고 온 장본인이기도 했다.

이어서 신숙주의 두 편 한시를 마저 읽고, 그 분석과 감상을 바탕 으로 두 시인의 일본 사행 한시가 가진 의의를 결론에서 살펴보기로 하겠다.

4. 申叔舟의 일본 使行 한시

일본으로의 통신사 임무는 당시 사람들이 그리 기꺼워하던 임무가 아니었다. 뱃길도 험했고, 풍속도 달라 서로 꺼려서 마땅한 사람을 찾 기가 쉽지 않았다. 신숙주가 사행의 서장관이 되었을 때게도 사정은 마찬가지였다. 적임자마다 사퇴해서 서너 차례 교체가 된 상황이었고, 그 역시 막 병에서 회복된 상태라 먼 뱃길 여행은 무리한 것이었다. 다들 만류하는 것을 그는 "신하가 되어 의리상 험난한 일을 당해도

來遊終日不知回	하루종일 노닐어도 돌아갈 줄 모르네.
園中無數梅花樹	뜰 안에 무수히 핀 매화나무 꽃들은
盡是居僧手自栽	모두 스님들이 손수 심은 것이라네.

-「관음사를 다녀와서[遊觀音寺]」

溪流遶石綠徘徊	시냇물은 돌을 끼고 푸르게 빙빙 돌고
策杖沿溪入洞來	지팡이 짚고서 시내를 따라 동구로 접어든다.
古來閉門僧不見	예부터 문이 닫혀 스님은 뵈지 않는다더니
落花如雪覆池臺	눈덩이처럼 흰 낙화가 연못가 누대를 덮었네.

-「다시 이 절에 다녀와서[再遊是(觀音)寺]」

변함이 없어야 할 것이거늘, 어찌 使命을 피하겠는가?"77) 하면서 신명을 다해 임무를 완수할 것을 다짐했다고 한다.

왜국에 당도하자 일찍부터 그의 명성을 들은 사람들이 찾아와 시를 구했는데, 거침없이 글을 써주어 모두를 탄복케 했다고 한다. 또 그 지역의 풍물과 지세 등을 자세히 살펴 기록했고, 돌아오는 길에 對馬島에 들러 島主와 歲送船의 액수를 정하는 일을 원만하게 타결하였다.

그는 일본에서 여러 사람들과 글과 시를 주고받았지만, 전하는 것은 아래 두 편뿐이다. 시보다도 일본 일대의 정세를 소상하게 기록한 『해동제국기』라는 값진 저술이 있는 만큼 부족한 시를 상쇄하고도 남을 것이다.

아래 두 편의 작품은 섬나라에 체류하면서 시 한 수에 차운해서 고국에 있는 친우들에게 보낸 것이다.

半歲天涯已倦遊	하늘 끝에 노닌 지 반년 이미 지쳤는데
歸心日夕故山秋	언제나 돌아가고픈 마음 고향 땅을 향하네.
山中舊友靑燈夜	산 속에서 등불 밝히고 밤 지새던 옛 친구들
閒話應憐海外舟	정답게 얘기하다 바다 밖에 있는 날 애처로워하겠지.

一任東西自在遊	나랏일을 맡아서 어느 곳이나 다녔더니
滄溟萬里海天秋	푸른 바다 만 리 밖 하늘가에서 가을을 보내네.
翻思有命應先定	생각해보니 이런 일들 다 정해진 것이려니
字是泛翁名叔舟	자는 범옹이고 이름은 숙주일세.78)

---

77) 『해행총재』 권1, 「附行狀」 50쪽, 민족문화추진회 번역, 1986년.

78) 박다도에 있으면서 차운해서 인수 박팽년과 백옥 이석형, 중장 하위지, 근보 성삼문, 청보 · 이개에게 보내다.(在朴多島次韻寄仁叟伯玉仲章謹甫清甫山居)

　신숙주의 일본 사행 여정은 도합 9개 월 정도였다. 상당히 신속하게 진행된 일정이지만 짧다고 할 수 없는 기간이다. 섬나라의 풍물에 대한 기술보다는 오랜 旅程으로 잊고 지내던 고국의 친우들 소식과 국사의 막중한 임무를 맡아 온 길이니 번거롭다 말다 할 일이 아니요 일찍이 주어진 임무라 생각하자는 다그침이 차분하게 서술되어 있다. 정몽주와 마찬가지로 그 역시 국초의 산적한 외교 문제를 해결하려고 중국과 일본을 오가면서 바쁘게 생애를 보냈다. 그렇게 된 까닭을 자신의 이름과 자에서 찾는 것이다. 자가 泛翁이니, 바다와 물가를 떠다니는 늙은이요, 이름에 배 舟자가 있으니, 해외 사행길도 타고난 팔자라는 말이다. 신세타령을 꺼내려고 한 말이 아니라, 나라의 큰 책임을 맡은 자신의 능력과 행운을 자부하는 마음이 더 크다.

　이어지는 시는 일본에 있는 사찰에 들렀다가 그 곳 樓臺에 걸린 이전의 통신사의 高得宗(?~?)의 시를 읽고 이에 차운한 것이다. 고득종은 조선 초의 문신으로, 본관은 濟州고, 자는 子傅며, 호는 靈谷으로, 시호는 文忠이다. 1413년 孝行으로 천거받아 直長이 되고, 이듬해 알성문과에 급제하여 大護軍과 禮賓寺判官 등을 지낸 다음, 1427년 문과중시에 급제, 1437년 中樞院僉知事가 되었다. 이듬해 호조참의(戶曹參議)로 管押使가 되어 명나라에 다녀왔고, 1439년 통신사로 일본에 가서, 그곳 왕의 書契를 가지고 돌아왔다. 1441년 예조참의로 있을 때 聖節使로 명나라에 갔는데, 함부로 약재를 청하고, 李滿住와 童凡察의 처치를 요구한 일 때문에 귀국하였다. 이 일로 江陰縣에 유배되었지만, 2년 뒤에 풀려나 中樞院同知事와 한성부판윤 등을 지냈다. 문장과 서예에 뛰어난 사람이었다. 그가 통신사로 간 해가 1439년이니 신숙주보다 4년 앞서 다녀온 셈이다.

殿宇崢嶸絶世蹤　　절 집이 우뚝 높아 세상사람 발길도 끊겼으니
登臨俯瞰水仙宮　　올라가 내려다보니 물 신선의 궁궐이로다.
繞關白屋人居密　　관을 두른 하얀 집에 인가들도 빽빽하고
亚海靑山眼界通　　바다를 낀 푸른 산에 눈앞이 뻥 뚫리는구나.
獨有歸心千里月　　홀로 천리 길 돌아가고픈 달 마음 있는데
誰將借我半帆風　　누가 나에게 쪽배 바람을 빌려주리요.
凭欄嘿嘿多幽思　　난간에 기대 말없이 깊은 상념에 잠겼다가
更問前程尙指東　　잠시 앞길을 물으니 여전히 동쪽을 가리키네.
白雲西北望神京　　흰 구름은 서북으로 떠돌고 도성을 바라보니
雨後晴光麥隴平　　비 온 뒤 맑은 빛에 보리 언덕은 평온하구나.
物外禪僧猶厚意　　속세를 떠난 선승께서 따뜻한 정을 보이시니
坐中遊子可無情　　함께 앉은 나그네가 어찌 정이 없으리요?
駭看古態泥爲像　　옛 자태를 놀라 보니 진흙으로 만든 불상이고
試訪遺踪壁作城　　남긴 발자취 찾아 오르니 벽으로 두른 성일세.
寂寞芳魂何處弔　　쓸쓸한 향그런 넋은 어디에서 위로 받을까
晚風吹送海濤聲　　저녁 바람 불어올 때 파도 소리만 들려오네.[79]

　　일본이나 건국 초의 조선이나 불교를 국교로 삼기는 마찬가지였다. 또한 사찰은 산수가 아름다운 곳에 자리를 잡고 있으니, 시인이라면 으레 한 번 찾아가 볼 만한 곳이다. 아미타불이라면 西方淨土 극락세계에 머물면서 法을 설하고, 중생들에게 念佛을 통한 정토왕생의 길을 제시해 주시는 부처님이 아닌가. 이역 만리 먼 길을 떠나온 나그네로서 당연히 발길이 닿을 만한 사찰이다.

　　위 작품에는 이국의 풍물과 여행객으로서의 소회가 잘 어우러져 있다. 높이 솟은 사찰에 오르니 사방 경개가 한눈에 조망되었다. 섬나

---

79) 적간관 아미타사의 판상에 옛 통신사 고득종의 시에 차운하다.(赤間關阿彌陀寺板上次昔年通信史高得宗詩)

라니 물과 산이 조화를 이루고 있고, 망망대해와 고산준령이 푸르게 펼쳐진 장관에 시야가 다 터져 나가는 듯하다. 하얗게 채색한 깔끔한 관사 사이로 민가들이 올망졸망 이어져 나가는 모습은 시인에게도 상당히 이국적으로 보였을 것이다. 그러나 역시 고향을 떠나오면 그리운 것은 가족 진지들이다. 돌아가고픈 마음은 앞서지만 아직 갈 길은 동쪽일 뿐 사행(使行)의 여정은 반도 끝나지 않은 때였다. 그렇게 지친 심신에 위로가 되는 것은 어디서나 변함이 없는 아름다운 산천과 훈훈한 스님의 인심이었다. 청명한 햇빛 사이로 펼쳐진 긴 보리 밭 두둑과 차 한 잔 달이면서 주고받는 禪譚은 묵은 피로와 근심을 일순간 풀어주었다. 진흙 불상에 예배하고 성채를 오르내리면서 報國의 일념으로 경황이 없는 자신의 황황한 심정을 달래는 것이다.

5. 끝맺는 말

한국과 일본은 바다를 사이에 두고 마주보고 있는 위치 때문에 오랜 기간 好惡愛憎의 관계를 맺어왔다. 이런 관계 속에서 문화적, 정치적, 외교적인 다양한 채널을 통한 교류가 빈번하게 진행되었던 것이다. 임진왜란이라는 참혹한 전란을 치르고, 한때 식민지로 지배와 피지배 관계에 놓여 있던 두 나라는 여하간 서로 화합과 협조라는 공생의 틀을 짜 맞추어야 할 것이다.

정몽주와 신숙주는 고려 말과 조선 초를 대표하는 정치가이자 문인, 학자다. 마침 그들은 공교롭게도 70년의 거리를 두고 한 번씩 사신으로서 일본을 여행하는 기회를 가졌고, 각자 그곳에서 그들이 체험한 경험을 시 또는 산문으로 엮어 놓았다. 본고는 기 가운데 시만

추려, 이들의 일본 체험이 어떤 자취를 남겼는가 살펴보았다. 정몽주의 시는 모두 11편이고, 신숙주의 시는 2편이다. 이를 통해 우리는 몇 가지 결론을 얻을 수 있었다.

첫 번째 두 사람 모두 일본과의 외교 관계의 원만한 해결이 대단히 중요하며, 그런 책임을 맡은 자신에 대해 큰 자긍심과 소명 의식을 가지고 있다는 점이다. 정몽주는 "나라의 은혜를 갚지도 못했는데 몸은 병들었다.(報國無功身已病)"고 자탄하고 있으며, 신숙주 역시 이런 막중한 임무는 이미 전생부터 나에게 주어진 것(翻思有命應先定)이라며 임무를 다하리라 다짐한다.

두 번째로 읽을 수 있는 정서는 만리 밖 타향살이에 대한 적막감과 孤絶感의 토로다. 정몽주의 사행 여정은 10개월이었고, 신숙주는 9개월이었다. 근 1년에 가까운 시간을 바다 건너 이국땅에서 보낸 그들로서 향수에 젖고 고국을 그리워하는 정은 당연한 일일 것이다. 정몽주는 자신이 손수 심은 버드나무가 동풍을 맞으며 자신을 그리워하리란 표현(故國手種新楊柳 應向東風待主人)으로 그 감정을 대신했고, 신숙주는 서쪽으로 끊임없이 흘러가는 달과 고향을 향해 부는 바람의 비유(獨有歸心千里月 誰將借我半帆風)로 이 심정을 토로했다.

끝으로 섬나라 일본의 이채로운 풍습과 문화에 대한 발견을 노래했다는 점을 들 수 있다. 처음 접하는 南國의 정취는 두 사람의 호기심을 자극하고 경탄과 혐의의 눈으로 이것들을 보게 만들었다. 그러나 두 사람 모두 한 나라의 지성인답게 야만으로 매도하거나 폄하하지 않고 문화적 차이로 인정하는 여유와 보편적인 시야를 잃지 않는다. 정몽주는 나막신을 맨발로 신고 다니고 칼을 차고 다니면서 사사롭게 원한을 갚는 일에 주목했고(行人脫履邀尊長 志士磨刀報世讐), 신숙주는 관을 둘러 펼쳐진 인가의 배치와 산과 바다가 어우러진 지세(繞關白屋人居密 並海靑山眼界通)를 눈여겨보고 있다.

知彼知己면 百戰不殆란 『손자병법』의 명언도 있듯이 문화란 상대방의 遺風이나 전통을 인정하고 호의적으로 살펴보는 안목을 가질 때 교류가 가능한 것이다. 한일 양국은 오랜 기간 원한의 관계를 숙명적으로 지녀오고 있다. 그러나 과거 두 문인 지식인이 보여준 일본 문화와 그곳 거주민들에 대한 입장과 판단은 경계의 자세와 함께 이해하려는 태도도 함께 갖추고 있었다. 오늘날 일본 문화 개방이라는 커다란 화두 앞에 선 우리들에게 그들의 안목은 좋은 귀감이 될 것으로 믿는다.

제2부
高麗 朝鮮時代 문인들의 불교시와 산문

李奎報의 불교시와 산문

李奎報(1168~1241)가 살던 시대는 공교롭게도 무신의 난이 터져 (1170년) 문신들이 핍박을 받는 시대였다. 그리고 이후 몽고와의 기나긴 항쟁이 시작되면서 본토를 떠나 강화도로 천도를 해서 抗蒙의 국면이 고착되는 때이기도 했다. 이 시기는 그 어느 때보다도 우리 민족에게는 고난의 시기였다. 그 때 국가와 전 민중에게 큰 힘이 되어 국난을 극복하고 현생의 고통을 잊게 해준 것이 불교요 부처님의 가르침이었음은 누구나 아는 사실이다.

이규보 역시 난세를 산 지식인으로서 많은 고민과 번뇌를 안고 살았다. 문신들이 무신들에 의해 참살을 당하는 와중에서 그는 비교적 정치적으로 성공의 길을 걸었다. 무신집권기에 그는 최씨 정권의 비호를 받아 相國, 조선조의 영의정에 해당하는 지위에까지 올랐던 것이다. 그러나 이것은 개인으로서는 영광이었지만, 핍박받는 동료 지식인들을 생각하면 변절 또는 훼절로 보일 수도 있었다. 무정부적인 상황에 회의를 느껴 중국의 竹林七賢을 본받아 江左七賢이 활동했던 시기도 이 때였다. 이규보 역시 한 때 강좌칠현의 일원이기도 했다. 그런 상황에서 완전히 무신정권에 흡수되지도 못하고, 철저하게 항거하지도 못했던 이규보는 또 다른 고통의 소용돌이 속을 헤매야 했다.

이런 그에게 큰 위로와 안식을 준 것이 바로 불교였다.

실제로 고려시대는 불교가 國敎였던 만큼 평민에서부터 사대부, 귀족, 왕실에 이르기까지 불자가 아닌 사람이 없었다. 그래서 고려시대는 어느 시대보다 풍부한 불교유산들을 많이 남겼고, 특히 문학사로 볼 때는 불교 문학의 황금기라고 할 수 있을 정도다. 이런 시대적 분위기 속에서 이규보 역시 생활 자체가 불교적이었고, 스스로 백운거사라 해서 재가신도임을 자처할 만큼 독실한 신자이기도 했다. 불교 경전에도 해박했으며, 많은 승려들과 교유하면서 불심을 키우고 정신적 안정을 얻었다. 먼저 그의 불교시부터 몇 편 읽어보도록 하겠다.

1. 불교시의 몇 가지 면모

이규보의 시는 다양한 작가의 세계관을 담고 있지만, 그 가운데 불교적 세계관과 가치관이 차지하는 비중은 대단히 높다고 할 수 있다. 말 그대로 작품마다 불교의 진수가 녹아 있는 것이다. <봄날 산사를 찾아[春日訪山寺]>란 제목의 시 역시 그런 이규보 시의 정취를 잘 보여준다.

風和日暖鳥聲喧　　부드러운 바람, 따스한 햇살에 새소리는 울려 퍼지고
垂柳陰中半掩門　　드리운 버드나무 그늘 사이로 문은 반쯤 닫혔구나.
滿地落花僧醉臥　　땅에 가득 떨어진 꽃들에 스님은 취해 잠들었으니
山家猶帶大平痕　　산집에는 오히려 태평성대의 흔적이 남았네.

봄이 자연이 준 축복이라면 山寺는 부처님이 준 축복이라고 할 것이다. 그런데 봄날의 산사라면 두 축복이 함께 어울러져 지상 최고의

아름다움을 완성한 공간이라고 할 수 있다. 그런 지상낙원을 시인이 찾아 나섰다. 부드럽게 얼굴을 적시는 바람과 온몸에 가득 떨어지는 따스한 햇살은 시인뿐만 아니라 새들까지도 생명을 약동하게 만든다. 산길을 따라 가람을 찾아가는 시인의 발길은 한결 가뿐하고, 물이 올라 신록으로 접어드는 숲속은 봄에 어울리는 신세계를 만들어 나가고 있다. 버드나무 그늘진 사이로 어렴풋이 보이는 절은, 大刹은 아니고 소담한 암자 정도로 보인다. 그러니 일주문 대신 소박한 출입문이 걸렸는데, 반쯤 열려 찾아오는 俗客을 맞이하는 듯하다.

숲속의 암자는 봄날을 맞아 그야말로 꽃동산을 방불케 했던 모양이다. 사방엔 이제 막 꽃잎을 틔운 百花芳草가 흐드러지게 웃음을 날리고, 땅에는 떨어진 꽃잎들로 온통 울긋불긋하다. 스님은 그 꽃향기에 취해 그만 살풋 午睡를 즐기고 있다. 그 오수는 게으름이 아니라 삶의 여유다. 꽃에 취해 잠들 수 있는 것은 심신의 노곤함 때문이 아니라 자연의 숨소리를 느낄 수 있는 마음이 열려 있는 탓일 것이다. 그래서 시인도 이곳에서 太平聖代의 흔적을 발견하는 것이다. 시인에게 산사가 주는 궁극적인 감동은 욕망도 없고 번민도 없는 절대 낙원으로서 다가온다. 안팎으로 난세를 만난 그 시대에 시인뿐만 아니라 모든 중생에게 있어서 산사는 속세의 고난을 피해 위안과 휴식을 얻을 수 있는 마지막 안식처였을 것이다. 이곳에 와서 그들은 다시 힘을 얻고 삶의 의욕을 재충전했던 것이다. 그런 산사가 주는 축복을 이 시는 잘 노래하고 있다.

이규보의 불교시에서 가장 많이 등장하는 소재는 역시 사찰이다. 그는 평생 많은 사찰을 찾았다. 지금은 이름만 남은 사찰에서부터 여전히 寺勢가 당당한 대찰에 이르기까지 정말 많은 사찰들이 그의 시에는 등장한다. 이런 사실은 그에게 있어 사찰이 얼마나 큰 의미가 있었는가를 설명해 준다. 더구나 고려시대의 사찰은 지금처럼 深山幽谷 깊은 골짜기 속에 자리 잡았던 것이 아니다. 그냥 조금 산길을 따라 들어가면, 사람 사는 곳과 그리 멀리 떨어져 있지 않은 곳에서 산사는 사람을 기다리고 있다. 그래서 이 시대의 불교를 생활 불교라고 할 수 있는 것이다. 여기서는 두 편의 寺刹紀行詩를 읽어보겠다. 첫 번째는 <원홍사에서[元興寺]>라는 제목의 시이다.

萬里長天斷鴈秋	만리 긴 하늘에 기러기 행렬도 끊긴 가을날
閑尋古刹碧波頭	한가롭게 옛 절을 푸른 물가에서 찾노라.
喧喧門外千帆集	문 밖에는 수천 척 배가 모여 떠들썩해도
寂寂岩陬丈室幽	바위 구석의 선방은 고즈넉이 그윽하네.
滿院松篁僧富貴	절에 가득한 소나무 대나무는 스님의 부귀요
一江煙月寺風流	강에 가득한 안개와 달빛은 절의 풍류로세.
莫言林下何曾見	숲에서 일찍이 무엇을 보았는지 묻지 말라
擺却浮名欲退休	뜬 이름 던져버리고 물러가 쉬려고 하네.

지금은 어느 곳에 있었는지도 알 수 없는 절이지만, 원홍사는 분명 저자와 그리 멀지 않은 곳에 있었던 것으로 보인다. 문 밖 강물을 따라 수많은 배들이 지나다닌다는 것은, 시적인 과장이라고 해도 완전히 속세와 떨어진 곳이 아님을 암시한다. 그러나 그렇게 헌사로운 곳에 자리 잡았지만, 사찰은 수행 공간, 기도처로서 寺格을 잘 유지하고 있다. 시끄러운 포구가 곁에 있어도 선방은 고요 속에 잠겨 있다. 귀로 들리는 소음이 이곳에서는 마음에까지 전달되지 않기 때문이다. 聖所로서 절이 주는 도도한 무게를 잘 보여주고 있다.

더구나 절은 자연과 절묘한 조화를 이루면서 그 자연의 넉넉한 품 안에 깃들여 있다. 5·6구의 대구는 사찰의 풍성한 여유와 아름다운 풍경을 유감없이 보여준다. 절을 둘러 자란 소나무며 대나무는 스님들의 부귀이고, 강을 둘러 피어나는 안개며 은은하게 비치는 달빛은 절의 풍류라고 시인은 지적한다. 재물에 눈이 먼 사람의 눈에는 자연이 주는 부귀를 누릴 여유가 없다. 無盡藏한 자연의 선물에 대해서라면 일찍이 蘇東坡도 <赤壁賦>에 감탄한 사실이다. 써도 써도 다함이 없는 자연의 재화인 소나무와 대나무를 마음껏 즐길 수 있으니, 스님은 속세의 누구보다 더 큰 부귀영화를 누린다고 시인은 너스레를 떤다.

게다가 날마다 피어나는 안개와 밤이면 사찰을 적시는 달빛은 절집에 딱 어울리는 풍류를 제공한다. 그야말로 안개와 달빛은 부르지 않은 귀한 손님인 셈이다. 속세의 북적거림도 다 떨치고 고요한 선방에 앉아 깊은 내면세계와 대화를 나누면서 자연이 주는 온갖 사치와 풍류를 즐길 수 있는 곳에 들어선다면 아무리 속세의 때에 전래 사람이라도 절로 修行僧의 마음가짐을 가지게 될 것이다.

그러니 이 산사에서 일찍이 무엇을 보고 들었는지 묻는 것 자체가 어리석은 질문인 것이다. 그것은 마음에서 마음으로만 전할 수 있는, 바로 以心傳心의 깨달음이기 때문이다. "입으로 설명해서 전할 수 없는 보배를 어떻게 알려주겠는가, 자네도 이곳에 와서 며칠 지내보도록 하게. 그러면 절로 내가 뭘 보고 들었는지 알게 될 것이야." 이렇게 말하는 시인의 목소리가 들릴 듯하다. 그리하여 시인의 간절한 소망은 세상의 헛된 富貴功名을 다 털어 버리고 이곳으로 귀의해서 지친 심신을 푹 쉬고 싶은 곳으로까지 이어지는 것이다. 산사의 아름다운 풍광과 함께 존재 이유를 잘 보여주는 시라고 하겠다.

이어지는 작품 역시 사찰이 소재가 된 시다. 天龍寺는 전라북도 전주시 동쪽 성 아래 있던 사찰이다. 이규보는 오랜 동안 칩거 생활을

하다가 32살 되던 1199년(신종 2)에 비로소 司錄兼掌書記로서 全州
牧에 부임했다. 비록 1년 4개월 만에 면직되긴 했지만, 가족들과 함께
내려와 살았던 이 시절이 그에게는 무척이나 따뜻한 추억의 공간으로
자리 잡고 있었다. 마치 평생을 떠도는 유랑의 삶의 보냈던 杜甫가
말년에 成都의 草堂에서 잠시 안정을 얻어 지낼 때 썼던 시에서 읽을
수 있는 여유와 낭만이 이 작품에도 담겨 있다. 제목은 <천룡사에 머
물러 지내면서[寓居天龍寺]>이다.

全家來寄碧山傍　　온 가족이 푸른 산 옆에 와서 사니
矮帽輕衫臥一床　　낮은 모자 가벼운 옷으로 침상에 누웠네.
肺渴更知村酒好　　목이 마르니 산골 술맛이 더욱 당기고
睡昏聊喜野茶香　　졸음에 겨운 저녁에 들차 향기가 한결 즐겁구나.
竹根迸地龍腰曲　　대나무 뿌리는 땅위로 뻗어 용이 꿈틀거리는 듯
蕉葉當窓鳳尾長　　파초 잎은 창에 닿으니 봉황 꼬리처럼 길구나.
三伏早休民訟少　　삼복더위도 일찍 그치고 백성들 송사도 뜸하니
不妨時夏事空王　　이럴 때 부처님 섬기기가 더욱 좋겠네.

이 때 이규보는 따로 집을 구할 시간이 없어 산사 안에 있는 요사
채를 빌어 잠시 살았던 모양이다. 관료로 전주에 온 그가 사찰 안에
기거할 정도였다면 그 절이 얼마나 인가에서 가까웠는지 짐작할 수
있다. 시인은 이곳에 半僧反俗의 생활을 해 나갔다. 목이 마르면 막
걸리로 갈증을 씻고, 졸릴 때는 들차를 끓여 마시는 풍경은 마치 스님
들이 목이 마르면 차를 끓여 마시고, 배 고프면 밥을 지어 먹으며, 졸
리면 잠을 청하는 일상사와 아주 닮았다. 산사의 여유와 자연의 이치
를 거스르지 않는 無欲의 마음이 시구 속에 고스란히 녹아 있다.
　5·6구는 시인의 뛰어난 관찰력과 재치있는 표현력을 함께 감상할

수 있는 구절이다. 대나무 뿌리가 땅 위로 울퉁불퉁 솟아 나온 모습을
용이 마치 땅 위에서 꿈틀거리는 것으로 비유한다. 또 창문에 어리는
파초 그림자를 봉황이 문 앞에서 꼬리를 흔드는 것에 비유한다. 용과
봉황은 모두 상서로운 동물로, 역시 태평성대에만 나타난다고 전해진
다. 이규보의 시대가 태평성대가 아니었음은 분명하다. 그러나 그는
관료로서 그런 시대가 오도록 만들겠다는 다짐을 이 시를 통해 보여
준다. 이는 전국토를 태평의 기운으로 충만한 사찰로 만들겠다는 말
과 같다. 시인의 불교에 대한 독실한 믿음과 관료로서의 책임의식을
이 구절은 함께 보여준다. 그러기 때문에 마지막 미련에 가면 백성들
간에 송사도 그쳤고, 삼복더위도 일찌감치 시든 지금이야말로 부처님
섬기며 마음의 수행을 하기에 그만인 때라고 술회하는 것이다. "날마
다 즐거운 날(日日是好日)"이라는 선가의 話頭가 절로 떠오른다.

2. 僧侶들과의 훈훈한 교유

이규보는 사찰도 많이 참배했지만, 당연히 많은 스님들과도 깊은
교류를 나누었다. 누구나 승려가 되는 것을 가장 큰 福德을 짓는 일
이라 여겼고, 스님에 대한 경배가 어느 시대보다 높았던 고려시대였
으니, 그 역시 스님과 어울리는 일은 茶飯事였던 것이다. 많은 작품
가운데 스님의 따스한 인정미를 그려낸 시 한 편을 읽어보겠다. 제목
은 <엄선사를 찾아서[訪嚴師]>이다.

我今訪山家　　내 오늘 산사를 찾은 것은
飮酒本非意　　술 마시겠다는 것이 본래 뜻이 아니었네.

每來設飮筵   올 때마다 술자리를 마련해 주시니
顔厚得無泚   얼굴이 두꺼운들 어찌 땀이 흐르지 않겠는가.
僧格所自高   스님의 격조가 절로 높으시니
唯是茗飮耳   오로지 향기로운 차를 마시기 때문일세.
好將蒙頂芽   몽정의 새로 난 싹을 따다가
煎却惠山水   혜산의 물로 달인 차가 그만일세.
一甌輒一話   차 한 잔 마시면서 말씀 한 마디 하시니
漸入玄玄旨   점점 심오한 경지로 들어가네.
此樂信淸淡   이 즐거움이 참으로 맑고 담담하니
何必昏昏醉   어찌 술에 취할 필요가 있겠습니까?

　작품의 시작에서 산사를 찾는 까닭이 술 때문은 아니라고 말했지만, 사실 시인은 본심은 거기에 있었다. 워낙 술을 좋아해 스스로 三酷好先生이라 자처한 그였으니, 이런 그의 성품을 스님이라고 모를 리 없다. 더구나 엄선사와 시인은 승속의 경계를 벗어나 흉허물 없는 方外友로서 우정을 나누는 사이였다. 술 한 잔이 그리워 자신을 찾은 것을 아는 스님은 그가 올 때마다 항상 술로 대접했다. 산사에 와서 술을 찾다니 큰 허물이 아닐 수 없다. 그런데도 이에 아랑 곳 않고 술을 대접하는 스님 앞에서 시인은 不敬에 대한 송구스러움과 따뜻한 마음씨에 대한 감사함이 뒤섞인다. 아무리 얼굴이 두껍다고 해도 넙죽 받을 만큼 뻔뻔할 수 없었던 시인은 그저 땀을 뻘뻘 흘리면서 술상을 마주한다.

　그런 시인이지만 스님의 수행에 전념하는 생활을 보면서 절로고개가 숙여지지 않을 수 없다. 늘 은은한 향기가 우러나는 차를 마시면서 마음을 맑게 키우니 스님의 격조가 높을 수밖에 없다. 속객은 술을 마시고 스님은 차를 마시는 광경이 눈에 떠올라 절로 웃음이 나오게 만

든다. 게다가 둘 사이에 오가는 대화의 내용이 또한 俗氣가 없다. 차한 잔 마실 때마다 스님의 입에서 전해지는 法語는 그 경지가 점점 玄妙한 깊이를 더해간다.

그제야 시인은 깨닫게 된다. 참된 즐거움이란 술에 취함으로써 얻어지는 것이 아니다. 말에 취하고 마음에 취하는 것이야 말로 참된 즐거움에 아니겠는가. 오히려 술이란 마음을 어지럽게 만들어 맑고 담담한 즐거움을 방해하고 마는 것임을 시인은 깨우치게 된다. 이런 것이 바로 스님이 속객에게 주는 진정한 親和力이라고 할 수 있을 것이다. 슬도 한 잔 얻어 마시면서 깊은 깨달음의 세계까지 맛본 이규보의 즐거운 경험이 대단히 해학적으로 그려진 작품이다.

3. 悟道의 경지

마지막으로 읽을 시는 이규보의 불교에 대한 이해의 깊이를 보여주는 작품이다. 자신이 승려가 아니었기 때문에 悟道頌을 남길 수는 없었지만, 이규보는 경전에 대한 이해나 수양의 깊이로 볼 때 이미 상당한 수준의 깨달음의 세계에 발을 들여놓은 상태였다. 그런 오도의 경지가 이 시에는 잘 드러나 있다. 제목은 <산사의 저녁 때 우물 속 달을 노래함[山夕詠井中月]>이다.

> 山僧貪月色　스님이 달빛이 너무나 어여뻐서
> 并汲一甁中　우물물 긷다 함께 달빛도 떠 왔네.
> 到寺方應覺　절에 닿으면 분명 깨달으시겠지
> 甁傾月亦空　병 기울여 물 따르면 달도 또한 비는 것을.

고작 20자로 된 5언절구지만, 色과 空에 대한 시인의 진지 성찰이 절묘하게 표현되어 있다. 달밤에 우물물을 길으러 온 스님이, 문득 우물 속에 비친 고운 달빛에 매료되었다. 너무나 아름다워 이놈을 따 가야겠다고, 샘물과 함께 달빛도 길어 가지고 산사로 돌아왔다. 내심 달빛을 길었다고 스님은 흐뭇해 할지 모르지만, 병 속에 든 물을 다 붓고 나면 달빛도 비게 될 것임을 깨달을 것이라고 시인은 조금 빈정거린다.

달빛이 色의 세계라면 텅 빈 병 속은 空의 세계다. 그러나 다시 물이 차면 달빛은 떠오르게 된다. 그야말로 공과 색이 서로 다른 것이 아니라는, 『般若心經』에 담긴 가르침을 시를 통해 구현하고 있는 것이다.

이 시에 등장하는 스님이 색에 세계에서 빠져나오지 못한 것은 아니다. 달빛이 고와 물동이에 담고 오려는 마음은 천진난만한 童心이 없다면 불가능한 상상이다. 고운 달빛을 안고 오면서 홍겨워 하는 스님과, 그런 스님을 보면서 "아직 생과 공의 경계에서 벗어나지 못했군." 하며 분별심에 사로잡힌 시인을 대조한다면 누가 진정한 깨달음의 세계에 발을 들여놓았는지 가늠할 수 있다. 그리고 시인 역시 그런 대조를 통해 자신이 말하고 싶은 주제를 역설적으로 잘 갈무려 놓았다는 점에서 대문호로서의 경지를 유감없이 발휘했다고 말할 수 있을 것이다.

4. 散文 속의 불교

이규보는 불교와 관련된 散文도 대단히 많이 남겨 놓았다. 여기서 그 중 한 편을 소개하여 그가 얼마나 불교와 승려들과 가깝게 지내면서 신심을 다졌는지 알아보도록 하겠다. 글의 제목은 <本寺로 돌아가는 璨首座를 보내면서[送璨首座還本寺序]>이다.

　　대개 스님들 가운데에는 한 번 청산에 들어가면 나물 먹고 물 마시며 일생을 마치도록 속세에 발길을 돌리지 않는 분도 있는데, 이는 실로 스님의 직분으로 볼 때 당연한 일이다. 그러나 좀더 대승적인 위치에서 본다면 홀로 서고 외롭게 가는(孤立獨行) 태도도 일세의 자잘한 절개에 얽매이는 것에 지나지 않으니, 어찌 족히 논할 바이겠습니까?
　　그러나 도를 깊이 깨친 스님이라면 그렇지 않아, 세상과 함께 어울리면서도 그에 물들지 않고, 세상과 더불어 살아가면서도 세상에 집착하지 않다. 때문에 그 높은 행실은 손상되지 않고 慈悲의 손길은 세상의 중생들에게 두루 미치는 것이다.
　　우리 스님이 세상을 살아가는 모습은 바로 이러한다. 스님은 王宮이나 帝殿에 나아가 설법을 하는 일도 사양하지 않았고, 相門이나 侯邸를 찾아가서 시주를 받는 일도 거절하지 않았다. 또한 우리 儒家의 무리들과 함께 詩社에 드나들고 酒席에 참석하여 자유자재로 노니는데, 可함도 不可함도 없으시니 참으로 도를 깊이 깨달은 분이라 하겠다.
　　그렇지만 서울 땅에 너무 오래 머물러 있으면 桑下의 그리움[1]이 없을 않을 것이니, 세상 사람들을 두루 교화하지 못한다고 해도 스님이 인간 세상에 대해 그리워하는 마음이 있어서가 아닌 것을 어찌 알겠습니까.
　　지금 스님께서 산수가 맑고 그윽한 곳에 이름난 가람을 얻어 손에 주장자 하나 집고 머리는 갓 하나 쓰고 마치 한가로운 흰 구름이 골짜기 사이로 흘러 돌아가듯이 가볍게 떠나가시려고 한다. 그러니 세상사

---

1) 상하(桑下)의 그리움 : 승려는 뽕나무 밑에서 세 번 거듭 자지 않는다는 말. 왜냐하면 수도(修道)에 정진하기 위해서 안일한 생각을 막으려고 하기 때문이다. 『42장경(章經)』에 나오는 말이다.

에 골몰해 사는 우리 같은 무리들이 어찌 마음속으로 부러워하지 않
겠습니까? 비록 그렇지만 저도 이미 늙었다. 그러니 어찌 통쾌하게 세
상을 떠나 산사에 돌아가 흰 구름과 푸른 산으로 둘러쳐진 곁에서 스
님을 모시지 않을 수 있겠습니까? 전송하는 자리에서 시를 지어 스님
을 그리워하는 마음을 담은 사람이 있기에, 늙은 저는 서문을 쓰게 되
었다.2)

---

2) 夫浮屠氏一入靑山 初喫泉吸 竟一生不迹紅塵者 是誠髡首被緇者之所職然也
   然以大道觀之 此亦孤立獨行 守一世之細節耳 又安足導哉 達人則不爾 能與
   物推移而不染於物 能與世舒卷而不滯於世 故不傷高行 而其慈液之及人也 亦
   周矣 吾師之行乎世 遵此道也 赴經筵於王宮帝殿 不辭也 受檀施於相門侯邸
   不拒也 亦與吾輩 入詩社參酒場 遊戲自在 無可無不可 眞可謂達者也 然久於
   京輦 不能無桑下之戀 則世之人不可戶曉 焉知不以師爲不能無眷眷於人間世
   耶 今也 得名藍於山水淸幽之地 手一節頂一笠 飄飄若閑雲之返岫 則汩汩如
   我輩 得無羨乎心耶 雖然僕亦老矣 亦豈不能豁然長往 陪杖屨於白雲靑嶂之側
   耶 餞席有賦詩以寵者 老居士以序也.

李穡의 불교시와 산문

牧隱 李穡(1328~1396)은 고려말기를 대표하는 학자이자 정치가며 시인이다. 그는 그야말로 風前燈火와 같던 고려 왕조를 지키기 위해 온몸으로 진력한 節義派 지식인이다. 그는 아버지 李穀과 함께 원나라에서 부자가 모두 과거에 급제한 당당한 벌열 가문 출신이면서, 6000편에 달하는 방대한 한시 작품과 20권에 이르는 문집을 남긴 문장가이기도 했다. 사실상 고려 말기의 모든 문인들이 그의 영향을 받았거나 학문을 이은 인물들로, 당시 학계와 정계, 사상계 모든 방면에서 師表의 위치에 있었다.

이색는 또한 불교와 유교의 관계를 대립의 관계로 보지 않고 상보적인 입장에서 공존해야 할 두 축으로 보았다. 다만 그는 투쟁보다는 타협과 대화를 중시하는 성격이어서 격변했던 여말선초의 위기를 정면으로 돌파하지 못한 한계는 가지고 있었다. 그의 막강한 영향력 때문에 조선을 개국한 세력들도 차마 그를 해치지 못했지만, 아들 李種學이 죽음을 당하는 비참한 현실을 감내해야 하기도 했었다. 조선시대의 유림에서 조선 유학의 淵源으로 실질적으로 영도했던 그를 대신해서 圃隱 鄭夢周를 내세웠던 것도, 그가 친불교적이었고 적극적으로 개국을 반대한 데다 제자들이 조선조 이후에도 학통을 이어왔기 때문이었던 것이다.

이색의 한시는 물경 6000여 편에 이르다. 이것도 문집에 남겨진 자료만 그럴 뿐 공민왕 시대 그가 한창 득의의 시절을 보냈을 때의 작품과 조선이 개국한 이후의 작품이 문집이 엮어질 때 고의로 유실된 점을 헤아리면 실로 그는 타고난 시인이었고, 생활이 곧 시였던 인물이라고 말할 수 있다. 그가 悠悠自適하며 살았던 문인이 아니었고, 공직의 사무로 분주했던 정치가였음을 상기할 때 얼마나 정력적인 창작 활동을 했는지 짐작할 수 있다. 순탄지만은 않았던 69년 생애 동안 그는 자신의 삶의 모든 궤적들을 시문 속에 담았던 것이다. 그의 유일한 時調 작품으로 알려진 한 편의 懷古歌는 말년의 그의 처절한 심경을 잘 보여주고 있다.

> 白雪이 잦아진 골에 구름이 머흘메라
> 반가운 梅花는 어느 곳에 피었는고
> 夕陽에 호올로 서서 갈 곳 몰라 하노라.

여기서 '백설'은 고려 왕조를 지키고자 애썼던 忠臣들을 상징하고, '구름'은 開國에 혈안이 된 간신배들을 가리킨다. '반가운 매화'는 이 어려운 난세를 바로잡을 위대한 영웅을 뜻하며 '석양'의 망국의 위기를 암시하고 있다. 그런 황량한 상황 속에서 이색은 외롭게 홀로 서서 어떻게 할지 모르고 방황했던 것이다. 친구도 없고 적들에 둘러싸인 비참한 상황을 그는 이런 시조로 묘사했던 것이다. 그렇다고 그 자신이 '반가운 매화'가 되기에는 그는 너무 온건했다. 그의 문학과 삶을 통해 우리는 난세를 살아가는 지식인의 고통과 한계를 한꺼번에 목격할 수 있다.

여하간 이색은 유불 융화를 주장하면서 다양한 불교문학을 남겼다. 그가 배운 性理 學은 여러 면에서 불교, 특히 禪宗의 울타리 안에서 발전한 학문이었다. 또한 그의 부드럽고 관조적인 성격이 불교의 교리와도 잘 맞았고, 異端에 대해 매몰찬 유가 지식인들보다는 대상을 조화롭게 수용하고 공존을 표방하는 불교는 흔들리는 그의 심성을 바로잡아 주는 구실을 하기도 했다. 그는 불교와 승려들에 대해 동지는 아니더라도 同類意識은 느끼고 있었다고 할 수 있을 것이다.

1. 사찰기행시에 보이는 서정

유가 계열의 재가불자들의 불교 관련 작품은 승려와의 交遊詩와 寺刹紀行詩의 두 틀로 나눠진다. 교유시가 신도로서 스님들에게 경의를 표하거나 방외의 동지로서 흉금을 터놓고 物外의 정의를 나누는 내용이 많다면, 사찰기행시는 명승 탐방과 遊樂의 공간으로 기능하면서 얻어진 체험을 주로 담고 있다. 이색의 불교 문학에도 이런 성격이 그대로 드러난다.

먼저 당시 경기도 신륵사에 계셨던 한 스님에게 준 작품을 읽어보겠다. 세 편의 7언절구로 된 연작시다. 제목은 <신륵사 주선사에게 [神勒珠師]>이다.

皺紙鱗鱗水起紋	종이를 만 듯 물고기 떼에 물무늬 일어나고
近汀河鷺遠山雲	가까운 물가엔 해오라기 날고 멀리 산엔 구름 걸렸네.
知師幻出淸凉境	스님께서 청량한 마음을 그려낸 것을 알겠으니
坐倚風欄到夕曛	바람 부는 난간에 기대 저녁 어스름을 맞노라.

榻上淸風忽滿襟	자리 위의 맑은 바람이 문득 옷깃에 가득 차니
團團璧月照床琴	둥글둥글 고운 달빛이 책상 위 거문고를 비추네.
何時着我孤舟去	어느 때나 외로운 배에 나를 싣고 떠나가서
避暑僧窓坐夜深	승창에서 더위 피하며 밤 늦도록 앉아볼 꺼나.

心中熱惱欲燒天	마음 속 뜨거운 번뇌는 하늘을 태울 듯한데
況是沈痾久不痊	하물며 묵은 병이 오래토록 낫지 않음에랴.
且問珠師分我否	묻노니 스님께서 나에게도 좀 나눠주시면
庭前柏樹祖師禪	뜨락 앞에 잣나무는 조사의 깨달음(禪話)일세.

구도자로서 이색의 자세를 읽을 수 있는 작품이다. 신륵사는 이색의 世居地인 경기도 여주에 있는 유서 깊은 사찰로, 이색은 자주 이 절을 찾았던 것으로 보인다. 한강을 발 아래 두고 길게 펼쳐진 신륵사의 풍광은 절로 詩心을 자아낼 만한데, 그래서인지 신륵사를 노래한 작품은 이색의 작품 외에도 상당수가 전해지고 있다.

첫 번째 작품은 신륵사 일대의 아름다운 경관을 노래했는데, 청정한 모습이 스님의 마음을 그대로 그려낸 것 같다고 한 말에서 이색이 스님에 대해 느끼는 심정이 잘 드러나 있다. 두 번째 작품은 역시 산수자연을 묘사하지만 신륵사가 갖고 있는 내면세계의 깊이를 은근히 비유하고 있다는 데 다른 묘미가 있다. 번뇌를 상징하는 무더위를 피해 어서 빨리 산사로 가서 심신의 피로를 씻고 싶다는 표현에는 시인의 열망이 잔잔하게 녹아 있다. 마지막 작품에서 이색은 구체적으로 자신의 고통을 토로한다. 번뇌의 열기도 하늘을 태울 듯 뜨거운데, 마음의 병은 쉽게 낫지도 않으니, 그가 얼마나 큰 중압감과 고뇌 속에 힘겨워 했는지 짐작할 수 있다. 그러면서 세속의 번뇌를 모두 잊고 해탈의 경지에 · 든 스님에게 자신에게도 그런 마음의 평화를 나눠달라고 부탁한다. 그리고 그 번뇌의 감옥을 나올 열쇠로 話頭를 말한다.

庭前柏樹子는 당나라 때의 선승 趙州從諗(778~897)이 내놓은 유명한 화두이다. 견고한 疑團을 參究해 완전히 깨쳐서 해탈의 길로 이끄는 화두의 효과를 이색은 그대로 인정하고 있는 것이다. 이색의 불교시에는 이런 화두에 관한 구절이 종종 나온다. 이미 그의 시대에 看話禪이 일반화되어 일반 신도들까지도 이를 즐겨 수행의 방법으로 받아들였음을 알 수 있다.

신륵사의 주선사는 이색에게 단순히 산사에 있는 스님의 역할에만 머물지 않는다. 스님은 구원과 해탈의 안내자로서 기능한다. 시인은 진지하게 자신의 아픔을 토로하면서 이를 벗어날 수 있는 방법을 스님에게 묻는다. 당대 최고의 유가 지식인이 불교의 선사에게 보여주는 이러한 태도를 통해 고려 말 지식인 계층에 끼쳤던 불교의 위상과 영향을 헤아릴 수 있다.

이어 볼 작품에서도 우리는 산사의 의미를 엿볼 수 있다. 어느 절 승방인지 알 수 없지만, 이 땅의 어느 곳을 가든 사찰이 있는 것처럼 꼭 특정한 승방일 필요는 없을 것이다. 삼천리강산이 佛國土이듯이 승방은 곧 진리와 깨침, 위안과 휴식이 있는 공간인 것이다. <승방을 그리면서[憶僧房]>라는 제목의 시를 읽어보겠다.

欲訪應無路　　찾고자 하여도 마땅한 길이 없더니
雲山萬疊深　　구름 덮인 산길은 만 첩으로 깊구나.
香銷僧對影　　향불은 식었어도 스님은 그림자만 대하고
夢斷鳥驚心　　잠에서 깨어나니 새처럼 놀란 마음일세.
流水風生穴　　흐르는 물줄기, 바람은 바위틈에서 일고
淸霜月滿林　　맑은 이슬, 달빛은 숲에 가득하구나.

紅塵吹白髮　　속세의 먼지가 백발 위로 불어오니
悵望一長吟　　서글피 바라보며 길게 탄식하노라.

首聯은 세속과 승방의 지리적 거리를 말하고 있지만, 사실은 심리적 거리를 암시한다. 길을 알지 못하고 헤맨다면 그 거리는 구름 자욱한 만 리길이라고 이색은 말한다. 그 길이란 말을 타고 달려도 아득히 먼 곳이지만 마음으로 달리면 지척의 거리에 있다. 마음을 열고 信心을 일으킨다면 바로 눈앞에 승방은 열려 있는 것이다. 타오르는 행불을 보면서 깊은 명상에 잠긴 승려의 모습은 이색에게 세속의 욕심이나 이해관계가 얼마나 무의미한가를 일깨워준다. 그래서 迷妄의 꿈에서 깨어나니 새가 인기척에 놀라 푸드득 날아오르듯 無明의 공간을 벗어나게 된다. 그래서 바라보는 자연은 그야말로 淸澄無垢한 아름다움을 생생하게 보여준다.

맑은 이슬과 고운 달빛, 시원한 물소리며 휭 하고 부는 바람은 萬有의 자태인 法相을 그대로 구현한 대응물들이다. 구차한 설명이 오히려 번거로운 萬法의 실체를 시인은 그 가운데서 느끼는 것이다. 그러기에 이색은 그 청징한 실체를 온전히 간직하지 못하고 떠나올 수밖에 없는 자신의 처지를 안타깝게 여긴다. 속세의 먼지에 휘말려 가뜩이나 세어버린 머리칼을 매만지면서 그는 지난날 청징의 세계를 열어주었던 僧房과 면벽한 스님의 형상을 그리워하는 것이다. 마지막 구에 나오는 탄식은 단순히 현실에 대한 막다른 절망의 표현은 아니다. 그것은 世間과 出世間 양편에 다 몸을 담아야 하는 존재론적 한계에서 오는 자신에 대한 절실한 호소인 것이다.

이색의 시에는 당시 사찰의 일상적인 모습들을 담아 놓은 작품도 있다. 사찰이 꼭 지식인들의 전유공간은 아니다. 오히려 평범하게 시대와 역사의 밑그림을 그렸던 민중들의 믿음의 공간이었다고 보는 것이 타당할 것이다. 종교와 聖所는 信衆들이 있기에 의미가 있는 것이다. 종교가 단순히 현학적인 장식물이 되거나 지적 허영심을 채워주는 공간으로 밀려날 때 종교는 그 생명력을 잃기도 하는 것이다. <법원사를 노닐면서[遊法源寺]>라는 작품은 그런 사찰의 평소 모습을 스케치하는 한편 이색의 마음도 담겨 있는 작품이다.

三門天開秋氣豁	삼문이 하늘로 열려 가을 기운은 드넓은데
士女聯翩來四達	사대부며 부인네들 사방에서 오는구나.
鈿車綉幄光陸離	고운 수레 수놓은 휘장은 눈부시게 빛나고
珊鞍白馬何透迤	옥 안장에 흰 말들은 한없이 이어지네.
金銀佳氣欲相襲	금빛 은빛 고운 기운은 서로 얽힐 듯하고
珠翠生香壓腰祂	구슬 비취 피는 향기가 허리 옷자락을 누른다.
撞鐘擊鼓散天花	범종 치고 법고 울리며 하늘로 꽃을 뿌리니
獅子一吼如懸河	스님의 사자후 一喝이 강물 붇듯 하구나.
西瞻金仙竭心曲	서편으론 금빛 신선을 보며 마음 다해 허리 굽히니
況此飛錫來身毒	하물며 주장자 날리며 피곤한 몸으로 오셨음에랴.
狂言戲語儘幽深	미친 말씀 희떠운 소리도 모두 그윽하고 깊으니
自是天下無知音	이제부터 천하에는 깊은 뜻 알 사람도 없겠구나.
我心利欲正火熱	내 마음 속 이해와 욕망이 바로 불기둥이니
欲立當年少林雪	때가 되었을 때 소림의 눈밭 위에 서려 해야지.

법원사는 현재 위치나 연혁을 고증할 수는 없지만, 시에서 묘사한 것으로 볼 때 당시 꽤 寺勢를 떨쳤던 사찰로 보인다. 불자들이 하나 둘 모여드는 모습을 표현한 서두 부분은, 화려하게 그들의 외형을 묘사하고 있지만, 그들이 귀족들이거나 귀부인이어서 이런 표현이 이루

어진 것은 아니다. 일정 정도는 실제 모습을 담은 부분도 있을 것이지만, 보다 깊이 살핀다면 하나하나가 모두 부처님의 눈으로 보면 귀한 사람이라는 의미를 찾을 수 있다. 꽃을 들어 부처님께 바치고 스님의 獅子吼 법문을 듣는 광경이 눈에 잡힐 듯 들어온다. 저 멀리 인도에서 佛法을 전하기 위해 갖은 辛酸을 마다 않고 서역에서 온 祖師들에 대한 존경의 염이 시구마다 배여 있다.

조사들과 선승들이 내뱉어 놓은 말들이 일견 狂이나 戲란 수식어로 오해될 수 있겠지만, 그러나 그 속에는 모두 그윽하고 깊은 진리의 목소리가 담겨 있다. 그 진리의 목소리에 귀 기울일 사람은 얼마나 될 것인가? 이런 생각을 해보는 시인의 뇌리에는 峨洋曲을 주고받으며 의기투합했던 옛날 伯牙와 鍾子期의 고사가 떠오른다. 이 구절은 조사들의 내밀한 진리를 알 이 적다는 의미와 함께 세상에 뜻 맞는 친구가 없다는 자기 한탄도 숨겨져 있다. 拈華示衆의 은밀한 傳燈은 여전이 살아 있는데, 바람 앞의 등불 같은 왕조의 운명을 함께 할 벗은 없다는 시인의 고뇌가 울려 나온다. 그러니 그 번뇌는 하나의 거대한 불덩어리로 가슴 속에 응어리져 있다. 이 불길을 끄려면 어찌해야 하는가. 그 옛날 達摩를 찾아와 자신의 굳은 결심을 보이기 위해 밤새 눈을 맞으면서 끝내는 한 팔을 잘라냈던 선종 제2조 慧可의 불퇴전의 정신이 있어야 한다고 시인은 깨닫게 된다. 물론 마지막 구절은 그런 전고와 관계없이 뜨거운 번뇌의 불기둥을 산사에 차갑게 내린 눈으로 녹였으면 좋겠다는 소박한 바람으로 읽어도 맛은 그대로 살아난다.

2. 賦에 보이는 불교의식

이어 읽은 작품은 한시가 아니라 賦다. 부는 운문과 산문의 중간 형태쯤에 해당하는 문예양식이다. 화려하고 정교한 묘사를 위주로 하는 부는 주제의 적실한 부각보다는 우아하고 환상적인 시인의 상상력을 마음껏 발휘할 수 있는 장르다. 그러기에 직설적인 표현은 적다고 해도 웅장하고 浮華한 맛을 느낄 수 있다. 뿐만 아니라 부는 화려한 수사와 典故를 중시하는 장르인지라 시인의 문학적 재능을 마음껏 과시할 수 있는 장점도 있다. 이색은 두 편의 부를 남겼는데, 그 중 하나가 식목 선사로 불렸던 스님의 거처인 雪梅軒을 노래한 작품이어서 눈길을 끈다. 한시와 비교할 때 상당히 길긴 하지만, 빼놓고 넘어갈 수 없는 작품이다. 부의 멋을 살리기 위해 산문조로 번역해 보았다. 제목은 <雪梅軒小賦>다.

> 동쪽 바닷가 노인장이 깊은 깨달음을 일으켰으니 도의 뿌리는 견고하고 마음은 재처럼 차갑다. 맑고 깨끗이 속세를 떠난 모습과 그윽하고 한가로이 세속을 끊은 경지를 갖추어, 빛나기는 옥 항아리에서 얼음이 나오는 듯하고, 가득하기는 요대에서 휘영청 밝은 달이 뜨는 듯하다. 謝莊의 「雪賦」는 묵은 때를 씻었고, 宋璟의 「梅花賦」는 뼛골을 바꾼 듯했다. 이 두 편의 부는 길이길이 전해져서 천 년의 세월을 훌쩍 뛰어넘었다. 문인들도 말문이 막혀 입도 열지 못했고, 시인들도 조용해져 더욱 막연해질 뿐이었다. 나 한산자는 서리 앉은 흰 머리를 쓸쓸히 날리고 삼으로 지은 옷을 홀연히 떨쳤다. 내가 원하는 일은 우연히 만나 담소를 나누는 것이었지, 세상 부유한 이들이 간곡하게 부르는 일은 싫었다. 섬계3)에서 향기로운 삿대를 두드리며, 유령4)의 달빛에

---

3) 剡溪 : 曹娥江의 상류. 중국 절강성 嵊縣 남쪽에 있다. 이백의 시 <夢遊天姥吟

수레를 달리다가 도중에 잠시 머물러 쉬는데, 식목 스님이 오라고 청한다. 대나무 방문을 열고, 바람 스치는 난간을 내려보는데, 부들자리를 펼쳐 가부좌하고 앉아 이슬 젖은 차를 끓여 술기운을 덜어낸다. 『시경』의 <載塗> 구절을 읊으면서 은나라 왕실의 훌륭한 재상을 생각하니, 이것이 바로 쓰임 없는 쓰임인 것이고, 대개 사물마다 원칙이 있는 것이로구나. 이제야 나는 알겠다. 서역 부처님의 가르침이 있으니 때로 이 가르침에 순서를 나란히 할 것이다. 비와 이슬이 고루 내려 땅을 촉촉이 적시니 농사일이며 누에 기르는 일에 더없이 소중하고, 복숭아 꽃 오얏 꽃도 모두 꽃이거니 부유하고 고귀한 것도 당연히 마땅한 일이다. 무릇 누가 알겠는가, 눈이며 매화며 우리 스님께서는 마음의 경지가 서로 통하여 바늘과 개자씨가 서로 좇는 것처럼 잠시도 서로 떨어질 수 없다. 매화나무 가지는 찬연히 빛나고 산마다 눈 내려 온통 흰 빛이다. 나는 새도 절로 끊기고 노닐던 벌도 어울리지 않아 먼지며 찌꺼기를 만물의 이치 속에 녹이고, 우주의 본체를 빈 마음으로 가지런히 채우면 실로 배우려는 일에 큰 도움이 있으리니 높은 서재의 편액으로 삼아 마땅하겠다. 지금은 세월이 얼마나 지났는가. 오랫동안 그 아름다운 경치를 함께 하지 못했다. 나중에 묵은 병이 가라앉거든 절룩거리지 않고 편안한 발걸음으로 돌길에 쪽빛 수레를 울리면서 찾아 세상의 번뇌를 잊고 신나게 즐겨야겠구나.

扶桑翁發深省	道根固心灰冷	蕭灑出塵之標	幽閑絶俗之境
炯玉壺之冰出	森瑤臺之月暎	爾乃謝語奪胎	宋句換骨
二賦流傳	千載超忽	風人嘿以不譁	騷客寂而彌鬱
韓山子	霜鬢蕭蕭	麻衣飄飄	思偶然之談笑

留別>에 보면 "호수의 달빛은 내 그림자를 비추고, 나를 섬계에까지 바래다주었네.(湖月照我影 送我至剡溪)"란 구절이 나온다. 蘭槳은 난초잎처럼 날렵한 상앗대를 말하는데, 소식의 <赤壁賦>에 나온다.

4) 庾嶺 : 大庾嶺. 五嶺 가운데 하나로, 강서성 大庾縣 남쪽에 있다. 언덕 위에 매화나무가 많이 있어 梅嶺으로도 불린다.

<table>
<tr><td>嫌丁寧之喚招</td><td>叩剡溪之蘭槳</td><td>馳庾嶺之星軺</td><td>忽中道而坎止</td></tr>
<tr><td>乃息牧之相邀</td><td>開竹房</td><td>俯風櫺</td><td>展蒲團而加趺</td></tr>
<tr><td>烹露芽而解酲</td><td>吟載塗於周雅</td><td>想調羹於殷室</td><td>是惟無用之用</td></tr>
<tr><td>蓋有則於有物</td><td>予於是知西域之有敎</td><td>或於斯而甲乙</td><td>雨露均是澤也</td></tr>
<tr><td>農桑焉重</td><td>桃李均是花也</td><td>富貴焉宜</td><td>夫 孰 知 雪 也
梅也吾師也</td></tr>
<tr><td>情境交徹</td><td>針芥相隨</td><td>罔或須臾之離也耶</td><td>若夫一枝璨璨</td></tr>
<tr><td>千山皚皚</td><td>飛鳥自絶</td><td>游蜂不偕</td><td>消塵滓於氣化</td></tr>
<tr><td>浩大極於心齊</td><td>實有助於所學</td><td>宜其扁於高齋</td><td>今歲月之幾何</td></tr>
<tr><td>阻情境之俱佳</td><td>異日沈痾</td><td>去蹇步平</td><td>鳴藍輿於石徑</td></tr>
<tr><td>當一賞以忘情</td><td></td><td></td><td></td></tr>
</table>

이 작품은 당시의 유명한 선승이었던 息牧禪師가 지은 설매헌을 찾았다가, 그 집의 우아한 풍취와 스님의 깊은 덕망, 도력에 감탄하면서 지은 작품이다. 부의 형식으로 볼 때 아주 긴 작품은 아니지만, 儒敎와 佛敎가 별개의 가르침이 아닌 것을 강조하면서 새삼 설매헌 일대의 아름다운 경치에 감탄하고 있다. 작품을 쓴 것은 방문하고 한참 뒤에 이루어진 것으로 보이는데, 언젠가 그곳을 다시 한 번 찾아가 심신의 묵은 때를 씻겠다는 다짐을 하고 있다.

이 작품을 통해 우리는 이색의 도도한 문학적 재능과 대가적인 기풍, 불교에 대한 심오한 이해도 등을 한눈에 조감할 수 있다. 유가가 속세의 도라면 불교는 方外의 도임을 그는 분명히 인식하고 있다. 그렇기 때문에 유불은 공존해야 하는 것이고, 상보적인 입장에서 어깨를 기대야 한다고 그는 생각한다. 세속의 治道는 유가의 몫이지만, 心性의 치도는 불가와 스님들에게 있음을 그는 거리낌 없이 말한다. 풍부하게 쓰인 전고 속에서 스님의 거처를 정신적 공존의 세계로 인식한 이색의 철학 정신이 눈에 들어온다.

　그러면서 언젠가 세상의 고된 旅程이 다 끝나는 날, 세상의 먼지를 훌훌 모두 털어버리고 그곳을 향해 발길을 돌리겠다는 자신의 다짐을 보여준다. 그가 결국 소매헌을 향해 발길을 돌리지 못하고 이승의 인연을 끝마쳤지만, 이색의 정신적 고향이 어디인가를 이 작품은 잘 말해주고 있다.

3. 佛敎散文에 녹아있는 서사의식

　이색에게는 불교와 관련된 산문도 상당수 전한다. 여기서는 그 중 寺刹記文 한 편을 적어두는 것으로 감상을 대신하겠다. 읽어보신다면 자연 그 맛과 멋을 느낄 수 있을 것이다. 유자로서의 책임 의식과 불자로서의 마음가짐이 적절하게 균형을 이루고 있다. 제목은 <眞宗寺記>다.

　　至正 병오년 여름 5월에 侍中 柳公(柳濯, 고려 말년의 재상)이 경영하는 진종사의 공사를 마치자, 운치 있는 스님 33분을 모셔서 華嚴法을 강하여 낙성을 세상에 널리 알렸다. 옷과 바리떼, 공양 기구가 모두 새롭고 넉넉하였다. 임금님께서 들으시고 듣고 香幣를 내려서 그 모임을 빛나게 하니, 公卿과 縉紳이 달려와서 찬탄하였는데 열흘 동안이나 빈 자리가 없었다고 한다. 내가 처음으로 가서 보니 서까래 끝과 서까래의 그림과 단청이 웅장하지도 않지만 초라하지도 않고, 사치하지도 않지만 누추하지도 않으며, 불상과 纓蓋의 장식과 華燈, 음악 등 설비가 아름답게 잘 갖추어졌고, 스님의 방과 손님의 자리가 엄숙하게 갖추어져 있으며, 곡간과 부엌에는 매일 쓰는 물품이 정결하게 갖추어져 있지 않은 것이 없었다. 일을 시작할 때를 되짚어 보면 甲辰

年 초여름이었는데 날마다 5백 명이 넘는 사람이 공사에 참여하였다. 집의 간수를 헤아리면 60간이 넘었다, 그런데도 비용은 관청 재물을 축내지 않았고, 공사 때문에 백성들이 괴롭힘을 당하지도 않았다고 한다. 그런데 어떻게 이같이 빨리 이루었을까? 내 의문에 공은 내게 이렇게 대답했다.

"내 뜻을 그대가 알 것이니 記를 써주지 않겠는가?"

이 말에 나는 생각했다.

공의 조부 英密公(유탁의 조부 柳淸臣)이 至元 연간에 名望이 있어 그 뒤 德宗 때 재상이 되고, 毅宗 때도 재상이 되어 몸이 上相의 자리를 맡기를 13년 동안이었다. 일찍이 이 절을 중건하고 세상을 떠나자 그 서편 언덕에 幽宅을 모셔 자손이 설이며 명절마다 성묘하였다. 그런데 세월이 흘러 절이 곧 쓰러질 형편에 이르렀다. 이에 이 슬퍼하며 말했다.

"불초한 손자가 선조의 업적을 잇게 된 것은, 진실로 선조가 애써 경영하고 美行을 드러내 우리 자손을 도운 때문이다. 자손의 반열에는 내가 가장 어른이 되었으니 선조의 뜻을 이어 받들지 못하면 그 벌을 어찌 면하겠는가. 하물며 이 절이 우리 산소의 영역 안에 있으니, 어찌 헐어서 새로 세우고 또 堂을 만들어서 우리 영밀공의 화상을 걸어두고 제사하며 은공을 갚으며, 불교를 배우는 이로 하여금 복을 비는 여가에 無量光을 불러서 명복에 도움이 되게 하지 않겠는가."

이것이 진종사를 다시 일으킨 까닭인데, 시중공의 평시의 뜻이기도 하다. 시중공이 한결같이 가법을 지켜서 이미 풍성한 이름과 드넓은 도량은 조정에서도 덕망으로 으뜸이 되었다. 때문에 지난 날 난리 때도 서울을 회복하고 혼란을 평정하며 北鄙의 적을 막은 것이다. 廟堂 위에서 조용하게 웃으며 말하기를, 위태로운 나라를 태산과 같이 튼튼한 나라로 바꾸어 놓았으니 대개 그가 한 번 말을 내고 한 번 일을 행하는 데에도 모두 선조의 법을 따르지 않음이 없었다. 하물며 이 절의 조그마한 일이야 어찌 더 말할 필요가 있겠는가? 또한 이 절을 다시 일으킨 일에서 공의 지극한 효성이 얼마나 독실한가 볼 수 있을 것이다.

대개 효도는 理의 근본이니 아랫사람을 사랑으로 어루만지고 윗사람을 충성으로 섬기는 것이 모두 이 효도에서 나온 것이다. 그러니 이 절을 일으켜 선조의 뜻을 잇고 윗사람의 은혜를 갚는 것은 도리상 당연한 일이다. 어찌 禍福의 말에 현혹되어 冥福을 빈다는 명목으로 사치와 화려를 극하여, 재물을 허비하고 백성을 병들게 하는 것과 비교할 수 있겠는가? 비록 그렇지만, 세상에서 豪傑이라 일컫는 사람들은 모두 불교를 따르고 유교는 돌보지 않고 있다. 우리 도의 현재가 끊어지지 않는 실처럼 미약하니 장차 누구를 허물할 것인가? 절의 흥하고 폐하는 顚末은 옛 책에 있기 때문에 여기서는 쓰지 않는다.

至正丙午夏五月 侍中柳公所營眞宗寺功告畢 邀韻釋卅三人 講其所謂華嚴法者 以落其成 衣鉢供具 悉新悉瞻 上聞之 降香幣以賁其會 公卿搢紳 奔走讚歎 坐無虛席者十日 予始得而寓目焉 攘題梲栿 藻繪丹碧 不壯不庳 不侈不陋 象設纓蓋之餙 華燈音樂之奉 粲然而完 僧寮客位 儼翼周衛 以至庫廚之所 日用所宜者 莫不精備 考其肇功 則在甲辰孟夏 其夫日役五百餘指 其屋間計六十有奇 費不官削 役罔厲民 是何成之疾也 公謂予曰 吾志也予知之 盍記諸 予惟公祖英密公 有重名至元間 其後相德陵 又相毅陵 身都上相十三年 蓋嘗重營是寺 而其葬在西岡 子孫歲時展省 而寺久將圮 公慨然有念 不肖孫得以繼跡先祖 實由先祖劬勞肪美 以覆我子孫 子孫之列 吾最長 不克繼述 罰其可辭 矧玆寺在吾塋域之中 盍一撤而新之 且堂之以垂我英密公之畵像 以祀以報 俾學佛者祝釐之餘 呼無量光 以資冥福乎 此眞宗寺之所以興復 而侍中公平昔之志也 侍中公一守家法 旣以豊名鉅量 爲朝德首 故其克復京城 定難興王 禦侮北鄙也 談笑從容廟堂之上 易國家岌岌者 爲泰山之重 蓋其一發言 一擧事 無一不式乎先祖 玆寺之細 曷足道耶 然於是寺之興 又足以見公篤孝之端矣 孝蓋理本 撫下仁 事

上忠 皆於是乎出 則爲是寺 以繼先志 以報上恩 其道固當然矣 豈與
夫眩禍福之說 假祝釐之名 極侈與麗 傷財病民者比哉 雖然 世之所謂
豪傑者 率此之趨 而不吾願 吾道也不絶如線 將咎誰哉 寺之興廢本末
有舊籍在 玆不論着云 (『牧隱集)』 文集 권1)

隱居하며 시대를 비판한 元天錫의 불교시

耘谷 원천석(1330~?)은 분명 고려 말기를 대표하는 문인이지만, 행적으로 볼 때 여느 문인 정치가들과는 다른 모습을 보이고 있다. 적극적으로 정계에 진출하여 자신의 의지를 보여주는 대신, 일찌감치 현실의 흐름에 실망하여 강원도 원주 치악산으로 은거하여 평생을 직접 농사를 지으며 숨어산 이력을 가지고 있는 것이다. 그래서 그는 언제 세상을 떠났는지 알지 못한다.

원천석은 비록 치악산에 은거해 세상과 등지고 살았지만 그렇다고 세속에 대한 관심을 완전히 저버린 것은 아니다. 그의 눈과 귀는 항상 세상을 향해 열려 있었다. 지금 그에게는 737題 1,144首의 한시가 실린 시집인 『耘谷行錄』이 남아 있다. 그 시를 보면 참으로 다양한 시세계가 드러난다. 당시 그릇된 방향으로 흘러가는 국가의 운명에 대해 비통해 하고 일부 정치가들의 이기적인 음모를 날카롭게 비판하는가 하면 전원생활의 호젓한 낭만과 고통 받는 농민들의 참담한 현실을 그려놓고 있기도 한다. 그의 시는 중국 당나라 때의 시인 杜甫를 그렇게 불렀던 것처럼 시로써 역사를 쓴 詩史라고 해도 좋을 것이다.

또한 그의 시집에서는 당시 불교계의 여러 스님과 주고받은 시를 비롯해서 불교 및 자신의 신앙과 관련된 상당수의 작품들을 찾을 수 있다. 오늘 우리는 그의 불교시 속에 녹아있는 시정신을 정리해보도록 하겠다.

1. 世俗의 초월과 出世間의 심경

인생사를 살아가면서 만나고 헤어지는 일은 주변에서 일어나는 가장 일상적인 사건이다. 그렇기 때문에 해후와 이별의 계기마다 어떤 의미를 부여하는 것은 일면 무의미한 일처럼 보일 수도 있다. 그러나 만남과 헤어짐이 없다면 살아가면서 맞부딪치게 되는 충격이나 흥분은 쉽게 맛볼 수 없을 것이다. 더욱이 만남은 헤어짐을 전제로 하고 헤어짐이 있기에 만남에 대한 기대를 가질 수 있는 것이라면 그 평범한 사건 속에서 우리는 때로 경이로운 상황을 목격하게 된다. 불가에서 인연의 사슬을 벗어나 오도의 경지에 이르기 위해서는 현상 자체에 대한 정확한 인식이 있어야 한다고 주장하는 저변에도 경이로움을 무심히 보면서 무심함 가운데 경이로움을 깨치는 일과 무관하지 않다.

산야에 묻혀 살았던 원천석에게 있어서 만남과 헤어짐이 가장 빈번하게 일어났던 대상이 승려였음은 어렵지 않게 짐작할 수 있다. 그것이 속인과의 만남이 아니기에 경박한 인사치레에 머물지 않았고, 이해관계에 얽매이지 않았기 때문에 더욱 자신의 내면을 진지하게 토로할 수 있었을 것이다. 밤 새워 진솔하게 인생과 세계에 대해 토론하고 이해하면서 쌓아올린 정분이 남달리 깊었으리라는 점도 넉넉히 이해할 수 있다.

원천석의 시에 보이는 이러한 스님들과의 만남과 헤어짐의 양상은 크게 두 갈래로 나눠 살펴볼 수 있다. 얼굴과 얼굴을 직접 대면하는 만남이 하나이고, 글을 통해 주고받는 만남이 하나다. 대면의 현장에서 오고간 시를 送別詩라 부른다면 글을 통한 교유의 흔적은 次韻詩에서 찾아진다. 사실 양자 사이의 거리는 그렇게 먼 것은 아니다. 송별시가 육신의 가까움을 전제로 한 것이라면 차운시는 정신적인 가까움이 전제가 되었다고 비교할 수 있을 것이다. 때로는 僧俗이라는 거리를 두고 때로는 승속의 거리를 떠나서 원천석은 불가의 인사들과 간단없는 교분을 나누고 있는 것이다.

원천석의 눈에 가장 먼저 들어온 스님의 모습은 아무래도 수행자의 그것이었다. 세속적인 이익을 초탈하고 자연에 몸을 맡긴 승려들이기에 비슷한 행로를 걷던 그에게 우선적인 관심의 초점이 되지 않았나 생각된다. 그 중 대표적인 작품 두 편을 읽어보자.

첫 번째 작품은 <送行>이다. 운수행각을 떠나는 스님을 배웅하면서 지은 작품이다.

上人身如雲	스님의 몸은 구름과 같아
飄然無所住	표연히 머무는 곳이 없구나.
飾心以忠直	충실과 곧음으로 마음을 꾸몄고
志操大堅固	그 지조는 오롯이 크고 단단하네.
問之所以然	어쩌면 그럴 수 있습니까 여쭈니
粲笑言不吐	밝게 웃을 뿐 말로 설명하진 않는구나.
上人非無言	스님이 말씀이 없는 게 아니니
不輕所答故	대답을 가볍게 할 수 없는 까닭이지.
平生雲水間	평생을 구름과 산수 사이에 살면서
快活淸閑趣	쾌활하게 맑고 한가한 운치를 즐겼지.
高蹤難可追	높은 발자취는 진정 좇기 어려우니

更入天山霧　　다시 하늘 산의 안개 속으로 드시는구나.

　제목 그대로 먼 길을 떠나는 스님에게 준 작품이다. 구름처럼 정처
없이 떠다니는 모습은 승려의 당연한 행각이라고 할 수 있다. 그러나
그런 가운데 忠直하고 견고한 지조를 잃지 않으니 流浪의 이미지와
는 다른 형상이다. 그 떠돎이 방황이 아니라 자유로움이기에 가능한
일이겠지만, 속기가 가시지 않은 시인의 눈에는 특이한 사건으로 다
가왔던 것이다. 까닭을 물어도 밝게 웃기만 할 뿐 대꾸가 없다. 대답
할 할 말이 없어서가 아니라 도대체 말이란 게 무의미하고 심정을 제
대로 표현할 수 없기 때문에 취한 방편이었다. 李白의 <山中問答>
에 나오는 시적 의장을 그대로 우려낸 솜씨가 돋보인다.

　구름을 벗 삼고 자연을 소요하면서 한가로운 운치를 흠뻑 호흡하
는 이에게 심각하고 진지한 자세는 오히려 짐이 될 뿐이다. 당연히 웃
음으로 대신할 수밖에 없는 일이지만, 웃음 속에는 이미 筆舌로 다하
지 못할 내밀한 깊이와 오도의 경지가 숨어 있다. 이 때문에 시인은
웃음 뒤에 감춰진 높은 발자취의 무게를 느낄 수 있었던 것이고, 스스
로 그에 어울리는 마음가짐을 갖지 못한 자신을 반성하는 것이다. 아
련히 雲霧 속으로 스며드는 수행자의 거침없고 放逸한 자세에 경의
를 표하는 작자의 애정이 작품 전면에 어린 시편이다.

　두 번째 작품은 <천태의 연스님이 총림으로 가려고 각림사에서 나
와 지나다가 나에게 들렀다. 그분의 말씀이며 행동거지를 보니 대단
히 비범한 분이었다. 비록 불교의 형세가 나날이 기울고 있지만 이 분
으로써 그 가르침이 부흥할 것이니, 이별에 임하여 말을 구하기에 붓
을 적셔 가시는 길에 올렸다.[天台演禪者將走叢林　自覺林寺來過余
觀其語默動靜　甚是不凡　雖當釋苑晚秋　將是以復興其道　臨別需語

泚筆以贐行云]>인데, 제목이 상당히 길다.

禪門絶名相 선종의 문하는 명색을 끊었으니
閫閾本幽深 곤역은 본래 그윽하고 깊은 곳이라.
祖脈傳台嶺 조사의 맥은 태령을 따라 전하고
宗風隔少林 종가의 바람은 소림을 지나서 불어온다.
應吹無孔笛 구멍 없는 피리를 응당 불리니
閑弄沒絃琴 줄 없는 거문고를 한가롭게 뜯노라.
此別何須恨 이 헤어짐을 어찌 아쉬워하겠는가
不同塵土心 속세에 묶인 마음과는 다른 것을.

세속의 굴레를 벗어나서 모든 분별과 차별을 털어 버린 수행자의 모습을 소묘하듯 산뜻한 시흥으로 갈무려 놓았다. 구멍 없는 피리나 줄 없는 거문고는 禪家에서 진리의 심오한 경지를 비유하는 말로 즐겨 쓰는 표현이다. 제목에서 알 수 있다시피 과묵하고 행동거지가 범상치 않은 스님이기에 解悟의 깊이가 도를 부흥시킬 만하다는 믿음을 준다. 조사의 명맥과 종가의 풍취를 한껏 드날리면서 진리의 오묘한 세계를 구가할 인물임에 분명하지만, 그 도구가 세속인의 눈으로는 감지할 수 없는 피리와 거문고인 것이다. 평범한 사람의 눈에만 보이지 않을 뿐이지 사실은 누구의 마음속에나 깃들여 있는 自性에 다름없기에 오히려 먼지에 찌든 세상을 맑게 씻길 수 있는 힘이 그 속에는 있는 것이다. 그런 이와의 이별이니 아쉬움보다는 반가움이 앞서게 되지만, 아직 미련을 완전히 잠재우지 못한 시인으로서는 못내 섭섭한 구석이 지워지질 않다. 그러나 그것은 나의 마음일 뿐 스님의 발길에는 한 터럭 군더더기도 없다. 인정이니 집착이니 하는 가식에서 그들은 이미 벗어났기 때문이다.

2. 自然과 聖所의 융화

　원천석 불교시의 두 번째 흐름은 自然과 聖所를 융화시킨 일련의 작품들에서 찾아진다. 은거의 삶을 살았던 때문에 다양한 여행의 경험을 하지 못한 원천석에게 있어서 사찰은 몇 안 되는 새로운 체험의 장소였다. 원주 지방 일대를 중심으로 그의 발길이 닿은 사찰은 대략 18개에 이르다. 시집에 나오는 사찰 이름을 근거로 이를 열거하면 아래와 같다.

마전사(麻田寺).　환희사(歡喜寺).　영천사(靈泉寺).　만세사(萬歲寺).
상원사(上院寺).　무주암(無住菴).　청평사(淸平寺).　원통사(圓通寺).
원적암(圓寂菴).　도경사(道境寺).　천림사(泉林寺).　운대사(雲臺寺).
신륵사(神勒寺).　고달사(高達寺).　문수사(文殊寺).　각림사(覺林寺).
송화사(松花寺).　용적암(寂用菴).

　시집에 이름이 나오는 사찰을 열거한 것이 이 정도니, 그가 평생 탐방한 사찰은 더 많을 것이다. 은둔의 삶을 산 그라 다른 시인과 비교할 때 많은 숫자는 아니다. 그러나 무료한 가운데 삶의 의미를 되새기고 방외의 선승들과 교유할 기회를 가졌다는 점에서 그 의의를 남다르다고 할 수 있다. 동시에 사찰은 대개 산세가 수려하고 전망이 좋은 곳에 자리하고 있다. 때문에 스님을 만나고 신앙의 대상을 섬긴다는 차원을 넘어 아름다운 자연 경관을 유람하는 즐거움도 주는 곳이다. 원천석의 시에 등장하는 사찰이라는 공간 역시 이러한 다양한 기능을 제공한 것으로 나타난다.

　끝으로 사찰은 세속의 티끌을 털어 버린 비범하고 성스러우며 신비한 광경을 연출하는 공간, 즉 聖所로 인식되기도 한다. 물론 이런 다양한 기능들이 작품마다 개별적으로 형상화된 것은 아니다. 이들 기능과 성격은 작품에 혼재되어 나타난다고 말하는 것이 옳을 것이다. 여기서는 이러한 특성이 비교적 두드러지는 작품을 두 편 골라 읽어보기로 하겠다.

첫 작품의 제목은 <마전사에서 노닐며[遊麻田寺]>이다.

戊申十二月	무신년(1368년) 12월
立春後八日	입춘 지난 지 여드레 날.
客子訪僧居	나그네가 스님의 거처를 찾는데
僧居依翠密	스님 거처는 비취색 자욱한 곳이라네.
陽崖雪半消	볕드는 벼랑에 눈은 반나마 녹았고
陰壑風蕭瑟	그늘진 골짜기에 바람은 소슬하구나.
主人不開門	주인장은 문도 걸어 잠그고
安然坐禪室	편안히 선실에 앉아 있었네.
問道默無言	도를 물어도 묵연히 말이 없으니
正是維摩詰	이 바로 유마힐이 아니겠는가!
目擊心自知	눈으로 보니 마음이 절로 아는데
無得亦無失	얻음도 없고 또한 잃음도 없도다.
端坐凡忘機	단아하게 앉아 뭇 기미를 잊었는데
斜日照書帙	비끼는 햇살이 책갈피에 스민다.
山鳥莫催歸	산새여, 돌아갈 길 재촉하지 말거라
重遊恐難必	다시 오려 해도 기약하기 어려운 것을.

1368년 무신년이면 그의 나이 서른아홉이 되는 해였다. 이제 不惑의 나이를 코앞에 두고 추위가 가시지 않은 겨울에 산사를 들렀다. 한겨울임에도 스님의 거처에 비취빛 기운이 감돌았으니, 범상한 지역이 아님을 보여준다. 봄은 다가오건만 바람은 아직 쓸쓸하여, 누구 하나

찾아올 이도 없다. 닫힌 절집을 돌다가 승방엘 들어보니 바깥세상의 풍파에는 아랑곳 않고 스님은 선정에 들어 있다. 애써 추위와 눈길을 무릅쓰고 찾아왔다면 뭔가 목적이 있었을 것이다. 그 고민을 풀어놓았지만 선승은 禪悅에 젖어 말이 없다. 말이 없는 가운데 마음을 전하는 모습이 완연히 維摩詰居士의 고사를 연상케 만들고, 그 경지를 눈으로 보자 마음이 먼저 알아차렸다.

유마힐은 인도 비야리국의 장자(長者)로, 속세에 있으면서 보살행업을 닦은 사람이다. 수행이 깊어 불제자들도 미칠 수 없었다고 하는 사람이다. 시에서 나오는 일화는 『維摩詰所說經』에 나온다. 유마힐 거사가 병이 들자 문수보살이 여러 聲聞과 보살을 데리고 문병을 갔다. 그 때 유마힐은 여러 가지 신통력을 보였는데, 마지막에 유마힐은 잠자코 있어 말없이 앉아 있는 것으로 不可言不可說의 뜻을 표현했다는 것이다.

얻음도 없고 잃음도 없는 세계, 물상의 변화와 관계없이 自在롭게 존재하는 공간에 다만 황혼만이 스며들어 책갈피를 넘기고 있다. 고민은 눈처럼 스러지고 지혜의 손길만이 가득 찬 산사는 시인에게 귀의할 고향이요 세속의 땀으로 얼룩진 심신을 어루만져주는 위안처이기도 한다. 둥지로 돌아가는 새소리는 귀로를 재촉하는데, 좀체 발길이 떨어지지 않는다. 어차피 떠나야 할 聖所이지만, 다시 올 기약이 막연하니 오히려 착잡한 심정만 아리게 눈앞을 지나가는 것이다.

이 시는 "산은 산이요 물은 물"이라는 禪句에 어울리는 체험을 마친 작자의 깨달음의 과정이 한 편의 짤막한 이야기를 읽는 듯한 감동을 주는 작품이다. 스스로 信佛을 한다는 말은 한 마디도 담겨 있지 않지만, 스님과 대좌하면서 통찰한 부처님의 진리에 한량없이 기뻐하는 시인의 모습이 선연하게 다가온다. 작품 속에 등장하는 다양한 일상들은 단순한 시인의 시야에 들어온 물상들로만 기능하지는 않다. 萬物悉有佛性이라는 깨침의 다음 순간에 포착된 사물들이기에 비범한 득도의 경지가 아로새겨진 등가물인 것이다. 승려가 아닌 그에게 悟道頌이 있을 리 없지만, 이렇게 체험을 통해 터득한 깨우침은 그로 하여금 그에 버금갈 만한 시를 남기게 만들었던 것이다.

두 번째 시는 제목이 <다시 적용암을 노닐면서[重遊寂用菴]>이다.

刱成蘭若集禪流	절집을 지어 올려 선승들을 모았으니
寂用工夫性所求	적용암에서의 공부는 본성이 구하는 바일세.
滿洞白雲丹檻暮	골짜기 가득 흰 구름은 붉은 난간에 저물고
孤輪皎月碧潭秋	외로운 바퀴 밝은 달은 푸른 연못의 가을일세.
昔年初見窮淸賞	지난 해 처음 만나 맑은 감상을 다했더니
今日重來得勝遊	오늘 다시 와서 즐겁게 노니는구나.
新着丹靑光燦爛	새로 칠한 단청은 빛깔도 찬란하니
幻菴應點塔中頭	환암 선사도 응당 탑 속에서 고갤 끄덕이리라.

사찰에 왜 스님들이 모이는가 하면 그것은 勇猛精進하면서 수양하고 공부하기 위해서이다. 그것이 수행자의 본연의 자세다. 풍광이 수려한 공간이 주어지는 것도 그 광경에 현혹되어서라기보다는 아름다움을 아름답게 인식하는, 그래서 자연과 내가 일체가 되는 物我一體의 체험이 승화된 결과이다. 그러므로 淸賞이나 勝遊 또한 六根에 얽매인 육신의 기꺼움만이 아니라 自然美의 인식을 통해 禪味를 도야하는 방편의 차원일 수밖에 없다.

幻菴은 고려 말기 때의 스님 混脩(1320~1392)의 법명이다. 승려가 되어 승과에 급제하는 등 조정으로부터 극진한 대우를 받았지만 모두 마다하고 초야에 숨어 수행하는 것으로 自任한 선승이다. 속세의 인연을 끊고 수행에 힘쓴 점으로 볼 때 원천석의 삶의 자세와 동일한 믿음을 실천한 인물이라고 하겠다. 위 작품은 1394년에 쓰였으니 스님이 입적한 지 두 해 뒤다. 수행자들의 용맹정진하는 모습을 본다면 浮屠碑 속에서 환암 선사도 고개를 끄떡일 것이라고 했다. 이 말은 그대로 시인의 심경과도 일치할 것이다. 깨침의 自利行에만 머물지 않고 욕계에서 허우적거리는 중생을 잊지 않는 利他行이 승려의 본분이자 자신의 신념임을 은연중에 토로한 작품이다.

3. 佛敎人物論의 전개

세 번째로 주목할 특징은 佛敎人物論을 전개한 작품들이다.

여말선초 문학사가 보여주는 재미난 현상 중 하나가 題詩卷詩가 대량으로 쓰였다는 사실이다. 물론 '제시권시'라는 양식이 여말선초라는 시기에만 창작된 것은 아니다. 그러나 몇몇 문인들에 의해 시권에 대한 관심이 집중되고 그에 대한 題詩를 상당수 남기고 있는 사실은 주목할 필요가 있다고 여겨진다.

제시권시란 詩卷을 읽고 나름대로의 감상을 술회한 시를 말한다. 이는 얼핏 論詩詩라는 형식을 떠올리게 만든다. 그러나 제시권시는 논시시와는 담고 있는 내용에서 상당히 차이가 난다. 형식적으로 보면 양자가 대개 7언절구로 쓰였다는 공통점은 있지만, 진술되는 방식으로 보면 꽤 거리가 있다. 논시시는 시를 통하여 시를 논하는[以詩論詩] 문학론적인 성격이 강한 반면, 제시권시는 시를 통해서 인물을 논하는[以詩論人] 인물론적인 성격이 강하게 드러난다는 것이다.

실제로 이 시기에 쓰인 제시권시는 작품의 제목에서부터 구별된다.

모든 시의 제목에 시권이란 말이 붙었던 것은 아니고, 때로 詩軸으로도 불리며, 卷子 또는 줄여 卷 등으로 제목의 말미에 첨가되어 있기도 한다. 편의상 이를 통일하여 시권으로 부르기로 하겠다. 현전하는 이 시기의 시권 자료가 하나도 없는 형편에 시권의 형태가 어떤 것이었는가는 재구하기란 어렵지만, 아마도 당사자가 손수 편집한 詩選集의 모양새를 갖춘 것으로 추측된다. 또 책의 형태보다는 두루마리 형태일 것으로 추측된다. '권' 혹은 '권자'로 부기된 경우 이는 시선집이라기보다 산문선집일 가능성도 배제할 수 없는데, 그 많은 인물들이 상당량의 산문 저작을 남겨 이를 편집한 책자를 만들었을 가능성은 희박해 보인다. 때문에 대다수의 권자를 포함한 시권은 시선집일 가능성이 높다.

여말선초에 왜 갑자기 시권들이 대량으로 만들어졌는가는 분명치 않다. 또는 어느 시대에나 시권들은 산재했다고도 말할 수 있는데, 그렇다 하더라도 이 시기에 들어 문인들이 제시권시를 쓰기 시작한 것은 문학사적으로 여말선초 문학의 성격을 규명하는 데 일정 정도 의미를 부여할 수 있으리라 여겨진다.

원천석에게는 모두 60편의 제시권시가 전한다. 이 가운데 두 수를 제외한 나머지 작품은 승려들의 시권(또는 권)에 붙인 경우이다. 동시대의 다른 문인들 가운데에도 많은 수의 제시권시를 남긴 인물이 있지만, 원천석처럼 거의 대부분이 승려들의 시권에 붙인 작품으로 일관하는 경우는 찾아보기 힘들다. 예컨대 그보다 8년 연하인 成石璘(1338~1423)의 문집『獨谷集』에 보면 15편의 승려 제시권시가 전하는데, 사대부들의 시권에 붙인 작품도 18편이 남아 있다. 이 점은 원천석이 유자의 길보다는 스스로 方外人으로 자처하면서 脫俗의 삶을 산 결과가 아닌가 생각된다. 여말선초 제시권시의 면모는 좀 더 거시적인 안목에서 조명할 가치가 있다고 판단되지만 여기서는 우선 원천석의 작품만으로 한정하여 그 의미를 검토해 보기로 하자.

앞에서도 지적했던 것처럼 제시권시는 시권이라는 문학적 산물에 붙인 시임에도 불구하고 문학론을 전개하기보다는 인물론을 전개하고 있다. 이는 "시는 곧 그 사람"이라는 보편적인 문학관을 바탕으로 접근한다고 해도 정도가 지나치다.『孟子』萬章章句 하편에 보면 "그 시를 읊고 그 글을 읽으면서 그 사람을 모른다면 옳겠는가? 이 때문에 그와 동시대를 논하는 것이니, 이는 위로 올라가서 벗삼는 것이다.(頌其詩 讀其書 不知其人可乎 是以論其世也 是尙友也)"는 말이 나온다. 후세에 전개되는, 작품을 작가와 결부 짓는 논의는 맹자의 이러한 주장에서 출발한 것이다. 물론 부분적으로 문학론을 펼친 작품이 없진 않지만, 이는 극히 단편적이고 또 부차적이라고 하겠다.

먼저 지적할 수 있는 제시권시의 특징은 인물에 대한 논의가 직설적이라기보다는 비유적인 수법을 즐겨 사용한다는 점이다. 시가 상징과 비유를 근거로 존재한다고 볼 때 당연한 일이겠지만, 동양의 한시 전통이 상징이기보다는 풍자고, 우회적이기보다는 즉물적인 성격이 상대적으로 강하다는 사실과 비교할 때 이색적이다. 한 작품을 읽어 보자. <무제 스님의 시권에 쓰다[書無際卷]>란 제목의 시다.

廣大乾坤呑不盡　광대한 천지는 삼켜도 다함이 없고
廻旋日月照難窮　돌고 도는 해와 달은 비춰도 끝이 없네.
廓然瑩澈思量否　훤히 뚫리고 맑디맑은 경지를 생각할 수 있겠는가?
無相無名內外通　형상도 없고 명목도 없이 안과 밖에 뚫렸도다.

이 시의 발상법은 시권의 주인공의 이름을 破字하는 데서 출발한다. 이는 굳이 원천석의 제시권시에서만 보이는 특성은 아니며 당시에 쓰인 이런 유의 작품이면 동일한 방식을 대개 빌려 쓰고 있다. 스님의 법명이 無際이니, 이름에 어울리는 풀이를 했던 것이다. 천지와 일월이라는 광활한 우주의 이미지를 빌려와 작자의 정신세계가 비추는 공간의 광대한 것을 암시했다. 문학적 성과를 논의하면서도 단편적인 문학에 대한 언급보다는 그의 인격이 갖춘 진폭을 노래함으로써 시인으로서 뿐만 아니라 인간으로서 품격을 갖춘 사람임을 은연중에 암시하고 있는 것이다. 특정 작가의 문학적 면모는 단순한 노력과 천부적인 재능을 타고난 결과가 아니라 내면의 인격으로부터 발현될 때 비로소 완성된다는 논리가 깔려 있다고 할 수 있다. 올바른 글이란 德性과 文學이 일치될 때 밖으로 아름답게 드러난다는 주장이 전제된 발언인 것이다.

이러한 문학적 장치는 次韻詩의 성격과도 유사하다. 그러나 차운시는 파자의 형식을 빌지도 않았으며, 덕성과 문학적 성과는 일치된다는 주장이 일반적으로 논의되지 않는다는 점에서 차이를 보여준다.

이어 읽어 작품은 <명암 스님의 시권에 쓰다[書明菴卷]>란 시다.

挺然高榦秀叢林	우뚝한 높은 난간은 총림에서도 빼어나고
宴坐聊觀定慧心	편히 앉아 애오라지 정혜쌍수의 마음을 보노라.
覺月已圓三界朗	깨우친 달은 이미 둥글어 온 세상이 밝은데
迷雲盡卷六窓陰	미혹된 구름도 다 사라져 여섯 창문도 어두워졌구나.
非空非色非中外	공도 아니고 색도 아니며 중용의 밖도 아니니
無滅無生無古今	멸함도 없고 태어남도 없으며 고금도 따로 없네.
且問菴居何所樂	물으니 암자에 살면 무슨 즐거움이 있습니까,
四威儀弄沒絃琴	한 세상살이가 거문고 가락에 쓸려 다 사라졌다네.

‘육창’은 눈과 코, 귀, 혀, 몸, 뜻을 가리키는 말로, 보통 불가에서는 이를 원숭이에 비겨 물질계에 얽매여 억측을 부리는 잘못된 태도를 일컫다. 四威儀는 行住臥坐를 두고 한 말인데, 일상생활에서 하는 온갖 행동이 부처님의 계율에서 벗어나지 않음을 상징한다. 생활이 곧 수행이고, 진리도 평상의 삶을 벗어난 곳에 있는 것이 아니라는 비유적 표현이다.

이 시는 엄격하게 말하자면 파자의 형식을 갖추지는 않았다. 그러나 작자의 이름이 明菴임을 내세워 無明의 세계를 노래한다는 점에서 한층 고도화된 비유의 수법을 읽을 수 있다. 스님의 수행의 깊이가 시 전편을 통해 선명하게 부각되어 있고, 그 경지는 범상한 사람이 체험할 수 없는 脫格의 위치에서 말해지고 있다. 한 자락 거문고 가락에 부처의 평등법식마저 쓸려 없어지는 無碍의 공간 속을 시권의 작자는 떠다니고 있음을 원천석은 몇 가지 비유를 통해 극명하게 구현하고 있다.

원천석에게 있어서 불교 관련 시는 작품양에 있어서도 적지 않은 비중을 차지하지만, 질적인 측면에서도 함부로 예단할 수 없다고 말할 수 있다. 그의 개성 있는 종교관과 특히 불교에 관련된 일련의 사상들이 시작품 속에 토로되어 있어서 고려 말기 불교와 관련된 문학사의 추이와 유불 교류가 어떻게 전개되었는가를 살피는 데에도 많은 시사점을 제공해준다. 대개의 여말선초 지식인들이 불교를 출세간적인 측면에서 우호적으로 접근했는데 비해 원천석은 철학 사상으로서 그 중요성을 인식했다는 점에서 의의는 더욱 크다고 할 수 있다.

梅月堂 金時習의 불교시

    세종에 의해 일찍부터 인재로 인정받아 앞날이 창창했던 소년 천재 김시습(1435~1493)의 일화는 모르는 사람은 거의 없을 것이다. 또 수양대군에 의한 불의의 왕위 찬탈이 있자 옛 주군에 대한 의리를 지키며 평생을 포의로 산 꼿꼿한 충렬의 선비로서도 그는 많이 기억된다. 뿐만 아니라 20대 젊은 나이에 삭발하고 승려가 되어 천하를 떠돌아다니며 고행의 길을 자처했던 외롭고 괴로운 한 사람의 자취 또한 그를 이해하는 데 중요한 요소가 된다. 그는 선비와 선승의 길을 不異의 길로 여기며 산 중세의 지식인이었다.

    김시습하면 떠오는 이미지는 사람마다 조금씩 다르겠지만 역시 신동이란 말일 것이다. 그는 5살 때 벌써 글을 읽고 지을 줄 알았다고 한다. 워낙 소문이 나서 세종이 불러들여 韻字를 불러주고 三角山을 제목으로 절구를 짓게 했다. 김시습은 그 자리에서 7언절구 한 편을 쏟아냈다.

束聳三峯貫大靑　　세 봉우리를 묶어 세워 푸른 하늘을 꿰니
登臨可摘斗牛星　　그 위에 오르면 두우성도 딸 수 있겠구나.
非徒岳岫興雲雨　　멧부리에서 구름과 비를 일으킬 뿐만 아니라

能使邦家萬世寧   능히 국가로 하여금 만세 동안 편안하게 하겠네.

세종은 그 남다른 솜씨와 마음씀씀이에 감동하여 칭찬하고 많은 물품을 상으로 내려 표창했다. 뒤에 난세를 만나 일부러 미쳐서 스님이 되었지만 또한 禪律에만 얽매이지도 않았다. 그는 성리학과 陰陽術書, 의약, 점술 등 모든 것에 통달해 알지 못하는 것이 없었고, 문장이 浩瀚하고 放肆하여 거리낌이 없었다.

그가 세종에 대한 의리 때문에 끝내 세상을 저버리고 승려로서 方外人으로서 일생을 산 것은 어떻게 보면 안타까운 일이기도 한다. 재주와 인격을 두루 갖추었던 그가 세상에 나와 학문을 하고 治者의 길로 들어섰다면 비범한 재능을 마음껏 펼쳤을 것이다. 그래서 주변의 많은 사람들이 그를 환속시켜 세상을 위해 일할 수 있도록 주선하기도 했던 것이다.

생애의 절반을 승려의 신분으로 산 그인지라 불교와 관련한 작품도 적지 않다. 우리나라 최초의 한문소설집이라 일컬어지는『金鰲新話』에 담긴 불교 사상도 만만찮지만 그 감상은 다음 기회로 미루고 오늘 이 자리에서는 불교 시문 몇 편을 읽어보도록 하겠다.

1. 同道의 승려들에게 보낸 시편

뜻을 펼치지 못하고 산야에 묻혀 살았던 김시습 자신도 갈등과 번민이 적지 않았을 것이다. 忠節과 實用 사이에 서서 고민했던 그를 생각하면 어지러운 시대에 지식인 노릇하기가 얼마나 어려운지 절감하게 된다.

그런 점에서 김시습의 불교시는 주목할 만하다. 그의 구도행은 또 다른 의미에서 치자의 길이었기도 했다. 半僧半俗의 생활을 하면서 그는 속세에 대해서도 僧伽에 대해서도 당당하게 일갈을 서슴치 않았다. 그는 승려들에게는 엄격한 스승의 자세를 견지했고, 세상에 대해서는 자애로운 수도자의 모습을 보여주었다. 그는 엄격함과 부드러움을 모두 겸비했던 지성인이었던 것이다.

먼저 읽을 시는 同道의 길을 걷는 스님을 위해 쓴 작품이다. 제목은 <민상인이 여러 道件들과 와서 도를 묻기에[敏上人 同諸件來問道]>고, 5언고시의 형식을 취하고 있다. 이 시에 나오는 敏上人은 김시습과 아주 절친했던 분으로 보인다. 『매월당집』에 보면 이 스님과 교유하면서 쓴 작품이 꽤 많이 보인다. 동년배이거나 조금 후배였지 않았나 여겨지는 인물이다.

君看淸淨道	그대는 보았지, 맑고 깨끗한 진리는
不爲塵所染	세상의 티끌에 물들지 않는다네.
只緣忿欲生	다만 분노와 욕심에 따라 생겨나서
竟爲諸相掩	마침내 모든 형상에 가려지는 것일세.
所以先聖戒	그래서 옛 성현들도 경계하기를
懲忿又窒欲	분노를 억누르고 욕망을 막으라 했던 것일세.
此是徑庭5)處	이것이 바로 큰 차이를 가져오는 원인이니
君子須謹獨	군자라면 마땅히 홀로 있을 때를 삼가야지.
情欲一乍萌	욕정이 일단 잠시라도 싹튼다면
爲此所桎梏	곧 내 몸을 칭칭 동여맬 것이네.
天竺古先生	천축에서 태어난 옛 선생님께서는

---

5) 徑庭 : 徑은 작은 길이라 좁고, 庭은 뜰이라 넓다는 뜻에서, 현격한 차이를 말한다. 逕庭.

斷髮雪山嶺	설산의 언덕에서 머리를 깎으셨네.
只爲諸衆生	오직 중생들을 위하셨을 뿐으로
汩沒不自省	깊이 빠져 자신도 돌보지 않으셨네.
卽脫九章6)衣	왕자의 화려한 옷도 다 벗어버리고
勤修六載靜	여섯 해 동안 고요하게 수련에 전심하셨지.
厭彼聲色娛	저 예쁜 소리와 미인의 즐거움도 싫어했고
愛此龍蟒境	이 이무기와 구렁이가 있는 곳을 좋아하셨네.
顧保淡泊心	담박한 그 마음을 부디 잘 지켜서
期取一朝惺	하루아침에 깨달음 얻기를 기약하구려.
始知濟人船	원래 사람을 건네주는 배란
元來是舴艋	자그만 거룻배인 것을 이제야 알겠지.

김시습은 유가의 道와 불가의 도를 동등한 선상에서 보면서도 중용의 자세를 잃지 않았다. 시의 앞부분은 유가적 입장에서의 도에 대해 설명한다. 욕망과 분노에 가려져 맑고 깨끗한 도를 더럽히는 일을 君子는 하지 않는다고 선언한다. 자칫 이 욕망에 눈이 멀면 마치 차꼬처럼 온 몸을 동여맬 것이라고 경고한다. 전반부에 나오는 군자의 謹獨은 개인의 수양의 차원이면서 儒者의 자세를 강조한 것이다.

이어 그는 불가의 도에 대해 말한다. 설산에 올라 6년 동안의 고행을 마치고 마침내 깨달음을 얻는 부처님을 상기시킨다. 그의 마음속에는 오직 중생을 구제하겠다는 깊은 책임감이 있을 뿐이다. 나를 넘어서서 남을 생각하는 자비행이 담겨 있다. 때문에 고귀한 비단 옷도 태자의 지위도 그에게는 하찮은 미물이었고, 귓전을 간질이는 음악이며 눈을 황홀하게 만드는 미인 역시 무의미하다. 힘들고 괴롭다고 해

---

6) 九章 : 太子가 입는 冕服. 석가여래는 淨飯王의 태자로서 구장의 화려한 옷을 벗어던지고 설산에 가서 6년 동안 苦行했다.

도 더 큰 고통 속을 헤매는 중생을 구제하려는 그 마음을 말한다. 이 두 사상을 버무려 김시습은 결론을 내린다.

민상인의 "도란 무엇인가?"에 대한 질문은 대단히 거창한 물음이다. 그 물음에 대해 김시습은 '담박한 마음[淡泊心]'을 잃지 말라고 충고한다. 거창하고 호화로운 여객선이어야만 사람을 건네주는 배가 아니다. 그런 것은 명예욕이나 공명심에 사로잡힌 사람의 눈에 보이는 妄想일 뿐이다. 작고 허름한 거룻배라 해도 사람을 강에서 건네주기는, 즉 此岸에서 彼岸을 옮겨주기는 마찬가지다. 거대한 유람선은 큰 바다를 건네줄 수는 있지만 작은 개천에서는 무용지물이다. 중생을 구제하는 일은 원대한 사업이 아니라 날마다 행해야 할 善行임을 김시습은 말하고 있는 것이다.

이어지는 작품은 앞서 본 진지한 작품과는 달리 해학적인 내용이다. 오랜 기간 승려 생활을 해본 경험이 가져다 준 유머 감각이 잘 녹아 있는 시라고 할 수 있다. 제목은 〈코고는 스님을 놀려대며[嘲僧鼾]〉이다.

鼾聲如雷驚四隣	코 고는 소리 우레와 같아 이웃들을 다 깨우니
名山何處息渠肩	명산 어느 곳에다 그 어깨를 쉬겠는가.
坐禪精進常逃者	좌선하며 정진할 때는 항상 달아나기 바빴고
入里求齋蓋闕焉	마을에 들어가 불공을 올릴 때도 빠지기 일쑤였지.
多約癡朋同住錫	어리석게도 친구들과 모일 약속이나 잡으려 들고
每看呰俗說因緣	가련한 백성들 만날 때마다 인연설만 외는구나.
閻羅不是無心物	염라대왕님도 무심한 물건이 아니라면
爲此童頭受苦煎	빡빡 머리 이 놈 위해 온갖 괴로움을 받게 하겠지.

자면서 코고는 버릇은 잠버릇 가운데 삼대 악습으로 손꼽힌다. 눈

뜨고 자는 것이야 보지 않으면 그만이지만 이 갈고 코 고는 버릇은 상대방을 악착같이 괴롭히니 정말 최악의 버릇이라 하겠다. 그러면서도 정작 자신은 잘 자니 더욱 괘씸한 일이다.

아무래도 김시습이 雪岑이란 법명으로 불가에 귀의하고 있을 때 지어진 듯한 이 작품은 고약한 잠버릇을 가진 한 승려의 고약한 언행을 낱낱이 고하고 있다. 崇儒斥佛이 노골화되던 조선 전기의 시대 상황이었으니, 승려라고 해도 다 高僧大德만은 아니었을 것이다. 분명 糊口之策이나 삼으려고 입산한 부적격자도 적지 않았을 것이다. 김시습이 자기 시에서 준엄하게 꾸짖고 있는 이 승려도 그런 부류에 속했을 듯하다. 좌선하고 정진할 때는 꽁무니를 빼고 달아나고, 마을에 가서 재를 올리는 궂은 일이 생기면 나 몰라라 외면하는 못된 행실을 열거하면서 어리석음을 폭로한다. 그러면서 어울리는 친구 역시 잿밥에만 눈독 들이는 소인배들이고, 어리석은 백성들을 만나면 인연이니 지옥이니 뇌까리면서 현혹시키고도 수도자인 척한다. 게다가 '못된 고양이 부뚜막에 먼저 올라간다.'는 속담처럼 밤이면 코를 골아 고된 일과에 지친 동료들의 단잠을 방해한다. 온갖 밉살스런 짓은 다하는 천덕꾸러기라고 할 만한다. 그러니 죽어 저승에 가면 염라대왕도 그의 악행을 잊지 않아 반드시 생전의 고약한 행실에 대한 따끔한 처벌을 하리라는 것이다. 아무리 승려라 한들 제 구실을 하지 못하면 응분의 처벌이 뒤따르는 게 당연한 일인 것이다.

김시습은 물론 이 시에서 수도자로서의 본분을 망각하고 추행을 일삼는 게으른 승려를 매섭게 질타한다. 그러나 시에 흐르는 전반적인 情操는 해학적이다. 게으른 승려의 언행이 비록 불만스럽긴 하지만 그래도 한 구석 괜찮은 사람 냄새도 날 것 같은 인상을 풍긴다. 김시습에게도 꾸짖기는 하지만 허물을 뉘우치고 바로잡는다면 곧 껄껄

웃으며 친구로 맞이할 넉넉한 여유가 엿보인다. 잔꾀를 부려 제 한 몸 편하게 하려는 고약한 심사는 미워도 천성이 나쁜 사람은 아니니 좀 더 지켜보자는 따뜻한 마음이 이 시에는 녹아 있다.

2. 佛經에 대한 조예가 녹아있는 작품

김시습은 세조의 불경 언해 사업에 참여할 만큼 경전에 대한 조예도 깊은 사람이었다. 그의 승려 생활이 방편이었는지 속세의 번뇌를 깨치려는 苦行者의 일면이었는지는 보는 사람에 따라 해석이 다를 것이다. 그러나 그는 분명히 불교의 교리에 깊이 몸담은 사람이었다. 그것은 많은 부분에서 그의 삶과 문학을 규정해 준다. 그를 논하면서 불교와의 친연성을, 또 불가의 승려였다는 사실을 결코 과소평가할 수는 없을 것이다.

다음 시는 김시습이 한밤에 등불을 밝히고 경전의 심오한 가르침 속에 침잠했던 한 시간을 잘 포착하고 있다. 제목은 <밤에 앉아 불경을 읽으며[夜坐看經]>이다.

一炷香殘秋夜深	한 줌 향은 사위어가고 가을밤은 깊어지는데
蛩聲月色攪禪心	귀뚜라미 소리 밝은 달빛이 선정에 든 마음을 흔드네.
百年人事不可計	백 년 사는 사람살이도 헤아릴 길 없고
三世妄緣無處尋	삼세의 망령된 인연은 찾을 곳이 없구나.
庭樹正愁風露勁	뜰 앞의 나무는 바람 이슬 매서운 것을 근심하듯 고개 숙였고
山禽似話洞雲侵	산새들은 골짜기로 구름이 몰려온다고 알리는 듯

지저귀네.

蒲團紙帳淸於水　창포로 만든 방석과 종이 장막이 물보다 더 맑으니
閑展禪經閱古今　한가롭게 불경을 펼쳐놓고 고금의 일들을 열람하
　　　　　　　　노라.

　승속의 갈등과 이를 극복하려는 수행의 각오가 담겨 있는 작품이다. 경전의 오묘한 진리에 정신없이 빠졌다가 무심코 고개를 들어보니 가을밤도 어느새 무르익고 있었다. 향불도 다 타 버렸는데, 귀뚜라미 우는 소리와 밝은 달빛이 자리를 감싸고돈다. 누구에게도 털어놓을 수 없는 번민을 禪經을 읽으며 달래려고 했는데, 그나마 풀벌레 소리와 달빛이 깨워놓고 있다. 험한 인생살이와 아득한 인연의 고리 속에 갑자기 마음 갈피를 잃어버리고 그는 두리번거린다.

　俗塵에 대한 회한이 너무나 간절했던 그였기에 주변의 물상들이 그저 범상하게 보이지 않았다. 뜰 앞에 나무도 근심스레 머리를 숙인 듯 보이고, 산새들 지저귐도 구름 몰려오니 소나기 조심하라는 넋두리로 들려온다. 승려로서의 삶에 무슨 회한이 있는 것은 아니지만, 물보다 맑다고 스스로 말하고 있는 그 생활을 그는 온전히 유지하지 못했다. 중년 이후 그가 환속과 출가를 거듭했던 것도 그런 번민과 이승에 대한 많은 미련들이 빚어낸 일일 것이다. 그러기에 그는 경전 속에서도 해탈의 즐거움 보다는 고금의 역사를 뒤적이며 근심의 나래를 접지 못한다.

　누구보다 시대와의 불화를 겪으면서 애달픈 삶을 살았던 김시습의 쓸쓸한 자화상이 그려진 시라고 할 수 있다. 어느 곳에도 안주하지 못하고 정처없이 떠돌았던 황량한 마음을 추스르고자, 불가에 귀의해서 부처님의 가르침 속에서 이를 극복해 보려고 노력했던 그의 흔적이

이 시를 통해 우리에게 다가온다.

3. 山寺에서 녹인 愁心

　마음이 안주할 곳을 찾지 못했던 김시습은 몸도 卍行의 길을 벗어나지 못했다. 그의 발자취는 당시 조선 땅 곳곳을 누비고 다녔다. 타고난 시인이었던 그는 이런 방황과 만행의 자취를 꼬박꼬박 시로 남겨놓았다. 四宕遊錄이라 불리는 방대한 시 작품이 이를 반증한다. 방랑의 여정 속에서 그의 지친 몸을 쉬게 해준 곳이라면 산사를 빼놓을 수 없을 것이다. 산사에 묵으면서 그는 삶에 대한 활력을 충전시켰고, 고적한 인생에서 위로와 위안을 얻었다. 그런 시편 가운데 두 편을 읽어보도록 하겠다. 먼저 볼 시는 <용장사에서[茸長寺]>란 제목의 작품이다.

茸長山洞窈　　용장산 골짜기가 고즈넉하니
不見有人來　　오가는 사람도 보이지 않네.
細雨移溪竹　　이슬비는 시냇가 대나무로 옮겨가고
斜風護野梅　　비낀 바람은 들판의 매화를 지킨다.
小窓眠共鹿　　작은 창가에서 사슴과 함께 잠드니
枯槁坐同灰　　마르고 메말라 앉아 재가 되는구나.
不覺茅簷畔　　몰랐네, 초가집 처마 끝에서
庭花落又開　　뜨락의 꽃이 떨어졌다 다시 피는 것을.

　용장사는 경북 경주시 내남면 용장리 남산 기슭에 있었던 사찰이다. 신라시대 때 창건된 사찰로 유가종의 고승인 大賢이 살고 있었는데, 그가 이 절에 있는 장륙상의 주위를 돌며 예배하면 불상도 그를 좇아 얼굴을 돌렸다는 전설이 전하고 있다.

더구나 용장사는 김시습과도 인연이 깊은 사찰이다. 그는 이곳에 머물면서 『금오신화』를 썼던 것이다. 현재는 터만 남아 석불좌상(보물 제187호)과 삼층석탑(보물 제186호), 마애여래좌상(보물 제913호) 등이 산재해 있다. 이 절의 앞뜰과 뒷동산을 거닐면서 김시습은 산 자와 죽은 자들이 이생의 인연을 잊지 못하고 기이한 연분을 더해갔던 신이한 이야기들을 구상했을 것이다. 그러나 麟角寺를 『금오신화』를 곳으로 보는 견해도 있다.

이 무렵부터 벌써 용장사는 쇠락의 기미를 보였던 것 같다. 산사의 골짜기가 고요한 것이야 좋지만 오가는 인적이 끊긴 것은 바람직한 산사의 모습은 아니다. 아마 그런 孤絶함 때문에 그가 은둔하려고 했을지도 모르겠지만, 쓸쓸한 절간을 지키면서 자연과 자신을 하나로 묶으려는 희망에 사로잡힌다. 작은 창가에서 사슴과 함께 눈을 붙이고, 이대로 온몸이 빠짝 말라 그대로 재가 되고 싶다는 술회에서 처연한 그의 심경을 읽을 수 있다. 어쩌면 이미 그의 마음은 따스한 기운 한 점 없는 재와 같았는지도 모른다. 떨어진 꽃이 다시 피듯이 자신도 다시 삶의 불길을 지펴보고 싶었는지도 알 수 없다. 그런 면에서 『금오신화』는 그에게 있어 생사를 초월한 再生의 찬가였을 수도 있다.

또 한 편의 사찰유람시를 읽어보겠다. 제목은 <인월사에서[印月寺]>고, 5언고시이다.

山中有一老　　산 속에 노스님 한 분이 계셔서
貌古眞奇絶　　외모는 늙었어도 참으로 기이하네.
對我語入神　　나를 맞아 하는 말이 들을수록 신기하니

竹枝灑寒雪　대나무 가지가 찬 눈으로 씻기는 듯.
行裝政蕭洒　차림새가 정말 맑고 시원하니
詩軸與衣鉢　시축과 의발로 단출하구나.
自言老侵尋　스스로 말하기를 차츰 늙어가니
欲掛金環錫　금빛 주장자도 걸어두고 싶다네.
棲遲泉石邊　샘물가 바위에 느긋하게 머물면서
飽我一生樂　평생의 즐거움을 만끽하고 싶다네.
陟彼山南麓　저 산 남쪽 산기슭에 올라가니
岑深最閑寂　봉우리가 깊어 한적하기 그만이라.
可以誅茅茨　갈대를 꺾고 나무를 베어내어
淸溪且卜築　맑은 시냇가에 얼추 집을 지었네.
煩公請安眠　그대에게 번거롭게 쉬어가길 청하노니
耀我小蝸角　내 누추한 오막살이를 빛나게 해주시오.
我時少從容　내가 그 때 마침 잠깐 짬이 났기에
揭之以印月　'인월'이라 편액을 써서 걸게 하였네.
觀彼萬丈潭　저 만 길의 깊은 연못을 바라보니
風靜波光徹　바람은 잔잔하고 물빛은 정말 맑구나.
秋月印其底　가을달이 물 바닥에 찍힌 것처럼
冏冏頗淸越　빛나고 빛나며 밝고 맑구나.
觸之不可散　부딪쳐도 흩어지지 않고
蕩之亦不失　흔들어도 떨어지지 않네.
可比老師心　노스님의 마음에 견줄 만하니
道義愈激烈　도심과 의리가 더욱더 격렬해지네.
豁然徹本源　활연히 깨우쳐서 근원에 꿰뚫었으니
不生亦不滅　나지도 않고 없어지지도 않겠구나.
靜觀萬像澄　삼라만상의 맑은 속을 고요히 보았으니
印我方寸地　내 마음 바탕에 도장찍듯이 새겨두었네.
到頭竟難名　도저한 경지를 끝내 이름 지을 수 없어서

名菴聊以寄　　암자의 이름으로 삼아 그 뜻을 담았네.
他年放下着7)　　뒷날 집착을 끊고 보게 된다면
是亦渾閑事　　이 또한 볼품없는 군더더기 짓이겠지.

　인월사는 전남 장성군 불대산에 있던 사찰이다. 한 노스님에 대한 존경의 마음과 수행을 통해 이르고 싶은 깊은 경지를 김시습은 담담한 음성으로 우리에게 들려준다. 산기슭에 얼기설기 草幕을 지어놓고 살지만, 맑고 깨끗한 마음으로 보기에 어느 곳 못지 않은 淸淨樂土인 것이다. 그저 목이 마르면 샘물을 길어 마시고 배가 고프면 밥을 지어 먹는 삶이지만 이미 죽지도 않고 나지도 않는 완전한 解脫의 경지에서 바라보면 가장 큰 즐거움인 것이다. 無事則樂事라는 말처럼 일 없는 것이 가장 큰 즐거운 일인 것이다. 그곳에서 김시습은 月印千江의 지혜를 깨닫게 된다. 달은 하나지만 세상 만물을 비추듯이 깨달은 눈으로 보면 세상의 온갖 번민과 갈등, 욕망과 절망 따위도 부질없고 몽매한 장난거리일 뿐이다. 그래서 스님의 청에 따라 '인월'이란 堂號를 지어 집과 머무는 사람의 품격에 어울리는 예우를 한다.
　이 시에서 우리는 물을 비추는 달빛처럼 살고 싶었던 김시습의 마음을 읽을 수 있다. "부딪쳐도 흩어지지 않고, 흔들어도 떨어지지 않는" 달빛의 自由自在함과 투명하게 내면을 그대로 드러내는 물의 無執着을 그는 한 편의 시에서 깔끔하게 묘사해 냈다. 그러면서도 결국 이런 말조차 마음을 어지럽히는 넋두리일 것이니, 뒷날 모든 愛慾을 다 끊은 때가 오면 이 또한 구차한 군더더기 짓이 될 것이라고 말한다. 대나무 가지 위로 흰 눈이 내려 쓸려가듯이 차고도 깨끗한 수행의

---

7) 放下着 : 불교에서는 마음이 사물에 붙어 얽매이는 것을 금기로 여긴다. 이것을 벗어나면 곧 만물의 특색을 제거한 진리의 세계가 된다는 뜻이다.

울력이 묻어나오는 한 노스님의 삶을 돌이켜보면서 느꼈던 시인의 진지하고도 솔직한 시선을 이 시는 잘 보여준다. 마침내 그 도저한 경지에 이르기를 김시습은 갈망하는 것이다.

4. 散文에 드러난 慈悲行

끝으로 김시습의 산문 한 편을 읽어보겠다. 제목은 <禿山院記>다. 위로 진리[菩提]를 찾으면서도 아래로는 중생을 제도해야 하는 수도자의 慈悲行의 일면을 칭송한 글이다.

관동은 모두가 산이요, 동해에 임하여 지세가 험악한 까닭에 도로도 다니기가 힘들고 고생스럽다. 독산원은 오대산의 남쪽 省塢平의 경계에 있어 서쪽으로 珍富를 누르니 쑥과 명아주가 하늘에 닿았고, 동쪽으로 대관령을 접하였으니 소나무와 전나무가 해를 가렸다. 추울 때에는 얼음과 눈이 두텁게 깔리고, 여름비에는 진흙과 모래가 질고 미끄러워 길가는 사람들이 이를 괴로워했다. 오대산에 사는 스님 道安이 측은한 생각이 들어 저장하였던 쓸모없는 물건을 모조리 내어다가 房櫳 앞뒤 구역 및 廐溷(마구간) 열네 칸과 상, 온돌, 삿자리를 지으니, 빠짐없이 갖추어진 모습을 보고 고을 사람들 모두가 그의 선행을 칭송하였다. 착공하길 계묘년(성종 14년, 1483)에 시작하여 갑진년(1484)에 끝냈는데, 이듬해 봄 나 췌세옹이 이 院을 지나다가 아름답게 여겨 기를 지었다.

禿山院記

關東皆山也 濱溟渤 地勢崎嶇 道路艱關 禿山院在五臺山之南省塢坪之界 西控珍富 蓬藋連天 東接天關 松檜翳日 祁寒冰雪之凌兢 暑

雨泥沙之濘滑　行者苦焉　五臺住僧道安　生矜怜心　盡出所儲長物[8]　營
房楹前後區及廐溷十四間　與夫床突簟席　無不畢具　一鄕人咸稱其善
功　始于癸卯　訖甲辰　翌年春　贅世翁[9]過茲院　嘉以爲記(『梅月堂集)』
文集　卷21)

　그의 문학 속에는 현실과도 공존할 수 없었고 불문에도 안주할 수
없었던 갈등과 고뇌가 고스란히 녹아 있다. 그런 번민의 문학을 우리
는 김시습의 작품 속에서 읽을 수 있다. 그의 문학을 통해 우리는 그
가 유가 사대부들의 압제 속에 조금씩 명맥을 잃어가던 조선 전기 한
국 불교의 실상을 온몸으로 보여준 境界人이었다고 말할 수 있을 것
이다.

---

8) 長物 : 쓸모없는 물건들. 『晉書』 王恭傳에 "공이 말하기를, '나는 평생에 쓸모
　없는 물건이 없었다.(恭曰 吾平生無長物)'"는 말에서 유래하였다.
9) 贅世翁 : 김시습 자신의 별호. 송나라 王樵의 고사가 그와 비슷한 데서 끌어왔
　다고 한다.

藝術史의 차원에서 불교를 인식한 許筠

　허균은 조선시대 내내 인물됨, 문학과 비평 때문에 두고두고 논란이 많았던 사람이었다. 사실 그는 鄭道傳(1337~1398)과 함께 조선시대 내내 정치적으로는 극단적인 폄하를 당했던 인물이기도 하다. 우리들에게는 최초의 한글소설이라 알려져 있는 『洪吉童傳』의 작가로 귀에 익은 인물이지만, 실제로 그는 시인이자 비평가, 정치가로서도 탁월한 기량을 보였다. 또 자신의 출신인 사대부의 이익에만 얽매이지 않고 불교와 도가의 경전을 섭렵하면서 방외의 인물들과도 허심탄회하게 교유한 열린 지식인이었다. 엄격한 신분제의 굴레에 갇혀 제 뜻과 능력을 펼치지 못하고 신음하던 庶孽 계층들과도 마음을 열고 동등한 인격으로 대했으며, 이런 시대의 모순을 개혁하려 하다가 끝내 형장의 이슬로 사라진 혁명가이기도 했다. 이처럼 허균은 다양한 얼굴로 자신의 시대를 살다갔다.

　허균이 쓴 불교시의 특징을 살피면 주제나 소재의 폭이 넓다는 점이 눈에 띤다. 많은 문인들이 儒佛一致論에 입각해 승려들과의 교유시나 사찰기행에 얽힌 작품들이 많은데 비해 허균은 경우는 이런 작품들 외에도 불교 예술이나 불교사, 불교철학 등과 관련된 작품들도 적지 않다. 이것은 허균이 불교를 신앙으로써 뿐만 아니라 예술사적,

사회사적 관점에서도 주목하여 접근했음을 보여주는 예라고 하겠다. 어떤 면에서는 그는 전방위적인 방향에서 불교에 접근한 많지 않은 인문학자였다고 정의할 수 있을 것이다.

허균이 쓴 300여 편이 넘는 전체 한시 작품 가운데 불교와 관련된 작품만 얼추 33편이 되니, 전체 양의 10%를 차지한다. 우선 양적으로도 주목할 만한 가치가 있음을 알 수 있다. 여기에서는 그 가운데 사찰을 기행하면서 느낀 감상을 담은 작품, 불가의 승려들과 교유하면서 남긴 작품, 불교 예술에 관한 그의 관심을 보여주는 작품, 불교사 또는 불교철학에 대한 허균의 이해를 보여주는 작품들로 나눠 논의를 전개해 나가고자 한다. 먼저 허균이 자신의 글에서 밝히고 있는 불교에 대한 단상을 읽어 글을 시작하는 모두로 삼고자 한다.

　　나는 젊었을 때 일찍이 옛날의 문장 잘하는 사람을 사모하여 책이라고는 들여다보지 않은 것이 없었으니, 그 찬란하고 보배롭고 크고 아름다운 구경이 또한 많았다고 하겠다. 그런데 소식이 『楞嚴經』을 읽고 나서 海外의 文이 더욱 지극히 높고 묘해졌고, 근세의 王守仁과 唐順之의 글도 모두 불경을 말미암아 깨우친 바가 있다는 말을 듣고는 속으로 아름답게 여겨 자주 桑門(佛家)의 스님을 따라 불교의 경전을 구하여 읽어보니, 그 달견은 과연 도랑이 패어지고 하수가 무너지는 듯하며, 그 뜻을 놀리고 말을 부리는 것은 나는 용이 구름을 탄 듯해서 아득히 도무지 형상할 수가 없었다. 참으로 글에 있어서는 귀신같은 것이었다. 시름에 겨울 때 그것을 읽으면 즐거워지고 지루할 때 읽으면 정신이 나서, 이것을 읽지 않았으면 이 생애를 거의 헛되이 넘길 뻔했다 생각하고, 1년이 못 되어 백여 상자를 모두 읽었는데, 마음을 밝히고 품성을 안정시키는 대목이 환하게 깨달아짐이 있는 듯하여 마음속에 엉켜 있는 세속의 일들이 훨훨 그 얽매임에서 벗어나는 듯하였

다. 글이 또 따라서 술술 나와 넘실거림이 한계를 잡지 못할 것 같았
다. 그래서 남몰래 마음에 얻음이 있다고 자부하여 아껴 보며 그 책을
손에서 놓지 않았었다.10)

허균이 불가의 경전이나 문집을 접하게 된 동기는 자신의 문학적
역량을 키우기 위해서였다. 그리하여 원하던 성과도 거두었다. 그러
나 효과는 거기서만 그친 것은 아니다. 시름에 겨울 때 읽으면 마음이
즐거워지고, 지루하거나 해이해질 때 읽으면 정신이 뻔쩍 들고 경각
심을 일깨운다고 했다. 문장 수련을 넘어서 수행정진의 차원까지 그
는 이르렀던 것이다. 위 글의 후반부는 물론 儒家의 우월성에 대해
길게 쓰고 있지만, 글의 핵심은 서두에 있다고 말할 있다. 이처럼 체
험에서 우러나와 친밀하게 다가왔기 때문에 허균의 불교 애호는 각별
한 성격을 가지게 되었다고 할 것이다.

1. 사찰기행시의 면모

사찰은 名山大川과 뗄 수 없는 지리적 호응 관계를 가지고 있다.
때문에 꼭 신앙인으로서가 아니더라도 사대부 문인들은 자주 사찰을
찾았고, 자연과 어우러진 聖所의 모습을 즐겨 담았다. 이런 전통은 이

---

10) <送李懶翁還枳租山序>, 『惺所覆瓿藁』 卷4. 余少日嘗慕古之爲文章者 於書
無所不窺 其瑰瑋鉅麗之觀 亦已富矣 及聞東坡讀楞嚴而海外文尤極高妙 近世
陽明 王守仁荊川 唐順之 之文 皆因內典 有所覺悟 心竊艶之 亟從桑門士求所
爲佛說契經者讀之 其達見果若峽決而河潰 其措意命辭 若飛龍乘雲 杳冥莫可
形象 眞鬼神於文者哉 愁讀之而喜 倦讀之而醒 自謂不讀此 則幾虛度此生也
未逾年 閱盡百亟 其明心定性處 朗然若有悟解 而俗事世累之絓於念者 脫然
若去其繫 文又從而沛然滔滔 若不可涯者 竊自負有得於心 愛觀之不釋焉.

미 崔致遠에서부터 나타나서 조선조 말기까지 계속 이어지는 지적 전통이었다고 해도 좋을 것이다. 허균에게도 여러 편의 사찰기행시가 있다. 이 중 두 편의 작품을 통해 사찰 기행의 감상이 어떠했는지 살펴보도록 하자.

첫 번째 작품은 황해도 해주에 있는 神光寺를 참배했다가 지은 것이다.

宮殿麗岩腰	궁전이 아름답게 산허리에 자리했는데,
祥雲捧綺寮	상서로운 구름이 고운 집을 받들고 있다.
檀施自公主	시주가 공주님으로부터 시작되었으니
結構在前朝	지난 고려 왕조 때 절이 지어졌다.
地布黃金燦	땅에는 황금이 깔려 찬란하고,
臺騫碧漢遙	누대는 은하수로 훨훨 날아 아득하구나.
瑞毫三界絢	상서로운 기운은 삼계를 수놓았고
天樂六時調	하늘의 음악은 언제나 조화를 잃지 않는다.
欹側週廊巧	비스듬히 기운 주랑은 솜씨가 교묘하고
森羅像設喬	삼엄하게 모셔진 불상이 우뚝하구나.
鴿驚風鐸翥	비둘기는 풍경 소리에 놀라 푸드득 날아가고
龍抱火珠跳	용은 如意珠를 품은 채 뛰어오른다.
花雨霑瑤蓋	꽃비는 옥으로 만든 日傘을 적시고
燈輪11)切絳霄	등불은 정녕 진홍빛 하늘과 어깨를 겨루겠구나.
壯觀眞絳霄	웅장한 모습에 눈이 휘둥그레 떠지니
幽賞暫停軺	잠시 수레를 멈춰 그윽하게 감상했다.
蒲供陳淸淨	포단을 바친 불공은 청정한 마음을 베풀었고

---

11) 燈輪: 『朝野僉載』에 나오는 이야기. 등륜은 佛事를 할 때 등을 다는 것을 말한 다. 당나라 睿宗 先天 2년(713)에 安福門 밖에 20丈 높이의 등륜을 설치하고 5 만 개의 등을 달았는데, 마치 흐드러지게 핀 꽃밭과 같았다고 한다.

禪談慰寂寥　　　스님의 법문은 쓸쓸한 내 처지를 위로해준다.
經函明貝葉[12]　　경전 상자 속에서 부처님 가르침은 빛나고
鍾梵殷山椒　　　범종 소리는 산초나무 숲까지 은은히 퍼져나간다.
苦海誠難涉　　　괴로움의 바다는 진정 건너기 어려운데
慈航未易招　　　자비로운 항해를 부르기도 쉽진 않구나.
還從舍利子[13]　　그저 사리자를 쫓을 것이니
空界倘相邀　　　극락정토에서 서로 맞아주겠네.[14]

전하는 말에 따르면 元나라 順帝가 제위에 오르기 전 귀양을 갈 때 이곳을 지나게 되었는데, 그 후 부처님의 도움으로 제위에 오르게 되었다 하여 순제는 그 은혜를 갚기 위해 신광사에 많은 재물을 시주로 내렸다고 한다. 절 안에는 1342년에 세워진, 높이 5.06m의 오층탑이 있다. 이 탑은 2층으로 된 기단 위에 5층으로 탑을 쌓았는데, 2·3·4·5층의 屋蓋石에는 2줄의 굄을 주었지만 1층 옥개석만은 굄을 주지 않은 특징이 있다. 1층탑 몸체 가운데에 사각형의 龕室을 파놓은 것이 특이한 양식을 보여준다. 양식으로 볼 때 해주 의 9층탑이나 安岳郡 연능사탑과 비슷하다. 또 북동쪽에 石碑가 있는데, 고려시대 때 지어진 것이다. 높이는 2.03m고, 나비는 89cm인데, 1705년에 개수했다. 희한하게도 비에 글자가 없어서 無字碑로 불려진다.

유서 깊은 사찰을 지나면서 허균은 장중하고 신비롭지만 속인을 품에 안을 듯한 넓은 도량을 갖춘 신광사의 매력에 흠뻑 빠지게 된다. 전설이긴 하겠지만 원나라의 황제가 시주를 했다고 하니 사찰의 규모

---

12) 貝葉 : 貝多羅樹의 잎. 인도 사람들이 주로 이 잎에서 불경을 써서 보관했다. 그래서 佛經의 다른 말이 되었다.
13) 舍利子 : 釋迦如來 10대 제자 중 한 사람.
14) <神光寺>, 『惺所覆瓿藁』 卷1.

나 威光이 만만치는 않았을 것이다. 당대 藝人들의 정성과 솜씨가 어우러진 사찰의 위용을 허균은 다양한 안목으로 묘사한다. 그러나 그 위용은 단지 육안으로 보이는 것에만 그치는 것은 아니다. 허균은 心眼으로도 이 절을 바라본다. 신도들의 불심이 깃든 사찰은 아기자기한 예술적 흥취도 우러나오지만, 무엇보다 소중한 것은 부처님의 가르침을 담은 고귀한 경전과 속세의 하찮은 번뇌를 꿰뚫은 선사의 진지한 설법이다. 평생을 세상과 불화하며 살았던 허균이었기에 그의 마음속에는 항상 울울한 悔恨이 담겨 있었을 것이다. 우연히 발길이 닿은 이 산사에서 그는 자신의 쓸쓸한 처지가 덧없는 無明의 세계임을 깨닫다. 그리하여 苦海를 넘어 광명의 세계로 나아가고자 하지만, 그 바다를 건너는 일이 생각만큼 용이한 것은 아님도 알게 된다. 그리하여 사리자에 의지해 極樂淨土로 환생하려는 염원을 품게 된다.

사리자는 舍利佛로 불리는 부처님 10대 제자 중 한 사람이다. 인도 중부 마가다국에서 태어났는데, 기원전 5세기 무렵 활동했다. 브라만 집안에서 태어났고, 젊었을 때부터 학문에 뛰어나 당시 가장 유명한 회의론자였던 산자야의 제자가 되어 木犍連과 친하게 지냈다. 석가모니의 아들 나후라의 授戒師로도 유명한 사람이다.

사리자는 원래 뛰어난 학자였지만 부처님의 제자는 아니었다. 그러다가 우연한 기회에 부처님의 가르침을 접하고 크게 깨달아 불제자가 되었다. 그 뒤 그는 누구보다 열성적으로 부처님의 가르침을 알리는 일에 앞장선다. 학자적인 능력을 살려 불교의 이론을 체계화하는 데 크게 기여하기도 했다. 굳이 허균이 그런 사리자를 좇겠다고 한 것은 자신이 사리자의 뒤를 밟겠다는 誓願을 담은 포부일 것이다.

짧지 않은 작품 속에서 우리는 불교에 대한 허균의 따뜻한 시선과 진지한 구도 정신을 읽을 수 있다. 한편으로 속세의 사람으로서 불편

했던 그의 처지를 엿볼 수도 있다.

두 번째 작품은 兜率庵을 노래한 것이다. 앞의 작품이 사찰의 풍광과 위용을 주로 읊었다면, 여기에서는 그 안에 깃들어 사는 사람, 곧 修道僧의 모습을 담고 있다.

<blockquote>

兜率15)知名寺　　도솔은 이름이 알려진 암자이고
彌陀不動尊16)　　아미타불은 부동의 어른일세.
歸依何老宿　　　귀의한 분은 어떤 큰 스님이기에
宴息此山門　　　이 산문 안에서 저리도 편히 쉬실까?
破衲懸苔壁　　　해진 가사는 이끼 낀 벽에 걸렸고
寒泉汲瓦盆　　　시원한 샘에서 기와 화분으로 물을 기르네.
我來欲問法　　　내 와서 부처님 이치를 물으려는데
合掌了無言　　　합장만 하실 뿐 아무 말씀도 없구나.17)

</blockquote>

불자로서 허균과 구도자로서 스님 사이에 진지하게 오갔던 以心傳心의 세계, 拈華示衆의 미소가 느껴지는 작품이다. 아담한 골짜기 샘물가에 자리한 암자는 이름도 도솔암이다. 보통 도솔암하면 禪雲寺 도솔암이 유명한데, 여기서는 꼭 어떤 사찰의 건물일 필요는 없을 것이다. 우리나라에서는 도솔천에 태어나기를 희구하고, 미륵불이 도솔천에서 내려와 龍華會上에서 설법하는 자리에 참여하게 되기를 바라는 미륵신앙이 역사적으로 보편화되어 있다. 백제의 무왕이 미륵보살

---

15) 兜率 : 梵語 Tusita의 음역. 兜率天을 일컫는 말. 須彌山 꼭대기에서 12만 由旬(거리 단위, 1유순은 40리에 해당)이 되는 곳에 있는 天界. 여기에는 칠보로 된 궁전이 있고 수많은 하늘 사람들과 미륵보살이 살고 있다고 한다.

16) 不動尊 : 不動明王을 가리키는 말. 즉 大日如來가 일체 악마의 항복을 받기 위해 몸을 변신시켜 분노한 모양을 나타낸 형상이다.

17) <兜率庵>,『惺所覆瓿藁』卷1.

이 있는 도솔천을 이 땅에 구현하려고 益山에 彌勒寺를 창건했던 것
은 익히 알려진 사실이다. 세파와 外憂內患에 많이 시달렸던 역사 때
문인지 암자를 보면 도솔암이니 知足庵이니 內院庵 등의 이름이 붙
은 경우가 많은데, 미륵신앙이나 정토 신앙이 우리 민중들의 마음에
얼마나 깊이 들어와 있었던가를 잘 말해준다.

　허균은 자신의 이런 불교적 願望을 도솔암에 사는 한 스님의 모습
속에서 발견한다. 샘물을 길어 화단에 물도 뿌리다가 고단하면 선방
에 누워 낮잠을 즐기는 스님을 보면서 처음에는 미망을 헤매는 중생
이 귀의할 만한 法力이 있는 것처럼 보이지 않았다. 기워 입은 누더
기 가사는 벽에 걸려 있는데, 그나마 벽에도 이끼가 끼어 얼룩이 져
있다. 욕심 없는 구도자의 거처라지만 참으로 초라하기 그지없다. 그
런데도 스님의 얼굴에는 잡념이나 이를 근심하는 기색이 전혀 없다.
無所有의 기쁨을 이미 체득한 悟道의 경지가 이런 것이구나 하며 절
로 고개가 숙여진다. 그래서 선뜻 가르침을 받으려고 다가가는데, 스
님은 아무 말도 없고 그저 자신을 보며 합장만 할 뿐이다. 無言의 단
단한 깨달음의 세계를 두고 有言의 가르침을 얻으려고 하니, 벌써 부
질없는 짓이다. 시에서는 아무 말도 없지만, 허균이 그 노스님으로부
터 얼마나 큰 이치를 배웠는지는 말할 필요도 없을 것이다.

　위 시는 형식적으로는 사찰기행시이다. 그러나 산사에 대한 묘사보
다는 그곳에 깃들여 사는 禪師의 마음 세계를 읊었다는 점에서 허균
의 구도정신이 걸어간 旅程을 담은 작품이라 말할 수 있을 것이다.

2. 禪僧들과의 교유

문집을 통해 볼 때 허균의 선승들과의 교유 양상은 세 가지 방식으로 이루어졌다. 하나는 승려들이 남긴 詩卷이나 문집에 序跋을 써주는 것이고, 또 하나는 題詩卷詩를 써주는 형식이다. 서문으로는 淸虛堂 休靜(1520~1604) 스님의 문집에 쓴 <淸虛堂集序>와 四溟堂 惟政(1544~1610) 스님의 문집에 쓴 <四溟集序>가 유명하고, 그밖에 送序도 두 편 있다. 마지막이 贈詩 형태로 이루어진 교유시가 있다.

제시권시는 유불 교유의 한 특징을 보여주는 시 형식이라고 할 수 있다. 간단히 말해 스님이 쓴 詩集을 읽고 자신의 감상이나 평가를 시로 노래한 것을 말한다. 이런 전통이 유불 사이에만 있었던 것은 물론 아니다. 유가 선비들끼리도 상대의 시집이나 문집, 저작 등에 서문이나 발문을 써주는 관례는 익숙한 일이었다. 그런 관습에 따라 사대부 문인들이 스님들의 시문집에 서발문을 써준 경우도 보기 드문 사례는 아니었다. 그러나 시집에 시로써 응수하는 예는 반드시 유불 사이에서만 있었던 것은 아니지만, 가장 두드러지고 특징적인 교유의 방식이었던 것만은 분명하다. 이미 고려 후기부터 조선시대까지 이런 제시권시는 많은 문인들의 작품 속에서 발견되고 있다.

허균도 그런 유의 작품을 남기고 있다.

松花茗葉進僧飱　송화가루며 찻잎으로 만든 산사 음식을 받자오니
愧把塵容對碧山　때 묻은 얼굴로 푸른 산을 대하는 꼴이 부끄럽구나.
林月未圓蘿逕暗　숲 속의 달이 둥글지 않아 넝쿨 길은 어둡고
岾雲初霽石樓寒　봉우리 구름이 처음 걷히니 돌 누대가 차갑네.
宦遊牢落秋將老　벼슬살이는 변변치 않은데 가을도 저물어가고
禪話留連夜向闌　스님의 법문이 나를 붙잡아 밤도 다 새려고 하네,

却恨勞生長役役　서러워라, 이 몸은 고해의 삶에 얽매여서
白頭猶事馬蹄間　머리가 허예지도록 말 발자국을 못 벗어나는구려.[18]

이 시에는 시인의 꾸밈이 없이 편안하게 녹아있는 마음이 담겨 있다. 보통 사대부 문인들끼리 주고받는 서발문을 보면 두 사람 사이의 각별한 인연을 소개하고, 상대의 문학이 가진 장점이며 개성을 지적하는 등 인간적 격려와 문학적 평가가 중심을 이룬다. 문학적 교류니 당연한 일이라고 하겠다. 그러나 승려의 시집에 글을 쓰거나 시를 붙일 때는 분위기며 장치가 조금은 달라진다.

흔히 사대부들은 승려와 교류하면서 그런 사귐을 일컬어 方外之交라 부르고, 승려를 方外友라 불렀다. 世交나 형식에 얽매인 사귐이나 벗이 아니고 마음을 매개로 정신적 교감을 나누는 사귐이며 벗이기 때문이다. 物慾을 버리고 번뇌를 끊으며 영원한 안식의 세계인 涅槃과 解脫을 이상으로 삼아 정진을 거듭하는 승려의 자세는, 세속적 功名이나 物神主義를 떨칠 수 없는 사대부로서는 경이로우면서 흠모할 수밖에 없는 이상의 세계였던 것이다. 그렇기 때문에 승려와의 문학적 교류는 세속의 이해관계나 욕망을 가지고 접근할 수는 없었다. 그것은 육신의 만남이 아니라 정신의 만남이었기 때문이다. 그리하여 제시권시에는 문학을 넘어선 차원의 정신세계가 자리하게 되는 것이다.

보통 제시권시는 시집을 쓴 스님의 法名을 이용해 스님의 깨달음의 경지와 높은 수양 세계를 칭송하는 방식이 많이 쓰이다. 그러나 허균의 제시권시는 교유의 실질적인 모습과 함께 자신의 번뇌를 위로하

---

18) <題僧卷用西潭韻>, 『惺所覆瓿藁』 卷1.

고 자신을 고해의 나락에서 건지려는 스님의 마음씀씀이를 노래하고 있다. 그리고 그런 기대에 부응하지 못하는 자신의 답답한 처지를 토로하는 것으로 시를 마무리한다. 시집을 받아 읽으면서 허균은 대뜸 사찰 음식을 받아든 것으로 표현한다. 정갈하고 맛갈진 산사 음식이야 먹어본 사람이 아니면 그 정성이며 묘미를 알기 어렵다. 어느 사찰을 가더라도 허기진 중생을 그냥 내쫓는 경우는 없다. 담백한 맛일지언정 그 속에는 중생을 구제하려는 부처님의 높고 깊은 자비심이 진하게 묻어 있다.

그런 마음이 담긴 음식을 받는 심정으로 허균은 스님의 시를 읽었던 것이다. 시에 담긴 세계가 俗氣없이 깨달음과 무욕의 이상향을 노래하고 있기에 俗塵에 물든 허균은 얼굴이 화끈거린다. 俗塵과 碧山이 대비가 아주 재미있다. 그러면서 너무 밝지도 어둡지도 않은, 은은한 달빛 아래 이어진 길과 같은 낭만과 편안함, 그러다가도 안이해진 속인의 정신을 번쩍 정신 나게 만드는 냉철함이 스님의 시에는 담겨 있다. 그야말로 부드러움과 강함의 조화라고 하겠다. 허균의 刮目相對는 기이한 일을 만난 탓은 아니다. 여기에 바로 문학의 참다운 경지가 있음을 깨달은 경이로움이 깔려 있다. 뜻대로 되지도 않는 벼슬살이에 얽매여 살다 좋은 시절을 허비한 허균은 스님의 감로수 같은 詩句에 심취하여 밤을 꼬박 새운다. 그러면서 사람들 틈바구니에서 苦鬪하는 자신의 처지가 얼마나 하찮고 부질없는 짓인가를 깨달아 부끄러워하고 있는 자신을 발견한다.

번뇌를 떨치고 해탈의 즐거운 세상으로 가고 싶어 하는 시인의 열렬한 희망과, 어쩔 수 없이 속세의 그물에 갇혀 빠져나오지 못하는 운명 사이에서 고뇌했던 허균의 모습이 이 시에는 투영되어 있다. 백척간두에 서 있었지만 그는 마지막 한 걸음을 용감하게 내디디지 못했다. 허균이 속세에서 훌훌 털고 일어나기에는 속세에 대한 관심이 너무 컸었기 때문이다. 세상을 匡正하려고 모반을 꿈꾸다 비명에 일생을 마친 그의 이력이 이를 잘 보여준다.

스님의 淸淨한 시세계를 접하고 자신의 때 묻은 마음을 부끄러워하는 허균은 분명 廻光返照의 참된 가치를 알았던 인물이라고 하겠다. 바로 이런 정신적 교감이 이루어진 공간이 '제시권시'와 같은 유불 교유 양식으로 형상화된 것이다.

다음 작품은 贈詩다. 靜上人이란 스님에게 보낸 작품이다.

乾鳳寺在金剛山	건봉사는 금강산 안에 있으니
花宮[19]縹緲卿雲間	화궁은 높고 아스라이 상서로운 구름 사이로세.
中有禪僧玉雪姿	그 안에 한 선승이 옥설 같은 모습으로
棄家早伴東林[20]師	집 버리고 일찍이 동림 스님의 짝이 되었지.
研精博通內外典	정밀히 연구하여 내경과 외경에 두루 정통하고
枕籍經藏皆禁臠[21]	가로세로 쌓인 경전들 모두가 금련이구나.
書師懷素[22]太遒勁[23]	글씨는 회소 스님을 배워 너무도 주경한데
詩法皎然[24]還雋永[25]	시는 교연을 본받아 도리어 준영하도다.
龍津前歲捧府檄	용진의 지난해에는 府의 부름을 받들었고
蓮花幕裏低紅額	연화의 장막 속에서 붉은 이마를 낮추었지.

---

19) 花宮 : 사찰의 다른 이름. 花界.

20) 東林 : 東晉 때의 선승 慧遠이 402년 廬山에 세운 사찰 이름.

21) 禁臠 : 다른 사람은 맛볼 수 없는 물건이란 뜻. 높은 분의 음식을 감히 먹을 수 없다는 뜻으로, 자신으로서는 감히 엿볼 수 없다는 것을 비유한 말이다.

22) 懷素 : 唐나라 때의 高僧. 특히 草書에 뛰어났다.

23) 遒勁 : 글씨의 획이나 그림새가 힘찬 것. 문장 등에 힘이 있는 것을 일컫는 말이다.

24) 皎然 : 唐나라 때의 선승. 謝靈運의 10세손인데, 詩文에 뛰어났다.

25) 雋永 : 작품 속에 담긴 뜻이 심오해서 읽을수록 맛이 우러나는 風格上의 특징을 지적하는 말.

氣壓孫郞帳下兒[26]　　기상은 손랑의 막하 아이를 압도하고
名冠王家座中客[27]　　명성은 왕씨 집 손님들 가운데 으뜸일세.
孤雲戀岫鳥戀巢　　　외로운 구름은 메를 그리고 새는 둥지를 그리듯이
一錫飄然歸梵寮　　　한 석장 훨훨 떨치며 법당으로 돌아왔네.
石鉢銅瓶足生計　　　석발이며 동병만으로 생계도 족하거니와
松關蘿逕堪逍遙　　　송관이며 나경은 소요하기 그만일세.
毗耶居士病消渴　　　비야성의 거사가 소갈병이 들어
來臥維摩方丈室　　　유마의 방장실을 찾아와 누웠다오.
秋花錦石厭搜尋　　　가을꽃과 비단 돌은 싫도록 찾아다녔고
愛看扶桑紅浴日　　　부상의 붉게 돋는 해는 사랑스럽게 구경했지.
相逢問我苦何事　　　서로 만나 묻는 안부로 무슨 일로 괴롭히며
半世沈酣名與利　　　반평생 명예며 이익에 그리도 푹 취했는가.
洗心何不學參禪　　　마음을 씻고도 어찌하여 참선을 깊이 배워
了盡人間老病死　　　인간 세상 생로병사를 다 떨치지 못하는가.
疏燈細雨客夢斷　　　성긴 등불 가랑비에 나그네의 꿈 끊어지니
風捲驚濤掀枕畔　　　바람이 놀란 물결을 쳐올려 베개 가를 뒤흔든다.
佛香燒罷磬聲沈　　　불향은 다 타버리고 풍경 소리도 잠겼는데
天外猿啼知夜半　　　하늘 밖의 잔나비 울음이 한밤중을 알리는구나.
怊悵山門亦別離　　　슬퍼라, 산문에도 이별은 있기 마련이라
明朝拂曙擲筇枝　　　내일이면 첫새벽에 지팡이를 들어야 하네.
何人更訪圓通境　　　누가 있어 또다시 원통의 경계를 찾으려는지

---

26) 孫郎幕下兒 : 손랑은 三國時代 吳나라의 孫策을 가리키는 말. 막하 아이란 손
  책의 동생으로 손책이 죽은 뒤 손책의 일을 계승하여 오나라를 창립한 孫權을
  가리킨 듯하지만, 자세하지는 않다.
27) 王家座中客 : 王羲之를 가리키는 말. 東晉 때 太尉 郗鑒이 사람을 시켜 사위
  를 왕희지의 집에서 구하고자 했다. 아버지 王導가 치감이 보낸 사람을 東床으
  로 인도하여 자제들을 두루 보게 했는데, 다른 자제들은 모두 스스로를 뽐냈지만
  오직 왕희지만은 배를 깔고 누워 음식을 먹으면서 개의치 않았다고 한다. 이 말
  을 전해들은 치감이 그를 사위로 삼았다는 고사에서 나왔다.

銀海連空月一片　　　　하늘에 빗긴 은하수 사이 한 조각 달 신세로구나.[28]

　정상인을 향한 각별한 마음이 잘 그려져 있다. 정상인은 일찍이 출가하여 건봉사에 머물면서 내외 경전을 두루 섭렵한 학승이자 선승이다. 게다가 그림과 시에도 일가를 이루었으니 이른바 三絕에 들 만한 藝品도 지니고 있었다. 허균이 흠모할 만한 여러 자질을 고루 갖춘 승려였던 것이다. 그런 정상인을 찾아온 허균은 자신의 속내를 감추지 않고 모두 토로한다.

　자신이 스님을 찾은 까닭은 허균은 비야성의 거사가 소갈병이 들어 목마름을 풀기 위해서라고 말했다. 居士로서 菩薩 이상의 법력을 지녔던 維摩詰의 방장에 들어와 갈증을 해소하려는 것이다. 그 갈증이란 시대에 대한 자신에 대한 갈증이었을 것이고, 결국 煩惱와 다른 말이 아니다. 자신의 처지나 세태가 마음에 차지 않아 일어나는 울화를 다스리지 못했던 허균의 모습을 자연스럽게 떠오른다.

　이에 비해 정상인의 모습은 당연히 대조적이다. 그 역시 多藝한 才士였고, 기상이나 명망이 결코 속가의 선비에 못지 않은 인물이었다. 그러나 그는 그런 외물에 연연해하지 않았다. 외로운 구름이 산봉우리를 그리워하고 새가 제 둥지를 그리듯이 훌쩍 다 떨쳐 버리고 법당으로 돌아가 버린 것이다. 그리고는 돌로 만든 바리떼와 구리로 만든 물병으로 살면서도 구차하지 않고 느긋한 知足의 삶에 안착했던 것이다. 市井에서 만나 친분을 맺었지만, 마음은 山林을 기약하고 있기는 한 가지였다. 그래서 허균도 그를 만나기 위해 그 먼 금강산까지 발길을 아끼지 않았던 것이겠다.

---

28) <贈靜上人>, 『惺所覆瓿藁』 卷2 附錄, 蛟山憶記詩.

세속의 영리를 떠난 사귐이니 번거로운 말도 인사도 필요 없다. 명예 이익이 뭐 그리 대단하냐고 던지는 한 마디 말에 허균은 정신이 아찔해진다. 마음을 씻겠다면서 생로병사에 집착하니 그간의 참선은 헛된 것이었다는 질타가 뒤이어진다. 뒤통수를 때리는 法文은 나그네의 꿈을 일깨우고 천지를 진동시킨다. 허균은 화두를 參究하듯이 잠을 새우며 자신의 고민에 대해 반추하면서 밤을 꼬박 새우는 것이다. 그리하여 圓通의 경계로 들어가는 값진 경험을 하게 된다. 실리를 따질 것은 아니지만 정상인을 찾은 뜻을 이룬 셈이다.

그러나 새로 날이 밝으면 허균은 떠나야 한다. 손목을 잡으며 歸俗을 만류하는 정상인의 모습이 시에는 나오지 않지만 쉽게 상상이 간다. 허균의 庸劣하고 성급한 성격을 알았던 탓일 것이다. 하지만 허균은 자신을 은하수를 가르는 한 조각 달에 비유한다. 외로워도 정해진 길에서 벗어날 수 없는 숙명을 예감한 듯이 다음에 다시 번뇌에 사로잡히면 원통의 경계를 찾겠다는 막연한 기약만 남긴 채 발길을 돌리는 것이다.

두 편의 시를 통해 方外友로서 선승들이 허균의 마음에 어떤 자리를 차지하고 있었는지 어렵지 않게 헤아릴 수 있을 것이다.

3. 佛教藝術에 대한 인식

허균의 불교시들이 이룩한 가장 귀중한 성과는 다양한 불교 예술을 詩化했다는 데서 찾아야 할 것이다. 그림과 음악에 대해서는 허균 자신이 상당한 조예를 가지고 있었다. 그런 소양이 바탕이 된 결과겠지만, 허균은 불가의 예술에 대해서도 관심을 기울였고, 그것을 시로

아름답게 묘사하여 남겨놓았다. 단순한 객관적인 기술이 아닌 시인으
로서 안목과 詩才를 지닌 그의 손길로 다듬어진 묘사라 한결 가치를
발한다.

먼저 어느 사찰의 八角殿에 걸린 부처님의 그림을 보고 느낀 바를
노래한 작품부터 읽어보자.

森嚴殿四壁	팔각전 네 벽의 그림이 엄숙도 한데
不知何時績	어느 시절에 그렸는지는 알지 못하지.
儼然紫摩29)軀	금빛으로 그린 몸체는 의젓하고 고운데
彩毫光炯碎	채색한 붓놀림은 눈부시게 빛나 흩어지네.
龍天來走趍	하늘에서 용이 느릿느릿 내려오고
幢蓋雜環佩	깃대와 일산은 어지럽게 펄럭인다.
左右護法神	법을 지키는 신령이 좌우로 벌려 서서
努眼耿相對	부릅뜬 눈으로 마주 보고 서있구나.
飛動颯精神	날아 움직이는 기운은 정신을 들뜨게 하고
淋漓露情態	넘치는 원기는 마음의 자태를 드러내네.
色昏意常新	색은 흐려도 뜻은 항상 새로우니
妙法眞可愛	오묘한 가르침이 참으로 사랑스럽구나.
皆云吳道玄	모두 오도자의 솜씨라 말하는데
來畵垂千載	와서 그린 지가 천 년이 지났다고 한다.
道玄是貴臣	오도자는 당나라의 존귀한 신하였는데
何緣遊海外	무슨 인연으로 바다 멀리 노닐었겠나.
野言不足憑	떠도는 말을 다 믿을 수 없는 일이니,
信者實瞶瞶	곧이곧대로 믿는다면 어리석은 짓일 것이지.
雖曰非道玄	비록 오도자의 솜씨가 아니라고 해도
的在新羅代	신라시대 때 그려진 것만은 틀림없어.

---

29) 紫磨 : 질이 아주 좋은 금. 純金을 말한다.

物古藝亦殊　　그림도 오래 된 데다 예술혼도 남다르니
觀之自心快　　보고 있노라니 마음이 절로 탁 트이네.
莫較吳[30]與羅　오도자인지 신라시대인지 비교할 것 없으니
寶之毋欲壞　　보배롭게 간직하여 길이 후손에 물려주어야지.[31]

부처님의 당당한 모습을 형상화한 幀畵를 보며 허균은 큰 감동을 받았다. 色을 통해 空의 경지를 깨닫는 맛이 무엇인지 느껴졌다. 그것은 붓놀림만으로 그려진 작품이 아니라 神品이 느껴지는, 범접하기 힘든 세계가 저변을 감싸고 있기 때문이다. 화려한 채색 속에 담긴 장중한 龍華世界에 그는 압도되지만, 한편으로 정신적 깨달음의 경지란 말보다는 색을 통해 더욱 명징해지는 사실을 알게 된다. 더구나 그 색의 세계가 감각의 공간이 아니라 공의 세계를 표상한 것이라면 정신세계를 말끔히 씻어내는 청량제 구실을 할 것은 당연하다. 부드러운 색감과 적당히 바랜 채색에서 허균은 화가의 藝術魂을 읽어낸다. "색은 흐려도 뜻은 항상 새롭다[色昏意常新]"는 시구가 이를 대변한다. 명암의 대비가 선명하고 물감의 흔적이 확연하게 드러나는 그림이라면, 기교는 생생할지 모르지만 은은한 맛은 그만큼 떨어진다. 흐

---

30) 吳 : 吳道玄. 唐나라 玄宗 때의 화가. 자는 道子고, 陽翟(하남성 禹縣) 출신이다. 처음에는 韋嗣立의 밑에 있었지만 현종에게 그림에 대한 재능을 인정받고 내교박사(內敎博士)가 되었다. 후에 현종의 형 寧王 憲의 친구로 대접을 받았다. 산수와 귀신, 인물, 화조 등을 모두 잘 그렸으며, 그의 화풍의 특징은 사물을 잘 관찰한 뒤 속필로 단숨에 그려내는 것이다. 현종의 명령으로 李思訓과 함께 興慶宮 大同殿에 <蜀道嘉陵江三百餘里>의 산수화를 그렸는데, 그가 하루 만에 완성시킨 데에 비하여 세밀화에 능한 이사훈은 여러 달이 걸렸다. 또 많은 제자를 거느리고 長安과 洛陽 등 사찰과 道觀의 벽화도 즐겨 그렸다. 그의 그림은 한 점도 남아 있지 않지만 낙양 敬愛寺 西禪院 西廊의 벽화(722)와 낙양 玄元皇帝廟의 <五聖圖>(749) 등에 관한 기록을 통해 활동 시기를 알 수 있다.
31) <八角殿看畫佛>,『惺所覆瓿藁』卷1.

림 속에서 살아 움직이는 깨달음의 세계를 허균은 팔각전에 그려진 탱화를 보여 체험하게 된 것이다.

시의 후반부에서 허균은 약간 색다른 접근을 한다. 역시 어쩔 수 없이 그는 학자 기질을 면할 수 없었던가 보다. 세상에 전하기를 이 기묘한 그림을 그린 화가를 두고 논란이 많아 당나라 때의 화가 오도자의 솜씨라 했던 것 같다. 사실 그대로라면 물경 천 년 전에 그려진 그림이다. 畵筆이 예사롭지 않기에 나온 상상이겠지만, 당나라 현종의 총애를 받으면서 速筆로 이름을 날린 그가 이 땅에 와서 그림을 그렸을 리가 없다. 물론 중국에서 그려진 그림이 어쩌다가 조선의 사찰로 유입되었을 수도 있지만, 역시 믿기지 않는 일이다. 그도 이 口傳을 의심하면서 세상에 떠도는 말을 다 믿을 수 없다고 못 박는다. 그러나 오도자의 작품이 아니라고 해도 화풍이나 연륜을 볼 때 신라시대의 작품임을 틀림없을 것이란 진단을 내린다. 무슨 근거로 한 말인지는 알 수 없지만, 허균의 문예에 대한 안목과 조예를 생각할 때 허투로 나온 판단은 아닐 것이다. 이미 오랜 시간 불교 예술을 접하고 가지게 된 안목에서 우러나온 평가일 것이다. "물건이 오래 되면 신령이 깃든다."는 속설이 아니더라도 허균은 불화의 古雅한 풍치와 화폭에 담긴 장인 정신을 간파한다. 그림을 보면서 허균은 자신의 가슴이 활짝 열리고 탁 트이는 頓悟의 경지를 맛보게 된다. 보는 이에게 감동을 주고 깨달음의 세계로 인도할 역량을 갖춘 작품이라면 이렇다 저렇다 비교하지 말고 소중하게 잘 보존해서, 앞으로 올 어리석은 중생들의 대오각성을 위한 보람찬 터전으로 삼아야 할 것이라고 강조한다.

이어지는 작품 역시 佛畵를 소재로 한 것인데, 畵工은 선승이 아니라 속인인 점이 재미있다. 놀라운 것은 나이 고작 13세 때 長安寺 개축공사 때 참여하여 산수도와 天王諸體를 그렸다는 사실이다. 화가

로서의 자질과 또 한 편으로 佛心이 어떠했는지 짐작하게 하는 대목
이다. 허균은 바로 그 그림, 화가 李楨이 약관의 나이에 장안사에 그
린 그림을 보고 이를 시로 옮겼다. 어떻게 보면 題畵詩의 일종이라고
말할 수도 있을 것이다.

古來幾人能畵佛	예부터 몇 사람이나 불화에 능했는가,
道玄已仙公麟32)沒	오도현은 이미 신선되고 이공린은 죽었지.
東方最稱李將軍33)	이 나라에선 제일 먼저 이 장군을 일컬었는데
其孫阿楨34)尤奇絶	그 손자 이정은 더욱더 뛰어나구려.
長安粉壁深潭潭	장안사 하얀 벽이 깊고도 널찍한데
楨也畵時年十三	이 그림 그릴 때 이정의 나이 고작 13세였지.
元氣淋漓壁猶濕	원기가 그득하여 벽은 아직도 젖어 있고
日月照耀煙雲含	해와 달은 밝게 비추어 연기며 구름을 머금었네.
給孤獨園35)金布地	급고독의 동산엔 금가루가 땅에 깔려 있고
祇陀之林36)簷蔔37)氣	기타의 수풀에는 첨복의 향기로구나.

---

32) 公麟 : 宋나라 때의 李公麟(1049?~1106)을 가리키는 말. 博學한데다 특히 詩
書畵에 모두 뛰어났다.

33) 李將軍 : 唐나라 때의 宗族으로 北宗畵의 비조가 되는 李思訓(651~716)을 가
리키는 말. 左武衛大將軍을 지내 大李將軍으로도 불린다.

34) 阿楨 : 李楨을 가리키는 말. 1578~1607. 조선 중기의 화가로, 본관은 전주고,
자는 公幹이며, 호는 懶翁 또는 懶齋, 懶窩, 雪嶽을 썼다. 일찍 부모를 여의어
숙부 李興孝 밑에서 자라면서 崔岦에게 시문을 배웠다. 10세 때 그림으로 이름
이 나고, 13세 때는 장안사(長安寺) 개축공사에 참여하여 산수와 天王諸體를 그
리기도 했다. 다양한 화풍을 구사한 전통적이면서도 진보적인 화가로 30세의 짧
은 생애를 살았지만 뛰어난 작품을 많이 남겼다. 대표작에 <산수도>와 <산수화
첩> 등이 있으며, 글씨도 잘 썼다.

35) 給孤獨園 : 中印度 사위성에 있는 동산. 祇園精舍가 있는 곳으로 부처님이 說
法한 유적지다. 이곳은 본디 바사닉왕의 태자 祇陀가 소유한 園林이었지만, 給
孤獨長者가 이 땅을 사서 부처님께 바쳤다.

36) 祇陀之林 : 중인도 사위성 남쪽에 있던 祇陀太子의 숲 동산을 가리키는 말.

亭亭彩暈射初暾	자욱한 채색 무리를 막 떠오른 해가 쏘아대니
功德莊嚴不思議	장엄한 공덕이 말로는 다 못 하겠네.
諸天列侍趍龍神[38]	제천은 열 지어 섰고 용신은 내닫는데
衆香縹緲天樂陳	뭇 향기는 가물가물 하늘 음악을 베푸는구나.
妙諦[39]已囑舍利子	묘한 법체는 이미 사리자에게 맡겼는데
拈花微笑[40]知何人	꽃을 들고 빙그레 웃는 사람은 그 누구인가.
華鯨[41]吼地鐵鳳舞	화경은 고함치고 철봉은 춤을 추니
空外天花散如雨	하늘 너머로 천화가 빗발처럼 흩날리네.
寶座暫轉紫金山	보좌는 잠깐 사이 자금산에 돌아드니
奕奕兜羅[42]爲誰竪	빛나는 저 도라는 뉘를 위해 세운 것인가?
就中灌頂[43]孰醍醐[44]	그 가운데 관정하니 누구의 제호인지
白衣大士[45]摩尼珠[46]	백의대사의 마니주로다.
瀾飜萬偈法螺[47]舌	넘실대는 물결 속에 온갖 게송과 법라의 소리.

---

37) 簷蔔 : 黃花樹 또는 金色花樹로 불리는 나무. 이 나무는 높고 크며 꽃향기는
바람 따라 멀리 퍼진다고 한다.

38) 龍神 : 불교에서 말하는 8部衆의 하나인 龍屬의 왕으로, 바다에 살며 비와 물을
맡고 또 佛法을 수호한다고 한다.

39) 妙諦 : 法諦. 불교에서 말하는 진실한 도리, 즉 영원히 변하지 않는 진리를 일컫
는 말.

40) 拈花微笑 : 釋迦가 연꽃을 따서 제자들에게 보였는데, 아무도 그 뜻을 해득하
는 자가 없고 다만 迦葉이 그 뜻을 알아차리고 미소를 짓자, 석가가 그에게 불교
의 진리를 전수하였다.

41) 華鯨 : 화는 鐘, 경은 橦木으로, 곧 종과 장대를 일컫는 말.

42) 兜羅 : 초목의 花絮를 일컫는 말.

43) 灌頂 : 여러 부처가 大慈大悲의 물로써 보살의 정수리에 붓는 것. 等覺菩薩이
妙覺位)에 오를 때에 부처님이 그에게 관정하여 佛果를 證得케 한다.

44) 醍醐 : 우유를 잘 정제하여 만든 음식. 그리하여 佛性을 비유하는 말.

45) 白衣大士 : 33觀音 가운데 하나인 백의관음을 가리키는 말. 항상 흰 옷을 입고
흰 연꽃에 앉은 관음보살이다.

46) 摩尼珠 : 寶珠 혹은 如意珠를 일컫는 말. 이 구슬은 龍王의 뇌 속에서 나온
것이라 하며, 사람이 이 구슬을 가지면 독이 해칠 수 없고, 불에 들어가도 타지
않는 공덕이 있다고 한다.

六趣[48]盡度群魔誅 육취는 모두 스러지고 마귀 떼들 벌을 받네.
偉哉意匠信豪縱 거룩하다 그 의장이여, 진실로 종횡무진하니
細看毛髮森欲動 자세히 보면 가는 털조차도 꿈틀댈 듯 움직이네.
當其槃博役神功 한참 그가 옷을 벗어던지고 신필(神筆)을 휘두
　　　　　　　　　　를 때엔
千佛八部俱環拱 팔부라 일천 부처가 함께 다 둘러섰도다.
西廊煙雨晝糢糊 서쪽 행랑이라 안개비 내려 대낮에도 흐릿한데
餘事更寫滄洲圖 남은 시간에 다시 또 창주도를 그렸구나.
郭熙[49]春山韋偃[50]樹 곽희의 봄산에다 위언의 나무들은
功與造化爭錙銖[51] 공력은 조화옹과 함께 치수를 다투누나.
吾聞台椽[52]及摩詰[53] 내 진작 들어보니 태연이며 마힐이며
開元相國[54]俱晩筆[55] 개원의 상국 역시 모두 만필이었지.
妙年渲染[56]最超倫 어린 나이부터 솜씨가 무리 중에 가장 뛰어나서

---

47) 法螺 : 불교에서 修驗道에 쓰는 일종의 악기. 금속으로 만든 吹口가 있는 것으로 經行과 法會 때에 사용한다.

48) 六趣 : 六道라고도 한다. 혼미한 衆生이 業因에 따라 나아가는 곳을 六處로 나눈 것. 地獄趣와 餓鬼趣, 畜生趣, 阿修羅趣, 人間趣, 天上趣가 그것이다.

49) 郭熙 : ?~?. 1060년부터 80년경에 활동한 北宋의 유명한 화가. 河南 사람으로, 山水畫로 당시 제일인자였다.

50) 韋偃 : 唐나라 때 杜陵 사람. 그림을 잘 그렸는데, 특히 소나무와 돌을 잘 그렸다.

51) 錙銖 : 미세한 무게의 저울 눈. 그리하여 극소량이나 미세한 물건을 일컬었다. 중국의 저울눈에서 백 개의 기장의 낟알을 1銖, 24수를 1兩, 8냥을 1錙라고 일컫는 데서 생긴 말이다.

52) 台椽 : 唐나라 시대 어떤 화가를 가리킨 듯하나, 자세하지 않음.

53) 摩詰 : 盛唐 시대 대표적인 시인 王維(699~759)의 字. 벼슬이 右丞에 이르렀고, 音樂에 뛰어났으며 산수화에도 능했다. 詩書畫 三絶로 불린다.

54) 開元相國 : 개원은 唐玄宗의 연호. 개원 연간의 재상이었던 어떤 書畵家를 가리킨 듯하지만 자세하지 않음.

55) 晩筆 : 늘그막에 쓴 글씨나 그림을 가리키는 말.

56) 渲染 : 畫法의 한 가지. 화면에 물을 칠하고 채 마르기 전에 채색을 하여 몽롱한 느낌을 나타내는 기법이다. 안개가 자욱한 모습이나 으스름 달빛이 감도는 경치를 그릴 때 쓴다.

能幻紫摩[57]秋毫末　　　　털끝으로 자마를 능란하게 바꿔 놓았네.
楨乎楨乎抱才雄　　　　　이정이여 이정이여, 웅재를 품었으니
盛名之下其途窮　　　　　위대한 이름 아래 운명은 기구할 수밖에 없나.
對此令我氣颯爽[58]　　　　이 그림을 마주 하니 내 기운도 삽상해라
日落廣殿生長風　　　　　해 지는 넓은 대웅전에 긴 바람이 이는구나.[59]

　30세의 젊은 나이로 세상을 하직한 한 천재 화가를 추억하면서 그가 남겨 놓은 작품 앞에 선 시인의 만감이 생생하게 그려져 있다. 무엇보다 지금은 없어진 불화의 영상을 현장감 있게 묘사한 솜씨가 돋보이면서 의의가 있다. 그림은 원기가 넘쳐 아직도 물감의 기운이 느껴지고, 해와 달이 비추어도 연기며 구름이 걷히지 않을 정도로 생동감이 넘친다. 아름다운 동산의 풍경과 향기 넘치는 기타의 수풀 모습은 영롱한 햇살과 어우러져 장엄한 전율을 불러일으킨다. 용신과 제천들이 천상의 음악의 호위를 받으면서 하강하고, 염화미소의 傳法의 현장이 재현되어 있으며, 華鯨과 鐵鳳이 포효하고 춤을 추는 광경이 사찰 벽을 둘러 파노라마처럼 그려졌을 것이다. 그 생생한 현장감을 허균은 毛筆이 지나간 곳마다 필치가 꿈틀거릴 듯 움직인다고 표현했다. 그러면서 이런 대작을 완성한 것은 개인의 공력만이 아니라 神佛의 가호가 없었으면 불가능했을 것이라고 여겨 千佛과 八部大衆이 사방을 두르며 힘을 더했을 것이 분명하다고 설명한다.

　중국의 많은 화가들이 불화에 능했다지만, 이들의 솜씨는 모두 만년에야 꽃을 피웠다. 그러나 이정은 십대의 나이에 우뚝 정상에 서서

---

57) (紫摩 : 紫磨. 품질이 좋은 황금. 純金.
58) 颯爽 : ①씩씩하고 빼어난 모양. ②시원하고 산뜻함.
59) <長安寺壁李楨畵影像及山水歌>, 『惺所覆瓿藁』 卷1.

화폭에 금가루를 뿌린 듯한 신필을 휘둘렀던 것이다. 이런 雄材라서 하늘의 시새움을 받았던 것일까? 너무나 젊은 나이에 세상을 떠난 기구한 운명에 허균은 긴 탄식을 내쉰다. 그러나 사람은 떠났어도 작품은 의구한 법. 그림에서 뿜어져 나오는 기운에 허균의 마음도 시원하게 씻겨 내려간다. 해 저무는 대웅전을 감싸 도는 한 줄기 긴 바람은 어쩌면 이정의 넋이 제 그림을 잊지 못해 떠도는 것인지도 모를 일이다.

허균의 상념은 다양하게 전개된다. 상당히 호흡이 긴 고시인데다 불교와 관련된 다양한 典故가 거침없이 응용되고 있어 시인의 불교 공부가 어느 정도였는지 헤아리게 만든다. 두 작품 모두 우리 불교미술사를 살피는 데 중요한 자료라는 의의도 지닌다고 하겠다.

다음 시는 장르를 바꾸어 산사에서 공연된 靈山會에서의 天龍奏樂을 듣고 느낀 감동을 묘사한 작품이다.

乾闥婆王60)鼓似雷	건달바왕이 북을 치니 소리는 우레 같은데
靈山會罷乘龍回	영산회를 마치고 용을 타고 돌아오네.
不向靑城見菩賢	푸른 성으로 향하여 보현보살을 뵙지 않고
不訪文殊遊五臺	문수보살도 찾지 않고 오대산에서 노니는구나.
圓通住在七寶界	원통은 칠보의 경계에 머물러 있으니
洛迦一脈移東海	낙가산 한 줄기가 동해에 옮겨왔네.
拜獻天樂陳品宮	하늘 음악을 서로 올려 암궁에 벌여놓으니
聲雜波濤響澎湃61)	파도 소리 어울려 그 울림이 웅장하구나.
人天來會百億軀	인간계 천상계의 중생 모두 모여 백억 개의 몸이

---

60) 乾闥婆王 : 彌酬迦 등 15귀신을 결박하여 태아나 어린애를 보호한다는 神의 이름.

61) 澎湃 : 파도가 부딪히는 소리.

되니

六道62)雜遝群龍趨	육도가 뒤섞여서 뭇용이 달리누나.
微風吹動寶羅網	산들바람 불어와 나망이 나부끼니
衆音微妙穿金衢	뭇 소리들 미묘하여 황금 네거리를 꿰뚫는 듯하네.
曼陁天女散花雨	만다라의 천녀들은 꽃비를 흩뿌리니
十二藥叉皆起舞	12야차 모두 일어나 더덩실 춤을 추네.
笑掉法螺開桓因	웃으며 법라를 불고 환인을 열어놓으니
山河大地俱微塵	산하와 대지가 모두 다 가는 먼지로다.
霜鍾鯨吼八方震	종 소리 우렁차구나, 팔방이 진동하고
魚梵吟風來隱隱63)	목어에 스치는 바람 소리는 은은하게 들려온다.
百千種樂皆備俱	갖가지 음악을 모두 갖추었는데
何必身遊佛國土	어찌 몸이 불국토에 노닐 필요가 있겠는가.
琰魔天王64)在何處	염마천왕이 어느 곳에 있는가,
善惡兩道聽我語	선과 악은 두 길에 대해 내 말을 들어보시오.
水晶戒珠盛魚囊	수정의 경계 구슬을 어낭에 가득 담고
燃造燈幡超八苦65)	등불 깃발 만들어 켜고 팔고를 벗어나네.
天宮無間一念移	하늘 궁전이 차이가 없으니 한 생각으로 옮겨지고
片言爲懺波羅夷66)	한 조각 말이 그릇되어 바라이를 참회하네.
禪門宗旨只一乘	선문의 종지는 단지 일승일 뿐이니

---

62) 六道 : 衆生이 業因에 따라 윤회하는 길을 6으로 나눈 것. 六趣.

63) 隱隱 : ①희미해서 분명하지 않은 모양. ②근심하는 모양. ③번성하고 많은 모양. ④수레소리를 형용하는 말.

64) 琰魔天王 : 귀신 세계의 수령으로서 사후의 유명계를 지배하는 왕.

65) 八苦 : 衆生들이 받는 8종의 고통. 生苦와 老苦, 病苦, 愛別離苦, 怨憎會苦, 求不得苦, 五陰盛苦가 그것이다.

66) 波羅夷 : 계율 가운데 가장 엄하게 금한 것으로서, 이 죄를 범한 이는 승려로서의 생명이 없어지고 자격을 잃는 것이라 하며, 승려 중에서 쫓겨나 함께 살지 못한다 한다. 비구는 殺生과 偸盜, 邪淫, 妄語 4종이 있어 4바라이라 하고, 비구니는 여기에 摩觸과 八事成重, 覆障他重罪, 隨順被擧比丘의 4종을 더하여 8바라이라 한다.

> 攝心[67]不動如須彌　마음을 지켜 흔들리지 않기를 수미산처럼 해야
> 지.[68]

허균이 들은 음악이 어떤 종류였는지 알 길은 없다. 그러나 法螺를 불고, 종소리가 울리며, 갖가지 음악이 모두 갖추어졌다는 표현으로 볼 때 대규모의 장엄한 의식이 진행되었을 것임은 미루어 짐작할 수 있다. 천상의 보살들이 모두 모여 음악을 듣고, 천녀들은 꽃비를 뿌려 축원하며, 음악 소리에 산하대지가 모두 먼지로 화하는 거대한 변화가 음악과 함께 펼쳐졌다. 이런 곳이 바로 佛國土인 것을 따로 그곳을 찾을 필요가 없겠다며 시인은 감동을 뜨겁게 전달한다. 선악의 갈래에서 갈등하고 번민했던 지난날이 휘황한 등불 아래 한순간에 八苦에서 벗어나게 만든 것 역시 음악의 힘이었다. 과거의 잘못이며 죄업, 업장을 모두 씻고 참회의 도량을 연 것 또한 이 음악이었다. 이렇게 음악을 통해 허균은 때 묻은 마음의 정화를 이루게 된 것이다.

이 마음을 잘 다잡아 不動心을 지켜 굳건하기를 須彌山처럼 해야겠다는 마지막 다짐으로 시는 대미를 장식한다. 조선 중기 산사에서 연희된 梵唄가 어떤 양상으로 펼쳐졌는지 이해하는데 이 작품은 무엇보다 큰 시사와 도움을 주리라 여겨진다.

허균의 불교 예술과 관련된 작품들은 이처럼 우리 불교예술사를 재구하고 연구하는데 중요한 자산으로 자리매김하고 있다. 이를 넘어서서 불교라는 종교적 체험을 문학으로 승화시킨 허균의 발상의 참신함과 진지함에도 경의를 표할 만하다. 더구나 숭유척불이 당연한 진리인 것처럼 횡행했던 조선시대라는 역사 환경 속에서 이루어진

---

67) 攝心 : 마음을 한 곳에 거둬들여 산란하지 않게 하는 것.
68) <天龍奏樂引題雲上人軸>, 『惺所覆瓿藁』附錄, 蛟山億記詩.

결과로, 조선 불교지성사의 한 획을 세웠다는 면에서도 주목해야 할 것이다.

4. 한시로 옮긴 佛敎史

이어 읽을 작품은 허균 불교시의 개성을 여실하게 엿볼 수 있는 경우이다. 제목에서 볼 수 있는 것처럼 짤막한 서문이 붙어 있다. 먼저 서문부터 읽어보자.

> 내가 요산에 있을 때, 석봉 韓濩에게 부탁해서 구양순의 필체를 모방하여 『반야심경』을 金字로 다시 써 달라고 부탁해서 첩을 만들고, 이어 이정에게 부탁해서 불상 셋과 보살상 하나, 조사상 둘, 거사상 둘을 그리게 해서 뒤에 붙였다. 그리고 나 스스로 찬양하는 글로 絶句 두 수씩 지어 덧붙이고 禪門法寶라 했다.[69]

詩書畵 세 예술 세계가 모여 이룩한 불교 찬가라고 할 수 있다. 한 석봉의 글씨에 불화로 일가를 이룬 화가 이정, 대문호 허균의 솜씨가 어우러졌으니 볼 만한 걸작임은 짐작하고도 남음이 있다. 부처님의 깨달음을 가장 잘 요약했다는 『반야심경』과 한때 출가를 꿈꾸기도 했던 화가의 筆致, 누구보다 불교 세계를 깊이 이해했고 신심이 두터웠던 세 사람의 울력이 빚어낸 장엄한 예술 세계가 한 눈에 들어오지 않는가?

---

69) <李畵佛祖讚 幷序>, 『惺所覆瓿藁』 卷14. 余在遼山 乞石峯倣歐率 更書以金字寫般若心經爲帖 因命李楨繪三佛一菩薩二祖二居士像 係之于後 遂成兩絶 余以贊辭附之 曰禪門法寶云.

이 작품은 贊이라 했으니, 엄격하게 말해 시는 아니다. 그러나 모두 8편으로 이루어진 작품을 읽어보면 한시 이상의 아름다움이 사뭇 우러나옵니다. 찬양되고 있는 면면들을 보더라도 석가모니 부처님과 아미타불, 미륵불, 관세음보살, 初祖達摩, 六祖慧能, 유마힐거사와 방거사 등 그야말로 불교사에서 가장 우뚝한 자리를 차지하고 있는 분들이다. 이 분들의 그 거룩한 정신과 神力을 허균은 타고난 문학적 감수성과 필력을 총동원해 시화하고 있다. 재가불자로서 이렇게까지 불교 세계를 노래한 문인은 다른 예를 찾기 어려울 것이다. 여기서는 달마를 노래한 작품과 혜능을 읊은 작품을 일기로 하겠다.

亭亭70)雙林　　우뚝한 沙羅雙樹 숲이여
照玉毫光　　옥처럼 섬세한 빛을 비추는구나.
楞伽71)在案　　『능가경』이 책상에 있는데
牙軸縹細　　상아로 두루마리 엮었고 옥색 비단으로 둘렀네.
傳法在心　　진리를 전할 때에야 마음에 두지만
傳心在物　　마음을 전하려면 물건이 있어야 하는 법.
汝自留着　　당신께서 스스로 남겨 두신 것은
一衣一鉢　　가사와 바리떼 하나씩일세.72)

달마는 중국 禪宗의 開祖로, 본명은 보디다르마(Bodhi-dharma)이다. 보통 菩提達磨로 불리지만, 당나라 때에는 圓覺大師라는 시호를

---

70) 亭亭 : ①높이 솟은 모양. ②까마득하게 먼 모양. ③뜻이 높고 깨끗한 모양. ④아름다운 모양. ⑤고귀하거나 위엄이 있는 모양.

71) 楞伽 : 楞伽經. 석가모니가 楞伽城에 들어가 설했다고 전하는 佛經. 중생의 마음속에는 여래가 될 수 있는 씨앗이 있다는 如來藏思想의 형성에 중요한 역할을 했다.

72) 初祖達摩.

받기도 했다. 그는 부처에서 따지면 28대 祖師인데, 정법을 전하기 위해 중국으로 건너왔다. 이미 중국에 들어오면서부터 난해한 언행으로 관심을 불러일으킨 그는 嵩山 小林寺에 들어가 面壁修道했던 것으로 유명하다. 그가 생전에 남긴 언행들은 이후 中國禪을 대표하는 話頭(公案)로 자리하게 된다. 부처가 말한 여래장사상의 핵심이 담긴 경전 『능가경』은 아마도 허균의 서안 위에 놓여 있었을 것이다. 萬物悉有佛性의 정신이 이론적으로 실천된 경전을 두었다는 점은 시사하는 바가 남다르다. 신분 차별이 심했던 시대에 인간의 가치란 그런 곳에 있는 것이 아님을 은연중에 암시하는 구절이기도 한다. 이는 어떤 면에서 보면 『홍길동전』에서 庶孼의 차별에 항거하는 목소리의 연원을 확인할 수 있는 단서로도 말할 수 있다.

허균은 진리는 마음으로 전하는 것이지만, 그 마음을 전하기 위해서는 물건도 필요하다는 역설을 제시한다. 이른바 方便의 문제를 거론하는 것이다. 이는 보이지 않기 때문에 믿을 수 없다는 논리는 아니다. 강을 건너기 위해 배가 필요하듯이 진리를 알기 위해서는 진리의 실체를 보아야 한다는 말이다. 진리의 실체를 보고난 뒤 물건에 집착하지 않고 버려버리면 그만인 것이다.

달마가 이승과 인연을 마치면서 남겼다는 공안이 시의 마지막에 등장한다. 무덤을 파헤쳐보니 신발 한 짝만 나온 이적이 여기서는 바리떼와 가사를 남긴 것으로 바꾸어놓고 있다. 최초로 중국에 선을 전한 달마의 불교사적 의미를 반추하면서 得魚忘筌의 묘리를 비유적으로 표현한 작품이라 하겠다.

두 번째 작품은 달마의 뒤를 이어 禪宗六祖로 일컬어지는 慧能(638~713)을 노래한 시이다.

羅浮拔地	나부산은 땅에서 솟아오르고
庾嶺73)隱天	대유령은 하늘을 가렸구나.
孰躡余蹤	누가 나의 발자취를 밟아
覬師之傳	조사께서 전한 진리를 엿볼 것인가?
須彌可移	수미산이야 오히려 옮길지라도
衣鉢難動	의발은 움직이기 어렵다네.
不動者心	움직이지 않은 것은 마음이니
芥子亦重	개자씨도 또한 무거운 것일세.74)

혜능은 중국 당나라 때의 선승이다. 廣東省 출신이고, 속성은 盧氏로, 선종의 제6조로 南宗을 열었다. 그래서 허균도 제목을 달면서 盧能이라 하였다. 어려서 아버지를 여의고 집이 가난하여 나무를 팔아 어머니를 봉양했는데, 어느 날 장터에서 『金剛經』 읽는 소리를 듣고 출가할 뜻을 세워 선종 제5조 弘忍의 문하에 들어갑니다. 8개월 동안 행자 노릇을 한 뒤 "보리는 본래 나무가 아니고, 맑은 거울 또한 대가 아니다. 본래 아무 것도 없는데, 어디서 티끌이 생긴단 말인가?(菩提本無樹 明鏡亦非臺 本來無一物 何處惹塵埃)"라는 게송을 지어 불교의 이치를 깨달았음을 보이자 홍인이 그에게 禪法을 전수하고 법의를 주었다. 676년 남방으로 가서 교화를 펴다가 광동 지방 曹溪山에 들어가 定慧不二를 설하고, 좌선보다 頓悟法門(한꺼번에 깨닫는 가르침)을 크게 열어 見性成佛의 취지를 선양했다. 제자 法海 등에 의해 편찬된 어록 『六祖壇經』은 오늘날까지 禪敎를 막론하고 귀중한 책으로 평가되고 있다.

---

73) 庾嶺 : 大庾嶺. 五嶺 가운데 하나로, 강서성 大庾縣 남쪽에 있다. 언덕 위에 매화나무가 많이 있어 梅嶺으로도 불린다.

74) 六祖盧能, 慧能.

허균은 혜능이 홍인을 만나 의발을 전해 받은 일화를 소재로 하여 시를 쓰고 있다. 이미 진리는 神秀가 아닌 혜능의 몫이 되는 것이 당연하다는 것을 수미산은 뽑아 옮길 수 있어도 의발은 움직이기 어렵다는 비유로 증명한다. 글에 얽매여 마음을 보지 못하는 수행은 결코 最上乘이 되지 못한다는 말도 될 것이다. 마음이 흔들림이 없어 견고하게 자리하고 있으면 수미산은 움직여도 겨자씨가 오히려 더 무겁다면서 혜능의 용맹정진하고 순수무구했던 菩提心을 높이 평가한다.

이 여덟 편의 작품은 비록 문인 허균의 시이긴 하지만, 불교, 특히 선종의 奧義를 깊이 꿰뚫은 시인의 혜안과 감성이 돋보인다. 禪詩처럼 言語道斷의 경지에 이른 솜씨라고는 할 수 없지만, 대가의 솜씨가 유감없이 드러나 있다.

5. 글을 마치면서

교산 허균의 문학은 굳이 췌언을 달 필요가 없을 만큼 그 성과는 인정되어 왔고, 많은 연구가 있어온 것도 사실이다. 그러나 명성 때문인지 주로 그의 문학은 비평 쪽과 소설 쪽에 치우친 경향이 강한다. 이것은 그의 한시가 보여주는 독특한 맛을 생각할 때 아쉬운 부분이 아닐 수 없다. 특히 그 중에서도 전체 작품에서 1할을 넘는 비중을 차지하는 불교 관련 한시에 대한 연구가 미진한 것은 더욱 아쉬운 일이다. 허균이 불교에 대단한 관심을 가져왔고, 그의 문학을 지탱하는 중요한 요소로서 불교가 있음을 숨길 수 없는 사실이기에 더욱 그렇다.

그래서 여기서는 허균 문학에서 불교적 측면을 조명한다는 취지 아래 우선 한시에 보이는 불교적 요소나 성격들을 살펴보았다. 그 결과 우리는 허균의 불교에 대한 관심은 호기심이나 지적 탐구의 대상에서 머문 것이 아니고 실생활에서 체험을 통해 터득한 깨달음인 것을 알 수 있었다. 이런 관심은 곧 그의 문학의 중요한 자양분이 되었고, 오늘 글을 통해 이를 간접적으로 확인할 수 있었다.

사찰기행시에서 허균은 산사의 자연적 아름다움도 묘사하고 있지만 그곳에 깃들여 사는 禪師의 마음 세계를 읊어, 聖所가 지닌 진면모를 잘 보여주었다. 이 점은 달리 허균의 구도정신이 걸어간 여정을 상징하고 있다고 해도 좋을 것이다. 선승들과의 교유시에서 제시권시와 증시를 통해 方外友로서 선승들이 허균의 마음에 어떤 자리를 차지하고 있었는지 어렵지 않게 헤아릴 수 있었다. 불교예술을 노래한 일련의 작품들은 허균 불교시에서도 가장 주목할 만하고 빼어난 성과라고 할 수 있다. 법당의 탱화와 재가신도였던 李楨의 높고 깊은 불화의 경지, 불교 음악의 연희 상황과 그 웅장함을 보여준 시는, 우리 불교예술사의 현장을 담았다는 점에서 더욱 빛을 발한다. 여덟 편의 연작시로 된 <李畵佛祖讚>은 석가모니 부처님부터 방거사에 이르기까지 불교사에서 가장 중요한 인물 여덟 사람의 생애와 업적, 의의 등을 간추린 시로 쓴 불교사(또는 선종사)라고 할 수 있는 작품들이다. 이를 통해 허균의 불교에 대한 해박한 지식과 조예를 읽을 수 있게 된다.

조선시대를 대표하는 세 사람의 문인을 열거하라면 梅月堂 金時習과 蛟山 許筠, 燕巖 朴趾源을 손꼽는데 주저하는 사람은 많지 않을 것이다. 재미있게도 이들 세 사람은 여느 문인들과 달리 불교와 여러 방면에서 인연을 깊게 맺고 있다. 그들의 문학을 이해하고 의미를 조명하는데 불교는 요긴한 시금석이 될 수 있을 듯하다. 이미 김시습의 경우는 살폈고, 뒤이어질 박지원의 문학까지 살핀다면 이런 가정은 더욱 설득력을 가지게 되리라 믿는다.

秋史 金正喜의 불교시

　김정희(1786~1856)는 조선후기에 활동한 학자이자 書畵家, 金石
學者이다. 그는 조선 후기를 풍미했다고 알려진 실학파의 일원이었지
만, 利用厚生이나 經世致用을 주장했던 여느 학파와는 달리 학문사
의 방법론과 예술적인 실천을 통해 이 이념을 실현해 나갔다. 그 결과
그는 詩書畵 방면에서 모두 뛰어난 기량과 성과를 보여주었고, 문화
재의 고증이나 전각 등 다양한 분야에서 탁월한 업적을 남겼다. 이런
점 때문에 김정희는 특정 시대라는 범위를 뛰어넘어 인문주의자로서
그 가치를 다시 평가 받아 마땅할 것이다. 이에 걸맞게 그에 대한 연
구는 폭넓게 이루어져 왔다.

　그러나 김정희의 업적이 워낙 다방면에 걸쳐 있어 자칫 간과하기
쉬운 쪽이 불교와 관련된 부분이다. 조선시대의 불교는 상당수 몰지
각한 교조적인 성리학 맹신자들에 의해 심각한 탄압을 받기도 하고
이리하여 조선 중기를 넘어서면서 그 명맥을 유지하는 일조차 위태롭
게 되는 지경에 이르다. 이런 악조건 속에서도 불교는 자기 갱신과 민
중적인 지지 기반, 뛰어난 禪僧들의 각고의 노력이 있어 새로운 활로
를 찾기에 이르다. 비록 그것이 신라나 고려시대와 같이 불교가 주체
적이고 창의적으로 새로운 불교 교리를 완성했다거나 발전시키지는

못했지만, 당시의 지배 계층인 사대부 지식인들의 예술적 흥취와 학문적 호기심을 자극하면서 共存을 모색했다는 점에서 불교계의 변화된 자세와 지향을 보여준다. 특히 김정희가 살다간 17·18세기는 걸출한 선승들의 많이 등장하여 신선한 충격을 던지던 시기였다. 그들의 논리와 자세는 고루한 공리공담에 염증을 느끼던 진보적인 유가 지식인들에게 큰 공감을 불러일으켰고, 실천을 중시한다는 점에서 걸어가는 방향에서도 일치했다.

이 글은 그런 조선 후기 불가와 유가의 화해와 공존의 과정을 김정희의 문학적 업적, 특히 시문학을 통해 정리해보고자 한다. 김정희는 여느 문인에 비해 아주 많은 한시 작품을 남기지는 않았지만, 진지한 학문적 성찰과 자연과 예술을 관조하는 개성이 잘 어우러진 시세계를 구축하고 있다. 학문이나 서화만큼 그의 문학이 주목을 받지 못했던 것은 워낙 그 방면의 업적이 탁월한 탓도 있겠지만, 그의 시세계가 전체적인 조망보다는 세밀하게 접근해야만 진면모를 볼 수 있다는 성격에서도 기인했을 것으로 보인다. 조선 후기의 한시 경향도 그렇지만, 김정희의 한시에는 다소 난해한 측면이 없지 않다. 이런 점에서 불교를 소재로 했거나 주제로 다룬 일련의 작품들을 검토하는 일은 큰 의의가 있을 것으로 보인다.

이 글은 이를 위해 당대 승려들과 교유한 양상을 보여주는 작품들, 산사를 탐방하고 감회를 노래한 사찰제영시, 그리고 그의 불교시의 가장 큰 특성을 보여주는 작품 한 편에 주목하고자 한다. 석가모니 부처님의 탄생 시기를 둘러싸고 벌어진 논쟁은 재미있게도 申緯(1769~1845)에 의해 제기되었는데, 이를 둘러싸고 전개된 논의의 과정에 김정희가 草衣意恂(1786~1866)을 대신해서 참여하면서 마감되고 있다. 신위의 이의 제기에 김정희가 평결을 내리는 과정을 거치고 있어 조선 후기에 유가와 불가 사이에 성립된 대화의 공간이 어떠했는지 잘 보여주는 구실을 한다.

1. 승려들과의 交遊詩

김정희가 남긴 한시는 제목으로 보면 모두 377首가 된다. 이 가운데 불교가 소재나 주제로 된 작품은 대략 40수 정도 된다. 총 작품수에서 1할을 차지하는 양이다. 낮은 비중은 아니지만, 실제로 그의 한시에는 알게 모르게 불가의 용어나 표현, 사고가 저변에 깊이 자리하고 있다. 이 때문에 김정희의 불교관과 불교시는 주목할 필요가 있는 것이다.

작품을 통해 볼 때 김정희가 평생 교유한 승려는 15명 정도였던 듯하다. 그 이름을 열거하면 초의를 비롯해서 雲句上人, 海鵬和尙, 硯雲心, 混虛, 雪庵, 懶雲, 堯仙, 錦溪禪, 菊厓上人, 豊禪, 竺典禪, 貫華, 優曇, 晩虛 등이다. 이밖에도 편지글이나 기타 문집에 실린 글을 볼 때 더욱 많은 승려들과 교유했음을 알 수 있다. 여기서는 그 가운데 대표적인 두 사람 초의와 혼허 두 사람과 맺은 교유의 깊이와 방향을 중심으로 현황을 살펴보고자 한다.

초의의순은 조선 후기 불교를 대표하는 선승이다. 그의 정신과 관심은 워낙 닿아있는 방면이 넓고 진지해 일일이 헤아리기조차 어렵다. 그는 당대의 내노라 하는 석학들과 교분을 가졌고, 개성 강한 시세계를 보여주었으며, 특히 우리 茶에 대해 쏟은 정성과 업적은 타의 추종을 불허한다. 더구나 김정희와 초의는 1786년 같은 해에 태어나 世緣도 남다르며, 역시 조선 후기를 대표하는 화가인 小癡 許鍊(1809

~1892)을 발굴하여 김정희에게 소개한 사람도 초의였다. 김정희 또한 정치적으로나 개인적으로 좌절을 겪고 불우했을 때 많은 위로와 용기를 그로부터 얻기도 했다. 그러니까 인간적으로 두 사람은 긴밀한 유대감을 가졌다고 말할 수 있는 것이다. 이런 사실은 김정희가 초의에게 보낸 38편에 달하는 편지글을 통해서도 충분히 확인할 수 있다. 그 중의 한 편을 읽어보자.

> 산중에서 하룻밤을 자고 나니 마치 諸有[75)]를 벗어나 三昧의 경지로 들어선 것 같구려. 다만 꿈속에서 중얼거린 잠꼬대가 많이도 스님들에게 괴이한 꼴을 보였으니 행여 산이 조롱하고 숲이 꾸짖는 일이나 없을런지요. 바로 곧 梵械을 받아보니 자못 마치지 못한 인연을 다시 잇는 듯하여 흐뭇하고 어깨가 으쓱거립니다. 海師는 한결같이 맑고도 왕성하구려. 情根이 얽히고 맺히어 끊어 없애려고 해도 아니 된다. 속인은 따분한 일들이 여전히 없어지지 않으니 梵聽에 누를 끼치지나 않을지 염려된다. 珠串(염주)은 이편에 보내는데 원래는 마흔두 알이어서 42章의 수에 응한 것이었는데, 둘은 깨어져 없어졌으니 안타깝지만 어쩌겠습니까.[76)]

그의 편지글에는 진지하게 교의나 철리를 토론한 경우도 없진 않지만, 대개는 이런 승속간의 閑談塵事를 허심탄회하게 펼쳐놓은 것이다. 大巧若拙이란 말처럼 범상하게 안부를 전하는 평범함 속에 오

---

75) 諸有 : 불가 용어. 중생의 果報가 因이 있으면 果가 있기 때문에 有라 말한다. 三有와 四有, 七有, 九有, 二十五有 등의 구별이 있어 이를 총괄하여 제유라 부른다.

76) <與草衣> 1,『阮堂全集』卷5. 一宿山中 若可以超諸有入三昧 第夢中妄說 多爲師輩見怪 能無山嘲林誚否 卽枉梵械 可續未了之緣 且欣且頌 海師一味淸旺 結成情根 不可斷除也 俗人塵事 依舊相仍 無足爲累於梵聽也 珠串玆以奉呈 而原爲四十二顆 以應四十二章之數 二則見壞 可恨奈何.

히려 훈훈한 인정의 향기가 녹아있을 뿐만 아니라 진리에 대한 진지한 관심과 수행과 득도에 대한 간곡한 충심이 어려 있음을 엿볼 수 있다.

김정희는 초의에 대해 꽤 많은 시를 남기고 있다. 그런데 이런 편지글보다 시가 훨씬 오묘한 논의와 생각을 담고 있다. 여기서는 두 편을 분석해서 두 사람의 우의를 짐작해보고자 한다.

첫 작품은 <초의에게 주다>란 제목의 5언고시이다.

竪拳頭輪[77]頂	두륜산 마루에 주먹 세우고
搐鼻[78]碧海潯	푸른 바다 기슭에서 코를 벌름거리네.
大施無畏光	홀로 무외의 빛을 크게 베풀며
指月[79]破群陰	지월로서 뭇 어둠을 깨뜨리는구나.
福地與苦海	복지이건 고해이건 가릴 것 없이
摠持一佛心	하나의 부처님 마음을 항상 가졌네.
淨名[80]無言偈	정명은 말없는 게의 노래이고
殷空海潮音	하늘 높이 울려 퍼지는 밀물의 소리 있구나.
入佛復入魔	부처에 들고 또 다시 마군에 들어가도
但自笑吟吟[81]	다만 스스로 웃기만 할 뿐이지.
狸奴白牯[82]知	살코양이 마음이나 백고의 지혜

---

77) 頭輪 : 두륜산을 일컫는 말. 전남 海南에 있다.

78) 搐鼻 : 코를 벌름거림. [蘇轍・香城順長老眞贊引] 予嘗問道於公 以搐鼻爲答.

79) 指月 : 『楞嚴經』에 "如人以手指月示人 彼人因指 當應看月 若復觀指 以月爲體"라 하였다.

80) 淨名 : 불가 용어. 또는 經의 이름.

81) 笑吟吟 : 吟吟은 웃는 모습. 『西廂記』에 "笑吟吟 一處來 哭啼啼 獨自歸"라 하였다.

82) 狸奴白牯 : 이노는 불가의 60心의 하나인 狸心으로 이노가 禽鳥를 잡아먹기 위해 숨을 죽이고 천천히 나아가는 것을 말한다.

機用互相侵	기용에 따라 서로 덤벼들었네.
春風百花放	봄바람에 온갖 꽃이 일제히 피니
明明到如今	밝고 밝아 오늘에 이르렀다오.[83]

초의의 내면세계를 禪語를 다양하게 구사하면서 노래한 작품이다. 竪拳이나 指月 등의 話頭가 적재적소에서 거침없이 쓰여지고 있어 시의 맛을 더욱 기름지게 한다. 주먹을 불끈 쥐거나 코를 벌름거리는 행위는 곧 얽매임 없는 초탈한 경지를 비유하는 말이다. 말로는 설명할 수 없는 깨달음의 세계를 몸짓으로 비유하여 질문에 대한 대답으로 삼는 것이다. 이것은 김정희도 초의를 인정하고, 또 자신도 인가하는 방식이다. 초의의 깨달음을 자신 역시 체득했음을 은근히 암시한다. 사실 그렇기 때문에 이어지는 내용들이 이론적으로 성립할 수 있는 것이다. 깨달음을 경험하지 못한 사람이 깨달음에 대해 말한다면 그야말로 백일몽이기 때문이다.

이어지는 시행 속에서 묘사되는 초의는 극상의 칭송 속에 구현되고 있다. 두려움이 없는 빛을 뿜어 손가락이 아닌 달[月]을 제대로 가리키고 있다. 이로 말미암아 지상의 인간들의 어둠은 다 사라졌다고 말한다. 그 공간이 극락의 세계이건 고해의 지옥이건 下化衆生하려는 부처의 마음에는 변함이 없다고 했다. 소리조차 없는 偈頌으로 온 우주의 소리를 다 담아 냈으니, 부처의 경지에 들든 魔軍의 손아귀에 빠졌든 웃음 한 번으로 그 경계를 다 무너뜨려 버립니다. 본질과 쓰임의 구별은 사라졌을 뿐만 아니라 서로 적절하게 대응하면서 조화를 이루게 된다고 했다. 이런 초의의 禪風은 결국 추운 겨우내 모든 생명이 얼어붙어 있다가 봄바람에 활짝 새 생명이 움터나듯, 無明을 깨

---

83) <贈草衣>, 『阮堂全集』1 卷9.

치고 광명을 삼라만상에 부여한다고 비유했다.

　이 작품은 워낙 선어의 사용이 범상치 않아 일독했을 때 입에 껄끄럽게 다가오는 것도 사실이다. 이런 점이 당시의 시단에서 김정희의 시가 어렵게 인식된 까닭일 수도 있을 것이다. 분명 현학적인 취향이 있긴 하지만, 초의가 일구어낸 깨달음의 경지를 이렇게 표현할 수 있는 사람은 김정희뿐이었을 것이다.

　이어지는 작품 역시 난해하면서도 깨달음의 경지를 정곡으로 찌르는 맛이 나는 작품이다. 제목도 같아 <초의에게 주다>이다.

任爾傍參笑百場	너의 방참을 내맡기고 마당마다 웃어대니
了無礙處卽吾鄕	걸림 없는 그곳이 바로 우리 고향이로다.
依人山鳥空喧寂	사람 따르는 산새는 지저귀다 잦아들고
款客溪雲自煖凉	손님 맞는 시냇가 구름은 따뜻타가 서늘해지네.
最是一床無別夢	더욱이 한 침상 위엔 이렇다 할 꿈도 없는데
詎能同味有他腸	누가 능히 같은 맛에 다른 창자가 있겠는가.
雜花鋪84)上休藤葛	꽃을 모은 포자 위에서 갈등일랑 하지 마라
恐把摩訶85)說短長	마하 세계에 들어 장단을 말할까 두렵구나.86)

　김정희는 곁다리로 참선을 한다고 공연히 부산을 떨지만 진정한 깨달음의 고향은 無礙한 세상임을 직서하면서 서두를 연다. 사람도 자연의 일부일 뿐이다. 그렇게 보면 산새에게 있어 사람이라고 특별할 존재는 아니다. 사람이 있어도 신경 쓰지 않고 여느 때처럼 울고,

---

84) 襍花鋪 :『雜華經』은『華嚴經』의 다른 이름. 온갖 행실이 交襍한 것을 잡화라 말한다.
85) 摩訶 : 梵語. 큰 것 또는 많은 것, 이기는 것이라 함.
86) <贈草衣>,『阮堂全集』卷9.

울다 지치면 그친다. 또 손님의 취향이나 의사에 맞춰 시냇물과 구름이 온도를 바꾸고 드리웠다 걷어지는 것도 아니다. 사람은 교활해서 자연도 내 뜻대로 움직여야 한다고 헛된 망상을 고집한다. 그리고 자연의 변화를 자기 식대로 해석하고 자위하다. 이것이 다 妄念이다. 내가 세상의 중심일 수는 없다. 굳이 중심이 필요하다면 그것은 상대적인 기준일 뿐이다. 내 자리를 미리 금그어놓고 나만의 백일몽에 사로잡혀 정신을 어지럽힌다. 곧 차별상은 상대방의 가치만 떨어뜨리는 것이 아니라 곧 내 자신의 가치마저 누더기로 만들어 버린다. 이런 아집과 독선에서 벗어나 同床同味할 때 화해로운 깨달음의 세계에 도달하게 된다. 같은 맛에 대해 사람마다 다르게 반응한다면, 이것은 개성이 아니라 혼란이다. 기준조차 사라지기 때문이다.

김정희는 아름다운 꽃떨기를 보고서 아름다움을 떠올리지 말라고 말한다. 꽃마다 각기 다른 아름다움을 가졌다면 이는 소유욕의 다른 표현일 뿐이다. 궁극적으로 極大의 안목을 가지고 만물을 관조하게 되면 장단이나 美醜는 존재하지 않게 된다. 이성을 과신하고 분별심의 노예가 되어 버리면 구분과 갈등이 합리적인 것처럼 보이게 된다. 그러나 그곳은 진정한 영혼의 고향은 아니다. 새가 울면 우는 대로, 고요하게 둥지에 깃들면 깃든 대로 받아들일 수 있는 여유와 無念이 바로 그 고향이라고 김정희는 생각하는 것이다.

이 작품은 마치 작자가 초의에게 어떤 태도는 버리고 어떤 태도는 견지하라고 요구하는 것처럼 보인다. 그러나 작품이 다시 읽어보면 그것은 지시가 아니라 권고이자 동참의 목소리이다. 함께 가려는 더불어 가자는 정이 담겨 있지 선지자의 강요가 담겨 있지는 않다. 때문에 이 시는 초의에게 주는 것이지만, 동시에 초의가 작자에게 주는 것이기도 한다.

다음으로 읽어볼 작품은 混虛에게 보낸 시이다. 혼허는 조선 말기의 스님으로, 混虛尙能으로 불리며, 속성은 崔氏다. 어려서 출가하여 해남 달마산의 眞學禪師에게 득도하고, 초의에게서 비구계와 보살계를 받았다. 그러니 초의의 제자라 볼 수 있다. 이후 講席을 열어 수십 년 동안 후학을 지도하고 참선을 닦아 깊이를 더한다. 만년에는 해남 大興寺에 머물렀는데, 1894년 이후의 행적은 알 수 없다고 한다. 『東師列傳』에 나오는 기록이다. 문학적 성취나 어떤 식으로 교유했는지는 상세하지 않지만, 김정희는 그의 詩才를 인정했고 교분도 상당히 두터웠던 듯하다. 여러 편의 교유시가 이를 증명하다.

먼저 읽은 시는 <관음사에서 혼허에게 주다>란 제목의 시다.

携僧上界宿	스님을 이끌고 상계에서 묵노라니
一偈萬緣輕	한 게송에 만 가지 인연이 가벼워지네.
松日敞神界	소나무 너머 해는 신계를 환히 드러나고
山風無熱情	산자락에 부는 바람은 뜨거운 정념을 삭혀주네.
窓中只嶽色	창문으로 보이는 것은 오로지 산 빛깔인데
寺裏唯蟬聲	산사 안에서 들리는 것은 그저 매미 소리뿐.
淸塞心傳句	청새가 마음으로 전하는 글귀가 있으니
應敎世眼驚	응당 세상 눈을 놀라게 하겠구나.[87]

저자거리에서 스님을 만났던 모양이다. 반가운 마음에 손을 맞잡고 산사를 향해 간다. 계곡을 건너고 돌길을 오르며 말보다는 몸짓으로 전해지는 以心傳心의 마음이 있어 절로 下界의 묵은 앙금이 털려 나간다. 여기서 말하는 게송이란 것이 꼭 말로 되거나 글로 쓰여진 시는

---

87) <觀音寺 贈混虛>, 『阮堂全集』 卷9.

아닐 것이다. 心偈라야 적확하다. 그러니 자연 세상의 하찮은 인연이 며 번다한 잡사들이 바람 앞의 먼지처럼 말끔히 씻겨나가는 것이다. 인간 세상의 희로애락 모든 감정들이 스님의 넉넉한 마음 한 자락으 로 눈 녹듯이 사라졌다.

소나무 숲 너머에서 내리쬐는 햇볕 역시 머리를 뜨겁게 달구는 폭 염과는 거리가 멉니다. 청정하고 명징하게 신령한 세계를 환하게 비 추는 등불이다. 게다가 산바람은 속세에서 오염되었던 마음을 시원하 게 식혀준다. 산사의 창 사이로 들어오는 푸른 산빛과 숲속에서 들려 오는 상쾌한 매미의 울음소리. 맑고 푸르다는 공감각적 표현이 혼허 를 만나 선계로 들어온 작가의 기분이 어떤지를 선명하게 보여준다.

'淸塞'의 의미가 분명하지 않은데, 사람을 지칭할 개연성이 크다. 그렇다면 당연히 혼허일 것이다. 아마도 혼허가 쓴 또 다른 法號가 아닐까 여겨진다. 그것이 아니라면 塞가 변방이니, 김정희가 유배 생 활을 했거나 어디 외딴 향리에 머물고 있을 때 혼허를 만난 것이 아 닐까 추측할 수도 있겠다. 이렇게 보면 김정희가 왜 그렇게 혼허를 아 꼈는지 짐작이 간다. 마음으로 담아낸 글귀가 세상을 놀라게 할 만하 니, 법력으로나 성심으로나 귀중한 인재인 것이다. 마음과 넋을 다 우 려낸 시를 지은 혼허였으니, 나이를 잊고 교분을 나눈 것도 당연하다 고 하겠다.

또 한 편의 시 <혼허에게>를 읽어보자.

卓午山頭戴笠行　　　한낮에 산머리를 삿갓 쓰고 올랐더니
姓湯人[88]忽喜歡迎　　탕씨 성을 지닌 분이 문득 반갑게 맞이하네.

---

88) 姓湯人 : 당나라 詩僧 湯惠休를 일컫는 말. 두보의 시에 "湯休起我病 微笑索 題詩"가 있음. 여기서는 혼허를 가리킨다.

遊方[89]昔入菩提界　　방외를 노닐던 옛날에는 보리세계에 들었더니
詩偈今聞瀑布聲　　시로 남긴 게송에는 이제 폭포소리가 들리는구려.
銀地[90]三觀[91]由願力　　가람에서의 거룩한 구경은 발원한 힘에 말미암고
天龍一指[92]繼燈明　　천룡의 한 손가락은 등불의 밝음을 이었구나.
燒猪[93]燒筍[94]追前夢　　돼지 굽고 죽순 굽던 지난날 꿈을 되새기니
江上秋風渺渺[95]情　　강가에 부는 가을바람에 정조차 아득하여라.[96]

『澹園齋詩藁』에 보면 시 제목이 <관음사에서 혼허에게[觀音寺 贈混虛]>로 되었으니, 관음사는 혼허가 주석했던 사찰인 것으로 짐작된다. 관음사가 어디에 있던 절인지, 또 현존하고 있는지 여부는 확인하기 어렵다. 같은 이름의 사찰이 많기 때문인데, 혼허가 초의의 제자

---

89) 遊方 : 方은 方內, 方外를 이름인데 여기서는 방외로 僧道를 말한다.
90) 銀地 : 불당을 세운 곳으로 불당을 말함.
91) 三觀 : 불가어. 空觀과 假觀, 中觀을 말한다.『法華經』三觀條에 "空觀破見思惑 證一切智 成般若德 假觀 破塵沙惑 證道種智 成解脫德 中觀 破無明惑 證一切種智 成法身德"이라 하였다.
92) 天龍一指 : 天龍一指禪을 일컫는 말.『傳燈錄』金華俱胝傳에 "어느 스님이 천룡을 찾아가니 천룡이 손가락 하나를 세워 법을 보여주므로 중은 크게 깨쳤다. 이후 항상 한 손가락을 세워 禪問에 대답했는데, 입적할 때도 '나는 천룡의 一指頭禪을 얻어 일생 동안 다 못 먹고 간다.' 했다." 하였다.
93) 燒猪 : 돼지고기를 굽는다는 뜻. 소식의 戲答佛印詩에 "佛印燒猪待子瞻"이라 하였다.
94) 燒筍 : 소동파가 일찍이 劉器之를 요청하여 玉版和尙에게 同參하자고 하니 기지는 혼연히 따라갔다. 廉景寺에 이르러 죽순을 삶아서 먹는데 맛이 매우 좋아 기지가 이것이 무엇이냐고 묻자 동파가 "이것은 옥판이다. 이 老師가 설법을 잘하므로 그대로 하여금 禪悅의 맛을 얻게 하려는 것이다." 하였다.
95) 渺渺 : ①아득히 먼 모양. [管子・內業] 渺渺乎如窮無極. ②아주 작은 모양. 약한 모양. ③수면 혹은 마음이 한없이 펼쳐져 끝이 없는 모양. [郎士元・琴曲歌辭] 娥眉對湘水 遙哭蒼梧間 萬乘旣已歿 孤舟誰忍還 至今楚山上 猶有淚痕斑 南有潯陽路 渺渺多新愁.
96) <贈混虛>,『阮堂全集』卷9.

고, 주 활동 무대가 호남 지방이었던 점을 고려하면 대흥사 인근에 있지 않을까 조심스럽게 점쳐본다.

이 시는 얼핏 읽어도 풍부한 典故가 눈을 현란하게 만든다. 儒佛의 경계를 넘나들고 있어 김정희의 학문이 어느 경지에까지 이르렀는지 절로 탄성을 자아낸다.

자신을 맞이하는 혼허를 湯惠休에 비유하여 그의 시가 이룬 성취를 간접적으로 암시한다. 방외란 곧 불가를 의미하는데, 김정희 역시 수련이 상당하여 이미 보리[眞理]의 세계를 엿보았다고 자부하고 있다. 그러다가 오늘 혼허의 선시를 들으니 그 안에서 폭포 소리가 거침없이 울린다고 토로한다. 이런 대구가 재미있다. 경전이니 선정을 통해 보리의 세계는 감득했지만, 이것은 실상은 껍질을 맛본 것에 지나지 않는다는 말이다. 그런데 시를 들으면서 폭포 소리를 들었다고 했다. 이것은 실재로 보이는 폭포에서 실재로 울리는 소리지만, 실재하지 않는 세계를 비유한다. 다시 말하면 보리의 세계는 가시적인 공간이 아니다. 우리는 그저 그런 세계가 있다고 믿고, 또 깨달아 이르렀다고 인정할 뿐이다. 그런데 폭포 소리는 오감으로 느껴지는 공간이다. 한낱 폭포일 뿐이요 소리일 뿐이지만, 사실은 그게 바로 보리의 세계의 현현인 것이다. 이는 혼허의 수행과 깨달음이 형식적인 차원에 머물러 있지 않아 벌써 실재하는 사물을 아우르고 있음을 선언하는 말이다. 그러므로 가람 구경이 눈의 즐거움이 아니라 마음의 즐거움이 된다.

이번 만남을 통해 평생 써먹어도 모자랄 밝은 등불을 얻었으니 무엇으로도 비교할 수 없는 큰 보람이 되었다. 김정희의 발원은 아마 거기에 닿아있었을 것이다. 서로 승속의 길이 달라 사는 품새는 차이가 날지 모르지만, 강가에서 맞는 가을날의 맑고 시원한 한 줄기 바람처럼 아득히 푸른 새로운 경계를 마주보며 크게 웃음 짓는 두 사람의 뒷모습이 보이는 듯하다.

김정희와 혼허는 초의와 혼허가 그랬던 것처럼 師弟의 입장에 서 있었다. 그러나 위에서 볼 수 있듯이 김정희는 그런 위계에 얽매이지 않고 벗을 넘어서 깨달음의 선배를 대하듯이 혼허를 기린다. 김정희의 넉넉한 품성과 불교 및 승려를 대하는 담박하면서 정중한 태도가 잘 드러나 있다. 논리에만 매몰되지도 않고 친분에만 경도되지 않았던 중용의 미덕이 그의 승려교유시에는 잘 드러나 있다는 말이다.

2. 사찰제영시

김정희의 문집에 보이는 사찰은 그리 많지 않다. 확인된 것만 헤아리면 神溪寺[97]를 비롯해 扶旺寺[98], 僧伽寺[99], 觀音寺, 重興寺[100], 華巖寺, 奉寧寺[101] 정도다. 이밖에 이름이 밝혀지지 않은 사찰도 나

---

97) 新溪寺 또는 新戒寺로도 쓰인다. 강원도 고성군 외금강면 온정리에 있는 사찰로, 유점사, 표훈사, 장안사와 함께 금강산 4대사찰 중의 하나였다. 법흥왕 6년(519년) 普雲祖師에 의해 창건되었다. 진덕여왕 7년(653년)에 김유신이 중수했고, 신문왕 2년(682년)에는 김유신의 부인이 중수했다. 조선 말기까지는 대웅전과 만세루를 중심으로 모두 15채의 건물이 있었다.

98) 경기도 고양시 북한산 鵑岩峰 아래에 있던 사찰. 扶皇寺로도 불린다.

99) 서울시 종로구 구기동 북한산 비봉 동쪽 중턱에 있는 사찰. 曹溪寺의 말사로, 경덕왕 15년(756) 秀台가 창건했으며, 현종 15년(1024) 智光과 成彦이 중창했다. 숙종 4년(1099년에는 大覺國師 義天이 참배하면서 불상을 改金하고 불당을 중수했다.

100) 서울시 삼각산 노적봉 남쪽에 있던 사찰. 1915년 폐사되었다. 조선 숙종 때 북한산성을 쌓고 북한산성 도총섭의 지휘 아래 많은 승려들이 산성을 지킬 무렵 도총섭이 있던 큰 절이었다. 中興寺라고도 부른다.

101) 경기도 수원시 우만동 廣敎山 기슭에 있는 사찰. 龍珠寺의 말사다. 희종 4년

온다. 아마도 그리 寺格이 높지 않거나 개인적으로 큰 의미가 없는 절일 가능성이 다분하다. 또 대개가 서울 근교에 자리한 사찰이라는 점에서 명찰을 탐방하겠다는 자발성보다는 스님을 만나는 등의 다른 연유 때문에 찾았던 것으로 보인다. 신심이 옅지 않은 김정희였지만, 그의 생애가 한가하게 산사를 찾을 만큼의 마음의 여유는 없었을 것이다.

그 중에서도 김정희가 비교적 자주 찾은 사찰이 부왕사다. 그 때문인지 사찰이 소재이자 주제가 된 작품도 두 편이나 된다. 첫 번째 작품은 5언율시고, 제목은 <부왕사에서>이다.

看山何處好　　산 구경은 어디가 좋은고 하니
扶旺古禪林　　부왕이라 불리는 옛 선림이라네.
日落峯如染　　해 저물면 봉우리는 물든 듯하고
楓明洞不陰　　단풍 밝으니 골짜기도 어둡지 않아.
鍾魚102)來遠近　　범종 소리는 원근으로 울려퍼지니
禽鳥共幽深　　산새들도 그윽하고 깊은 경지를 함께 즐기네.
漸覺頭頭妙　　머리마다 절묘함을 차츰 깨치니
靈區愜道心　　영험한 곳이라 도심도 흡족하게 열리는구나.103)

북한산 기슭에 자리한 부왕사는 계곡 사이로 정면이 환하게 열려 있어 산과 하늘, 평야와 강을 한눈에 즐길 수 있는 명승지였다. 지금은 사라지고 터만 남아 무성한 삼림으로 돌아갔지만, 김정희가 오를

(1208년)에 圓覺國師가 창건하고 彰聖寺라 했다. 그 뒤 1400년대 초기에 奉德寺라 개칭했고, 예종 1년(1469)에 慧覺이 중수한 뒤 봉녕사라 불렀다.
102) 鐘魚 : 風磬을 일컫는 말.
103) <扶旺寺>,『阮堂全集』卷9.

때만 해도 절경을 자랑하고 있었다. 가을날 단풍이 무르녹고 노을이 가득할 때 올랐으니 보통 비경이 아니었을 것이다. 봉우리마저 노을 빛으로 물들었다는 것은 과장이라기보다는 단풍 때문에 더욱 느낌이 강렬했을 것이다. 하루의 휴식을 알리는 범종 소리는 골짜기를 타고 봉우리를 올라 하늘로 날아가고, 새들은 약속이라도 한 양 산사 주변으로 모여들어 저들의 보금자리에 깃든다. 그것을 마치 함께 이 아름다운 광경을 즐기는 것으로 김정희는 슬쩍 능을 친다. 마음이 부처가 되면 굳이 절이 아니라도 그곳이 곧 사찰이다. 보는 것마다 깊이 어려 있는 佛性을 느끼게 되니 더욱 마음이 들뜨는 것도 무리는 아니다.

산사에 오르느라 흘러내린 땀을 씻으며 사바세계를 바라보는 시인의 시야에는 속세의 먼지 따위는 눈에 들어오지 않았을 것이다. 돌 하나 솔가지 한 가닥에서도 그는 범상치 않은 조화의 세계를 느낀다. 범종과 산새가 하나가 되어 천진한 자연의 아름다움을 노래하는 그 순간에 시인은 자연의 놀라운 신비를 순식간에 체득한다. 불심도 도심도 계기가 있어야 열리고 깨치는 법이다. 부왕사의 쏟아지는 저녁노을 속에서 김정희는 오랜만에 悟道의 열락을 맛보았던 것이다.

이어지는 작품 역시 <부왕사에서>인데, 7언절구 두 편으로 구성되어 있다. 문집에 실린 순서로 볼 때 앞 작품보다 뒤에 쓰여진 듯하다.

佛光峯影互因依　　부처 빛 봉우리 그림자가 서로 멋지게 어울렸는데
黃葉林中一磬微　　노란 잎 수풀 속에 풍경소리는 가물가물.
山鳥元來多舌相　　산새란 원래부터 수다가 많은 물상이라
蒼松也是白雲非　　푸른 솔이 옳다거니 흰 구름이 글타거니 지저귀는
　　　　　　　　　구나.

苦海茫茫回首處   고해라 아득아득 고개를 돌린 곳에 있는데
幾般熱惱幾般閒   열뇌는 몇 가지며 한가로움은 또 몇 가진가.
白雲流水還平地   흰 구름과 흐르는 물이 평지로 돌아가니
未信從前石路艱   지난날 험난한 돌길을 따지던 말 믿기지가 않네.[104]

재치 있는 비유가 흥미를 끄는 작품이다. 부처님의 설법을 비유하여 長廣舌이라 한다. 그런 첫 수에서 산새가 재잘대는 소리를 듣고는 그 놈은 원래 多舌相이라 면박을 준다. 새가 지저귀는 것은 천성이지 강요된 습성이 아니다. 그런데 시인은 그 소리를 뭐는 옳고 뭐는 그르다는 是非聲으로 들었다. 이는 듣는 사람의 문제일 뿐이다. 말마다 진리를 입에 올린 부처님의 설법이 넉넉한 산사에 와서 산새 소리 때문에 평정심을 잃고 만 것이다. 결국 산새는 시인 자신이고, 원래 말 많은 천성은 시인이 타고 난 것이다. 새 소리를 法聲으로 듣지 못하고 때 묻은 속인의 실체를 그대로 드러낸 자신을 은근히 원망하는 작품이다. 그러면서 시인은 새삼 청정 세계에 들어 심신을 맑고 깨끗하게 씻어야겠다는 다짐을 했을 것이다. 자탄이 너무 심하면 청승맞으니 이렇게 가벼운 해학으로 풀어버렸다. 왜 사람이 산사에 올라야 하는지 일깨워주는 작품이라고 하겠다.

두 번째 작품에서 시인은 苦海와 極樂의 거리를 이야기한다. 고해가 아득해 보이지만 고작 고개를 돌리면 그곳이 바로 고해이다. 또 극락도 아득히 먼 듯하지만, 역시 고개 돌리는 사이일 뿐이다. 발은 극락을 디디고 있는데 눈은 쓸데없이 고해를 바라본다. 그 짧은 사이에 시인은 고해와 극락을 다 체험한 것이다. 허다한 번뇌와 허다한 한가로움을 모두 맛보았다. 그러나 그 사이의 거리는 생각만큼 멀지 않다

---

104) <扶旺寺 2首>, 『阮堂全集』 卷10.

고 시인은 단언한다. 흰 구름과 푸른 물결이 굴곡을 따라 흘러가다보면 절로 평지에 닿는다고 그는 말한다. 순리를 따르는 가운데 극락이 고해를 덮어 맑게 정화하는 것이다. 고해에서 극락으로 오르기가 힘들다고 아우성을 떨지만 이도 한갓 엄살에 지나지 않다. 고개 한 번 돌리고 물 흐르듯 내려가면 닿는 곳이 바로 극락 세상이다. 그것을 깨닫지 못하고 수행이 어렵네, 득도가 남의 일이네 하며 지레 포기하는 이들에게 시인은 은근히 경종을 울린다. 다만 따끔한 일침이 아니라 빙그레 미소 짓게 하는 경종이기 때문에 품격과 온기가 스며있다. 산사에 올라 자비행의 본질을 꿰뚫어본 김정희의 솜씨가 두드러진다.

이처럼 김정희의 사찰제영시는 紀行의 묘미를 담기보다는 開悟의 순간을 노래하는 경우가 많다. 그렇다고 이것이 그가 기기묘묘한 절경으로부터 눈을 돌리고 추상과 관념의 세계로 들어갔다는 뜻은 아니다. 그는 그 중간쯤에 위치해 있는 것이다. 그래서 자연물상 속에 의미를 부여하는데, 그런 행위가 독선적인 왜곡이나 변형이 아니어서 신선하고 친근한 맛을 잃지 않는다.

3. 佛敎論의 일단

조선시대, 특히 조선 후기에 이루어진 불교 한문학은 주로 교섭의 차원에서 이루어진 것이 사실이다. 즉 불교가 가진 장점을 유가에서 인정하면서 교유의 폭을 넓힌 형국이다. 물론 불가의 승려들이 적극적으로 포교를 한다거나 불합리한 제도를 개선하고자 하지 않은 것은 아니지만, 현실적으로 어려움이 따랐고 해결될 기미도 거의 보이지 않았다. 그러므로 불가 입장에서는 유가 사대부들의 호감을 얻어 불교가 처한 난관을 극복하려는 소극적인 대처가 대세였다. 때문에 유불간에 진지하게 학구적으로 불교의 교리를 토론하는 모습을 찾기란 쉽지 않다. 결국 호혜적인 입장에서 상대를 바라보지 않고 한쪽(유가)이 시혜적인 입장에 서서 교유를 나누니 아무래도 시작부터 평등한 입장은 되지 못했던 것이다.

그런데 김정희에게는 지금의 '부처님 오신 날', 즉 부처의 탄신일에 대한 논란을 주제로 한 장시가 있어 흥미를 끈다. 더구나 당대의 시인이었던 申緯의 문제 제기에 대해 답하는 형식이라, 유가를 대표하는 두 시인이 불교 문제를 가지고 입론한 것이 더욱 관심을 유발한다. 물론 본격적인 교리 문답은 아니지만, 이전의 유불 관계보다는 진일보한 성격을 가진 작품으로서 따로 살펴볼 가치를 가진다고 보겠다.

지금은 날짜가 확정되었지만, 이전부터 부처의 탄생일이 정확하게 언제인지에 대해 논란이 이어졌었다. 중국 등 동아시아에서 쓰는 것과 동남아시아에서 쓰는 날짜는 여전히 차이가 난다.[105] 김정희 시대에도 이 문제, 특히 음력 2월 8일인지 4월 8일인지에 대해 견해차가 있었던 듯하다. 이 문제에 대해 신위가 의문을 제기하자 草衣는 민감한 문제인지라 승려로서 직접 대응하기가 주저스러웠던 모양이다. 그

---

105) 이에 대해 간단히 소개하면 다음과 같다. 석가모니는 기원전 563년 4월 8일(음력) 해 뜰 무렵 북인도 카필라 왕국(지금의 네팔 지방)의 왕 슈도다나(uddhodna)와 마야(My)부인 사이에서 태어났다. 經과 論에 석가가 탄생한 날을 2월 8일 또는 4월 8일로 적고 있는데, 자월(子月, 지금의 음력 11월)을 정월로 치던 때의 4월 8일은 곧 寅月(지금의 정월)을 정월로 치는 2월 8일이니 음력 2월 8일이 맞다고 하겠다. 그러나 불교의 종주국인 인도 등지에서는 예로부터 음력 4월 8일을 석가의 탄일로 기념하여 왔다. 한편 1956년 11월 네팔의 수도 카트만두에서 열린 제4차 세계불교대회에서 양력 5월 15일을 석가탄신일로 결정하였다. 그러나 우리나라에서는 음력 4월 초파일을 석가탄신일로 보고 기념한다. 국제연합은 1998년 스리랑카에서 개최된 세계불교도회의의 안건이 받아들여져, 양력 5월 중 보름달이 뜬 날을 석가탄신일로 정해 기념행사를 개최하고 있다.

래서 친구인 김정희의 손을 빌리고 있다. 김정희는 초의의 부탁을 받아들여 신위의 원작품을 읽어보고 이에 和韻하여 질문에 대해 대답한다.

이해의 편의를 위해 먼저 신위의 작품부터 살피기로 하자. 제목은 <2월 8일에 부처의 생신에 대해 짓다>이다.106)

釋迦生辰遇今蚤	부처님의 탄신은 지금보다 조금 일찍이니
非我臆說亦有考	이는 나의 억설이 아니고 근거가 있네.
周正夏正建寅子107)	주정과 하정은 인월과 자월로 세웠으니
四月二月隨顚倒	4월과 2월이 이어 전도된 것이지.
昭王甲寅四月八	소왕 갑인년 4월 8일은
西方聖作徵乾道	서방에서 성인이 태어나 천도를 실현했네.
恒星不見井泉溢	항성이 보이지 않고 샘물이 넘쳐흘렀으니
太史108)蘇緜占奇兆	태사 소유는 기이한 징조라 점을 쳤지.
是則夏正之二月	이는 바로 하정의 2월달인데
世俗不考何艸艸	세상은 살펴보지도 않고 어찌 그리 떠드는가.
東人不重上元節109)	우리나라 사람들은 상원절은 가볍게 여기고
競說浴佛110)燃燈好	부처님 오신 날만 욕불하고 연등하며 중시했지.
遂令四月初八日	마침내 4월 초파일을 날짜로 잡아
硬做佛誕燈火鬧	불탄일이라 여겨 등불을 요란하게 밝혔네.

---

106) 신위의 작품은 7언 28구로 되어 있다. 당연히 韻字도 일치하지 않는다. 화운하긴 했지만, 형식에 얽매이지 않고 자유롭게 詩想을 전개했던 것을 알 수 있다.

107) 周正夏正建寅子 : 주나라의 역법은 寅月을 세수로 했고, 하나라의 역법은 子月을 세수로 했다. 그러므로 인월을 세수로 하면 자월로 세수하던 때의 4월이 2월이 되고, 반대로 자월로 세수를 삼으면 인월로 세수하던 때의 2월이 4월이 된다.

108) 太史 : 날씨의 변화와 별의 이동, 역법 등을 맡은 벼슬아치.

109) 上元節 : 명절의 하나로 정월 대보름날.

110) 浴佛 : 灌佛. 부처님의 탄생 법회에서 香湯으로 불상을 깨끗이 씻기는 일. 관욕할 때에 부르는 송문을 浴佛偈라 한다.

今我鬢絲寄禪榻	이제 내가 다 늙어서 스님에게 글을 띄우니
二月八日春江曉	2월 8일 봄날 강가의 새벽 아침이로다.
我燈無盡本無等	나의 등불 한없이 많지만 본래 차별이 없어
作詩佛事心虔禱	부처님 일을 시로 지으니 마음은 경건해지노라.
玻瓈萬頃綠浪上	수정 구슬은 푸른 물결 너머로 두둥실 떠다니고
遠山八字修眉掃	먼 산이 팔자 모양으로 고운 눈썹을 쓸어낸다.
中間湧出蓮花臺111)	중간에는 연화대가 우뚝 솟아났는데
法相112)端嚴衣七寶	법상은 단아하고 엄중하게 칠보를 휘감았도다.
稽首白佛佛無言	머리 조아려 공양하는데 부처님은 말씀이 없고
意援妙諦113)心自了	남몰래 묘체를 건네시니 마음 속 깊이 스며드네.
一切榮辱本平等	세상사 온갖 영욕 알고 보면 평등한 것이니
再要業障114)消煩惱	다시 한 번 업장을 넘어 번뇌를 없애야지.
作如是想忽無覩	이런 생각 하는 중에 홀연히 사라지고
遍身山色江光繞	산 빛깔과 강빛이 온몸을 두루 감싸는구나.115)

이 시는 음력 2월 8일날 써서 초의에게 보낸 것이다. 신위는 오늘이 진정한 초파일이 아니냐는 의심을 제기하면서 이는 내 억설이 아니라 근거가 있어 하는 말이라고 전제한다. 옛날에 정월을 잡는 방식이 그 뒤에 바뀌었는데, 그것을 고려하지 않고 추종해서 엉뚱한 날로 초파일을 삼았다는 말이다. 그러면서 그 전거를 제시하고, 더불어 한

---

111) 蓮花臺 : 연꽃 모양으로 만든 받침으로 부처를 모실 때는 아래 기단으로 이것을 쓴다.

112) 法相 : (1)모든 법의 모양. 萬有의 姿態. (2)법문의 分齊. 법문상의 의리를 말할 때에 피차 전후의 구별을 세워 분명하게 알게 하는 것.

113) 妙諦 : 오묘하고 깊은 깨우침.

114) 業障 : 3障의 하나. 언어, 동작 또는 마음으로 악업을 지어 正道를 방해하는 장애.

115) 申緯, <二月八日作佛辰>.

가지 불만을 토로한다.

즉 우리나라의 대표적인 명절에 정월 대보름날, 上元節이 있는데, 어찌 된 일인지 이 날보다 4월 초파일이 더 떠들썩한 명절이 되었다는 것이다. 이런 힐난에는 물론 抑佛의 감정이 묻어 있는 것은 아니다. 2월 초파일이 맞는 것을 틀린 날짜에 맞춰 그릇된 행사를 치르는 모순을 지적하고, 2월이면 정월 대보름과도 가까우니 행사의 흥겨움과 의미가 배가되지 않겠냐는 선의에서 나온 것이다. 그래서 혹 오해라도 있을까 자신의 경건한 마음가짐과 부처를 섬기는 자세 및 그 의미를 소상하게 밝히고 있다. 초의가 1786년생이고 신위는 1769년생으로, 무려 17세나 연장임에도 불구하고 초의를 대하는 태도가 정중한 것에서 신위의 인품과 논란을 제기하고 질정을 구하는 진지한 성격을 짐작하게 한다.

불가의 중요한 명절을 몇 마디 논변으로 몇 사람의 의견만 가지고 일거에 변경하기는 쉽지 않다. 다만 신위는 지식인으로서 잘못된 것은 바로잡아야 되지 않느냐는 소신을 따른 셈이다. 업장을 넘고 번뇌를 끊는 한 방편이라고 하겠다.

이 뜨거운 감자를 손에 쥔 초의의 처지도 난감했다. 논리나 근거로 보면 신위의 문제 제기가 옳다. 연로한 인생의 선배가 예의와 격식을 갖춰 물어왔으니, 경솔하게 대응할 수도 없고 무작정 회피할 수만 없는 노릇이다. 자칫 잘못 대답했다가는 불교계에 파란을 몰고 올 수도 있는 안건인지라 이러지도 저러지도 못하는 궁색한 처지에 몰리게 되었다.

그래서 낸 해결책이 친구이자 당대의 석학이었던 김정희의 지혜를 빌리는 것이었다. 신위의 시를 보여주면서 자신의 어려운 처지를 솔직하게 고백하고 답시를 써줄 것을 청한다. 김정희는 주저없이 그런

친구의 처지를 십분 고려하고, 또 초의의 입장에서 완곡하게 반론하
는 시를 써준다. 그래서 답시가 나왔는데, 역시 당대의 석학답게 전고
도 풍부하고 대답도 명쾌한 데다 안목 역시 얽매임이 없다. 작품을 보
자. 제목은 <초의 선사를 대신하여 '이월팔일작불신'에 답하다>이다.

二月八與四月八	2월 8일인지 4월 8일인지
釋迦生辰紛紛說	부처님 생신 날짜에 학설도 많구나.
細考不止一周昭	자세히 살펴보면 주나라 소왕에 그치질 않고
上溯武乙並夏桀	위로 무을과 하걸 때까지 올라가지.
夜明還是莊王時	'야명'이란 도리어 초장왕의 시대거니
春秋元不差月日	춘추에는 본래 월일의 차이가 없었지.
不知周昭更何據	모를레라, 주소왕 때는 또 무엇을 근거했는지
穆王平王復相眡	목왕이네 평왕이네 하며 서로 요란하구나.
却將壬子爲甲寅	또는 임자년을 가져다 갑인년이라고도 하니
蘇繇刻石116)何悅惚	소유의 각석은 어찌 그리 어지러운가.
五日七日且無定	5일이네 7일이네 그도 또한 일정치 않으니
古鏡長曆117)各藤葛	고경이랑 장력에도 각각 뒤엉커 있어라.
此云入道非生辰	이는 도를 깨친 날짜지 생신은 아니라고
阿那含118)不本起別	아나함은 본래 따로 말한 적이 없었네.
鷲靈聖賢法印傳	축령산의 성현이 법인을 전수해 왔으니

---

116) 蘇繇刻石 : 『周書』異記에 "周昭王 즉위 24년 4월 8일에 江河川이 갑자기
   범람하여 우물물이 넘쳐 나왔으며 산천이 진동하고 오색 빛이 太微로 들어가 꿰
   어 서방에 퍼져 다 청홍색이 되었다. 太史 소유가 아뢰기를 '大聖人이 서방에 태
   어났는데 1천 년 후에는 聲敎가 여기까지 미치겠다.'고 하자, 소왕이 곧 영을 내
   려 돌에 새겨 이 사실을 기록하여 남쪽에 묻었다. 이것이 곧 부처가 태어난 때
   다." 하였다.
117) 長曆 : 杜預의 장력을 가리키는 말. 또는 『春秋』의 異稱.
118) 阿那含 : 불가의 말. 異譯은 不還不來임. 欲界의 보고 생각하고 미혹함을 모
   두 끊어버린 聖者를 말한다.

石柱[119]文字玄機洩　석주에 새긴 문자는 현기를 누설했구나.
聲聞依俙[120]滯方隅[121]　소문도 가물가물한데 우리나라에 그대로 굳혀져
離迦翻轉恣譌脫　迦葉이 떠나자 와전되어 잘못 전해진 것이지.
妙吉祥[122]原曼殊利　묘길상은 원래 이름은 만수리인데
無盡意乃阿差末　無盡藏하다는 뜻은 바로 아차말이 되겠구나.
千漚尋月摠幻相　천 개 물방울에서 달 찾으니 모두 다 환상이요
衆盲喩象[123]難究詰　맹인들 앞에 象을 말하니 이해하기 어렵구나.
化胡經[124]又沒巴鼻[125]　화호경에도 역시 근거라곤 전혀 없어
此訟漫漫[126]無時畢　이 송사 길고 길어 끝날 날을 모르겠구나.
尼丘聖辰亦異詞　공자님 생신도 역시 다른 말이 있으니
劫前隱現疇能悉　영겁 전에 숨었다 나타남을 누가 능히 다 알겠나.
百千燈攝一牟尼　백천의 등불이 牟尼珠로 통일되니
四月不害作二月　4월도 해롭지 않고 2월인들 어떠리오.
然而我佛元無生　그러나 우리 부처님 원래 낢이 없었으니
出門一笑空江闊　문을 나와 텅 빈 강물 보며 한 번 크게 웃노
　　　　　　라.[127][128]

---

119) 石柱 : 옛날 女媧氏가 무너진 하늘을 메우기 위해 세운 돌기둥. 그리하여 소중하게 간직할 필요가 있는 문자를 가리킨다.

120) 依俙 : 依俙. 依希. ①분명하지 않은 모양. ②유사한 모양. ③아주 작음. [黃滔·祭陳先輩] 謹以依稀蔬果 一二精誠 願冥府於朕饗 申永訣於幽明.

121) 方隅 : 한쪽 귀퉁이. 옛 문헌에서는 보통 우리나라를 가리키는 비유로 쓰인다.

122) 妙吉祥 : 佛家語. 文殊師利菩薩.

123) 衆盲喩象 : 코끼리를 佛性에 비유하고 소경을 無明의 중생에 비유하여 衆盲象의 肢體를 더듬어서 여러 가지를 풀이해주는 것을 말한 것이다.

124) 化胡經 : 불가의 경전. 화호는 西域에 還生하는 것을 말한다.

125) 沒巴鼻 : 巴는 자루이고, 鼻는 꼭지인데 把握이 없는 것을 일컫는 말.

126) 漫漫 : 멀고도 支離한 모양. [潘岳·內顧詩] 漫漫三千里 迢迢遠行客.

127) <答二月八日作佛辰 代艸衲>, 『阮堂全集』 卷9.

128) 초의의 문집에 실린 작품은 이 작품보다 짧아 모두 7언 20구로 되어 있다. 반면에 김정희의 작품은 7언 30구여서 10구가 더 많다. 또 어구에 있어서도 차이가 나는데, 어디서 착오가 생겼는지는 알 수 없다. 아래 초의의 『一枝庵詩稿』 卷上

앞에서 주에서도 밝힌 것처럼 이 작품은 김정희의 『완당전집』에도 실려 있고, 초의의 『일지암시고』에도 전한다. 대신 쓴 것이지만, 원작자는 김정희니 『완당전집』에 실린 것은 당연하다. 또 김정희가 썼지만 초의를 위해 대신 써준 것이니 『일지암시고』에 실린 것도 이상할 것은 없다.

김정희는 이 문제는 훨씬 더 복잡하다면서 여러 전거를 끌어대며 설명을 추가한다. 그러면서 그 논란의 실체는 탄신일이 아니라 成道日을 오해한 경우도 있음을 밝힌다. 특별히 언제라고 말한 적도 없는데 근거 없는 소문이 몰래몰래 퍼지더니 아예 와전되어 고정되어 버렸다는 것이다. 이는 헛된 환상이고, 맹인이 코끼리를 붙잡고 따지는 어리석은 짓이라고 결론을 내린다. 유가의 성인이신 공자 역시 탄신일에 대해 설왕설래하니, 역시 오랜 과거의 일이라 다 알기 어려움을 솔직히 인정한다. 그러면서 일침을 가한다.

날짜가 무에 그리 중요한가. 부처의 마음을 제대로 꿰뚫어 그 묘체를 깨우치는 자세가 중요하지 않은가. 예부터 수많은 부처가 각기 진리의 등불을 들고 세상에 나왔지만, 결국 석가모니 부처의 등불 하나로 통일되지 않았는가. 2월이라 해도 좋고 4월이라 해도 나쁠 것은 없다. 부처가 세상에 온 그 마음과 거룩한 서원을 계승하는 것이 오늘날 우리들의 과제가 아니겠는가. 더구나 부처는 無生의 원리를 설파했는데, 그깟 태어난 날짜가 무슨 장애가 되겠냐고 기염을 토한다. 본질은 알려 하지 않고 허위의식에 사로잡혀 망념에 빠진 이들을 경계

에 실린 작품의 원문을 수록한다. 二月八與四月八 釋迦生辰紛紛說 細考不止一周昭 上溯武乙並夏桀 夜明還是莊王時 春秋元不差月日 不知周昭更何據 甲午甲寅復相眊 此云入道非生辰 本起那含詳記蒭 鷲靈聖賢法印傳 石柱文字玄機洩 聲聞依俙滯方隅 離迦翻轉恣譌脫 妙吉祥原曼殊利 無盡意乃阿差末 百千燈攝一牟尼 二月不害作四月 然而我佛元無生 出門一笑空江闊.

하면서, 해탈을 한 부처에게 태어남이 있을 리 없는데 생각 짧은 인간
들이 허튼 곳에 한눈을 팔고 있다는 것이다. 망념과 견식의 좁은 울타
리에서 문을 박차고 나와 드넓은 진리의 강물을 바라보면서 한 번 크
게 웃어보자고 권한다. 김정희의 학문적 조예가 상세한 고증과 함께
석연하게 다가온다. 이는 곧 김정희의 생각이면서 초의의 생각이기도
하다. 두 사람 사이에 오고간 범상치 않은 교감을 다시 한 번 깨닫게
된다.

제3부
高僧著作의 문학적 접근

慧超의 『往五天竺國傳』,
8세기 구법승의 눈으로 본 西域

　동양사 연표를 펼쳐 서기 8세기를 전후해 무슨 일이 있었는가를 살펴보면, 대충 이런 일이 있었던 것을 알 수 있다. 중국은 618년 건국된 唐나라가 한동안의 혼란을 극복하고 최전성기를 누리고 있었다. 712년 즉위한 玄宗은 755년 터진 安史의 난 이전까지 이른바 '開元의 治'라는 태평성세를 구가하고 있었다. 우리나라의 경우도 역시 676년 삼국을 통일한 신라가 번영의 길을 걷고 있었다. 聖德王(703~737년 재위)의 통치 아래 전제 정치가 강화되면서 정치적 안정을 바탕으로 문화적인 완숙기에 접어들어, 751년에는 불국사와 석굴암이 완성되기에 이르다. 이처럼 8세기 초기의 동아시아는 문화적으로 난숙기에 접어들고 있었다. 또한 동시에 파국의 조짐이 조금씩 고개를 들던 시기이기도 하다.

　이 시기는 특히 여행의 시대이기도 했다. 불교라는 거대한 축을 중심으로 하여 인도에서는 傳法僧들이 동쪽으로 향했고, 중국에서는 求法僧들이 서쪽으로 향했던 것이다. 수만 리 먼 길을 뭍길과 바닷길로 오로지 부처님의 가르침을 전하고 배우기 위해 미지의 땅을 향했던 위대한 탐험가들이 속출하던 시기였다. 더구나 그들은 정복의 칼날을 앞세운 것이 아니라 깨달음의 붉은 마음, 평화와 자비의 사도로서 고난의 길을 마다하지 않았던 것이다.

이런 여행의 시대를 빛낸 한 사람의 신라인이 있었다. 바로 혜초(704~780)라고 하는 청년이다. 그는 20살이라는 나이에 바닷길을 통해 인도로 들어가 4년 동안 서역 일대를 샅샅이 탐방한 뒤 육로를 통해 중국으로 귀환했다. 길다면 길고 짧다면 짧은 여정이었지만, 그는 이 때의 경험을 기록으로 남겨 놓았다. 그것이 바로 오늘 여러분과 함께 읽을 여행기 『往五天竺國傳』이다.

이 여행기는 참으로 기구한 운명을 지닌 채 태어났다. 언제 어디서 쓰였는지도 몰랐고, 저자와 책 이름만 남아 있어, 소문만 무성한 匿名의 책이었던 것이다. 그러다가 100여 년 전 돈황의 막고굴에서 느닷없이 그 모습을 드러냈다. 집필되고 무려 1200년이나 지난 뒤에야 세상의 빛을 다시 보았던 것이다. 이런 책이 이 세상에 몇 권이나 있을지, 참으로 놀라운 일이 아닐 수 없다. 더구나 저자인 혜초의 국적은 물론이고 행적조차 미지인 상태로 긴 세월을 보낸 것을 생각하면 그 기이한 인연에 새삼 머리가 숙여진다. 우선 이 책의 저자인 혜초에 대해 간단히 알아보자.

신라에서 태어난 스님은 719년 당나라로 유학해 廣州에서 인도 스님 金剛智를 만나 밀교를 배운다. 723년 금강지의 권유로 인도로의 구법여행을 떠났다. 배를 타고 裸身國을 경유하여 인도 동해안에 도착한 뒤, 인도 각지의 불교 聖蹟을 순례하고 파미르고원을 넘어 727년 11월 당나라 龜玆(쿠차)로 돌아왔다. 귀국한 뒤 733년 장안의 薦福寺에서 스승 금강지와 함께 『大乘瑜伽金剛性海曼珠室利千臂千鉢大教王經』이라는 밀교경전을 연구하고 漢譯에 착수했다. 이후 8년 동안 이 사업에 진력했지만, 741년 중추절을 전후한 시기에 금강지가 입적하자 중단되고 말았다. 그 뒤 금강지의 제자인 不空三藏으로부터 이 경전의 강의를 듣고, 773년 10월 무렵 大興善寺에서 다시 譯經을 시작하여 불공의 6대 제자 가운데 제2인자로 遺囑을 받기도 했다. 780년 4월 15일 五臺山으로 들어가 乾元菩提寺에서 전에 筆受를 맡았던 『천비천발대교왕경』의 한역과 漢字音寫를 시도하여 5월 5일까지 한역본을 다시 채록했다. 그리고 그 해 이곳에서 입적했다.

신라 출신의 스님 혜초는 아직 중국으로의 구법 여행도 신기한 일로 여겨지던 7세기 초에 열혈 청년의 솟구쳐 오르는, 미지의 세계에 대한 탐구욕을 가지고 인도로의 여행을 떠났다. 그가 순례한 지역이나 40여개 국에 이르는 나라를 헤아릴 때 4년이란 시간은 대단히 짧은 기간이었다. 그는 오로지 발품을 팔면서 이 먼 거리를 도보로 여행했던 것이다. 그 기나긴 대장정을 마치고 귀국한 뒤 그는 『왕오천축국전』의 저술에 착수했다. 그나마 오랜 시간 그의 여행기는 이름만 전해올 뿐 정작 원전은 보이지 않아 일실된 것으로 치부되어 왔다.

그러다가 다행스럽게도 1908년 돈황 막고굴 장경동에서 이 책은 우연치 않게, 펠리오(P. Pelliot, 1878~1945)라는 프랑스 학자의 손에 의해 세상에 다시 얼굴을 보이게 된다. 무려 1200년이란 긴 시간 동안 혜초의 여행기는 冬眠의 세월을 보냈던 것이다.

그러나 이 때 발견된 『왕오천축국전』은 상태가 온전하지 못했다. 두루마리 필사본인 이 책은 앞부분과 뒷부분이 떨어져 나간 잔본으로 발견되었다. 책명도 없고 저자명도 책 자체만으로는 확인이 안 되었는데, 이 책의 발견자인 펠리오에 의해 혜초의 책임이 확인되었다. 책은 총 227행(한 행은 17~36자, 한 장은 26~28행, 총 9장)이며, 글자수는 5893자인 것이 확인되었다. 이 여행기에 대한 자세한 해설과 주석본을 낸 정수일 교수의 추산에 따르면 떨어져 나간 부분을 재구한다면 405행(상권 176행+중권 102행+하권 127행)일 것이고, 글자수는 1만 1381자 정도 되었을 것으로 보인다.

1. 『왕오천축국전』 이전의 구법기

서두에서 이 시기가 여행의 시기라고 했는데, 8세기까지 쓰인 서역 여행기 중 현전하는 것은 혜초의 것을 포함해 네 종류가 대표적이다. 이를 4대 서역 여행기라 부른다. 다른 시기, 다른 구법승에 의해 쓰인 이 여행기는 공통점과 함께 재미난 차이점도 가지고 있다.

먼저 法顯(337?~422?)스님이 399~410년(11년 체류)동안 머물렀다가 귀국해서 집필한 『佛國記』, 즉 『高僧法顯傳』이 있다.

당시 중국에 律藏이 완비되어 있지 않은 것을 한탄하여, 399년 경전을 구하기 위해 예순이 넘은 고령으로 동료 학승들과 長安을 출발, 敦煌과 西域을 거쳐 히말라야를 넘는 陸路로 북인도에 이르렀다. 인도 각지와 스리랑카에서 불전을 구하고 30여 나라의 불교 유적을 순례한 뒤, 戒律 등 산스크리트 경전을 가지고 海路로 귀국하여 412년 山東省에 도착했다. 그는 이후 14년간에 걸친 여행에서의 견문을 기록으로 남겼다. 법현의 여행은 육로로 가서 해로로 귀국[陸往海歸]하는 과정을 거쳤다.

두 번째 구법승은 三藏(602~664)스님으로, 627~643년(16년 체류)동안 머물면서 귀국하여 『大唐西域記』라는 여행기를 남겼다.

이 책은 현장스님이 인도여행 중 겪었던 일을 제자가 기록해서 남긴 것이다. 646년에 지어졌는데, 스님이 여행한 순서대로 그 지방의 지리와 풍속, 산물, 언어, 전승, 불교사정이 기술되어 있으며, 정치나 민족에 관해서도 중요한 자료가 된다. 제1권과 제12권은 중앙아시아와 아프가니스탄, 제2권부터 제11권까지는 인도 각지에 대해 쓰고 있다. 내용 중에는 스님이 직접 가지 않았던 나라에 대한 傳聞도 수록되어 있다. 이 책은 19세기 이후 인도와 파키스탄, 아프가니스탄, 투르케스탄에 대해 구미 학자들이 고고학적 조사를 진행할 때 중요한 지침서가 되기도 했다. 문학 분야에도 영향을 끼쳐, 소설 『西遊記』는 이 책에 자극을 받아 쓰인 것이다. 현장의 여행은 육로로 가서 육로로 귀국[陸往陸歸]하는 과정을 거쳤다.

세 번째 義淨(635~713)스님은 671~689년(18년 체류) 동안 머물면서 귀국 뒤 『南海寄歸內法傳』 4권을 남겼다.

스님은 唐나라 때 승려로, 자는 文明이고, 속성은 張氏며, 山東 출신이다. 어려서 출가하여 律學 연구에 뜻을 두었는데, 평소 法顯과 玄奬을 존경하여 37세 때 인도로 건너가 불교유적지를 순례한 뒤, 20여 년 동안 그곳에 머물며 불교연구에 전념했다. 귀국한 뒤 『華嚴經』 등 梵本의 번역에 힘썼는데, 이 중 율학에 관한 번역을 많이 남겼다. 저서로 『남해기귀내법전』과 『大唐西域求法高僧傳』 2권이 있는데, 당시의 불교 연구에 자료적 가치가 크다는 평가를 받고 있다. 의정은 해로로 가서 해로로 귀국[海往海歸]하는 과정을 거쳤다.

끝으로 여행의 정점에 慧超(704~780)의 『왕오천축국전』이 놓여 있다. 스님은 723~727년(4년 체류) 동안 서역을 여행하고 귀국했는데, 해로로 갔다가 육로로 귀국[海往陸歸]하는 과정을 거쳤다.

여행기로서 『왕오천축국전』의 가치를 알아보기에 앞서 이 책은 몇 가지 짚고 넘어가야할 과제가 있다. 이 책은 분량으로 따져 볼 때 소략한 편이다. 비록 앞 뒷장이 떨어져 나갔다고 해도 그 넓은 지역을 탐방한 기록으로는 많다고 할 수 없다. 그렇기 때문에 학자들 사이에서도 이 필사본이 혜초가 집필한 여행기의 원본인지 아니면 그 원본을 발췌 정리한 축약본인지에 대해 의견이 조금씩 다르다.

우선 이 책이 축약본일 것으로 보는 까닭은, 원래 이 책의 존재를 확인해 주었던, 慧琳(737~820)이 쓴 『一切經音義』 때문이다. 당시까지 나온 여러 경전에 보이는 難解 어휘를 풀이하고 있는 이 책은 혜초의 『왕오천축국전』에 실려 있는 어구에 대해서도 풀이하고 있다. 혜림은 총 85개 어휘를 설명하고 있는데, 거기서 『왕오천축국전』이 상중하 세권으로 구성된 책으로 소개하고 있다. 이를 정리하면 아래와 같다.

> 상권 : 39개 어휘 : 閣蔑, 撥帝, 葛犎都, 湃流, 鬖鬚, 抄掠, 屯屄, 廻路, 翩翩, 杳杳, 掛錫, 盼長路, 撩亂, 山皐, 佺偨, 牙嫩, 參差, 邀祈, 恰如, 輥芥, 崎嶇, 槍稍, 䍐鹿, 玳瑁, 龜鼈, 迸水, 嶷然, 渤澥, 溢穹蒼, 乇鼠, 黿鼉, 椰子漿, 木栅, 杆欄, 錐頭, 壓舶, 抛打, 峻滑, 聑地.
>
> 중권 : 18개 어휘 : 裸形國, 擿笒國, 吠曬, 杖撥, 迄乎, 跣足, 鶻略, 自撲, 墳壟, 手掬, 波羅疨斯, 阿戍笒, 揷頭, 頹毀, 淼淼, 一毯, 毛褐, 土堝.
>
> 하권 : 28개 어휘 : 犉牛, 蟣蝨, 磽磕, 作儤, 手磋, 餒五夜叉, 盜捻, 抛身, 靉靆, 謝颭, 羶穢, 氎裝, 匙箸, 胡蔑, 播蔑, 峭嶷, 擘地裂, 瀑布, 頤貞, 張莫黨, 迦師佶黎, 薺苨, 囟沙, 剋捷, 明憚, 姓麴, 邵子明.

세 권이라 했으니, 두루마리 형식은 아닐 터이고, 또 소개된 어휘

중에 두루마리본에는 없는 어휘가 상당수에 달한다. 때문에 여러 가지를 비교한 결과 혜림이 참고한 책은 이 축약본이 아닌 다른 원본일 가능성이 크다는 것이다.

그러나 축약본에 시가 다섯 편이나 들어간 것은 이상한 일이라면서 이것이 원본일 가능성을 제기하는 학자도 있다. 더구나 원본이 발견이 안 된 상태에서 이런 논쟁은 무의미하다고 주장하는 사람도 있다.

저는 개인적으로 원본이 있을 가능성에 높은 점수를 주고 싶다. 우선 원본이라고 하기엔 내용이 너무 소략하다. 뒤에 실린 번역본을 읽어보시면 알겠지만, 혜초의 문체는 간결 투명하다. 군더더기가 하나 없어, 읽는 이에게 핵심과 요지를 정확하게 파악할 수 있도록 만든다. 그러나 여행기가 가져야 할 미덕 가운데 하나인 개인의 所懷가 거의 기술되어 있지 않다. 더구나 다섯 편의 한시를 보면, 그가 얼마나 정감이 넘치는 사람인지 십분 느낄 수 있다. 그런데, 여행기를 이처럼 객관적 사실의 기술에 충실할 뿐 자신의 느낌이나 정취를 거의 담지 않았다는 것은 앞뒤가 맞지 않다. 한 편의 매혹적인 여행기를 그는 분명히 남겼을 것으로 필자는 믿어 의심치 않는다. 다만 그것이 전해지지 않으니 백일몽에 지나지 않게 되었지만, 저 넓은 중국 땅 어딘가에 원본 여행기가 묻혀 발굴의 그날을 기다릴 것으로 생각한다.

그런 점에서 혜초스님이 끝내 귀국하지 못하고 중국 땅에서 일생을 마쳤다는 것이 새삼 아쉽다. 그가 귀국했더라면 분명 자신의 여행기를 가져왔을 것이고, 그러면 여러 사람의 손을 거쳐 지금까지 전해지지 않았을까 조심스럽게 추측해보는 것이다.

그러니 지금으로서 우리는 잔본으로 남아 있는 자료를 가지고, 그의 여행기와 문학 세계를 이야기할 수밖에 없다. 또 이것만으로도 논의는 충분하다.

그러면서 한 가지 의문이 떠오르는 것은 왜 하필이면 이 책이 막고굴 장경동에서 발견된 것일까 하는 점이다. 막고굴 장경동의 발굴은 지난 세기 인류사상 최고의 발견 중의 하나로 손꼽히는 쾌거였다. 그 속에서 우리는 이미 없어졌다고 여겼던 많은 자료와 문헌들을 손에 넣게 되었다. 또 현전하는 문헌이라고 해도 천 몇 백 년 전의 고古本들을 확인할 수 있게 되어 비교문헌학적인 자료를 제공하기도 했다. 문헌들뿐만 아니라 건축사나 미술사 등과 관련된 자료들도 엄청나게 쏟아져 나와 그야말로 중국 고대 예술사를 다시 써야할 만큼 세인과 학자들의 눈을 휘둥그레지게 만들었다. 그러니 『왕오천축국전』이 나올 법도 한 일이다.

그래도 왜 굳이 그곳이었을까를 따져본다면 이런 생각이 든다. 아마도 이 책은 당시 서역으로 구법 여행을 떠나는 구도자들을 위한 일종의 여행안내서 같은 구실을 했다는 것이다. 혜초의 여행기는 해로를 거쳐 육로로 귀환한 기록이니, 여정으로만 따지면 서역으로 들어가려는 구법승에게 직접적으로 도움은 되지 않았을 수도 있다. 그러나 각 지역마다 자세한 이정표와 그곳의 문화와 풍습, 언어, 복식, 산물에 이르기까지 상세하면서도 일목요연하게 기재된 내용은 처음 미지의 땅으로 발을 들여놓으려는 사람들에게 무엇보다 값진 나침판이 되었을 것이다.

그런 면에서도 이 책이 축약본일 가능성을 높인다. 먼 여정을 앞에 둔 사람이 두꺼운 책을 지니기에는 부담이 컸을 것이고, 필요할 때마다 꺼내볼 수 있는 안내서가 있다면 누구나 소지하고 싶어 했을 것이기 때문이다. 이런 점에서 보면 이 여행기는 저술 자체로서도 가치가 있지만, 중국과 서역 사이 문화 교류사에 간접적으로도 큰 기여를 했다고 말할 수 있다.

축약본이라면 누구의 손에 의해 이루어진 것인가 하는 문제가 남지만, 섣불리 짐작할 수 없는 일일 듯하다. 그러나 남의 손에 의해 이루어진 것이라 하더라도 혜초의 손때는 그대로 남아 있을 것은 분명하다.

2. 여행기로서의 가치

서론은 이만큼 하고 본론으로 들어가자. 문학으로서 이 여행기의 가치는 어디에 있을까? 우리는 이 부분을 이야기하기 위해 책에 대한 여러 가지 정보를 공유했다.

혜초는 인도와 서아시아 일대를 살피기 위해 그야말로 숨 가쁜 일정을 몰아쳤다. 먼저 4년의 여행 기간 동안 그의 발자취가 닿은 지역을 살펴보자.

 (1) 吠舍釐國 : 일정 확인 안 됨.

 (2) 拘尸那國(쿠시나가라) : 한 달 일정.

 (3) 彼羅疕斯國(바라나시) : 며칠 걸린 거리.

 (4) 摩揭陁國(마가다) : 일정 확인 안 됨.

 (5) 中天竺國 : 파라날사국에서 서쪽으로 두 달 일정.

 (6) 南天竺國 : 중천축국에서 남쪽으로 석 달 남짓 일정.

 (7) 西天竺國 : 남천축국에서 북쪽으로 두 달 일정.

 (8) 闍蘭達羅國(잘란다라) : 서천축국에서 북쪽으로 석 달 남짓 일정.

 (9) 蘇跋那具怛羅國(수바르나고트라) : 한 달 일정.

 (10) 吒社國(탁샤르) : 사란달라국에서 서쪽으로 한 달 일정.

(11) 新頭故羅國 : 탁사국에서 서쪽으로 한 달 일정.

(12) 迦葉彌羅國(카슈미르) : 북쪽으로 보름 일정.

(13) 大勃律國·楊同國·娑播慈國 : 가섭미라국에서 동북쪽으로 보름 일정.

(14) 吐蕃國 : 일정 확인 안 됨.

(15) 小勃律國 : 가섭미라국에서 북서쪽으로 7일 일정.

(16) 建馱羅國(간다라) : 가섭미라국에서 서북쪽으로 한 달 일정.

(17) 烏長國(우디아나) : 건타라국에서 정북쪽으로 3일 일정.

(18) 拘衛國(사마라자) : 오장국에서 동북쪽으로 보름 일정.

(19) 覽波國(람파카) : 건타라국에서 서쪽으로 7일 일정.

(20) 罽賓國(카피시) : 람파국에서 서쪽으로 8일 일정.

(21) 謝䫻國(자불리스탄) : 계빈국에서 서쪽으로 7일 일정.

(22) 犯引國(바미얀) : 사율국에서 북쪽으로 7일 일정.

(23) 吐火羅國(토카리스탄) : 범인국에서 북쪽으로 20일 일정.

(24) 波斯國(페르시아) : 토화라국에서 서쪽으로 한 달 일정.

(25) 大食國(아랍) : 파사국에서 북쪽으로 10일 일정.

(26) 大拂臨國 : 일정 확인 안 됨.

(27) 胡國 : 일정 확인 안 됨.

(28) 跋賀那國(페르가나) : 일정 확인 안 됨.

(29) 骨咄國(쿠탈) : 일정 확인 안 됨.

(30) 突厥(투르크) : 일정 확인 안 됨.

(31) 胡蜜國(와칸) : 토화라국에서 동쪽으로 7일 일정.

(32) 識匿國(쉬그난) : 일정 확인 안 됨.

(33) 葱嶺鎭 : 호밀국에서 동쪽으로 보름 일정.

(34) 疏勒國(카슈가르) : 총령에서 한 달 일정.

(35) 龜茲國(쿠차) : 소륵에서 동쪽으로 한 달 일정.

(36) 于闐國(호탄) : 일정 확인 안 됨.

(37) 安西 : 개원 15년(727년) 11월 상순 안서에 도착.

(38) 焉耆國(카라샤르) : 일정 확인 안 됨.

이렇듯이 여행기에서 언급되고 있는 지명과 國名만 해도 50여 개 이상에 달한다. 물론 이 지역을 다 탐방한 것은 아닐 테고, 한 지역이나 나라라고 해도 탐방한 곳은 여러 장소일 수도 있으니, 숫자에 얽매일 필요는 없을 것이다. 그리고 일정이 확인이 안 되는 지역은 답사한 곳은 아니고 傳聞을 기록한 것으로 추정된다. 그럴 때 일정이 확인된 지역을 날짜를 합쳐보면 대략 22개월 열흘 정도의 일정이 나온다.

4년의 여행 기간에서 광주를 출발해 바닷길로 인도 해안에 도착한 뒤 공식으로 등장하는 첫 지점까지 갔던 기간을 4~5개월로 가정하면 26~27개월을 그야말로 도보로 걸었던 것이다. 열대 지역 특유의 더위와 북방의 추위를 이겨가면서 행해진 행군이었으니, 말 그대로 苦行길이었다고 틀림이 없을 것이다. 혜초는 4년의 여행 기간 동안 반 이상을 걸었고, 나머지 기간 동안 잠시 머물면서 언어나 풍습, 지리, 역사 등에 관해 관찰했던 것이다. 미지의 세계를 알고자 하는 탐구열과 20대 초반의 강인한 체력이 아니었다면 도저히 불가능한 대모험이다.

이렇듯 일정에 쫓기면서 이루어진 여행이었기에 차분히 마음을 가다듬고 여행기를 정리하는 시간은 많지 않았을 것으로 보인다. 대신 그 때 그 때 메모한 단편적인 기록이나 斷想들이 바탕을 채웠을 것이고, 비교적 긴 시간 체류한 곳에서 이것을 어떤 식으로든 정리했을 것이다. 비록 현전하는 기록이 짧은 여행기라고 해도 기억만으로 작성할 수 있는 범위는 넘어서기 때문이다.

잔본 『왕오천축국전』을 읽으면 혜초스님의 심성이 그대로 울려나오는 듯하다. '文體는 人格'이라는 격언을 들지 않더라도 몸가짐 하나

흐트러지지 않고 단정하게 글을 써나가는 여유와 침잠의 세계가 느껴진다. 대개가 객관적 사실을 기록한 경우가 많지만 이런 글을 통해서도 우리는 단아한 작자의 정신세계를 충분히 경험할 수 있는 것이다. 한 예를 들어보겠다.

拘尸那國(쿠시나가라)

한 달 만에 拘尸那國(Kusinagara)에 이르렀다. 부처님께서 涅槃을 드신 곳이지만 성은 이미 황폐화되어 아무도 살지 않는다. 부처님께서 열반하신 곳에 탑을 세웠는데 한 禪師가 그곳을 깨끗이 청소하고 있다. 해마다 팔월 초파일이 되면 비구 스님과 비구니 스님, 道人과 속인들이 그 곳에 모여 크게 공양 행사를 치르곤 한다. 탑 상공에는 깃발이 휘날리는데, 하도 많아 그 수를 이루 다 헤아릴 수가 없다. 뭇사람들이 함께 그것을 우러러보니, 이 날을 맞아 菩提心을 일으키는 사람이 한 둘이 아니다.

이 탑의 서쪽에 강 하나가 있는데, 伊羅鉢底(Airavati, Ajiravati)강이라고 한다. 이 강은 남쪽으로 2천 리를 흘러 恒河(갠지스 강)로 들어간다. 이 탑의 사방 먼 곳까지도 사람이 살지 않으며 숲은 여지없이 거칠어졌다. 그래서 거기로 예배하러 가는 자는 무소나 호랑이에게 해를 입기도 한다.

이 탑 동남쪽 3십 리에 절이 하나 있는데, 娑般檀寺라 부른다. 거기에 3십여 명이 사는 마을이 3~5개 있는데, 늘 절에 공양한다. 그 선사의 의복과 음식은 탑에 있는 것으로 공양하도록 되어 있다…

여행기의 서두 부분에 나오는 글이다. 쿠시나가라는 바로 부처님이 열반에 드신 곳이다. 이 시기 인도는 불교가 쇠퇴하고 힌두교와 이슬람교가 점차 흥성하고 있었다. 불교로서는 가장 주목해야 할 聖地임에도 황폐해져 유적이라고는 탑 하나가 서있는 것 외에는 찾을 길이 없었다. 성지의 쓸쓸한 분위기와 함께 아직도 신도들과 승려들이 남아 있어서 열반에 드신 날을 기리는 모습을 혜초는 담담하게 그리고 있다. 그러나 그 담담함 속에 숙연함이 우러나오는 것은, 현재의 피폐한 모습을 넋두리나 한탄조로 묘사하지 않는 긴장이 있기 때문이다. 성지를 찾아온 구도자의 내면에서 솟구치는 감동이 묻어 있기 때문이다. 깔끔하게 스케치된 쿠시나가라의 모습을 읽으면서 독자 역시 그런 경건한 마음에 동참하게 된다.

운집한 것까지는 아니지만 꽤 많은 신도와 스님들이 모여 공양 행사를 치르고, 하늘을 뒤덮으며 펄럭이는 깃발의 물결 속에서 혜초는 많은 사람들이 부처님의 가르침을 배워 보리심을 일으키기를 간절히 기원한다. 글 마지막에 30리 밖에 있는 사찰 이야기를 꺼내면서 그곳 주민들이 항상 절에 공양한다는 점을 얼핏 비치는 것도 공동체 내에서의 정겨운 信行의 모습을 반추하려는 의도도 있겠지만, 이런 작은 일들이 신앙의 불씨를 되살리는 계기가 되길 바라는 혜초의 마음을 담은 것이라고 하겠다.

이어지는 글은 여행기의 후반부에 나오는 것이다. 앞에서 읽은 쿠시나가라가 부처님의 열반처로서 불교가 발원한 연원을 제시한 글이라면, 여기에 등장하는 페르시아는 사실 불교와는 아무 관련도 없는 곳이라고 할 수 있다. 혜초의 여행기가 단순한 구법여행기가 아니라는 사실은 外道의 땅으로 불리는 지역을 광범위하게 답사한 점에서도 찾아질 수 있다.

波斯國(페르시아)

다시 토화라국에서 서쪽으로 한 달을 가면 波斯國(Persia, 지금의 Iran)에 이른다. 이 나라 왕은 전에 대식(지금의 아랍)을 지배했었다.

그리하여 아랍은 페르시아 왕의 낙타나 방목하는 신세였지만, 후일 반란을 일으켜 페르시아 왕을 시해하고 자립하여 주인이 되었다. 그래서 이 나라는 지금 도리어 아랍에 병합되어 버렸다. 의상은 예부터 헐렁한 모직 상의를 입었고, 수염과 머리를 깎으며, 빵과 고기만 먹는다. 비록 쌀이 있더라도 갈아서 빵만 만들어 먹는다. 이 땅에서는 낙타와 노새, 양과 말이 나며 키가 크고 덩치도 큰 당나귀와 모직 천, 그리고 보물들이 난다. 언어는 각별하여 다른 나라들과 같지 않다.

이 고장 사람들의 성품은 교역을 좋아해서 늘 서해에서 배를 타고 남해로 들어간다. 그리고 師子國(지금의 스리랑카)에 가서 여러 가지 보물을 가져온다. 그러다 보니 그 나라에서 보물이 나온다고들 한다. 崑崙國에 가서는 금을 가져오기도 한다. 또한 배를 타고 중국 땅에도 가는데, 곧바로 廣州까지 가서 綾(무늬가 있는 얇은 비단)이나 비단, 생사, 면 같은 것을 가져온다. 이 땅에서는 가늘고 질 좋은 모직물이 난다. 이 나라 사람들은 살생을 좋아하며 하늘(알라신)을 섬기고 부처님의 가르침을 알지 못한다.

글은 간략하게 페르시아와 아랍 사이의 갈등과 병합의 역사에 대해 기술하고 있다. 몇 줄 되지 않은 기록이지만, 이를 통해 우리는 두 나라 사이에 벌어졌던 기나긴 투쟁의 역사를 정리하게 된다. 현재는 비록 아랍의 속국 처지가 된 페르시아지만, 그렇다고 식민지 국가의 초라한 모습만 보여주는 것은 아니다. 오히려 생산과 무역을 통해 페르시아는 아연 활기를 띠고 있는 것이다. 이렇게 대조적인 모습을 보여줌으로써 혜초는 독자에게 글 읽는 충격과 재미를 준다. 이런 점에서 혜초 글쓰기의 재치와 다양한 시야를 읽을 수 있다.

두 번째 단락을 보면 페르시아 사람들의 활기찬 생활상이 잘 드러난다. 배를 타고 멀리 스리랑카와 중국까지 뻗어나가 무역을 통해 부의 축적을 이루고, 동서양의 새로운 문물을 전달하는 매개체로서의 페르시아의 모습이 생생하게 부각되어 있다. 그런 생기 속에서 만들어지는 과장된 소문을 들춰내기도 한다. 비록 이 나라 사람들이 살생을 좋아하고 알라신을 섬기며 부처님의 가르침을 알진 못하지만, 그들 나름대로 문화와 질서 속에서 살아가고 있음을 혜초는 놓치지 않았던 것이다. 이런 점에서 볼 때 혜초는 문화 평등주의자였다고 말할 수 있다. 자신들의 종교가 전파되지 않았기에 野蠻이라고 보는 기독교식 종교관과는 확연히 다른 시선을 우리는 혜초에게 발견하는 것이다. 사람들을 향한 따뜻한 시선과 문화적 차이를 읽어내고 공평한 가치를 부여하는 혜초는 분명 8세기 세계인으로 역할과 자격을 가진 인물이었다.

『왕오천축국전』은 번역을 했을 때 고작 원고지 100여 장 정도밖에 안 되는 아주 짧은 글이다. 그 정도의 분량을 가지고도 8세기 무렵 인도와 서아시아에서 전개된 문화사의 변동이나 길항 관계를 그는 생생하게 전달하고 있다. 이것은 물론 지역 문화에 대한 혜초의 심도 깊은 이해와 인식에서 비롯된 것이다. 그러나 동시에 그의 글에 담겨 있는 균형 감각과 무차별한 애정의 힘도 전제되어 있음을 잊어서는 안 될 것이다. 어쩌면 그는 붓끝으로 글을 쓰지 않고 가슴으로 글을 쓸 줄 알았다고 평가할 수 있을 것이다. 냉철한 지성과 요동치는 열정을 겸허하게 제어하면서 독자의 가슴을 울리는 글쓰기의 전형을 그는 보여준다. 시간과 행동에 제한을 받으면서도 균형 감각을 잃지 않은 그의 글쓰기는, 오늘날 문화적 차이와 종교적 배타성을 은연중에 지지하면서 겉으로는 코스모폴리탄임을 강조하는 삐뚤어진 문화론자들의 경건한 귀감으로 남을 것이다.

3. 漢詩 속에 담긴 人情과 旅路

『왕오천축국전』에 담긴 문학을 논의할 때 빼놓을 수 없는 절정은 역시 다섯 편의 漢詩라고 하겠다. 여행기 속에 이렇게 주옥 같은 시를 담아 놓은 경우도 또 있을지는 모르겠지만, 산문에서는 맛볼 수 없는 유장한 매력과 인생과 세계를 바라보는 시인의 정감이 잘 드러나 있어 이 여행기를 더욱 빛나게 해주고 있다.

5언율시의 형식으로 쓰인 혜초스님의 한시는 그의 문학적 역량과 이를 자유자재로 표현할 수 있는 힘이 담겨 있다. 단편적인 보고서 같은 인상을 주는 본문의 한계와 아쉬움을 이 정감어린 시편들을 통해 털어버릴 수 있다. 한 작품씩 순서대로 읽으면서 시인으로서의 혜초를 만나보기 바란다.

摩揭陁國(마가다)의 **摩訶菩提寺**에서 지은 시

不慮菩提遠	보리수가 멀다고 걱정 않는데
焉將鹿苑遙	어찌 녹야원이 멀다 하겠는가.
只愁懸路險	가파른 길 험한 것이 근심일 뿐
非意業風飄	業緣의 바람 몰아쳐도 개의치 않네.
八塔誠難見	여덟 탑을 親見하기란 실로 어려우니,
參差經劫燒	영겁의 불길 속에 타버려 황량하구나.
何其人願滿	어찌 뵈려는 소원이 이루어지겠는가,
目覩在今朝	바로 오늘 아침에 내 눈으로 보았노라

첫 작품은 여행기의 서두부에 나온다. 불교에서 기리는 4대 靈塔이 있는 마하보리사에 닿아 그 기쁨을 노래한 시이다. 이제 순례의 첫 걸음을 떼우면서 설레는 마음과 소원을 이룬 뒤의 자신의 다짐이 담겨

있다. 보리수, 즉 진리와 깨달음의 나무에 이르기 위해서 애쓰는 일도 두려울 게 없는데, 지리적으로 거리가 멀다고 해서 주저할 일은 없다고 시인은 말한다. 길이 험한 것이 근심이 되지만, 그 어떤 장벽이나 위험이 닥쳐도 개의치 않겠다면서, 혜초는 자신에게 주어진 구법의 길에 대한 책임감과 자부심을 벅차게 느낀다. 그러나 성지에 있는 유적들을 직접 보기가 쉽지 않은 일인데, 막상 목도한 탑은 기대와는 달리 잘 보존되어 있지 못했다. 실제로 불에 탔는지는 알 수 없지만, 그만큼 성지의 현실이 삭막했던 것만은 알 수 있다. 그래도 성지 답사의 염원이 과연 이루어질까 염려했는데, 오늘 아침 마침내 그 꿈이 실현되었음에 감개무량해 한다.

남천축국을 여행하면서 떠오른 감회를 노래한 시

月夜瞻鄕路	달 밝은 밤에 고향 가는 길을 바라보니
浮雲颯颯歸	뜬구름은 너울너울 돌아가네.
緘書忝去便	그 편에 감히 편지 한 장 부쳐 보지만
風急不聽廻	바람이 거세니 답신이나 들을 수 있을까.
我國天岸北	내 나라는 하늘가 북쪽에 있고
他邦地角西	남의 나라는 땅 끝 서쪽에 있네.
日南無有鴈	日南에는 기러기마저 없으니
誰爲向林飛	누가 소식 전하러 鷄林으로 날아가리오.

두 번째 작품에는 남천축국을 여행하면서 느낀 심회가 담겨 있다. 그야말로 한 편의 아름다운 '望鄕의 노래'라고 하겠다. 벌써 고향 길을 떠나온 지도 오랜 시간이 지났고, 머나먼 고국 신라를 생각하면 더욱 더 깊은 그리움이 사무쳐 온다. 다행히 남천축국은 부처님을 섬기

는 기풍이 흘러넘쳐 시름을 덜어주지만, 달빛 아래 호젓이 앉아 떠오르는 鄕愁는 혜초스님도 어쩔 수 없었던 모양이다. 동쪽으로 흘러가는 구름에 마음의 편지를 담아 보내지만 답장을 받을 기약은 망망하기만 한다. 거센 바람이 동쪽으로만 향하니, 언제 저 바람을 뚫고 회신이 오기란 어렵지 않겠느냐는 비유가 재미있다. 머나먼 북쪽에 있는 고향 땅과 아득한 대륙의 남쪽 끝에서 순례의 길을 걷는 지리적 거리감 앞에 그는 압도된다. 편지를 대신 전해준다는 기러기 하나 발견할 수 없는 열대의 인도 대륙, 낯설고 물 설은 곳을 홀로 걸어가면서 느끼게 되는 절대 고독의 심정이 이 시에는 잘 녹아 있다.

新頭故羅國에 있는 어느 사찰에서 입적한 중국 스님을 애도하는 시

故里燈無主	고향의 등불은 주인을 잃고
他方寶樹摧	타향에서 보물나무는 꺾이고 말았네.
神靈去何處	신성한 혼령은 그 어디로 갔는가,
玉貌已成灰	옥 같던 용모는 이미 재가 되었구나.
憶想哀情切	생각하니 가엾고 애절하여라,
悲君願不隨	그대 소원 이루지 못한 것이 못내 섧구나.
孰知鄕國路	그 누가 고향 가는 길 알겠는가,
空見白雲歸	바라보니 흰 구름만 덧없이 떠돌아가네.

세 번째 작품은 혜초와 마찬가지로 인도에 와서 수행과 학업에 정진하다 귀향하지 못하고 이역 땅에서 생애를 접은 스님을 조문하는 시이다. 먼저 이 시를 짓게 된 계기가 되는 여행기의 구절을 인용해 보겠다.

산중에는 절이 또 하나 있는데, 이름은 那揭羅馱娜(Nagaradhana) 라고 하며, 여기에 중국인 승려 한 분이 계셨다. 그는 이 절에서 입적 하였다. 그 절 대덕이 말하기를 스님은 중천축에서 왔으며 三藏의 성 스러운 가르침을 환히 습득하고 고향으로 돌아가려고 하다가 갑자기 병이 나서 그만 遷化하고 말았다고 하였다. 그때 이 말을 듣고 너무나 마음이 아파 四韻의 五言律詩를 적어 그의 저승길을 슬퍼하였다.

서역을 향한 구법 여행 와중에 생사를 달리한 스님은 한두 분이 아 니었을 것이다. 지금도 감당하기 어려운 인도 여행인데, 그 당시 그 열악한 조건 속에서 이루어진 여정이었으니, 생명의 위험은 도처에 도사리고 있었을 것이다. 오직 부처님의 숨결을 체험하겠다는 열렬한 구도정신으로 이루어진 도정에서 고결한 생명을 바친 선현의 모습은, 한편으로 장중한 감동을 불러일으키지만, 또 한 편으로는 끝없는 고 뇌와 연민을 몰고 온다. 더구나 귀향을 앞두고 병이 들어 눈을 감은 스님의 일은 남의 일 같지 않았다. 어쩌면 혜초 역시 구법 여행 중에 이곳에 살과 뼈를 묻을 수 있다는 의구심을 떨쳐버리기 어려웠을 것 이다. 그래서 만 리 타향에서 생명을 다한 이름 모를 스님에 대한 弔 歌는 더욱 구슬프게 들려온다.

그러나 佛法을 다 깨우치겠다는 거룩한 誓願을 이루지 못하고 꺾 여버린 사실이 더욱 안타까운 일이기도 하다. 육신의 죽음보다 윤회 의 번뇌를 뚫고 해탈의 기쁨을 마무리하지 못했기에 더욱 가슴이 아 픈 것이다. 고향으로 흘러가는 흰 구름을 바라보면서 영혼이라도 저 구름을 타고 고향으로 돌아가길 간절히 기도하는 시인의 모습이 선명 하게 다가온다. 구도자이기에 앞서 죽음 앞에 연약한 한 인간으로 돌 아간 혜초의 절박한 심경이 잘 그려져 있다. 이역의 쓸쓸한 落照를

등지고 스님의 부도비 앞에 합장한 혜초스님의 마음속에는 만감이 교
차했을 것이다.

胡蜜國(와칸)에서 중국 사신을 만나 지은 시

君恨西蕃遠	그대는 서쪽 이역이 멀다고 원망하고
余嗟東路長	나는 동쪽 길이 멀다고 탄식하노라.
道荒宏雪嶺	길은 험하고 눈 쌓인 산마루 우뚝한데
險澗賊途倡	험한 골짜기엔 도적떼가 길마다 으르릉 거린다.
鳥飛驚峭嶷	새도 날다가 가파른 산에 짐짓 놀라고
人去難偏樑	사람은 다리가 기우뚱해 건너기 어렵네.
平生不捫淚	평생 눈물을 훔쳐본 적 없는 나건만
今日灑千行	오늘만은 하염없는 눈물 뿌리는구나.

네 번째 작품은 기나긴 서역 여행이 끝나가는 시점에서 쓰여졌다.
호밀국으로 불리는 와칸은 힌두쿠시 산 북쪽에 펼쳐진 지역으로, 중
국과 서아시아를 이어주는 요충지이기도 했다. 그는 귀국하는 도중이
었는데, 그곳에서 서역으로 향해가는 사신 일행을 만났다. 산전수전
다 겪은 혜초와 이제 고생길이 막 열린 사신 일행의 엇갈린 표정을
생각하면 대비가 흥미롭다. 두 사람 모두 먼 길을 남겨둔 처지이지만,
고향으로 향하는 혜초의 발걸음이 한결 가벼웠을 것이다. 더구나 서
역으로의 길은 요충지였던 만큼 험난했고 곳곳에 도적떼들이 출몰하
는 살풍경한 곳이었다. 나는 새도 쉬어 넘는 험준한 골짜기와 벼랑들
이 이어져 있는데, 그 사이로 난 한 줄기 나무다리에 의지해 통로를
열어야 했다. 그야말로 생사가 밧줄 하나에 달려있다고 할 만큼 위태
로운 길을 가야하는 사신 일행. 그들의 장도를 축원하면서도 아찔한

위험을 걱정스럽게 바라보는 시인의 심사는 저도 모르게 눈물을 뿌리게 만들었다. 長安에서 온 사신 일행으로부터 그곳 소식을 듣고 기쁨 때문에 눈물이 흘러내렸을 것이다. 하지만 나랏일을 받들고 죽음의 길을 가는 그들의 안위를 염려하는 悔恨을 담고서 두 손을 맞잡은 정경도 눈에 선하게 떠오른다.

吐火羅國(토카리스탄)에서 내리는 눈을 보고 지은 시

冷雪牽氷合	차디찬 눈이 얼음까지 끌어 모으고
寒風擘地烈	찬바람은 땅이 갈라지도록 매섭게 부는구나.
巨海凍墁壇	망망대해는 얼어붙어 壇을 깔아놓은 듯하고
江河凌崖囓	강물은 제멋대로 출렁이며 벼랑을 갉아먹는다.
龍門絶瀑布	龍門엔 폭포수마저 얼어 끊기고
井口盤蛇結	우물 테두리는 도사린 뱀처럼 얼었구나.
伴火上陔歌	불을 벗 삼아 층층 오르며 노래한다마는
焉能度播蜜	과연 저 播密 고원을 넘을 수 있을는지.

　마지막 작품도 같은 호밀국 편에 실려 있지만, 앞의 시보다 먼저 쓰였을 것으로 보인다. 토화라라 불린 토카리스탄은 와칸에 앞서 혜초가 지나온 나라이다. 그는 이곳에서 함박눈을 맞았다. 그러나 그 눈은 瑞雪이라기보다는 맹렬한 酷寒과 살을 에는 바람을 몰고 온 暴雪이었다. 그렇기 때문에 눈을 맞는 낭만을 즐길 여유는 전혀 없었고, 이 폭설과 혹한을 뚫고 무사히 파미르 고원을 넘을 수 있을지, 두려운 마음에 정신이 휘둘린다. 시에서 말하는 '망망대해[巨海]'는 실제 바다라기보다는 눈발과 구름으로 뒤얽힌 고원 지대의 거친 풍경을 비유하는 말일 것이다. '강물[江河]'이란 것도 모든 것을 삼켜버릴 듯이 어

둡게 휘몰아치는 눈보라를 비유한 말이겠다. 이런 험난한 길을 혜초는 헤치고 나가야 했던 것이다. 강물은 꽁꽁 얼어 폭포수마저 그 모습 그대로 얼음 기둥이 되었다. 우물가 역시 뱀이 똬리를 튼 것처럼 두꺼운 얼음으로 둘러쳐져 있다. 길을 가기에는 그야말로 최악의 상황을 맞이한 것이다.

이 끔찍한 행군을 혜초 홀로 하지는 않았을 것이다. 무리를 지어 길을 떠난 일행은 횃불을 바투 들고 격려의 노래를 부르면서 산길을 올랐다. 여럿이 함께 가는 길이니 큰 위로는 되지만, 사람을 죽음으로 유혹하는 듯한 거대한 자연의 심술을 목도하면서 솟아나는 두려움을 감출 수는 없는 노릇이다. 두 눈 질끈 감고 옷깃을 여미면서 발길을 내딛는 시인의 조심스런 자세가 일말의 두려운 예감과 함께 생생하게 그려져 있다.

혜초가 남긴 다섯 편의 한시는 이처럼 산문 여행기와는 또 다른 정서와 감동을 전해준다. 산문에서 우리는 차분하면서도 단아한 문체 속에 서린 구도자, 여행가로서의 세심하고 예리한 안목과 탐구정신을 읽었다면, 시에서는 자연과 인간의 모습을 보면서 우러난 따뜻한 애정과 숨길 수 없는 喜怒哀樂의 감정들이 살아 숨쉬고 있다. 아니 정서 자체보다는 이런 감정을 시라는 형식 속에 담아낸 그 솜씨 또한 범상치 않다. 비록 다섯 편의 작품이긴 하지만, 이를 통해서도 우리는 시인으로서 혜초의 비범한 재능과 대가로서의 탁월한 역량을 흠뻑 맛볼 수 있었다.

4. 글을 마치면서

8세기 초엽 인도 亞大陸과 서부 아시아 일대를 누비면서 자신의 견문을 여행기 속에 녹여놓았던 구법승 慧超. 1200년 동안 어두운 토굴 속에 누워 소문으로 떠돌던 자신의 모습을 드러내기를 기다렸던, 그가 남긴 여행기 『왕오천축국전』. 뛰어난 산문가이자 정감 어린 시인으로서 이제 혜초는 우리 앞에 다시 그 모습을 보여주고 있다. 동서양의 문명이 충돌하면서 빚어낸 열풍과 빛깔들을 혜초는 한 알도 놓치지 않고 읽어냈고, 이를 글에 담았다. 그의 구법 체험은 단순한 미지의 세계에 대한 기록에 머물지 않는다. 그는 그곳에도 우리와 똑같은 사람이 살고 있음을 알려주고 있다. 몸속에는 뜨거운 피가 흐르고 분노와 열정, 희열과 번민의 체취가 묻어 있는, 그런 사람이 사는 곳임을 말해준다. 인간과 인간, 사람의 냄새를 전해주고 느꼈기 때문에 그의 긴 여정은 값어치를 발하며, 21세기를 살아가는 우리들에게도 새롭고 낯선 문명을 대하는 태도에 대한 선례와 귀감으로서 살아 숨쉬게 되는 것이다. 진정한 글의 가치가 무엇인지 우리는 『왕오천축국전』과 혜초의 삶의 통해 다시 한 번 반추하게 된다.

더구나 『왕오천축국전』은 스님의 20대의 경험이 빚어낸 산물이다. 이 책을 저술한 시기는 가름할 수 없지만, 20대 청년의 건강하고 맑으며 깨끗한 세계관이 잘 드러나 있다. 또 그러면서도 그런 열정을 잘 제어하면서 균형과 조화를 지향한 자세도 함께 읽혀진다. 간결하고 명쾌한 문체 속에는 인간 혜초의 숨결이 담겨 있기 때문이다.

사명대사 惟政의 『奮忠紓難錄』과 선시

　　우리 고전문학의 갈래 중에는 實記文學이란 것이 있다. '실기'란 실제로 겪은 일을 기록했다는 뜻인데, 지금 식으로 말하면 르뽀나 다큐멘터리 같은 것이라고 볼 수 있다. 허구를 위주로 하는 요즘의 문학관으로 본다면 사실이나 실제 경험을 다룬 글이 문학의 범주에 들 것인가 논란이 있겠지만, 옛 사람들의 입장에서는 아무 문제도 없었다. 문학이란 사람살이에 이바지하는 데 가치가 있다고 본 效用論的 입장에서 문학을 보았기 때문이다. 또 실제 경험이라고 해도 문체가 아름답거나 묘사가 진지하고 감동을 주면 허구의 문학 이상의 가치가 있다고 볼 수도 있을 것이다. 영국의 수상 윈스턴 처칠이 쓴 『2차대전회고록』이 노벨 문학상을 받은 사실로도 수긍이 갈 것이다.

　　우리나라에서는 예부터 많은 실기문학이 쓰였고, 또 널리 읽혔다. 특히 나라의 큰 변고나 전란이 있을 때에는 많은 사람들이 자신의 경험을 기록하여 후대의 귀감과 경종으로 삼았다. 기록의 가치를 알았던 우리 선조들은 그야말로 다양한 방면에서 수없이 많은 실기 문학을 남겼다.

　　이런 국난의 기록도 있지만 때로는 남다른 경험이나 경력을 잊지 않고 널리 알리기 위해 실기를 남기기도 했다. 대표적인 사례가 중국에 使臣으로 다녀와서 燕行錄을 남기거나 일본에 사신으로 다녀와 海槎錄을 남긴 경우다. 물론 정식 보고서는 따로 있었지만, 이런 사적인 기록을 남겨 주변 사람들에게 읽혔던 것이다. 당시로서는 중국이나 일본을 다녀오는 일이 일생에 한 번 있을까 말까한 희귀한 일이었으니, 비록 장거리 여행이 위험하긴 해도, 그 경험을 기록하지 않을 수 없었을 것이다. 우리가 잘 아는 박지원의 『熱河日記』가 대표적인 연행록이다.

1. 스님의 생애와 『분충서난록』

이 글에서 살펴볼 책도 바로 그런 실기문학의 하나이다. 민족의 대전란이었던 壬辰倭亂을 맞아 나라와 겨레를 구하기 위해 僧兵을 이끌고 싸웠던 사명대사 惟政(1544~1610)이 남긴 기록을 모아 만든 책으로, 실제 편찬자는 스님이 아니지만 스님이 쓴 글을 모은 책이니 스님의 저술이라고 해도 무방한 책이다. 제목은 『분충서난록』이다. ‘충성을 떨쳐 國難을 극복한 기록’이란 뜻이다. 이 책을 읽어보면 나라와 민족의 존립이 위태로운 위기의 시대를 맞아 신명을 걸고 분투했던 스님의 뜨거운 충절이 잘 나타나 있다.

그러면 먼저 유정 스님의 생애부터 간단하게 알아보도록 하자.

스님은 조선 중기 때의 禪僧이자 승병장이다. 자는 離幻이고, 호는 四溟堂 또는 松雲, 鍾峰이며, 속성은 任氏고, 속명은 應奎로, 본관은 豊川인데, 경남 密陽에서 태어났다. 13세 때 黃汝獻 밑에서 수학하다가 부모를 잃고 김천 直指寺로 출가하여 信默의 제자가 되었고, 1561년 승과에 급제했다. 1575년 奉恩寺 주지로 천거되었지만 사양하고,

묘향산 보현사 休靜선사 밑에서 수도에 전념했다. 3년 뒤 팔공산과 금강산, 태백산 등으로 다니며 도를 닦다가 1586년 옥천산 上東庵에서 無常을 느껴 홀로 참선에 들게 된다. 1589년에는 鄭汝立의 일당으로 몰려 투옥되었다가 석방되어 금강산 유점사로 들어갔다.

1592년 임진왜란이 일어나자 승병을 이끌고 스승 休靜大師의 휘하에 들어간다. 왜군과 대적하며 明나라 군사와 협력하여 평양성을 수복하는 등 큰 전공을 세웠고, 적진에 들어가 왜장 加藤淸正과 네 차례에 걸쳐 화의 담판을 맺으면서 적정을 탐지해 왔다. 팔공산과 금오산 등지에 산성을 쌓고 양식과 무기를 비축하는 등 방비태세를 정비했고, 1597년 정유재란 때에는 명나라 장수 麻貴, 劉綎 등과 공을 세워 1602년 동지중추부사에 올랐다. 1604년 일본의 德川家康을 만나 임진왜란 때 잡혀간 3500여 명의 동포를 데리고 귀국하는 쾌거를 올리기도 한다. 이 때 일본에 가서 스님이 보여준 이적은 지금도 사람들 입에 오르내리고 있다.

스승 휴정대사가 입적한 이듬해 치악산에 들어갔으며, 해인사에서 설법하고 결가부좌한 채 입적했다. 밀양 표충사와 묘향산 수충사에 배향되었고, 저서로 『사명당대사집』과 『분충서난록』 등이 있다. 시호는 慈通弘濟尊者이다.

난세에 영웅이 난다고 했던가. 사명대사 유정 스님은 바로 그런 분이었다. 속세를 떠난 승려의 신분으로 영웅을 운위한다면 이것도 격에 맞지 않는 일이긴 하지만, 스님의 시대에서는 어쩔 수 없는 선택이었다. 더구나 스님의 시대는 禪林의 향기조차 희미해져 가던 위기의 시대였다. 어리석은 유림의 탄압과 무지 때문에 불교가 발 디딜 틈조차 잃었던 때였다. 그런 난세를 만나 국난이 닥치자 스님은 누구보다 먼저 승복을 벗고 나와 왜적과 맞서 싸웠다. 불교가 산중에 숨어 倫理綱常을 저버린 종교가 아님을 몸으로 보여준 셈이다.

그러나 스님의 행적은 여기서 끝난 것도 아니다. 당시 사대부들도 풀기 어려운 문제를 단신으로 해결했다. 왜장의 진영에 들어가 그들의 정세를 탐지해 보고하기도 했고, 왜장의 횡포와 어리석음을 엄하게 꾸짖기도 했다. 오죽 했으면 선조가 승복을 벗고 환속한다면 높은 관직과 食邑까지 주겠다고 했겠는가? 그러나 스님의 뜻은 그런 곳에 있지 않았다. 스님은 끝까지 무욕과 무심을 추구한 승려로서 올곧게 살아갔다.

스님에게는 여러 저서가 있지만, 앞에서 말한 것처럼 오늘 살펴볼 책은 임진 전란의 체험담이라고 할 수 있는 서적이다. 『난중일기』나 『징비록』처럼 방대한 기록은 아니지만, 스님의 충심을 읽기에는 부족함이 없는 책이다. 우선 이 책에 대해 간단히 살펴보자.

『분충서난록』은 임진왜란 때의 사적 등을 수록한 책이다. 1688년 스님의 5대 法孫 南鵬 등이 편집, 간행하였고, 1739년 밀양 表忠寺에서 개판했다. 내용은 적진을 탐지한 보고서와 선조에게 올린 상소문, 倭僧들에게 보낸 서한 등으로 꾸려져 있다.

<清正營中探情記>는 스님이 직접 加藤清正의 진중에 들어가서 담판한 내용과 적정의 허실을 상세히 기록한 글이다. <別告賊情>에는 小西行長과 沈惟敬 사이의 화친조약이 맺어질 것인가에 의구심을 품고 있던 가등청정과의 면담이 수록되어 있다. <往謁劉督府言事記>는 중국 사신에게 자신의 적진 정보를 술회하는 내용이 담겨 있다. 상소문은 두 편이 실려 있는데, 적을 토벌하는 방책과 빨리 백성을 보호하여야 한다는 내용이 절절하게 쓰여 있다. 이어 承兌와 圓光, 玄蘇, 宿蘆 등의 倭僧들에게 보내는 서한을 실려 있다. 부록으로 스

님을 추모하기 위해 조정에서 내린 각종 공덕문과 공경대부들의 시문, 표충사에 관련되는 기록이 실려 있어 당시 스님의 위상을 다시 읽을 수 있다.

이 책은 비록 임진왜란에 관한 종합적 보고서는 아니지만, 당시의 사회 정황과 민심, 외교, 경제 상황 등을 연구하는데 매우 귀중한 자료라고 할 수 있다. 단권 목판본이고, 현재 표충사에 소장되어 있다.

2. 『분충서난록』에 담긴 스님의 충심

스님은 文字遊戲보다는 實踐修行을 중시했다. 임진왜란이라는 대전란을 맞이해 분연히 떨치고 일어나 승병을 지도한 일도 이런 정신의 발현이라고 할 수 있다. 그리고 그 진력한 모습이 이 책에 생생하게 기록되어 있다. 신라시대부터 내려온 한국 불교의 호국적 면모와 실천을 이 책은 잘 보여주고 있다.

그럼 직접 글의 일부분을 읽어 면모를 살펴보도록 하자.

먼저 읽을 글은 책의 첫머리에 실려 있는 <갑오년(1594) 4월 가등청정의 진영에서 탐정한 기록[甲午四月入淸正營中探情記]>의 말미에 실린 글이다. 적정을 탐지한 임무를 마친 뒤 결론을 담고 있는 글인데, 스님의 奮忠救國의 일념이 잘 드러나 있다.

대개 우리가 적장에게 和諧할 뜻을 宣諭하면서 적정을 살펴보니, 성은 견고하고 호령은 날로 새로우며, 군사 물자는 두루 보급되어 군세를 유지하기에 충분했다. 또 높은 누각을 짓거나 큰 집을 지었는데, 가등청정이 거처하는 곳은 집 가득히 화려한 자리를 깔고 금빛 병풍을 둘렀다. 맛난 음식을 먹고 한 번 부르면 백여 명이 함께 대답해서 威

슈은 바람이 일었으니, 아주 오래 주둔할 계획이 있을 뿐 바다 건너 철수할 기세는 전혀 없었다. 사치하고 방탕한 것이 王侯보다 더 화려했으니 痛憤한 마음을 이길 수 없었다.

　원컨대 중국에 들어가 위로는 명나라의 천자에게 아뢰고 아래로는 조정에 고하여 중국의 군량과 軍馬, 병장기를 가득 운반하고, 중국 남방의 병사들을 대거 출병시켜 적들의 소굴을 두들겨 씨앗조차 남기지 않은 다음에야 이 일을 그만두고자 한다. 엎드려 바라옵건대, 낱낱이 들어 아뢰어 주시면 다행이겠다.

　왜장 가등청정의 오만방자한 기세를 숨김없이 보여주고 있다. 조정과 명나라 도독부에 경종을 울리기 위해 쓰인 보고서이기 때문에 요란한 미사여구보다는 정확한 형편을 보여주는 일에 치중한 글이다. 저들이 거짓된 명분으로 이 나라 백성을 유린했으니 한 놈도 남김없이 멸살시킨 다음에야 이 일을 그만두겠다는 결연한 의지를 보여준다. 이럴 때 유정스님은 수도자를 넘어서 나라의 한 백성으로 돌아가 있었던 것이다.

　이 <탐정기>는 분량이 상당히 길다. 일본측의 어이없는 요구 사항에 대해 조목조목 그 부당함을 들어 논파하는 부분이기 때문인데, 내용을 잘 읽어보면 스님이 단순히 울분에 차서 적을 성토한 것이 아님을 금방 알 수 있다. 스님은 이해득실과 논리의 허구성을 철저히 밝히면서 한 치도 빈틈을 보이지 않았다. 적진 한 가운데 서서 이렇게 용기 있고 자신감 넘치게 자기의 주장을 펼치기란 쉽지 않은 일이다. 왜적들이 사명대사의 이름만 들고도 기세가 꺾였다는 일화가 단순한 전설이 아닌 것을 이를 통해 알 수 있다.

　이어지는 글 역시 같은 해 7월에 적진에 들어가 실정을 탐지한 뒤 보고한 글이다. 제목은 <갑오년(1594) 7월 다시 가등청정의 진중에

들어가 실정을 탐지한 기록[甲午七月再入淸正陣中探情記]>이다. 그
가운데 나오는 한 대목을 읽어보겠다. 왜장 가등청정의 회유와 위협
에 굴하지 않고 당당하게 논리로 맞선 스님의 기상을 다시 한 번 보
여주는 구절이다.

왜장 가등청정이 말했다.
"우리들이 군사를 이끌고 한 번 나아가면 조선 사람들은 먹을 양식
을 풀 속에 숨겨둔다고 해도 빼앗길 것이고, 땅 속에 묻어둔다고 해도
그냥 썩혀버릴 것이다. 게다가 우리 군사가 한 번 지나가면 도적도 따
라 일어나 길마저 막히게 되지 않겠는가. 그러면 양식 잃은 조선 백성
들은 우리에게 투항하거나 아니면 굶어죽게 될 것인데, 일의 형세가
반드시 그렇게 될 판이다. 우리들이 그것을 알기 때문에 굳이 참고 군
사를 거두어 너희 나라가 어떻게 나오는지 기다리고 있는 것이다."
이에 내(사명대사)가 대답했다.
"전쟁에서의 승패는 알 수 없는 일이다. 옛날 項羽는 백 번 싸워 백
번 이겼지만 한 번 이기지 못해 천하를 잃었고, 한고조 劉邦은 백 번
싸워 백 번 다 패했지만 한 번 이겨서 천하를 얻었다. 사람은 그렇게
되기를 원해도 하늘의 이치가 그렇지 않으니, 어찌 저쪽만 이기고 이
쪽은 이기지 못하라는 이치가 있겠는가? 무릇 군자는 덕으로써 하고
힘으로써 하지 않는 법이니, 감히 병력의 우열만 가지고 승패를 논할
수 있겠는가. 그리고 유격 심유경과 너희의 장수 소서행장이 상의한
일은 단지 왜국의 임금을 왕으로 봉하는 일과 조공에 관한 두 가지 일
이다. 이것으로 명나라 천자에게 가서 아뢰었지만 허락하지 않았다.
때문에 도독부가 대상관과 힘을 같이해서 일을 성공시키고자 하여 우
리들을 보내 상관의 말을 듣고 결정하려 하는 것이다. 그런데도 그대
는 항상 병력으로만 강약을 비교하려 드는가?"

 당시 적진에는 왜장의 이해관계에 따라 서로 의견이 충돌되는 상황이었다. 특히 가등청정과 소서행장 사이에는 묘한 알력이 형성되어, 서로 이익을 독차지하고 주체가 되어 명나라와 조선과 화의를 맺으려고 덤벼들었다. 스님은 이런 적진의 분위기를 간파하고 가등청정의 마음을 교란하면서 정도를 통해서만 일이 성사될 수 있음을 강변한다. 위 대화를 통해서도 그런 스님의 지혜와 논리를 충분히 읽을 수 있다. 더구나 가등청정과 스님 사이에 있었던 유명한 일화는 스님이 대임을 맡고 얼마나 대범하고 당당하게 처신했는가 잘 보여준다.

 이 책의 후반부에 보면 당시와 후세의 문인들이 스님의 행적이나 일화를 기록한 글이나 위업을 칭송한 시 작품들이 부록 형태로 모여져 있다. 이를 통해 스님은 금강산 유점사에 쳐들어온 왜적들을 설법을 통해 당당하게 물러가게 하기도 했고, 구국의 충심은 지켰지만 승려로서의 본분도 벗어나지 않았던 수도자의 모습도 보여주고 있다. 그 중 <판서 이수광이 지은 『지봉유설』 가운데 사명대사의 사적을 기록한 부분[李判書粹光所著芝峯類說中記松雲事蹟]>에 보면 너무나 유명한 일화가 전한다.

 유정 스님의 호는 송운이다. 임진년의 난이 일어난 뒤 義僧將이 되어 영남에 진을 쳤는데, 왜장 가등청정이 만나보기를 요구해 오자 스님이 왜장의 진영에 들어갔다. 왜적들이 길가를 줄지어 서서 창과 칼을 치켜세운 것이 마치 볏단을 묶어세운 듯하였다. 그러나 스님은 조금도 두려워하는 기색이 없이 당당하게 들어가 왜장 가등청정과 조용히 談笑를 나누었다. 가등청정이 물었다.

 "귀국에는 보배가 있는가?"

 스님이 대답했다.

 "우리나라에는 달리 보배는 없고, 오직 그대의 머리를 보배로 삼는다."
　가등청정이 의아해하며 물었다.
　"그게 무슨 소린가?"
　"우리나라 조정에서 그대의 머리를 금 1천 근과 1만 호의 고을을 주고 사려고 포고를 내렸으니, 그대의 머리가 보배가 아니고 무엇이겠는가."
　이 말에 가등청정은 크게 웃었다.

　정말 보통 기개가 아니고서는 감히 꺼낼 수도 없는 말이다. 이런 기세에 눌린 가등청정은 스님을 함부로 대하지 못하고 上客으로 받들었던 것이다.
　스님의 용기와 충심은 이런 <탐정기>를 통해서도 드러나지만 선조에게 올린 상소문을 읽게 되면, 더욱 구체적이고 현실적인 국난 극복의 방안들이 논의된다. <갑오년 9월 서울로 달려가 적을 치고 백성을 보전할 일로 올린 상소[甲午九月馳進京師 上疏言討賊保民事疏]>를 읽어보면 스님의 愛國愛民했던 실상을 육성으로 생생하게 들을 수 있다.

　이때를 당하여 가장 급한 일은 다만 두 가지가 있다. 적을 쳐서 복수하는 계책은 남북에서 아직 징발하지 않은 백성은 노소를 가리지 않고 징발하고, 평안도와 황해도, 강원도 등의 군사는 각 도의 감사로 하여금 모두 몇 개월 동안의 양식을 갖추어서 날을 정해 전장으로 모이게 해야 할 것이다. 노약한 군사는 外兵으로 충원해 군대의 위세가 왕성한 것을 보이고, 정예군 3만 5, 6천 명을 가려 뽑아서 그들에게 명나라 군대의 복장을 갖추게 할 일이다. 그런 뒤 대장으로 하여금 손에 날랜 칼을 잡고 뒤에서 독려하여 후퇴하거나 허물어지는 일이 없도록 다그치면, 병사들도 살아 돌아올 마음을 버리고 전쟁에 임할 것이다. 이렇게 하면 비록 추악한 왜적들을 모두 소탕하지는 못한다 해도 조금이나마 나라의 수치를 씻고 종묘사직의 원수를 갚게 될 것이다. 그렇지 않으면 조개와 도요새가 서로 버텨 오늘도 이와 같고 내일도 이와 같아서 무정한 세월만 허비하여 하루살이 같은 백성들이 한 순간에 다 죽고 없어져 버릴 것이니, 200년 예악 문물의 나라가 가만히 앉아서 초목이 우거져 여우나 토끼가 노는 황무지가 될 것이니, 이때에 와서 후회한들 무슨 소용이 있겠습니까? 신의 생각이 이에 이르니 통곡을 이기지 못하겠나이다.

하늘도 감동시킬 만한 충정과 굳세고 강인한 기개는 여느 무장이 따라올 바가 아니다. 존망의 위기에 빠진 나라와 백성을 구하기 위해서는 뼈와 살을 깎는 희생이 필요하다는 지적은 너무나 당연한 말이다. 또 스님은 그것이야말로 조정과 백성을 구하는 길임을 강조한다. 인정에 얽매이고 주저한다면 망국에 닥쳐 후회한들 무슨 소용이 있겠느냐고 심중에 담긴 말을 거침없이 토로한다. 그야말로 일신의 안위를 돌보지 않고 오로지 대국적인 입장에서 이해득실을 논하고 있는 것이다. 당시에 보기 드문 지론을 펼쳤던 사실은 『분충서난록』을 편찬한 申維翰(1681~?)이 스님의 글에 대해 평가한 글을 통해서도 넉넉히 짐작할 수 있다.

스님이 쓴 상소문을 읽으니 가슴 가득 뜨거운 피가 끓어오르는 가운데, 종묘사직과 백성을 위한 지극한 정성과 애통한 심정이 쏟아져 나오지 않은 글이 없었다. 또 진술하고 있는 내용도 당시 사정에 맞는 좋은 계책이었고, 문장 또한 굳세고 진지하며 솔직하여, 서생들이 한낱 교만하게 꾸민 글과는 품새가 달랐다. 스님의 글을 읽고서야 천지 우주 안에 글자를 모르는 豪傑이 있지 않다는 사실을 믿게 되었다.

이렇게 『분충서난록』은 국난을 맞으면서 신명을 다 바쳤던 사명대사 유정 스님의 피 끓는 충성심과 호국정신을 태양처럼 빛나게 전해준다. 스님의 지도에 따라 수많은 승려들이 義僧의 대열에 참여했던 것은, 이런 스님의 불퇴전의 희생정신과 각오가 있었기 때문이었을 것이다. 일신의 영달을 위해 칼을 뽑았다면 이는 졸장부와 소인배의 용기일 뿐이다. 그러나 뼈 한 조각 살 한 점 다 닳아 없어질 때까지 적병을 물리치고 나라의 백성의 평화를 가져오겠다는 스님의 결연한 의지를 읽는다면 그런 자들은 부끄러워 얼굴을 들지 못할 것이다. 책의 뒷부분에 나오는 열여섯 문인들의 讚詩를 통해서도 스님이 민족적인 존경을 받았음을 알 수 있다.

3. 禪詩에 어려있는 忠君愛國

이 글은 스님의 실기문학인 『분충서난록』을 소개하기 위해 쓰이긴 했지만, 스님이 남긴 또 하나의 문학적 업적인 禪詩를 빼놓고 넘어갈 수는 없다. 스님은 한국선시사에서도 우뚝한 봉우리로 자리하고 있다. 의승 활동과 외교적인 담판으로 여념이 없었으면서도 스님은 상당수의 선시를 남겼다. 이는 스님의 우국충정이 시를 통해 표현된 것이면서도 섬세한 시심을 지녔던 시인으로서의 정감을 확인할 수 있는 기회도 준다.

그러면 몇 편의 시를 읽어보겠다. 먼저 스님의 우국충정의 마음이 녹아있는 작품부터 보자.

먼저 읽을 두 편의 7언절구는 모두 전란이 발발하던 임진년에 지어진 것이다. 참혹한 전란을 맞아 스승의 명으로 승병을 이끌고 전투에 참여했던 시절의 작품이다. 첫 번째 작품은 <임금의 행렬이 서쪽으로 갔다는 소식을 듣고 통곡하면서[聞龍旌西指痛哭而作]>라는 제목이고 두 번째는 <임진년 10월에 승병을 거느리고 상원 땅을 건너면서[壬辰十月領義僧渡祥原]>라는 제목을 갖고 있다.

龍旌西指禁城空　　임금님 행렬이 서쪽으로 향해 도성이 텅 비니
文武衣冠道路中　　문신 무신의 의관들이 죄다 도로로 나왔구나.
日暮遼雲是何處　　날 저물고 구름은 먼데 어드메 계시는가,
草衣回首淚無窮　　누더기 옷 입고 고개 돌려 하염없이 눈물 흘리노라.

十月湘南渡義兵　　시월, 상수 남쪽에서 義僧兵을 이끌고 강을 건너니
角聲旗影動江城　　뿔피리 소리 깃발 그림자가 강가 성채에 휘날리네.
匣中寶劍中宵吼　　칼집 속에 든 보검이 한밤중에 울부짖으니
願斬妖邪報聖明　　요사스런 왜적을 베어 나라 은혜를 갚으리라.

　첫 번째 시는 사수를 맹세했던 조정이 결국 도성을 버리고 북쪽으로 피난을 떠났다는 소식을 듣고 지은 것이다. 백성들과 약속을 저버린 일도 옳지 않지만 위엄을 갖춰야 할 문무백관들이 모두 길거리로 나와 방황하는 꼴이란 울분과 수치감을 함께 불러일으킨다. 지존의 군주가 황망한 가운데 피난을 떠났으니 온전한 행차가 될 리 없었을 것이다. 날 저물어 어두운 길을 구름처럼 헤매고 있을 임금과 나라와 백성들의 비참한 참상을 생각하며 스님은 하염없이 눈물을 흘린다. 이 시는 아직 승병을 규합하기 이전에 쓰였을 것으로 보인다. 왜 스님이 僧房을 나서서 의승병을 조직해 구군의 대오에 나섰는지 그 심정을 읽을 수 있는 작품이다.

　두 번째 시는 전쟁의 삼엄한 분위기를 잘 그려놓고 있다. 전투를

알리는 뿔피리 소리며 군세를 과시하는 깃발 그림자가 강가 성채를 뒤덮고 있는 광경이 한 눈에 들어온다. 이런 광경에 스님은 빨리 승전을 거두어 이 강토와 백성들을 유린한 적군들을 모두 격파해서 나라의 은혜를 갚겠다고 다짐한다. 스님이 휘두른 칼은 나라와 백성을 구하려는 活人劍인 것이다.

다음 시는 <한양 성 여러 재상들에게 삼가 도해시를 청하면서[謹奉洛中諸大宰乞渡海詩]>라는 제목이다. 스님은 1604년 조정의 명령으로 일본으로 건너가 외교적 담판을 통해 전란 때 끌려갔던 우리 백성 3500여명을 귀환시키는 쾌거를 거둔다. 바로 그 길을 떠나기 전에 당시 사대부 문인들과 교유하면서 장도를 비는 시를 구하면서 쓴 작품이다.

年來做錯笑餘生	근래에 일을 그르쳐 남은 생애를 우습더니
數月荷衣滯洛城	몇 달이나 승복 입고 한양 땅에 머물렀네.
愁病平分送春恨	시름과 병은 두루두루 봄을 보내는 슬픔이고
歌吟半惱憶山情	노래하고 읊조린 반도 산을 그리는 심정일세.
浮杯漫道堪乘海	술잔을 띄워 부질없이 바다를 타고 건너려 하고
飛錫初羞誤說兵	주장자 날랄 때 문득 병법 이야기가 부끄럽구나.
爲國重輕諸老在	나라를 위한 가볍고 무거운 일이 여러분께 있으니
願承珠唾賁東行	원컨대 좋은 말씀을 얻어 일본 가는 일을 빛내고 싶어라.

일본에의 사신 길에 올랐을 때 스님의 나이 이미 回甲을 넘기고 있었다. 마음으로는 항상 나라와 백성을 염려하는 충심을 잊은 적이 없었지만, 역시 수도자의 본분은 아니었다. 마땅한 적임자가 있다면 얼마든지 양보하고 싶었던 사행 길이었을 것이다. 나라에서 큰일을 맡

기지만 그 일을 감당할 만큼 자신의 능력이 되는지 부질없이 일만 그르치고 마는 것은 아닌지 하는 염려가 떠나지 않았다. 그러나 나라가 중임을 맡기니 나서지 않을 수도 없는 일이다.

　바다 건너 그 먼 길을 떠나면서 스님은 당시의 고관대작과 문객 시인을 찾아 자신의 생각을 토로한다. 나라를 이끌 사람은 내가 아니라 여러분들임을 잊지 말아 달라는 것이다. 그 때 생명을 걸어야 하는 일본사행 길이 두려워 서로 미루다가 스님에게까지 차례가 왔던 비화를 생각하면 스님의 속마음이 어떠했는지 짐작이 간다. 국록을 먹고 신명을 바쳐야 할 벼슬아치가 직분을 망각하고 일신의 목숨만 보존하기에 급급하다면 나라가 망하지 않으려고 해도 그럴 수 없을 것이다.

　그런 스님의 심정이 시의 마지막 두 구절에 배여 있다. 나라의 크고 작은 일이 모두 여러분 어깨에 걸려 있으니, 이번 떠나는 길에 축원을 해주는 한편 충절의 의지를 다지라는 法文이 숨겨져 있는 것이다.

　이어지는 시는 스님이 일본에 체류하면서 지은 것으로 보인다. <고향을 그리면서[望故鄕]>란 제목의 작품이다.

南國迢迢回鴈絶	남쪽 나라는 아득하여 기러기도 끊겼는데
病中虛動故國情	병 들자 부질없이 고국을 그리는 정 움터나네.
雲埋楚峽客長望	구름 덮인 먼 골짜기를 나그네는 한참 바라보고
月墮江樓夢屢驚	달빛 어린 강가 누대에서 잠 못 들고 뒤척인다.
節晩橫塘飛落絮	철 늦은 비낀 연못가로 버들 솜은 날아 떨어지고
春深故院語流鶯	봄 깊은 옛 절간에는 꾀꼬리 소리가 흩날린다.
遙知洛水去年路	지난 해 거닐었던 낙동강 고향 길에도
芳草萋萋依舊生	향기로운 풀꽃들은 변함없이 자랐겠구나.

회갑의 나이로 먼 바닷길을 헤치고 닿아 지친 몸을 쉴 틈도 없이 나라를 위한 협상과 회의에 전력을 다했다. 타향의 땅이자 적국의 소굴에서 긴장을 놓치 못하고 국사에 임하자니 병마가 몰려오지 않을 리 없다. 몸이 아프니 자연 고향 생각 고국 생각이 간절해지는 것이 인정이다. 구름 흐르는 골짜기를 바라보며 망향에 잠기고, 달빛 비치는 강가 누대에서는 잠을 설친다. 남쪽 지방이라 봄도 길어 아름다운 정취는 스님의 시심을 움직이지만, 이 또한 망향의 간절한 심정으로 이어지고 만다. 고향 땅 낙동강 강가에 하염없이 피어나던 풀꽃들이 만화경처럼 눈앞을 스쳐가는 것이다. 스님이 다정다감하고 섬세한 성품의 소유자였음을 이 시는 잘 보여준다.

이제부터는 전란의 상처나 아픔, 국난극복의 충정이 담긴 시가 아니라 山人으로서의 자세와 世情을 아로새긴 작품을 한 편씩 볼까 한다. <반야사에서 자면서[宿般若寺]>라는 작품은 산에서 자라고 산에서 늙은 스님이 자연과 벗하면서 얻은 단아한 정취를 보여준다.

古寺秋晴黃葉多　　옛 절에 가을 기운이 맑아 단풍도 무성한데
月臨靑壁散栖鴉　　달빛이 절벽에 비치자 까마귀 후드득 날아가네.
澄湖烟盡淨如練　　안개 걷힌 푸른 연못은 곱기가 비단 같고
夜半寒鐘落玉波　　깊은 밤 찬 종소리는 옥 물결 위로 떨어진다.

고요한 산사의 가을 밤 풍경을 한 폭의 산수화처럼 그려놓고 있다. 울긋불긋 물든 단풍의 행진과 달빛 어린 벼랑 사이로 후드둑 날아가는 까마귀 떼. 자연과 生靈이 어우러진 眞如의 세계에 다름 아니다. 게다가 산 아래 자리한 호수는 안개가 걷히자 사방 산의 단풍 빛을

가득 담았다. 영롱한 달빛 아래 호수 수면 위로 비친 상하 단풍 빛깔
의 우람한 조화. 이것이 色彩의 풍년이라면, 호수 물결 위로 떨어지는
상쾌한 범종 소리와 풍경 소리는 소리의 향연일 것이다. 귀와 눈으로
자연이 주는 온갖 선물을 다 받는 스님의 한없는 기쁨이 시구마다 알
알이 새겨져 있다. 청정한 달빛과 무념무상의 종소리는 그대로 스님
의 禪心일 것이다.

중국에서 絶景하면 瀟湘江 일대를 꼽아 瀟湘八景을 꼽는데, 저는
이 시를 통해 '般若寺四景' 제안하고 싶어진다. 1구에 나오는 아름다
운 단풍, 2구의 달빛 어린 절벽, 3구의 안개 걷힌 푸른 연못, 4구의 깊
은 밤의 찬 종소리. 그대로 매혹적인 절경이 되지 않는가? 선심을 담
으면서도 자연의 아름다움을 놓치지 않는 솜씨가 완연히 드러난다.

끝으로 읽을 시는 <고향에 돌아와서[歸鄕]>이다. 세월이 흘러 옛
정취를 잃어버린 고향의 모습을 보면서 느낀 감상이 잘 드러난 작품
이다.

十五離家三十回　　열 다섯에 집을 떠나 서른이 되어 돌아오니
長川依舊水西來　　긴 시내 풍경은 여전한데 물은 서쪽에서 흘러오네.
柿橋東岸千條柳　　감 다리 동편 언덕에 자란 치렁치렁 버드나무는
強半山僧去後栽　　반 너머가 내가 떠난 뒤 심은 것이로구나.

스님이 출가한 나이는 열세 살 때였다. 그리고 2년 뒤 고향을 떠나
수도 생활로 열다섯 해를 보내고, 서른의 나이에 고향으로 발길이 닿
았다. 스님의 고향 밀양은 낙동강 강자락이 스쳐 흐르는 물 좋고 산
좋은, 그야말로 山姿水麗한 아늑한 마을이었다. 낙동강으로 흘러드는
물줄기가 변했는지 동쪽으로 흐르던 물이 서쪽으로 흘렀다. 강은 그

대로인데 흐름은 바뀐 것이다. 실제로 그러했는지 아니면 스님이 대한 낯선 고향 풍경이 착각을 일으킨 것인지는 모를 일이나 옛 고향은 아니었다. 게다가 부모를 모두 잃고 떠난 고향이니 더욱 정 붙일 곳이 없었을 것이다. 이런저런 서운하면서도 아쉬운 심경이 이 시에는 잘 그려져 있다. 강 언덕을 따라 치렁치렁 가지가 무성한 버드나무조차 스님이 떠난 뒤 심은 것이라는 말은 얼마나 고향이 낯설게 변했는지를 그대로 보여준다.

그러나 명심해야 할 사실은 이 시가 단지 상실의 아픔만 담은 속인의 넋두리는 아니라는 점이다. 스님은 이 시를 통해 諸法無常의 진리를 담고 있다. 모든 물상은 다 변하기 마련이며, 물을 거슬러 오르지 말고 흐름에 따라 좇으라는, 나름의 깨달음이 저변에 깔려 있다. 어떻게 보면 스님은 우리 불교사상 가장 世俗에 가깝게 접근한 선승 가운데 한 분일 것이다.

草衣의 『震默禪師遺蹟玫』,
禪伯의 奇行을 모은 전기 문학

세상에는 奇行僧으로 불리는 분들이 적지 않다. 그분들의 기행이 어떤 이유에서 비롯되었는지는 스님들마다 조금씩 다를 것이다. 諸法無常이니 하나하나의 언행에도 까닭이 다른 수밖에 없는 일일 것이다. 세상의 이치란 것이 한 마디 말로 모두 설명될 수 있다면 받아들이는 입장에서는 무척 편하겠지만, 현실은 그렇지 않다. 더구나 대자연이나 조물주가 온갖 만물을 만들어내고 경영하는 원리는 하나이면서 여럿이고 여럿이면서 하나이다. 그 복잡하고도 단순한 구조를 획일적으로 설명하는 것은 아무 것도 설명하지 않느니만 못할 수도 있다. 그야말로 '똑똑한 바보'를 만든다고 할까. 그렇고 보면 세상에는 이런 똑똑한 바보가 많다. 스님들도 이런 아득하면서도 함축적인 부처님의 깨우침과 가르침을 설명하기 위해 다양한 포즈를 취했던 것이다. 그것이 속세 사람들의 눈에는 기행으로 보이는 것이다. 깨달은 분의 눈으로 보면 코앞에 있는 진리를 보지 못하는 중생들의 迷妄이 그지없이 안타깝고 답답한 노릇일 것이다.

아득히 올라가면 신라시대의 고승 元曉(617~686)부터 근래 입적하신 '걸레스님' 重光(1935~2002)까지 깨달음의 독특한 세계를 기이한 행적으로 보여준 스님들의 언행은 우리 불교사를 기름지게 하고 사상의 밭을 가꾸는 터전이라 하겠다. 물론 그 가운데에는 진짜인 척 하는 가짜도 있으니, 눈을 밝게 뜨고 살펴야 할 일이다.

여기서 소개하려는 책은 바로 그런 기행승의 일화를 모아놓은 책 이다. 조성 후기의 선승이자 독특한 시세계를 열었던 초의선사(1786 ~1866)가 편찬한『진묵선사유적고』란 책이다. 초의 선사는 이 책을 1847년 봄에 편찬했고, 서문과 발문을 남겨 편찬 출간하게 된 경위를 자세히 밝히고 있다. 2권 1책으로 구성된 이 책은 분량으로만 따지면 아주 얄팍한 책이다. 그러나 그 속에 담겨있는 한 스님의 행적은 비범 함을 넘어서서 異蹟에 가깝다. 그 스님의 이름은 一玉(1562~1633)이 고, 법호는 震默인데, 보통 호로 많이 알려져 있다. 이 책에는 진묵 스 님의 기이하면서도 매혹적인 일화 17편이 수록되어 있다.

먼저 간단하게 일옥 스님의 생애부터 정리해 보자. 아쉬운 일은 스 님에 대한 생애나 행적은 거의 알려진 것이 없다는 점이다. 기본적인 약력 외에 스님에 대해 알 수 있는 기록은『진묵선사유적고』에 전하 는 일화가 다라고 해도 무방하다.

스님은 호가 震默이고, 전라도 萬頃(지금의 金堤) 佛居村에서 태 어났다. 고향 이름부터 남다르다. '부처님이 머무시는 마을'이니, 후세 에 스님이 '석가모니의 응신'이니 '작은 석가' 등으로 불린 것도 이런 인연에서 비롯된 것이 아닐까 여겨진다. 緣起 사상으로 보면 세상엔 우연이란 없는 것이다.

7살 되던 1568년 출가하여 전주 鳳棲寺에 들어가 內典 등을 공부 하고, 邊山의 月明庵, 전주의 遠燈庵, 大元寺 등에서 수도했다. 정식 으로 승려의 신분이 된 것은 20세 무렵으로 보인다.

스님은 일생을 통하여 수많은 神異를 남겼다. 앞으로 그 이야기를 하겠지만, 스님은 특히 孝心이 깊은 분으로 이름을 떨쳤다. 항상 어머니를 가까이 모시고 살았으며, 돌아가시자 절절한 마음을 담은 제문을 지어 주위 사람을 숙연하게 만들기도 했다. 여기에 제문의 내용을 옮겨 적는다. 『진묵대사유적고』 상권에 나오는 글이다.

> 태 안에서 지켜주신 열 달 은혜를 무엇으로 갚사오며, 무릎 아래 길러주신 삼 년 양육은 잊을 수 없습니다. 만 세 위에다 다시 만 세를 더한다고 해도 자식의 마음은 오히려 부족한데, 백 년 안에서 백 년을 못 채웠으니, 어머님의 수명은 어이 그리 짧으셨는지요. 외짝 표주박을 들고 길을 다니며 걸식하는 이 외로운 중은 이미 그렇다고 쳐도, 비낀 비녀 끼고 안방에서 혼인도 못한 저 누이동생이 가엾지도 않나요? 上壇을 마치고 下壇도 마저 끝내 스님네 하나 둘 자기 방으로 돌아가면, 앞산은 첩첩하고 뒷산은 첩첩한데 영혼은 어디로 돌아가시는 것인지요. 아아! 슬프고 또 슬프옵니다.

어미를 잃은 자식의 애절한 마음이 읽는 사람의 눈시울을 적시게 만든다. 세속의 인연을 끊은 승려라고 해도 모자간의 정까지 끊는다면 下化衆生을 염원하는 참된 자비행은 아닐 것이다. 불교에 대한 칭찬에 인색했던 당시 유가의 지식인들이 진묵스님을 칭송하면서 "불가에 몸을 두고도 유가의 예를 행했다."고 했는데, 대개 이런 스님의 지극한 효심을 두고 한 말이었을 것이다.

앞서 유정 스님이 남긴 『분충서난록』을 읽었지만, 진묵 스님 역시 임진왜란을 겪었다. 스님은 연배로 볼 때 서산대사 休靜(1520~1604) 스님이나 惟政(1544~1610) 스님보다 한참 후배였지만, 두 분 스님이 국사에 적극 관여하고 승병을 조직해서 전쟁터에 나간 일에 대해 썩

달가워하지 않았다고 한다. 아무리 국난이라지만 승려의 본분에 어긋나는 일이라고 보았던 것이다. 특히 휴정 스님에 대해서는 권력에 아부하고 탐욕을 벗지 못했다고 해서 심하게 나무랐다고 한다. 보는 관점에 따라 판단도 달라지는 것이니 여기서 왈가왈부할 수는 없는 일이다만, 진묵 스님의 생각이 어디를 향했는지는 잘 알 수 있다.

　일생의 기행으로 살다간 스님은 인조 11년 癸酉年(1633) 10월 28일에 열반에 드셨다. 세속의 나이로는 72세였고, 法臘은 52세였다. 봉서사에 스님을 기리는 부도가 있고, 1929년 만경에 있는 그의 어머니 분묘 곁에 祖師殿과 비석이 건립되어 지금까지 전한다.

1. 『진묵선사유적고』에 실린 이적

　『진묵선사유적고』는 아주 얇은 책이다. 전체 내용이라야 번역된 책으로 30쪽이 못 채울 분량이다. 그 가운데 서문과 발문, 기타 부수적인 글을 빼면 실제 스님의 행적으로 다루는 부분은 훨씬 줄어든다. 고작 17편에 불과한 일화가 짤막하게 모여져 있으니 말이다. 그러나 그 일화만으로도 우리는 스님의 파천황적인 삶을 얼마든지 추적할 수 있다. 간단히 체재부터 살펴보자.

　　　隱皐居士　金箕鍾의　序文
　　　海陽後學　草衣意恂의　서문
　　　상권 : 17편의　奇行譚
　　　釋迦如來因地
　　　하권 : 趙秀三(1762~1849)의　影堂重修記
　　　초의의순의　跋文

小白山人 霽山雲皐의 발문
司馬 金永坤의 발문
金永學의 발문

『진묵선사유적고』에는 거침없이 세상을 살면서 마음으로 전할 수밖에 없는 깨달음을 전한 스님의 無碍行이 생생하게 전해지고 있다. 그 이야기들은 평범한 사람으로서는 상상도 하기 힘든 이적도 있고, 어린애처럼 순수한 마음이 담겨있는 것도 있다. 일일이 소개할 수 없으니 여기서는 가장 흥미롭고 짜임새도 갖추어진 다섯 편을 골라 보았다.

첫 번째 이야기는 스님의 순진무구한 마음을 보여 준다.

대사는 술 마시기를 좋아했다. 그러나 '穀茶'라고 하면 마시고, '술'이라고 하면 마시지 않았다.

어떤 스님이 잔치를 베풀고 술을 거르는데, 향기로운 술 냄새가 퍼져 사람을 유혹했다. 대사가 鳩杖을 짚고 지나가다가 그에게 물었다.

"스님, 스님이 거르는 그게 뭡니까?"

스님이 대답했다.

"술이다."

이 대답에 대사는 잠자코 돌아갔다가 잠시 후 다시 가서 물었다.

"그대가 거르는 그게 뭐요?"

눈치 없는 스님이 전와 똑같이 대답하자 대사는 또 무료히 돌아왔다.

얼마 뒤 다시 찾아가 물었는데, 스님은 끝까지 '곡차'라 하지 않고 '술을 거른다.'고 대답했다. 실망한 대사는 하릴없이 돌아오고 말았다.

조금 뒤에 金剛力士가 술 거르던 스님을 철퇴로 때렸다.

어떻게 보면 욕심 많고 심술궂은 아동의 개구쟁이 짓을 연상케 해서 웃음을 짓게도 한다만, 집착이라기보다는 애정의 독특한 발산이라고 봐야 하겠다. '술'이라 하면 거들떠보지 않다가 '곡차'라고 해야 안심하고 마시는 스님의 모습은 결코 파계승의 방종한 모습은 아니다. 눈은 속일 수 있지만 마음은 속여서는 안 된다는 자기 신념을 보여준 일화라고 해야겠다. 또 세상의 변화에 적절하게 대처하지 못하고 고지식한 술 거르는 스님과 차별상을 버린 진묵 스님을 대비시켜 물질 현상에 얽매인 狹窄한 눈을 뜨도록 이끌고 있기도 한다.

답답하고 吾不關焉한 술 거르는 스님의 수행법에 화가 난 것은 절간을 지키던 금강역사였다. 참된 깨달음을 알지 못하는 스님에게 주먹 한 방을 날린 셈이다. 이렇게 사찰의 神將까지도 스님을 섬겼다는 일화는 한 편이 더 전한다.

> 어린 나이에 사미가 된 스님에게 사찰 주지가 스님에게 佛壇을 지키면서 香火를 받드는 소임을 맡겼다. 그런데 얼마 지나지 않아 그 주지의 꿈에 密跡神將이 나타나 이렇게 말한다.
> "우리들은 부처님을 호위하는 것으로 임무를 맡았는데, 어찌 감히 부처님의 예배를 받는단 말인가! 빨리 향화 받드는 사람을 바꾸어 우리를 무안하게 만들지 마시오."
> 그래서 꿈에서 깬 주지는 스님이 부처님의 화신인 것을 알고 소임을 바꾸었다는 것이다.

평소 스님은 술을 무척이나 즐기셨던 모양이다. 스님에게는 누님이 계셨는데, 술을 좋아하는 동생을 위해 항상 술독을 준비해 두었다고 한다. 하루는 찾아온 동생에게 집에 술을 마련했으니 마시고 가라고 했더니, 혼자 집에 온 스님은 독 하나가 보이자 그대로 뚜껑을 열고

다 들이켜 마셨다.

나중에 집에 돌아온 누님이 보았더니 스님이 마신 것은 술이 아니라 독한 간수가 들어있는 독이었다. 놀란 누님은 버선발로 30리를 달려 스님이 머물던 봉서사로 달려왔다고 한다. 헐떡거리며 동생의 안부를 묻는 누님에게 스님은 너털웃음을 터뜨리며 이렇게 말했다고 한다.

"곡차로 알고 마시면 곡차가 되는 것이지 누님은 걱정도 많으십니다. 날 어두워지기 전에 어서 돌아가십시오."

정말 대단한 호주가라고 하겠다. 아울러 이미 삼라만상에 대한 차별상을 잊어버린 높은 깨달음의 경지라고 해야겠다. 하지만 함부로 흉내 내면 큰일날 일이다. 바로 스님 뵈러 극락으로 향하게 될 테니. 어쨌거나 지금도 스님의 입적일이 10월 28일이 되면 그의 부도비 앞에 스님들이 '곡차'를 갖다 올린다고 한다. 세상을 떠나서도 스님과 '곡차'와의 인연은 계속되고 있으니, 참으로 대단한 法力이다.

두 번째 이야기는 禪悅에 든 스님의 모습을 잘 보여주는 일화이다.

대사가 邊山의 月明庵에 머물러 계셨다. 가을이 되어 스님들은 모두 탁발을 떠나고 대사만 시자와 함께 절을 지키게 되었다. 마침 시자가 제사가 있어 俗家로 가게 되자, 대사의 공양을 미리 탁자 위에 준비해 두고 대사께 말했다.

"공양은 여기 차려 두었다. 시장하시거든 잡수세요."

그 때 대사는 方丈室에서 창문을 열고 앉아 문지방에 손을 얹은 채 『능엄경』을 읽고 있었다.

다음 날 시자가 제사를 지내고 암자로 돌아왔다. 대사는 어제 모습 그대로 앉아 있는데, 문틀에 손이 찍혀 피를 흘리고 있었다. 바람이 불어 문짝을 닫았는데 손이 찍힌 대사는 그것도 모르고 밤새 그대로 있

었던 것이다. 대사는 그 와중에도 태연히 경만 읽고 있었고, 탁자 위에
두었던 공양은 식은 채 오도카니 놓여 있었다.

시자가 절을 올리며 안부를 여쭙자 대사가 말했다.

"아니, 너는 왜 제사도 참여하지 않고 벌써 돌아왔느냐?"

대사는 수능엄삼매에 들어 밤이 이미 지난 줄도 모르고 있었던 것
이다.

월명암은 신라 때의 스님 浮雪居士(?~?)가 세운 암자인데, 전북
부안군 변산반도에 자리하고 있다. 특히 암자에서 바라보는 낙조가
그렇게 장관일 수 없다고 한다. 속세와는 외따로 떨어진 절간에 사는
스님들은 겨울 한 철을 지낼 양식을 장만하려고 가을이 깊어지면 탁
발을 떠난다. 시자 한 사람만 두고 모두 떠났는데, 그 시자마저 속세
일로 잠시 자리를 비우게 된 것이다. 공양거리를 잘 장만해두고 당부
말까지 남겨 두었지만, 『능엄경』 읽기에 폭 빠진 스님은 건성으로 듣
고 만다. 거기까지는 좋은데 문지방에 손을 얹고 경을 읽다가 바람이
불자 그만 문이 닫혀 버린 것이다. 필자도 예전에 한 번 문틈에 손이
찍혀본 적이 있는데, 눈물이 펑펑 쏟아지도록 아프다. 말로는 설명할
수 없는 고통이다.

그런데 찍힌 손등으로 피가 줄줄 흐르는 데도 스님은 알지 못하고
경 읽기에 골몰했더라는 것이다. 다음날 돌아온 시자가 놀라 소리치
니 이 무슨 동문서답인가! 『삼국지』에 보면 화살에 맞은 자리가 곪아
뼛속까지 썩어 들어간 關羽를 명의 華駝가 관우가 바둑을 두는 동안
수술로 치료했는데, 관우는 미동도 없이 참아냈다는 고사가 나온다.
수술이야 한두 시간이었을 테지만, 밤새도록 찍힌 상처를 태연하게
잊어버린 스님의 忘我忘念은 혀를 내두르지 않을 수 없다.

이번에는 스님의 놀라운 기억력을 보여주는 일화를 하나 읽어보겠다.

> 대사는 만년에 전주 봉서사에 머물러 계셨다. 절에서 멀지 않은 곳에 鳳谷 金東準 선생이라는 분이 살고 있었는데, 당시 유학에 밝은 현인으로 이름이 높았다.
> 　대사는 일찍부터 봉곡 선생과 사귀었다. 하루는 대사가 봉곡 선생에게서 『綱目』한 질을 빌려서는 바랑에 메고 갔다. 선생이 하인을 시켜 뒤를 쫓게 했는데, 대사는 길을 가면서 책을 한 권씩 뽑더니 읽어보고는 땅에 던져버렸다. 뒤따르던 하인은 영문도 모른 채 버리는 족족 책을 주워들었다. 그리하여 일주문에 닿을 즈음엔 『강목』전질을 다 읽고는 버려 버렸다. 대사는 뒤도 돌아보지 않고 경내로 들어갔다.
> 　나중에 대사를 만난 봉곡선생이 물었다.
> 　"아니 어쩌자고 대사께서는 빌려간 책을 다 버려 버린 것입니까?"
> 　대사가 대답했다.
> 　"고기를 잡았으면 통발은 버리는 것이지요."
> 　이 말에 봉곡선생이 집에 있는 『강목』을 뽑아들고 내용을 물어보았다. 그랬더니 대사는 한 구절도 틀리지 않고 척척 대답하는 것이었다. 봉곡선생은 두 말 않고 책장을 덮어 버렸다.

봉곡 김동준 선생은 진묵스님과는 방외의 벗으로 교유를 나눈 선비다. 『강목』이라 했는데, 이렇게 불리는 책이 많아 어느 것인지는 모르겠지만, 秩로 따질 분량이니 꽤 거질이었을 것이다. 이것을 빌려가면서 절까지 가는 동안에 다 읽고 외워버린 것이다. 아니 외운 정도가 아니라 다 이해해버린 것이다. 남에게 책을 빌려놓고 다 읽었다고 해서 길거리에 버리는 것은 사실 예의가 아니다. 더구나 그 당시엔 책이 무척 귀했던 시절이었으니 더 말할 나위가 없다.

봉곡 선생도 낌새가 이상했던지 하인을 딸려 보냈다. 그 덕에 책을 잃어버리진 않았지만, 스님의 행동이 괘씸하기도 하고 의아하기도 했을 것이다. 까닭을 물어오는 봉곡에게 한 대답이 더 걸작이다.

得魚忘筌!

참으로 명쾌한 대답이다. 목적으로 이루었으면 수단은 버려야 한다는 말이다. 바로 多岐亡羊의 실책을 지적하는 말이다. 갈림길에 많으면 길을 잃게 되는 이치를 스님은 한 마디 말로 설파한다. 전후 사정이 생략된 일화니, 스님이 왜 이런 기행을 보였는지는 알 수 없다. 그러나 추측컨대 봉곡의 부족한 점이나 단점을 깨우쳐주려고 한 언동이 아닐까요? 진정한 친구는 칭찬하는 사람이 아니라 허물을 지적해주는 사람이라면 경구가 자연스럽게 떠오른다.

다음 이야기는 스님의 無碍行의 극치를 보여주는 일화라고 하겠다.

봉곡 김동준 선생이 어느 날 계집종을 보내 대사를 식사에 초대했다. 계집종은 절을 향해 가다가 허공을 바라보며 배회하고 있는 대사를 만났다. 그 앞에 나아가 봉곡 선생의 말씀을 전했더니 대사가 계집종을 보며 뚱딴지같은 말을 꺼냈다.

"너 혹시 아들을 낳고 싶지 않느냐?"

민망하기도 하고 망측하기도 한 계집종이 아무 말도 못하고 우물쭈물하자 대사가 말했다.

"네가 복이 없는 것을 어쩌겠느냐. 돌아가서 대감께 내가 곧 갈 것이라고 아뢰어라."

계집종의 전갈을 들은 선생이 대사를 기다렸는데, 꽤 늦어서야 집에 닿았다.

"대사께서는 어쩌다가 그리 늦었습니까?"

대사가 대답했다.

"오는데 마침 한 줄기 영롱한 기운이 서쪽 끝에서 떠오는 것을 보았다. 그 기운은 평생 만나기 어려운 기운이어서 붙잡아 어느 곳이든 쏟아두고 싶었지요. 계집종은 제 뜻을 모른 채 민망하게 여기고, 자칫 기운이 좋지 못한 땅에 스며들까 염려스럽기도 했다. 그래 그것을 허공 밖으로 멀리 물리치고 오느라 그만 늦고 말았다."

이 일화를 읽으면 원효 스님의 무애행이 절로 연상된다. 원효 스님이 어느 날 거리를 배회하면서 이렇게 노래를 불렀다고 한다.

誰許沒柯斧　누가 나에게 자루 없는 도끼를 빌려 주려는가.
我斫支天柱　내 그것으로 하늘을 떠받칠 기둥을 찍으리라.

이 노래를 들은 왕이 瑤石宮의 과부 公主를 보내 정을 통하게 하고, 마침내 당대의 석학 薛聰을 낳았다는 것이다.

스님 역시 길을 가다가 영웅을 키워낼 큰 기운을 느꼈던 모양이다. 기운이 사라지기 전에 이를 세상에 이로운 일을 할 사람으로 잉태시켜야 하겠는데, 혼자 힘으로 될 수는 없는 일이었다. 그 때 마침 봉곡 선생의 심부름을 온 계집종을 만난 것이다. 그래 넌지시 뜻을 말했지만, '미친 땡초의 넋두리'로 여긴 종은 차마 뿌리치지도 못하고 엉거주춤 머뭇거렸다. 인연이 아닌 것을 안 스님은 기운이 그릇된 곳으로 들어가 세상을 어지럽히지 못하도록 잘 調攝해서 허공 밖으로 내친 뒤에 초대에 응했던 것이다.

그런 기운을 볼 수 있는 慧眼을 가진 스님도 놀랍고, 다짜고짜 동침을 요구하는 배짱도 대단한 일이다. 계집종은 세상을 匡正할 일대의 영웅을 자식으로 둘 수 있는 千載一遇의 기회를 놓쳤으니, 영웅도 時運이 맞아야 탄생하는가 보다.

마지막 이야기는 스님의 일화 가운데 가장 널리 알려져 있으면서 가장 기적에 가까운 것이다.

대사가 길을 가다가 냇가에서 川獵을 하는 아이들을 만났다. 그들은 잡은 고기로 매운탕을 끓여 먹는 중이었다. 대사가 끓는 솥을 보더니 탄식하며 말했다.

"좋은 고기들이 죄 없이 鑊湯地獄의 고통을 당하는구나!"

이 말을 들은 한 아이가 장난삼아 대사에게 말했다.

"스님도 매운탕 한 그릇 드시고 싶은 모양이다?"

대사가 대답했다.

"어이쿠! 그래 나도 먹고 싶구나."

"그래요? 그럼 솥 째 드릴 테니 드시렵니까?"

대사는 대꾸도 않고 구리로 만든 솥을 통째로 들더니 한 입에 쏟아 먹어버렸다. 아이들은 입을 쩍 벌리며 놀라더니 말했다.

"기가 막힙니다. 부처님께서는 살생을 말라 가르치셨는데, 매운탕을 그렇게 잘 드시니 어찌 스님이라 하겠습니까?"

입술을 쓱 닦은 대사가 능글맞게 말했다.

"죽인 사람은 내가 아니니라. 그렇게 살생이 보기 흉하다면 내 이 놈들을 다 살려줄 수도 있지."

영문을 몰라 아이들이 눈만 껌뻑이자 대사는 냇가로 가서 옷을 벗 더니 물에다 엉덩이를 까고 일을 보는 것이 아닌가! 게다가 놀랍게도 엉덩이에서 무수한 물고기들이 우르르 쏟아져 나왔다. 물고기는 봄 물 결을 탄 듯 기세 좋게 냇물을 따라 내려가면서 펄쩍펄쩍 물 위를 어지 럽게 뛰어놀았다.

대사가 물고기를 보면서 말했다.

"이 좋은 물고기들아! 앞으로는 저 멀리 강이나 바다에 가서 놀아라. 부디 미끼에 눈이 멀어 또다시 확탕지옥의 고통을 당해서는 안 될 것 이야."

아이들은 모두 머리를 조아리고는 그물을 걷어 집으로 돌아갔다.

이 이야기도 『삼국유사』 二惠同塵편에 나오는 원효와 惠空 두 분 스님의 禪法 대결 장면을 떠올리게 한다. 그 구절을 같이 읽어보자.

원효 스님이 여러 佛經의 疏를 찬술하고 있었는데, 항상 惠空 스님에게 가서 묻고 혹은 서로 희롱도 했다. 어느 날 혜공과 원효가 시내를 따라 가면서 물고기와 새우를 잡아먹다가 냇가 돌 위에서 대변을 보았다. (그런데 혜공의 똥은 물고기가 되어 헤엄쳐 갔지만, 원효의 똥은 그냥 변으로 흘러갔다.) 혜공이 이를 가리키면서 희롱삼아 말했다.
"그대가 눈 똥은 내가 잡은 물고기일 게요."
이런 일이 있어서 이 절을 吾魚寺라 했다.(괄호 안은 역자가 첨가한 내용)

진묵스님은 道力을 보이기보다는 절제를 모르고 함부로 살생을 하는 아이들을 깨우치기 위해 이런 기적을 행했을 것이다. 생명을 가진 것은 모두 다 소중하다는 깨우침을 말이 아니라 몸으로 보여주신 것이다. 아이들이 다시는 마구잡이 천렵을 하지 않았을 것임은 짐작하기 어렵지 않다.

스님은 내면의 깊은 깨달음의 세계에 빠져 세상의 변화나 이치에는 서툰 분이었다. 영악한 꾀보다는 진지하고 우직한 수행이 그를 더욱 선사답게 만들었다. 대개 이런 내면을 중시하는 스님이라면 매사가 엄격하다. 약간의 방종도 허락하지 않기가 일쑤다.

그러나 스님의 세상살이는 전혀 달랐다. 스님의 기행 속에는 童心이 담겨 있다. 그래서 읽고 보는 사람으로 하여금 진지하게 이맛살을 찌푸리게 하기보다는 활짝 웃거나 빙그레 미소 짓게 만든다. 절마다 모셔져 있는 그 보살의 넉넉한 웃음과 따뜻한 품을 스님은 가지고 있었던 것이다.

2. 『진묵선사유적고』는 왜 만들었나

여기서 우리는 왜 초의 스님이 진묵선사의 일화를 한 권의 책으로 묶었는지 궁금해진다. 물론 놀라운 이적들이 입으로만 전하다가 인멸되는 것을 안타깝게 여긴 탓일 것이다. 또 책의 서문에 보면 은고거사 김기종이 들은 일화를 모았다가 그 자료를 초의스님과 운고스님에게 주어 책을 편찬했다고 하니, 남의 부탁으로 만들었다고 볼 수도 있겠다. 그러나 그렇게만 보고 넘어간다면 책을 만든 초의 스님의 진심을 망각하는 일이 아닐까?

초의 스님은 이 책에 서문과 발문을 모두 남기고 있다. 보통 서문이면 서문, 발문이면 발문 한 편을 남기는데, 굳이 두 편의 글을 남겼다는 것은 그만큼 스님이 이 책에 의미를 크게 두었다는 반증일 것이다. 그 두 편의 글을 통해 스님의 진심을 알아볼 수 있을 것이다.

초의 스님은 서문에서 진묵선사는 석가여래의 應身이라고 분명하게 단정한다. 그러면서 "이름이 높으면 무정한 돌에 새길 필요가 없으니, 길가는 나그네의 입이 바로 그 碑니라"란 말을 인용한다. 도가 높으신 스님인데, 굳이 책까지 만들어 전할 필요가 있겠냐는 자문이다. 오히려 진묵스님의 본의를 그르치는 짓일지도 모른다는 것이다. 그리고는 끝으로 이런 말을 한다.

　　이치에만 따르고 세속을 따르지 않는다면 아래로 중생을 교화하지 못할 것이고, 세속만 따르고 이치에 맞지 않으면 위로 보리를 구하지 못할 것이며, 이치에도 맞고 세속도 따르면 위로 구하는 일과 아래로 교화하는 일에 다 맞을 수 있을 것이다. 옛 사람이 기록하지 않은 것은 이치에 맞는 것에 치우친 일이고, 지금 사람이 기록하는 것은 이치와 세속을 겸한 것이니, 이것이 두 가지에 다 맞는 통하는 길이 아니겠는가.

즉 上求菩提와 下化衆生을 겸해 이루기 위해 이 책을 지었다는 말이다. 이치만 중상하는 태도나 세속에 영합하려는 태도는 모두 치우친 행동이고 이 둘을 겸비할 때 참다운 교화가 이루어진다는 말이다. 그것을 위해 초의 스님은 이 책을 편찬했던 것이다.

발문에서 초의스님은 수행자의 세 가지 유형에 대해 말한다. ①자연과 우주의 변화를 잊고 편안히 寂默의 경지에 들어 스스로 깨끗하고 미묘한 말과 상냥한 이야기는 아무도 듣지 못하는 內向의 수행자와 ②懸河의 웅변을 쏟아놓아 實相의 묘한 법문을 연설하고 자유자재하게 만물에 응하여 사실과 이치에 모두 평등한 外用의 수행자, ③ 마지막으로 참 지혜가 안으로 밝고 슬기로운 믿음이 피어나, 부처를 꾸짖고 祖師를 나무라는 솜씨가 자기 집의 방침이 된 超脫의 수행자가 그것이다. 그러면서 진묵스님은 이 세 모습을 다 갖추었다고 지적한다. 그런 뒤 말만 들어 뜻을 알고, 소리만 들어 이치를 아는 것은 낮은 단계의 깨달음이며, 소리 없는 데서 듣고 말을 떠난 속에서 말을 들을 때 진정한 말과 소리를 듣는 것이라고 말한다.

그러니 진묵선사가 말하고 행동한 모습만 보지 말고 그 속에 숨겨진 참된 목소리와 행동을 보라는 주문이다. 또 진묵 스님도 그 귀로는 들을 수 없는 소리와 말을 듣게 하기 위해 이런 기행과 이적을 베풀었다는 말이 된다. 초의 스님은 몇 가지 일화를 읽으면서도 진묵 선사의 진심이 어디에 있는지 보았고, 또 후세의 귀 밝고 눈 밝은 사람을 위해 이 책을 엮었던 것이다. 과연 이 이야기를 읽는 우리는 어떤가? 그냥 재미로만 읽고 웃어넘기는 어리석음을 보이지는 않는가? 진지하게 반성할 일이다.

3. 일옥 스님의 한시 두 편

『진묵선사유적고』에는 스님이 쓴 한시가 두 편 수록되어 있다. 둘 다 7언절구인데, 한 편에는 시를 쓰게 된 유래가 간단히 나오고, 한 편은 시만 소개되어 있다. 만나기 어려운 스님의 咳唾니 끝으로 감상해 보겠다.

첫 번째 시는 이렇다.

寄汝靈山十六愚	靈鷲山의 어리석은 너희 16인이여
樂村齋飯幾時休	樂水村의 잿밥 먹기를 언제나 그치려느냐.
神通妙用雖難及	그 신통과 妙用은 따르지 못하겠지만
大道應問老比丘	大道는 이 늙은 비구에게 물어야 할 것이야.

이 시에는 짤막한 일화도 함께 실려 있다.

대사가 일찍이 홀로 길을 가다가 한 사미를 만나 동행하게 되었다. 樂水川 냇가에 이르자 사미가 대사께 여쭈었다.
"스님, 제가 먼저 건너가서 물이 얕은지 깊은지 알아보겠다."
"그러시구려."

사미는 신발을 벗고는 아무렇지도 않게 내를 건넜다. 이를 본 대사도 옷도 걷지 않고 내를 건넜는데, 그만 물속에 빠지고 말았다. 옴팡 물을 뒤집어 쓴 대사를 사미가 날름 달려오더니 부축해 끌어냈다. 그제야 비로소 羅漢의 놀림을 당한 줄 안 대사가 게송 하나를 외웠다.

16나한 가운데 한 나한에게 속아 물에 빠지는 봉변을 당한 스님이 넌지시 꾸짖는 내용이다. 남의 잿밥이나 먹으면서 배를 불리고도 어리석음을 깨치지 못하고, 게다가 사람을 놀리는 짓까지 서슴없이 저지른다. 그 신통력과 묘용이야 대단할지 모르지만, 진리를 깨치는 일에 이르러서는 내 도움을 받아야 할 것이란 말이다. 석가여래의 응신이었으니 이런 말을 할 법도 한다.

마을 이름을 요수촌, 물을 좋아하는 마을이라 부른 것도 참 재치가 있다. 깊은 시내를 옅다고 속여 골탕을 먹이긴 하지만, 知者樂水란 말처럼 지혜는 대단하다는 비유겠다. 그러나 지혜는 얕은 물이고 大道는 깊은 물이니, 대도를 알려면 깊은 물에 빠졌던 내게 한 수 배워야 할 것이란 말이다.

매사를 대범하고 유쾌하게 대응했던 스님의 禪風을 짐작하게 해준다.

또 한 편의 시는 아무 설명 없이 偈頌으로 소개되어 실려 있다.

天衾地席山爲枕　하늘 이불과 땅으로 자리를 삼아 산을 베고 누었더니
月燭雲屛海作樽　달 촛불에 구름 병풍 깔리고 바다는 술통이 되었네.
大醉居然仍起舞　크게 취해 벌떡 일어나 흥겹게 춤을 추니
却嫌長袖掛崑崙　긴 소매가 곤륜산에 걸릴까 외려 번거롭구나.

　　참으로 호탕한 기상이 잘 드러난 시이다. 천지자연을 이부자리 삼고, 달과 구름을 가구로 삼아 거침없이 살아가는 자신을 형상화한 작품이다. 우주의 이치를 몸으로 체득하고 흥겨워 춤을 추자니 높고 넓은 곤륜산이 소맷자락에 걸려 번거롭다니, 大鵬의 기상이 이보다 더 크겠는가? 유머와 해학이 생활이 되었으면서 대지와 허공을 좁쌀이나 개자씨처럼 여겼던 스님의 空黯한 가슴이 환하게 다가오는 시이다.

　　스님은 이승의 삶을 三昧境 속에서 살다 가신 분이다. 그리고 다양한 이적을 통해 참다운 진리를 밝게 볼 수 있도록 이끌었다. 이 분의 행적이나 남긴 글이 몇 조각 되지 않는 것이 후세 스님의 가르침을 이어받으려는 사람에게는 너무나 큰 아쉬움으로 남다. 그러나 스님은 이미 이 짧은 시구와 행동으로 자신이 하고자 했던 말씀은 다하신 것이다. 이를 깨닫고 그 경지로 들어가는 일은 순전히 남아 있는 우리들의 몫일 것이다.

白坡와 草衣, 조선 후기 두 불교지성의 위상

1. 들어가는 말

삼국시대 초기부터 이 땅에 들어와 싹을 틔우면서 성장한 한국 불교는 왕조가 바뀌고 好佛과 斥佛의 흐름이 교차하는 시대상황과 조화를 꾀하면서 발전을 이루어 왔다. 삼국이 정립하던 시기에는 남북과 동서로 나뉘어진 민족을 하나로 통일시키는 사상으로 중추적 기능을 했고, 통일신라 시기에는 외세와 대립하면서 이 땅을 수호하는 佛國土 사상의 핵심으로 그 기능을 다했다. 고려조에 들어서자 이러한 이념은 더욱 개화하여 호국불교로서 이 땅의 대중들에게 현실적 평안과 정신적 위안, 미래에 대한 희망을 대변하는 등불로써 佛光을 밝히기도 했다.

그러던 불교는 조선조에 접어들면서 여러 가지 대내외적 모순을 감당하지 못한 까닭과 유교를 국시로 삼았던 조선조 사대부들의 편견과 수반된 정책에 의해 배척 당하는 처지에 몰리게 된다. 물론 이것은 피상적인 지적이고, 근본적으로는 천여 년을 이 땅의 주류 사상으로 이어온 불교가 자기 모순을 냉정하게 비판하고, 이를 바탕으로 획기적인 변화를 모색하지 못해 빚어진 현상이라고 해야 할 것이다. 물을 오랫동안 걸러주지 않고 고여 두면 결국 썩듯이 자기 정화와 발전을 등한시한 결과였던 것이다.

그러나 불교가 지니고 있는 圓融과 조화의 정신사는 그렇게 쉽게 맥이 끊길 만큼 연약하지는 않았다. 조선조 불교의 전반적인 상황에 위기감을 느낀 불교계는 난맥상을 타개하려는 지속적인 노력에 게으르지 않았다. 유가 선비들과의 소통 통로를 항상 열어놓았고, 불교 경전에 대한 새로운 해석과 역사적 의의를 재구하는 작업에도 심혈을 기울였다. 더욱이 임진왜란이라는 민족적 재난에 당면해서 누구보다 먼저 이 땅의 수호를 위해 僧兵을 조직해 왜적들과 대항하면서 민족 종교로서의 의의를 한껏 현양했던 것이다.

이런 가운데 조선조 사회의 통치 기반으로 자리한 성리학은 후기로 접어들면서 차츰 자기 한계에 봉착하게 되고, 대안으로 등장한 것이 바로 實學이었다. 실학은 물론 유가계 사대부들의 전유물이긴 했지만, 이는 표피적인 관찰일 뿐 그 내면에 자리하고 있는 불교계 인사들의 유형무형의 영향 또한 간과될 수 없다. 즉 불교계를 중심으로 한, 또는 불교계 안에서의 실학 운동이 싹터 결실을 보이기 시작했던 것이다. 그런 움직임을 대표하는 인물이 바로 白坡亘璇(1767~1852)과 草衣意恂(1786~1866)이다.

두 사람은 19년의 연배 차이는 있지만 유교 국가인 조선 사회에서 점차 그 의미가 쇠퇴해 가던 불교의 위치에 새로운 방향을 제시하고, 사회 구성원으로서 불교인이 취해야 할 사명과 자세가 무엇인지를 밝히고자 노력하였다. 조선 전기에 뛰어난 禪伯들과 敎學僧들이 배출된 이래 한 동안 적막강산이던 불교지성사에 던진 두 사람의 영향은 참으로 큰 것이었다. 三種禪 논쟁으로 불리는 일련의 논쟁은 조선 후기 선학사의 흐름에 중요한 이정표로 작용하였다. 이런 두 사람 사이

의 논쟁과 교감은 조선 후기 동아시아의 역사가 새로운 국면에 접어
드는 시기 한국지성사의 여정에 중요한 획을 긋게 된다.

雪坡와 雪峰 문하에서 禪理를 닦은 백파는 다양한 저술 활동과 함
께 후학을 양성하면서 피폐일로를 걷던 禪門에 아연 활기를 불어넣
었고, 다양한 저술 활동을 통해 침체해 있던 선종의 중흥을 꾀한 중흥
주로 평가되고 있다.1) 頭輪山 一枝庵에서 40년 동안 止觀을 닦으며
정진에 몰입했던 초의는 선사이자 한국 정통 茶道의 개척자였으며,
무엇보다 뛰어난 시인이었다. 특히 그는 당대의 유학자들과도 僧俗을
떠난 교분을 맺으면서 변화하는 시대에 미래를 선도할 정신적 지주로
서 불교의 위상을 고조시키고, 스스로 그 역할을 자임한 자비보살이
었다.2)

이 자리에서 우리는 조선 후기 지성사의 흐름 속에 두 사람의 위치
와 업적을 점검하고, 구체적인 역할이 무엇이었는지 살펴보고자 한다.
백파의 경우는 論客으로서의 위상을 중심으로 삼고, 초의의 경우는
茶人과 詩人으로서의 위상을 중심으로 논의를 이끌어 나가고자 한다.

2. 白坡의 생애와 저술

백파는 1767년 4월 11일에 태어나 1852년 4월 24일에 입적하였다.
향년 86세였고, 법랍은 75세였다. 세수로 따지더라도 장수한 인물이
었지만, 특히 그가 살다간 영조 시대부터 정조, 순조, 헌종, 철종 때까

---

1) 崔一凡, <白坡禪師>, 『한국불교인물사상사』(불교신문사편) 379쪽, 민족사,
   1997(초판 5쇄).
2) 김준형, <草衣禪師>, 『한국불교인물사상사』(불교신문사편) 390쪽, 민족사,
   1997(초판 5쇄).

지는 국내외의 정세가 따라잡기 어려울 만큼 급변하던 시기였다. 12세라는 어린 나이에 불문에 귀의해서 학덕과 법력을 함께 지닌 선승으로 그가 겪은 이 시기는 단순히 시간적 장단으로만 가늠하기 힘든, 곡절 많은 기간이었다. 그러기에 그의 생애는 우리 사회가 왕조 사회가 가진 한계를 극복하고 새로운 가능성을 찾아 도전하고 진보하던 시기와 맞물려 더욱 큰 의의를 지닌다.

그러나 유감스럽게도『定慧結社文』을 비롯해서『禪文手鏡』과『作法龜鑑』,『法寶壇經要解』,『五宗綱要私記』,『禪門拈頌記』,『金剛入解鏡』,『禪要記』,『龜鑑集』,『太古歌釋』,『智識辨說』등 수많은 저작을 남긴 조선 후기 최고의 선승에 걸맞을 다양한 전기적 자료가 그에게는 남아 있지 않다. 다만 후학 映湖鼎鎬(1870~1948)가 남긴「백파선사약전」과 백파 자신이 지은『정혜결사문』에 실린 기록을 통해 단편적으로만 확인할 수 있을 뿐이다. 때문에 따로 생애를 정리하기보다는「백파선사약전」을 그대로 옮김으로써 대신하고자 한다.

대사가 수계하면서 받은 이름은 긍선이고, 호남 茂長縣(오늘날의 전라남도 무주와 장수 지방) 사람이다. 본관은 完山 이씨이며, 어머니는 아무개(<약전>에는 □로 표기되어 있다)씨이다. 조선 영조 43년 정해년에 태어나 12세 때 무장현 禪隱寺 時憲長老에게서 득도하였다.

스님은 어릴 때부터 총명하고 영특해서 불가의 중요한 경전을 두루 공부했으며, 楚山 지방에 있는 龍門菴에 안거하면서 마음의 터전이 크게 열렸다. 方丈山 靈源菴으로 가서 雪坡尙彥 화상으로부터 부처의 이치가 달마를 통해 서쪽으로부터 온 종지를 전수받았다. 靈龜山 龜巖寺로 돌아와 雪峯日 화상의 법통을 이어받았다. 白羊山 雲門菴에서 설법을 베풀기 위한 대회를 개최했는데, 스님의 설법을 듣기 위해 모인 대중이 항상 백 수십 명에 이르는 성황을 이루었다.

순조 30년 경인년에 의발을 구암사로 옮긴 뒤 대중들과 뜻을 모아 사찰을 중창하였다. 이곳에서 선의 이치를 강론한 법회를 크게 열었는데, 전국 팔도의 승려들이 구름이 일 듯 몰려 스님의 설법을 경청하였다. 스님의 그 때 모습은 마치 당당한 선문의 중흥조 그 자체였다. 철종 임자년 4월에 열반에 드시니, 스님의 나이 86세였고, 법랍은 75세였다.

스님은 출가한 이래로 항상 부지런히 맑은 계율을 지키셨다. 특히 華嚴法門에 조예가 깊었고, 格外禪에 대한 설명은 이전의 고승대덕들도 미처 터득하지 못한 경지를 논한 것이었다. 때문에 阮堂 金正喜는 스님이 입적한 뒤 묘비를 지으면서 <華嚴宗主白坡大律師 大機大用之碑>라는 큰 글씨를 써서 우러렀던 것이다. 그 비문에서 김정희는 대략 다음과 같이 말했다.

"우리 동방에 근래 율사로서 선종과 교종을 하나로 묶은 분이 없었는데, 백파대사가 나와 가히 대기와 대용으로서 이를 감당하셨다. 백파대사는 80여 년의 생애 동안 손을 대고 노력을 기울인 업적에 대해 어떤 이들은 살리고 죽이는 근기와 쓰임으로 지리멸렬하게 뚫고 파헤쳐 괴이함만 보였다고 여기지만, 이는 왕개미가 큰 나무를 흔드는 것과 같은 짓으로 전혀 무의미한 짓일 뿐이다."

이에 스님의 명을 쓴다.

貧無卓錐	가난하여 송곳 하나 꽂을 데 없었지만
氣壓須彌	기운은 수미산도 덮을 만했네
事親如事佛	어버이 섬기기를 부처님 섬기듯 하였고
家風最眞實	풍모는 어느 누구보다 가장 진실하였다.
厥名兮亘璇	이름하여 긍선이로구나
不可說轉轉	다시 이리저리 설명할 수 없도다.

중국의 雪峯 노인이 그린 달마상이 김정희의 집안에 와서 사람들이

모두 깊이 이를 우러러 모셨는데, 그림을 본 사람들이 한결같이 대사의 모습과 너무나 닮았다고 말했다. 이 소식을 제자들이 듣고 기뻐 뛸 듯이 좋아하자, 김정희는 이 그림을 靈龜山 속에 맡겨두고 백파대사의 상으로 삼았다. 그리고는 다시 <孤起頌>을 지어 이렇게 말했다.

遠望似達摩	멀리서 바라보니 달마였는데,
近看卽白坡	가까이 보니 바로 백파였구나.
以有差別	차별이 있다고 여기겠지만
入不二門	둘이 아닌 문에 든 것이지.
流水今日	흐르는 물은 오늘 모습이고,
明月前身	밝은 달빛은 과거 모습이로다.

대사는 불가의 문하에 살면서 남긴 저술이 대단히 많아 거의 자기 키와 맞먹을 정도였다. 그 가운데 지금 세상에 전해지고 있는 저술은 『정혜결사문』과 『선문수경』, 『법보단경요해』, 『오종강요기』, 『선문염송기』, 『금강입해경』, 『선요기』 등이 있는데, 모두 후학을 위해 큰 길잡이가 될 만한 글들이다. 참으로 대사의 영원히 없어지지 않을 마음이 담겨 있는 보배라고 하겠다.

제목이 말한 것처럼 약전의 수준을 넘어서지 못하는 글이지만, 백파가 생전에 수행한 자취와 대중과 후학들로부터 얼마나 큰 존경과 숭앙을 받았는지 잘 보여준다. 특히 그는 定慧雙修의 정신을 고스란히 이어받아 한 번 득도했다고 해서 자만하지 않고 보다 완전한 깨우침의 경지에 이르기 위해 고행조차도 마다하지 않았던 정신의 소유자였다. 『정혜결사문』19조에 따르면, 그는 나이 48세 되던 1815년 가을에 대중을 떠나 홀로 깊은 산 속으로 들어갔다. 이런 거처의 전환은 자신의 수행 방식에 대해 불만을 느꼈기 때문이었다. 심산유곡을 돌면서 학문에 정진하기 8년, 그래도 공부가 미진하다고 느낀 그는 다시 1821년에 봄이 오자 바랑을 챙겨 금강산과 오대산에 있는 선지식들을 두루 참견하면서 자신의 도력을 시험하였다. 그러다가 그는 뜻맞는 道伴들과 함께 참선을 하면서 일생을 마치고자 맹세하였고, 그때 지은 글이 바로 『정혜결사문』이다. 순조 22년, 1822년의 일이다. 고려조 때 지눌에 의해 이루어진 정혜결사를 본받는다는 뜻으로 시행된 이 일은, 그의 사상의 근저가 어디에 닿아있으며, 당시 사회와 불교계의 모순과 알력에 대해 어떤 생각을 가지고 있었던가를 잘 보여주는 증거라고 하겠다.

김정희와 같은 당대 실학의 거두와 어깨를 나란히 하면서 화엄종주로, 大機大用으로 불렸고, 비록 서로 의견을 달리하긴 했지만 선가의 논객으로써 초의와 당당하게 禪風의 진작을 위해 일생을 노력하다가 열반한 우리 지상사의 큰 등불이 바로 백파라고 할 수 있을 것이다.

백파선사의 글을 모은 『白坡集』은 활자본, 1권 1책으로 전한다. 이 책에는 「정혜결사문」을 비롯하여 『선문수경』, 『법보단경요해』, 『오종강요기』, 『선문염송기』 등의 글과 金正喜와 논쟁을 벌이면서 주고받은 서신 등이 수록되어 있다.

백파 선사상의 핵심이 실려 있는 『선문수경』은 목판본 1책으로 전해진다. 이 책에서 선사는 임제의 3구로 일대의 禪敎를 셋으로 구분하고, 제1구를 얻으면 佛祖를 스승으로 삼을 수 있고, 제2구를 얻으면 人天을 스승으로 삼을 수 있지만, 제3구로서는 남은 고사하고 제 한 몸도 구제할 수 없다고 주장했다. 그러면서 제1은 祖師禪이고, 제2는 如來禪이며, 제3은 義理禪이라고 풀이한다. 아울러 그는 六祖大師 이후 五家의 宗風을 규정하여 臨濟宗과 雲門宗은 조사선이고, 潙仰

宗과 法眼宗, 曹洞宗은 여래선에 불과하다고 했으며, 의리선이란 그릇된 계책이고 망령된 생각에 지나지 않는다고 공격하였다. 이러한 논의는 일대 논쟁을 불러일으켜 이를 정면으로 반박한 것이 초의의 『禪門四辨漫語』다.

3. 초의의 생애와 저술

초의의 생애는 『초의시고』卷下에 실린 申櫶의 <草衣大禪師塔碑銘>과 李喜豊이 지은 <草衣大師塔銘>을 통해 그 대략을 알 수 있다. 이를 간단히 정리하면 아래와 같다.

초의는 1786년 4월 5일 전라남도 무안군 三鄕面에서 태어났다. 속성은 張氏였고, 초의는 그의 法名이고, 자는 中孚子다. 그밖에도 海翁을 비롯해서 海師, 海老師, 海陽後學, 海上也耄人, 芋社, 紫芋, 一枝庵 등의 호를 썼다. 그가 일생동안 동년우로서 친교를 맺은 김정희는 같은 해 6월 3일에 충남 예산군 新岩面 龍宮里에서 태어났다.

어머니가 꿈에 큰 별이 품안으로 들어오는 일이 있고 나서 그를 잉태했다고 한다. 5세 되던 해에 물에 빠져 죽을 뻔했는데 누군가에 의해 구조되었다고 한다. 15세 때에 전남 나주군 다도면 덕룡산 운흥사에서 碧峰敏性을 證師로 출가하였다. 19세 때 月出山에 올랐다가 뜨는 달을 보고 開悟하였고, 다음해부터 그는 茶道에 관심을 가지기 시작하였다. 그의 詩作은 22세 때인 1807년부터 전남 화순군 雙峰寺에서 시작된다. 24세 때 처음으로 정약용과 교분을 가졌고, 김정희와는 30세 때인 1815년에 처음으로 대면한다. 39세 때 대흥사에 一枝菴을 지어 평생 이곳을 거처로 삼아 시작과 저술 활동을 전개하였다. 초의 선논쟁을 펼친 계기가 된 백파의『선문수경』은 1827년(42세)에 쓰여졌는데, 이에 대해 논란한 글인『선문사변만어』가 언제 쓰여졌는가는 정확한 연대가 고증이 안되고 있다. 다만 그의 제자인 圓應戒定이 <선문사변만어서문>을 써서 책으로 간행한 연대가 1913년임은 확인된다. 여하간『선문사변만어』는 초의 생애 후기의 중요한 저작이다. 이후 그는 한양 도성을 네 차례에 걸쳐 방문하면서 당대의 일류 명사들과 교유하였고, 그 사이에 불국사와 금강산 기행을 가졌다. 1886년 8월 2일 일지암에서 입적하였다. 향년은 81세였고, 법랍은 76세였다.

그의 생애는 어찌 보면 단조롭다고도 할 수 있다. 그는 일생동안 유가의 지식인들과 교유하면서 신문화에 대한 지식을 쌓았고, 독서와 自得으로 다양한 정보를 수용한 것으로 보인다. 그러나 그는 동시대 식자층, 특히 실학파 지식인들과 폭넓게 교유하면서 서서히 변화하고 있던 동아시아의 문화사적 움직임에 눈을 뜨게 되었고, 김정희와 정약용과 서신을 교환하고 왕래하면서 실학적 사고의 의미도 인식하였다. 그는 선구적인 유가 지식층처럼 중국을 다녀온 경험도 없었고, 西勢東漸의 시대적 분위기에 대응하는 모습을 보여주는 언사나 행동을 남기지도 않았다. 이는 그가 자신의 학문을 구축하고 세계관을 완성한 토대가 외적인 동인에 영향을 받아 이루어진 것이 아니라 내적인 성찰과 다양한 성향의 인물들과의 교유를 통해 자발적으로 얻어진 결과임을 보여준다. 그것은 그의 사회적 신분이 승려임으로 해서 지닐 수밖에 없었던 한계였고, 아직 서구 문화의 충격이 가시적으로 드러나기 이전에 살았던 데서 연유하리라 판단된다. 이것이 바로 그의 문학과 사상에 대한 접근에는 좀더 면밀하게 텍스트를 이해해야 할 이유가 된다. 초의 자신은 미처 깨닫지 못하고 있었지만 그에게는 세계 사상의 변화를 외면하면서 내부의 문제를 해결하려는 보수적인 성향과 지식의 계보를 새롭게 정리하고 평가할 필요성을 강조하는 진보적인 성향이 혼재되어 있었던 것이다. 正祖의 개혁 정치가 파탄으로 끝맺고 보수와 수구의 물결이 완강하게 일어나면서 정치적인 난맥상과 그에 대한 진단과 대안 모색이 거듭되는 시기에 그는 어느 한 편으로만 경도되지 않고 균형 감각을 유지하려 했던, 통합 지향의 완충적 지식인이라고 규정할 수 있다.

그는 당대 최고의 유가 지식인들과 폭넓게 교유한 경력을 보여준다. 崇儒斥佛 정책으로 일관한 조선조라 할지라도, 儒佛의 습합이 암묵적으로 인정된 형편을 생각한다면 이는 그만의 특별한 사건은 아닐 수도 있다. 그러나 그가 교유한 인물들의 편린을 살펴보면, 그가 단순히 유가 지식인들의 호사 취미에 휩쓸려 어울렸었던 것이 아님을 짐작하게 해준다. 秋史 金正喜(1786~1856)와 茶山 丁若鏞(1762~1836), 紫霞 申緯(1769~1847), 淵泉 洪奭周(1774~1842), 臺山 金邁淳(1776~1840), 道邨 金仁恒(?~?), 威堂 申觀浩(?~?), 小癡 許鍊(1809~1892) 등이 바로 그들이다. 이들은 당대 최고의 지성들이면서 격변을 예감케 하는 조선조 후기의 정치사와 문화사의 급류에 직접적으로 참여한 인물들이다. 이밖에도 그가 한양에 올라와 머물 때 맺은 당대의 일류 문인과의 교유는 그 범위가 20여 인을 헤아릴 뿐만 아니라, 杜陵詩社라는 문학적 교유 집단을 성형할 정도로 성대한 것이었다. 이처럼 그는 일개 승려로서는 누구도 생각할 수 없는 다양한 활동과 경험을 보여주면서 자신의 시대를 열어나갔다. 아니 이러한 폭넓은 활동의 전개는 어쩌면 그가 시야를 개방한 승려였기에 가능한 일이라고 볼 수도 있다.

그는 일생동안 적지 않은 저술을 남겼다. 그 저술의 폭 또한 심상한 것이 아니었음은 몇몇 제목만 열거해보아도 짐작할 수 있다. 차와 관련한 작품인『茶神傳』이 초록된 것은 45세 때인 1830년이었고, 한국 차의 역사와 가치를 한시로 노래한『東茶頌』은 52세 때인 1837년에 쓰여졌다. 같은 해에 불교논저인『文字般若集』도 저술하였다. 66세 때에 그동안 써온 詩藁를 모아『草衣詩集』을 엮었다고 추측되는데, 石梧 尹致英과 신관호가 쓴 <서문>이 전하고 있다.

그밖에도 연대는 분명치 않지만, 여러 편의 저술이 전한다. 대표적인 논변서인『선문사변만어』가 전하며,『진묵조사행적고』와『禪門拈頌選要疏』와『草衣禪課』등이 현전한다. 그가 세상을 떠난 뒤 1890년에 일생동안 쓴 산문을 수집한『一枝菴文集』이 간행되었고, 시작들은『艸衣詩藁』(전2권)라는 이름으로 1906년에 출간된다. 그의 저술은 일부는 활자본으로 편집되기도 하고 일부는 필사본으로 전해지고 있다. 시와 산문집도 이본들이 몇 권 전하고 있지만, 내용상으로는 큰 편차를 보이지는 않는다. 본 논고는 아세아문화사에서 1980년에 영인 출판된『艸衣全集』을 주된 텍스트로 삼았다.

4. 백파의 禪思想과 그 파장

백파의 선사상은 그가 60세 되던 1826년에 쓴『선문수경』에 결집되어 있다. 그는 많은 저술을 남겼지만, 특히 이 책에는 나름대로 이해한 선종의 올바른 계보와 선수행의 참된 방법에 대해 고민한 흔적이 역력하게 기술되어 있다. 그는 임제종의 종조인 臨濟義玄의 이야기를 바탕으로 선수행을 닦는 사람들의 근기에 따라 동일한 수행을 한다고 해도 도달하는 종착점은 다르다고 보았다. 즉 자신의 수행 능력은 개인에 따라 차이가 있을 수밖에 없으며, 이를 염두에 둔 수행만

이 진정한 禪悅의 경지에 이를 수 있다는 것이다. 이는 물론 사람의 근기 자체에 차별이 있다고 결론지은 결과에서 나온 것은 아니다. 그가 이같이 근기에 따라 수행과정과 그 결과를 분류한 목적은 사람마다 가지고 있는 선 수행의 특성을 분명히 인식해서 한계를 극복하게 하려는 데 있었다.

『선문수경』은 방대한 저술은 아니지만, 23개 항목에 걸쳐서 선수행자의 근기와 그에 따른 방법 및 이론들을 논리적으로 설파하고 있다. 장황해지기는 하겠지만, 그 항목들을 순서에 따라 제시하고 글 속에 담긴 뜻을 간단하게 요약하도록 하겠다.

(1) 臨濟三句圖說

임제가 말한 삼구는 바로 부처가 말한 종지를 그대로 실현한 것으로, 이는 모든 부처에서 중생들에게 이르기까지 이 설법을 떠나서는 아무것도 이해할 수 없다고 하였다. 문자에만 집착하는 것은 가죽신을 신고 가려운 곳을 긁는 것과 같으니, 어지러운 세속에서 몸을 편안히 하고 명을 세우기 위해서는 삼구를 철저하게 이해해야 한다고 주장하였다.

(2) 向上本分眞如

참된 부처, 참된 佛法, 참된 도가 무엇인가를 묻는 질문에 대해 임제가 한 답변이 나와 있다. 부처는 마음이 맑고 깨끗한 것으로, 이것이 大機라 하였다. 불법은 마음이 빛나고 밝은 것으로, 이것이 大用이라고 하였다. 도는 곳곳이 막힘이 없이 맑고 빛나는 것으로, 이 세 가지는 곧 하나라고 하였다. 이것을 보았다면 그 또한 부처와 다를 바 없다는 것이다.

(3) 向下進熏三禪

임제의 삼구를 모아 총괄한 부분이다. 만약 제1구에서 깨우쳤다면 佛祖와 함께 스승이 되리니, 祖師禪이다. 제2구에서 깨우쳤다면 人天과 함께 스승이 되리니, 如來禪이다. 제3구에서 깨우쳤다면 자기 자신도 구할 수 없을 것이니, 義理禪이다. 백파가 선을 세 가지로 분류한 근거가 제시된 글이다.

(4) 義理禪三句頌

제1구는 三要印이 開朱點窄한 것으로, 주인과 객을 나누는 일조차 용납하지 않는다고 하였다. 제2구는 오묘하고 기뻐서 무착의 물음조차 용납하지 않으니, 거품 같은 것이나 다투는 것이 근기를 흐리게 하는 것마저 잘라 버린다고 하였다. 제3구는 무대 위에서 춤추는 꼭두각시를 보는 것이니, 그 속에서 움직이는 사람까지 끌어내는 것이라고 하였다. 임제는 한 구 안에는 三玄이 갖추어져 있고, 한 현 속에는 三要가 갖추어져 있으니, 權道도 있고 본질도 있으며 비춤[照]과 쓰임[用]도 있으니, 이를 알아야 한다고 하였다.

(5) 三句圖示

백파 스님이 임제가 말한 제1구와 제2구, 제3구를 도표로 제시한 것이다.

(6) 義理禪格外禪辨

의리선과 격외선의 차이에 대해 설명하고 있다. 그는 격외선을 다시 여래선과 조사선으로 나누었는데, 여래선은 격외선과 맥이 닿지만,

의리선은 철저하게 의리에만 매달려 있기 때문에 여래선과는 다르다고 보았다. 조사선은 "산은 산이요, 물은 물"이라고 하는 설법이 대표적인 것이라고 하면서 의리의 격에서 훨씬 벗어났기 때문에 격외선이라고 부를 수 있다는 것이다. 격외선 중 여래선은 中根衆生이 삼현의 관문을 지나 향상해 나아가는 것인데, 여래가 말한 모든 법은 한 마음을 밝힌다는 설법의 자취만 쫓기 때문에 여래선이라 부른다고 하였다. 法眼宗, 潙仰宗, 曹洞宗이 여기에 속한다는 것이다. 조사선은 상근중생이 三要門을 지나 진공묘유를 가지는 것으로, 三處傳心 가운데 첫 번째인 拈花示衆에서 이치를 깨치는 것이다. 雲門宗과 임제종이 여기에 속한다고 보았다.

(7) 末後句最初句辨

말후구와 최초구에 대해 구분해서 설명한 글이다. 말후구는 삼선에 대해 삼구로 말했지만, 그 뜻은 이러한 제한에 있지 않다는 것이다. 비록 삼선을 전수한다고 했지만, 결국 아무것도 전함이 없다는 사실을 밝혀 진여에로 나가게 하고자 했으니 말후구라는 것이다. 그 예로 부처가 태어나면서 말한 '천상천하유아독존'을 들 수 있다. 최초구는 이 같은 자취를 다 걷어내고 곧바로 사람들이 가지고 있는 진여를 드러낸 것인데, 처음부터 교화의 문을 거치지 않고 본분을 그대로 보여준 것이기 때문에 최초문이라고 한다는 것이다. 그는 龜谷禪師의 말을 빌려 말후구도 圓極에 이르니 최초구와 다를 바 없다고 결론지었다.

(8) 新熏本分辨

의리선은 다만 깨우치고 수행해서 부처가 되는 것으로, 眞如自性을 밝히지 못하니 부처의 서장에 불과하다고 하였다. 여래선 가운데 위앙종과 법안종은 三玄權으로 새로운 것을 삼고 一句實로 근본을 삼은 종파다. 조동종의 경우는 空劫을 초월해서 금세에 떨어지지 않고 곧바로 진공에 이르렀기 때문에 새로운 것도 아니고 근본을 두지도 않았다고 하였다. 이 세 종파는 근본을 깨닫고 자성을 구분했으니 적자라고 할 수 있다는 것이다. 조사선의 두 종파는 向下三要로 새로움을 삼고 향상진여로 근본을 삼았다고 보았다. 본분과 진여로 나아가 隨緣 두 의리를 변하지 않게 하여 원만하게 진공묘유를 갖추었다고 하였다. 비록 두 종파가 깊고 옅음이 다르지만 모두 본분진여를 깨우쳤기 때문에 부처의 적자라고 할 수 있다는 것이다.

(9) 殺活辨

살인검과 활인검의 차이와 특징에 대해 논하고 육조 혜능의 정법을 이은 계통에 대해 설명하였다. 삼처전심 가운데 첫 번째 分座는 활인도로, 살만 있고 활은 없는데, 靑原이 이를 터득했으니 육조의 방계로 전수받았다는 것이다. 두 번째 염화는 활인검으로, 진공묘유를 갖추어서 어둡게도 하고 밝게도 할 수 있는 것으로, 南嶽이 이를 터득했으니 육조의 정통을 전수 받았다는 것이다. 살 밖에 활이 없으니, 百丈이 대기를 얻었는데, 大機圓應이다. 활 밖에 살이 없으니, 黃檗이 大用을 얻었는데, 大用直截이다.

(10) 圓相說

의리선과 여래선, 조사선의 성격을 일곱 가지 문양을 통해 설명한 글이다. … ∴ ○ ⋮ … ⦂ ◉이 그것이다. …은 의리선으로, 어둡지도 않고 밝지도 않은 모습을 형상화하였다. ∴은 여래선으로, 어둡지 않고 밝음만 있는 모습을 형상화하였다. ○은 다만 진공일 뿐 묘체가

한 원상에 있는 물건이 없기 때문에 오직 어둘 뿐 밝음이 없어서 수
本을 멀리 초월했기 때문에 무물이라고 하는 것을 형상화하였다. ：
은 조사선 三要 가운데 처음에 대기원응해서 기밖에 용이 없기 때문
에 직선으로 三際를 다한 모습을 형상화하였다. …은 二大用만 모두
드러나고 용 밖에 기가 없는 까닭으로 수평으로 시방세계에 두루 존
재해 있는 모습을 형상화하였다. ∴은 三機가 널리 베풀어지고 기용
이 동시에 원만하게 갖추어져 있어서 종횡으로 막힘이 없고, 殺機와
活用이 두루 밝은 모습을 형상화한 것이다. ○은 진여에로 나아가 원
상이 변함이 없어서 진공이고 고요하며 열반에 이르러 진리를 비추어
서 성불한 모습을 형상화하였다.

(11) 三性說

의리선, 여래선, 조사선 3禪의 본성이 갖는 특징을 설명한 글이다.
의리선은 분별과 집착이 있기 때문에 계산에 치우치고 망령된 성정을
가지고 있다는 것이다. 여래선은 본분은 향상에 있지만 풀고 막힌 것
을 귀하게 여기기 때문에 계산에 치우치고 망령된 성정을 가지고 있
다고 보았다. 조사선 삼요는 참됨과 망령됨이 화합하고 비록 前六了
別만은 못하지만 미세한 망념을 쓸어버렸다는 것이다.

(12) 一鏃破三關有五重

일족과 삼관에 대해 설명하고 있는 부분이다. 廻光反照하는 지혜
가 일족이며, 所觀三諦로써 삼관을 삼는다고 하였다. 이를 위앙종, 법
안종, 조동종의 종파적 특징과 연계 지으면서 동시에 의리선, 여래선,
조사선의 문제와도 결부시키고 있다.

(13) 配金剛四句偈

『금강경』에 나오는 4구의 게송을 삼종선에 배치하면서 그에 따른 설명이 첨가된 글이다. 삼현 가운데 用中玄은 의리선으로 따지면 이는 허망한 구가 되며, 玄中玄은 본분 일구로서 이 경문은 다만 제2구 여래선을 밝힌 것이다. 그리고 1구 대용과 2구 대기, 3구 齊施, 4구 向上一竅는 제1구 조사선 삼요를 밝힌 것으로 보았다.

(14) 配三身有三重

化身과 報身, 法身이라는 삼신의 특징을 설명한 글이다. ① 보신과 화신은 삼요가 되고, 법신은 향상일규가 되며, ② 삼법신은 삼요가 된다. 법신은 기이니, 본성이 청정해서 온갖 법이 따라 생기는데, 때문에 화신은 용이다. 하나의 생각을 이름하여 변화라 하니, 때문에 보신은 중이다. 선악의 상황에 처해서도 선악에 물들지 않으니 이것이 화신을 모아 법신에 돌려보내는 것이다. 때문에 향상법신은 일규가 된다. 앞의 두 뜻은 『금강경』<希有分>에 보인다. 이것으로써 실로 함허 스님의 설법이 『육조단경』과 맥락이 통함을 알 수 있다. ③ 삼신은 합해져 보현보살의 대용이 되고 향상법신은 문수보살의 대기가 되는데, 삼신은 일신이고 합하여 중이 된다. 셋도 아니고 하나도 아니니 진공이고, 셋이면서 하나이니 묘유이다.

(15) 配五分法身

법신을 다섯으로 나누어 배치하면서 설명한 글이다. ① 戒香法身은 기이다. ② 慧香法身은 용이다. ③ 定香法身은 중이다. 처음 삼신은 달마가 말한 직지인심이고, ④는 견성이며, ⑤는 성불이다. 이 五香法身은 사람들마다의 자성 속에 본래부터 갖추어진 것으로, 인연이 닿으면 반드시 피어나는 것이다.

(16) 配四弘願

사홍서원을 삼종선과 연계지어 설명한 글이다. 중생을 모두 제도하겠다는 서원은 악함을 생각하지 않은 것이고, 번뇌를 다 끊겠다는 서원은 착함을 생각하지 않은 것이다. 불법을 다 깨우치겠다는 서원은 본성을 드러내기를 원하는 것이고, 불도를 이루겠다는 서원은 성불하기를 바라는 것이다. 이 사홍서원은 스님네가 일용하는 네 가지 위의 가운데 자성의 無念과 떨어지지는 않지만 行願과는 떨어진 것이니, 때문에 육조 대사가 <임종게>에서 말한 "우뚝하게 서서 선행을 닦지도 않고, 날아올라 악행을 만들지도 않았다. 고요한 속에 보고 들음을 끊으니, 드넓은 마음은 얽매임이 없도다(兀兀不修善 騰騰不造惡 寂寂斷見聞 蕩蕩心無着)"라는 내용과 일치한다. 이 게에서 1구는 두 번째 서원이며, 2구는 첫 번째 서원이고, 3구는 세 번째 서원이며, 4구는 네 번째 서원에 해당한다. 이는 달마가 전한 無文印과도 같다.

(17) 配坐禪禪定四字

좌선과 선정 네 글자의 의미를 분석한 글이다. 좌는 진공이다. 비록 바깥 상황을 본다고 해도 생각이 일지 않기 때문에 자성이 움직이지 않으니 좌라고 이름한다. 선은 묘유다. 생각이나 지혜가 없어 능히 자성이 움직이지 않음을 보니 선이라고 이름한다. 선정에서 선은 묘유로, 현상에 나아가고 현상과 떨어지니 선이라 이름한다. 정은 진공으로, 이미 바깥 현상과 떨어졌으면 속마음이 움직이지 않으니 정이라 이름한다. 좌선은 진공에서 비롯해서 묘유를 얻으니 좌 밖에 따로 선이 없다. 선정은 묘유에서 비롯하여 진공이 드러나니 선 밖에 따로 정이 없는 것이다.

(18) 達磨不立文字直旨人心見性成佛說

달마 대사가 말한 불립문자, 직지인심, 견성성불에 대한 의미를 해명한 글이다. 불립문자는 바깥에 있는 어지러운 무리들이 내세우는 의리나 사악한 견해를 잘라버리는 것이다. 직지인심은 사람이 지닌 본연을 인심이라 하는데, 인심의 맑고 공한 올바름이 망령된 마음을 잘라 없애고 참된 마음을 지시하는 것을 말한다. 견성은 진공을 향해 나아가는 것이며, 성불은 묘유를 향해 나아가는 것이다.

(19) 達磨三處傳心

달마 대사가 2조 慧可 대사에게 법을 전하면서 묻고 답한 세 가지 사실을 설명한 글이다. ① 모든 인연을 끊어버리고 한 가지 법도 감정에 얽히지 않을 때 여래선을 터득할 수 있다. ② 내 마음이 편치 않으니 이를 편케 해달라는 혜가 대사의 물음에 마음을 가져오라고 한 달마대사의 대답이 나온다. 밝고 밝아 어둡지 않고 항상되는 앎을 깨닫는 것이 여러 부처가 전한 마음의 본체인 것이다. 이를 통해 조사선을 터득할 수 있다. ③ 달마 대사가 때가 되었으니 자신이 얻은 바를 말해 보라고 했을 때 다른 제자는 말로 터득한 바를 보였지만, 혜가 대사는 예를 갖춰 세 번 절하고 일어섰다. 이에 달마 대사는 "네가 나의 골수를 얻었다."고 하면서 의발을 전했다. 이것이 바로 入室의 경지다.

(20) 禪室三拜說

(19)항목에 이어지는 내용이 나온다. 南無十方常住佛은 대기에 귀

의하는 것이며, 南無十方常住僧은 齊施에 귀의하는 것이다.

(21) 看堂十統說

초삼통은 의리선의 유무 중 삼구다. 가운데 일통은 여래선의 向下三要다. 이는 선가들이 말없는 가운데 법을 짓는 一行三昧로, 예부터 십통으로써 十惡의 설을 깨뜨렸던 것이다. 만약 종지를 잃었다고 여겨지거든 『作法龜鑑』을 두루 살펴 단속해야 할 것이다.

(22) 無字揀病論要害

趙州從諗의 유명한 공안인 무자공안에 대한 설명이다. 어떤 승려가 조주 대사에게 "개에게도 불성이 있습니까?"라고 묻자 "있다."고 대답했다. 다른 승려가 똑같이 묻자 "없다."고 대답했다. 그러자 "일체중생 실유불성이라고 했는데, 왜 개에게는 없다는 것입니까?"라고 따졌다. 조주 대사가 "너를 위해 業識을 따로 두었다."고 대답했다. 이 공에 대해 백파스님은 대단히 긴 해설을 붙이고 있다. 항목의 제목대로 간병, 병폐가 있는 곳을 따져 가려낸다는 것이다.

(23) 禪教大旨不出眞空妙有大機大用

선이 가르치는 큰 뜻은 진공묘유와 대기 대용을 벗어나지 않는다는 말이다. 원래 사람의 마음에는 隨緣과 妙有 두 올바름이 갖추어져 있다. 수연은 묘유면서 진리이며, 불변은 진공이자 열반이다.

이처럼 다소 번잡할 정도로 『선문수경』에 담긴 내용을 요약한 이유는 백파 스님이 주장하는 삼종선의 구분이 단지 인간의 근기를 차별화함으로써 인간 자체를 차별화했다는 오해를 조금이라도 불식시키기 위해서다. 즉 원래 백파스님의 의도는 선을 세 가지로 분별해 선이 지닌 청정성을 훼손하고자 한 것은 아니라는 것이다. 그는 선을 세 가지로 나누어 설명함으로 해서 그간에 흐트러져 있었던 선가의 종지를 바로 세우려고 했던 것이다. 백파는 당시 불교계의 가장 큰 문제는 일정한 졸가리 없이 난무하는 선풍과 교풍의 혼란에서 찾았다. 이런 혼란을 바로잡기 위해 필요한 것은 우선 엄정한 教判相釋이다. 玉石이 섞여있고 가짜와 진짜가 混淆되어 있는 상황에서 그가 먼저 해야 할 일은 眞否를 가려내는, 分類의 작업이었던 것이다. 때문에 다소 무리가 되더라도 엄정하고 비약적인 방법이 필요했다. 그의 논리가 일반 선가의 논리와 어긋난다고 지적을 받는 것도 부조리와 혼돈과의 결별 의식에 따르는 일종의 잡음이라고 하겠다. 『작법구감』과 같은 불교의례집을 편찬한 것도 이런 그의 작업과 무관하지 않을 것이다.

위에서도 살펴본 것처럼 그는 선종의 중요한 이론을 나름의 관점으로 설명하고자 애쓰고 있다. 백파의 삼종선 논의에 대해 초의 스님은 "옛날에는 다만 격외, 의리라는 말만 있었지 격외선, 의리선이라는 말은 없었다."고 하면서 백파 스님의 논리를 부정하였다. 그러나 이러한 반박은 말꼬리를 붙잡고 늘어지려는 선승답지 못한 발상임에 분명하다. 물론 초의스님 또한 백파스님의 원래 의도를 전혀 짐작하지 못했던 것도 아니다. 申櫶은 초의선사의 <탑비명>을 쓰면서 다음과 같은 구절을 남기고 있다.

스님이 백파 스님의 잘못된 부분을 지적하며 나의 생각을 물었다. 나는 스님께서도 잘못 본 부분이 있는 듯하다고 대답하였다. 그러자 스님은 이 말에 대해 웃음으로 대신하면서 이렇게 말씀하셨다. 백파 스님의 허물이나 나의 허물이 사실은 모두 잘못될 것이 없으니, 잘못된 곳이 있으면 곧 깨닫는 곳이 되기 때문이라는 것이었다.

이 문답의 저변에는 초의 스님과 백파 스님이 함께 염려하고 바로잡고자 했던 문제점의 향방이 암시되어 있다. 다소 비약이 심한 논리라고 해도 그 논리를 참구하면서 잘못된 부분을 깨우칠 때 결국 모순도 해결되리라는 것이다. 물론 백파의 삼종선 주장이 단순히 당시 선종 일각의 모순을 지적하려는 의도에서만 쓰여진 것은 아닐 것이다. 어쩌면 인도에서 전해져 중국을 거쳐 이 땅에까지 맥이 닿아 있는 선종의 계보와 그 속에 담긴 참된 지혜와 의미를 새삼 다시 정리함으로 해서 미혹에 빠진 대중들의 邪見을 배제하고 일부 승려층의 그릇된 외도를 바로잡으려는 데에 그의 순수한 의도가 있을 듯도 한 것이다. 근본이 무너지면 어떤 보완이나 대체도 무용지물일 뿐이다. 차츰 청나라와 서구로부터 심심찮게 들려오는 외국 문물의 침습에 대해 나름대로 의견을 바로 세우고 내적으로 와해되기 쉬운 禪家, 넓게는 불교 자체의 유신을 위해 그가 던진 화두가 바로『선문수경』, 말 그대로 선종에서 글을 읽는 사람들이 항상 손에 잡고 보아야 할 거울로써 제시하기 위해 그는 이 책을 지었을 수도 있는 것이다.

여하간 그가『선문수경』을 내놓자 의도했던 것이건 아니건 간에 그 반향은 대단했다. 대흥사의 초의 스님은 곧바로『선문사변만어』를 써서 반박에 나섰고, 송광사의 優曇洪基(1822~1881) 스님 역시『禪門證正錄』(1876)을 지어 반론을 제기하였다. 이 책은 활자본 1권 1책으로 전해지는데,『掃灑先庭錄』이라고도 한다. 백파가 지은『선문수경』에서 잘못된 부분을 바로잡아 先師의 門庭을 깨끗이 한다는 뜻이다.

한편 김정희와 같은 사대부 유학자도 <贈答白坡書>를 보내 그의 지나친 견해에 대해 우려를 표명할 정도였다. 물론 백파의 입장을 옹

호하는 주장도 나왔다. 제자인 雪竇有炯(1824~1887) 스님은 『禪源溯流』를 써서 스승의 입장을 구체적으로 표방하였다. 그러자 竺源震河(1861~1926)가 『禪門再正錄』을 써서 백파 스님과 설두를 한꺼번에 비판하였다. 이처럼 18세기 후반부터 1세기 가까이 백파 스님의 『선문수경』을 둘러싼 논쟁은 치열하게 전개되었다. 이와 같은 논쟁은 불교계에 자성의 바람과 종풍을 재인식하는 분위기를 불러일으켰고, 동시에 개화기와 일제침략기를 거치는 동안 일본 불교의 내침과 외세 종교의 거침없는 도전에 나름대로 내성을 기르고 자구책을 강구하는 역량을 기르는 데 적지 않은 공헌을 했다.3)

5. 초의의 茶禪과 眞景山水詩

초의는 백파의 삼종선 구분에 대해 일갈을 토해 오류를 바로잡기도 했지만, 그의 진면모는 역시 우리 것에 대한 사랑이 가득한 茶道의 선양과 참신한 기풍이 서린 詩風을 마련한 데서 찾아야 할 것이다. 초의는 시인이면서 화가였고, 藝人이기도 했다. 서화는 상당한 수준에 올라 吳道子4)의 기풍을 보였다는 평까지 들을 정도였다. 그의 시

---

3) 백파와 초의를 둘러싼 일련의 선논쟁의 추이와 의의에 대해서는 韓基斗의 논문 <白坡와 草衣時代 禪의 論爭點>(『韓國佛敎思想史』, 동방불교연구소, 1994)에 자세하니 일독을 권한다.

4) 700?~760?. 당나라의 화가로, 吳道玄으로도 불린다. 어렸을 때 이름이 道子인데 玄宗이 도현이라 고쳐주었다고 한다. 하남성 禹縣 출생이다. 지방의 낮은 벼슬아치였지만, 현종에게 인정받아 궁정화가가 되었다. 722년 낙양과 장안의 여러 사찰에 <日藏月藏經變>이라는 벽화와 <金橋圖>를 그렸다. 742년 현종의 명을 받아 嘉陵江 300여 리의 경치를 大同殿에 하루만에 그린 일화가 유명하다. 『歷代名畵記』를 비롯하여 회화사상 최고의 평가를 받았지만, 확실한 유품은 전해지지 않는다. 畵聖으로 불린다.

에는 우릴수록 진미가 고이는 茶禪의 체취와 당시 우리 화단의 화두로 떠오른 진경산수의 간곡한 아름다움이 어우러져 있다. 그의 茶香 취향과 시에 등장하는 소재들은 관념의 세계에서 끌어낸 도구가 아니었다. 하나하나 그가 체험하고 관조를 통해 얻어낸 깨달음의 결실이었다. 조선 후기 문화사와 詩史에 그는 새로운 경지를 열었다고 해도 좋을 것이다. 그런 방향에서 그의 사상과 작품 세계를 감상해보기로 하자.

(1) 茶禪의 울림 - 〈東茶頌〉과 〈茶神傳〉

초의는 일찍부터 터를 잡고 정진에 몰두했던 일지암 뒷산 자락에 차밭을 일구어 다도를 즐겼다. 그에게 있어 다도는 호사 취미에 그친 것이 아니었다. 求道 정신의 또 다른 발휘였고, 생활인의 기호 식품으로서 저변을 넓히고 우리 체질에 맞는 품종을 개발하려는 노력의 일환이었다. 여가와 건강을 함께 생각했던 착안이었고, 동시에 우리 문화 인식의 발로였던 것이다. 그와 막역한 사이였던 정약용이 <東茶記>를 지어 우리 차의 품성과 가치를 알린 바 있듯이 그 역시 역사적, 학술적으로 우리 차의 연원과 성분을 밝히고 개량하는 데 평생을 바쳤다. 이런 노력이 저술로 나온 것이 바로 <동다송>과 <다신전>이다.

<동다송>은 차의 기원과 품격, 연혁 등을 한시로 노래한 것이고, <다신전>은 淸나라의 학자 毛煥文이 엮은 책『萬寶全書』중 <茶經採要>를 정리하여 정서한 것이다. 이 책에는 22개 항목에 걸쳐 찻잎의 채취와 제작법, 품질 식별법, 보관법, 불기운 가늠법, 물 쓰는 법, 물 끓이는 법, 다관에 찻잎 넣는 법, 차의 빛깔과 맛 구분법, 그 밖의 茶具에 대한 정밀하고 간략한 소개가 이루어져 있다. 비록 중국의 문

헌을 정리한 것이지만, 우리 실정에 맞게 재정비하여 선 수행의 경지로 올려놓는 데 적지 않은 기여를 하였다. <다신전> 초록은 1828년에 이루어졌고, 정서는 2년 뒤인 1830년 일지암에서 완성하였다.

<다신전>을 정리한 뒤에도 꾸준히 우리 차의 개량과 재배에 몰두하던 스님은 10년 뒤에 <동다송>을 쓰기에 이른다. 스님의 나이 52세 때인 1837년의 일이다. <동다송>은 *海居道人 洪顯周*의 부탁으로 저술한 것인데, 우리 땅 동국에서 생산되는 차를 찬송하여 偈頌으로 지었다는 뜻이다. 모두 31련 62구로 되어 있는데, 차의 기원과 생김새, 효능과 제조법, 우리 차의 우수성 등을 노래하였다. 필사본에 보면 구절마다 상세한 주를 달아 누구나 읽으면서 차에 대한 소양을 넓힐 수 있도록 하였다. 친필본은 전하지 않고 필사본만 두 종류 전하고 있다. 다소 길긴 하지만 이 작품의 전모를 알고 초의가 <동다송>을 지은 취지를 알기 위해 전편을 번역 수록하겠다.

后皇嘉樹配橘德	하늘이 좋은 나무를 귤의 덕과 함께 하니
受命不遷生南國	받은 명을 어기지 않고 남국에 피웠네.
密葉鬪霰貫冬靑	빽빽한 이파리는 눈발을 뚫고 겨울 내내 푸르고
素花濯霜發秋榮	하얀 꽃은 서리에 씻겨 가을 꽃잎을 터뜨렸네.
姑射仙子粉肌潔	고야산의 선녀처럼 고운 피부는 깨끗하고
閻浮檀金芳心結	염부주의 황금처럼 향기로운 마음 맺혔네.
沆瀣漱淸碧玉條	이슬이 푸른 옥 같은 가지를 맑게 씻었고
朝霞含潤翠禽舌	아침 안개에 젖은 잎은 비취새의 혀와 같구나.
天仙人鬼俱愛重	하늘 신선 땅의 귀신이 모두 아끼고 사랑했나니
知爾爲物誠奇絶	이 물건 됨됨이가 참으로 기이한 것을 알겠네.
炎帝會嘗載食經	염제가 일찍이 맛보고 『식경』에 올렸으니
醍醐甘露舊傳名	제호와 감로는 예부터 이름이 전해져 왔네.

解醒少眠證周聖　　술에서 깨게 하고 잠을 줄여 주니 주공도 증험했고
脫粟飮茶聞齊嬰　　제나라 재상 안영은 곡식은 빼고 차 나물을 먹었네.
虞洪薦饌乞丹邱　　우홍은 제물을 올려 단구산에 빌었고
毛仙示藂引秦精　　모선은 구명차를 보내 진정을 이끌었지.
潛壞不惜謝萬錢　　땅에 묻힌 귀신도 만금의 사례를 아끼지 않았고
鼎食獨稱冠六情　　솥 속에 먹을 것 많아도 차만 홀로 육정 중 으뜸일세.
開皇醫腦傳異事　　수나라 문제는 뇌를 바꿔 기인한 일을 전했고
雷笑茸香取次生　　뇌소차와 용향차가 차례로 만들어졌네.
巨唐尙食羞百珍　　당나라 땐 진귀한 음식으로 높게 대접을 받았는데
沁園唯獨記紫英　　심원에서는 오로지 자영차만 기록했네.
法製頭綱從此盛　　만드는 법에 조리가 서서 이때부터 성행하니
淸賢名士誇雋永　　맑고 어진 군자들이 맛좋은 고기라며 우러렀네.
綵莊龍鳳團巧麗　　용단과 봉단을 만들어 곱게 꾸미니 교묘하고
費盡萬金成百餠　　만금을 들여서 향기로운 떡으로 만들었네.
誰知自饒眞色香　　누가 참다운 차의 색과 향을 즐기리오
一經點染失眞性　　한 번 물들어버리면 참된 성품을 잃는다네.
道人雅欲全其嘉　　도인이 그 아름다움을 온전히 하고자 하여
曾向蒙頂手栽那　　일찍이 몽산 봉우리에서 손수 가꾸었네.
養得五斤獻君王　　다섯 근 차를 얻어 임금에게 바치니
吉祥蕤與聖楊花　　이것이 바로 길상지와 성양화라네.
雪花雲腴爭芳烈　　설화차와 운유차가 솟아나는 향기를 다투고
雙井日注喧江浙　　쌍정차와 일주차는 강절 지방에 이름이 떠들썩하지.
建陽丹山碧水鄕　　건양 땅의 단산은 맑은 물의 고향이고
品製特尊雲潤月　　품질 좋은 차는 구름 흐르는 시내의 달빛이로다.
東國所産元相同　　동국에서 나는 차 또한 원래 서로 같으니
色香氣味論一功　　빛과 향기, 기운과 맛을 논한다면 한 가질세.
陸安之味蒙山藥　　육안차는 맛이 좋고 몽산차는 약이 되는데
古人高判兼兩宗　　옛 분들께서 이 둘을 모두 가졌다 평가했지.

還童振枯神驗速　젊게 만들고 마른 가지 떨치는 신비한 효험이 빠
　　　　　　　　르니

八耋顔如天桃紅　여든 살 노인장 얼굴도 복숭아처럼 붉어진다네.

我有乳泉把成秀碧百壽湯　내게 유천이 있어 수벽백수탕을 만들었
　　　　　　　　　　는데

何以持歸大覓山前獻海翁　어떻게 가지고 가 목멱산 앞에서 해옹에
　　　　　　　　　　게 바칠꼬.

又有九難四香玄妙用　차에는 아홉 어려움과 네 향기가 있어 현묘하
　　　　　　　　　게 쓰이니

何以敎汝玉浮臺上坐禪衆　어떻게 너를 옥부대 위에서 사람들을 좌
　　　　　　　　　　선하게 할꼬.

九難不犯四香全　아홉 어려움을 범하지 않으면 네 향도 온전해지고

至味可獻九重供　지극한 맛은 가히 구중궁궐에 올릴 수 있겠구나.

翠濤綠香纔入朝　취도와 녹향만이 겨우 조정에 들어갔으니

聰明四達無滯壅　귀 밝고 눈 밝아져 막힌 데 없이 터진다.

矧爾靈根托神山　하물며 영험한 뿌리를 신선 산에 두었으니

仙風玉骨自另種　옥골선풍이 절로 남다른 종류일세.

綠芽紫筍穿雲根　푸른 싹 자줏빛 순이 흰 뿌리를 뚫고 돋으니

胡靴犎臆皺水紋　호화와 봉억처럼 주름진 물 무늬가 아롱지네.

吸盡瀠瀠淸夜露　자욱히 내린 맑은 밤이슬을 흠뻑 마시노라면

三昧手中上奇芬　삼매에 젖은 손에는 기이한 향기가 올라온다.

中有玄微妙難顯　그 가운데 현미함이 있지만 오묘해 드러내기 어렵고

眞精莫敎體神分　참된 정기는 본체와 신령함을 나누면 안되네.

體神雖全　본체와 신령함이 비록 온전하다고 해도

猶恐過中正　오히려 중정을 넘어설까 두렵구나.

中正不過　중정을 넘어서지 않는다면

健靈倂　웅건함과 영험함이 함께 갖춰질 것이네.

一傾玉花風生腋　옥화차 한 잔을 마시면 바람이 겨드랑이에서 일고

身輕已涉上淸境　　몸도 가벼워져서 상청의 세계에서 노닐게 되지.
明月爲燭兼爲友　　밝은 달빛을 촛대로 삼고 친구로도 삼으니
白雲鋪席因作屛　　흰 구름은 자리도 되고 병풍도 되는구나.
竹籟松濤俱蕭凉　　피리 소리와 솔바람 물결이 아울러 소슬하고
淸寒瑩骨心肝惺　　뼈에 사무치는 맑고 시원한 기운에 마음도 깨어나네.
惟許白雲明月爲二客　오직 백운과 명월 두 분만 손님으로 맞으니
道人座上此爲勝　　도인의 자리인들 이보다 더 낫겠는가.

차에 대한 풍부한 지식과 관심, 그리고 끝없는 사랑을 느낄 수 있는 아름다운 작품이다. 오랫동안 애정 어린 눈길로 지켜보지 않았다면 나오기 어려운 경지를 일독을 통해서도 충분히 짐작할 수 있다. <다신전>이 차에 대해 바로 알기를 권한 글이라면 <동다송>은 바로 마시는 방법을 말했다고 해도 좋다. 운치와 격조를 갖춘 茶禪의 경지가 해박한 典故와 함께 실타래처럼 풀려 나온다. 초의는 생활 속에서 선을 즐기고 수행을 병행하는 진정한 구도자의 모습을 다도를 통해 증명했던 것이다. 현실과 깨달음의 세계를 구분하지 않고 연결시켰던 초의의 태도는 실학 시대를 산 선승이 보여준 또 하나의 근대적 사유[5]라고 말할 수 있고, 산중에 묻혀 세속과 거리를 두었던 불교를 좀 더 대중들에게 가깝게 다가가도록 만든 방편 불교의 실천이었다고 해도 좋을 것이다.

(2) 진경산수시의 妙境

초의 선수행의 핵심은 역시 그가 남긴 禪詩에서 찾아야 온당하다.

---

5) 이병욱, <현실의 여러 활동을 불교의 수행으로 포용한 초의선사>, 『한국불교인물사상사』, 238쪽, 승가대신문사, 2000년.

그는 조선 후기의 승려로서는 누구보다 많은 양의 시를 남겼다. 양에 못지 않게 질적으로도 우수해서 당대의 시인묵객들에게 이미 시로 인정받는 정도를 넘어서서 私淑을 받는 위치에 올라 있었다. 그는 선승이면서도 시인의 기풍을 얻었고, 시인이면서도 선승의 자태를 올곧게 지킨, 그야말로 詩禪一如의 높고 깊은 경지를 거침없이 보여주었다. 냄새가 묻어나지 않는 작시의 수법과 그러면서도 선의 내밀한 소식을 들려준 그야말로 당대 최고의 禪伯이자 詩伯이었다고 이를 만하다.

　초의는 세수 81세라는 장수를 누렸지만, 많은 여행을 하지는 않았다. 짬짬이 한양과 경주, 제주도, 금강산 등지를 오가긴 했어도 일지암 움막을 오래 버려두는 일이 없었다. 그러나 그의 시에는 한시가 가지는 교유적 성격을 충실히 수행했으면서도 서정성과 진정성을 모두 확보했다는 점에서 더욱 가치를 발한다. 특히 산수자연에 대한 直截적인 묘사와 풍부한 정서는 당대 대가들의 격찬이 빈 말이 아니었음을 실감하게 만든다. 行住臥坐 삶의 어떤 순간에도 그의 시선은 자연과 우주의 실상과 형상을 구현하는 일에 성공을 거두고 있다. 이것은 그가 김정희, 신위, 정약용과 같은 실학파 지식인들과 교유하면서 공감한 실학 정신의 실천이면서, 화가로서도 이름을 얻었던 그가 당시 풍미했던 眞景山水畵法의 정신을 계승한 데서 찾아야 할 것이다. 대상을 畵帖 속에서 臨寫하지 않고 일일이 찾아가 눈과 발로 확인한 다음에 화폭에 옮기는 진경산수 정신은 그의 시 속의 자연이 넘치는 생명력으로 충만하도록 만들었다. 이런 점들을 실제 작품을 감상하면서 살펴보도록 하자.

採薪休溪畔　　나물을 캐다가 시냇가에서 쉬노라니
溪流淸且漣　　냇물은 맑고 또 잔잔히 물결이 이네.

新藤經雨淨　　갓 자란 등나무는 비 맞은 뒤 맑아졌고
古石依雲娟　　이끼 낀 돌에는 구름 덮여 어여쁘다.
嫩葉憐方展　　고운 이파리는 서럽도록 돋아나고
葵花欣未娟　　드리워진 꽃 시들지 않아 즐겁기만 하여라.
靑巖當繡展　　푸른 바위는 수놓은 병풍인 듯하고
碧蘇代紋筵　　푸른 이끼는 무늬 돗자리를 대신할 만하구나.
人生亦何屛　　사람살이 다시 무엇을 구하겠는가
支頤澹忘還　　턱 괴고 앉아서 돌아갈 일 잊었네.
滄凉山日暮　　차가운 물줄기 산 해는 기울고
林末起暝煙　　숲 너머로 아련히 연기가 솟아나네.6)

　　초의는 그 대상이 사물이든 사람이든 함부로 평가하거나 자기만의
관점으로 독선적인 재단을 하지 않았다. 언제나 그의 시선은 따뜻하
고 정감에 차 있으며, 포근하게 상대를 감싸는 여유를 지니고 있었기
때문이다. 그야말로 森羅萬象이 모두 그의 친구요 스승이다. 이 작품
에도 그의 이러한 태도가 잘 드러나 있다. 이끼 낀 돌 하나, 이름 모를
풀 한 포기와도 그는 항상 대화를 나누었고, 존재 속에 담겨진 미세한
신비와 자연의 섭리를 공유하였다. 그리고 그 대화의 비망록이 바로
작품으로 환생한 것이다. 저물어 가는 산사의 저녁 풍경과 곁을 흐르
는 맑은 시냇가에 서서 아름다운 자연을 만끽하고 우주와 융화를 이
룬 그윽한 희열이 이면에 자리하고 있다. 무소유의 부유함을 만끽하
는 것이다. 시냇가를 둘러싼 아름다운 경치가 한눈에 들어올 듯이 그
려낸 솜씨도 예사롭지 않거니와 냇가에 누운 이끼 낀 돌과 비에 씻긴
등나무의 파릇한 잎사귀, 냇가를 둘러 핀 꽃들하며 묵직한 바위까지

---

6) <溪行(庚午(1810) 在大屯寺)>,『艸衣詩藁』卷1.

山客의 시선을 좇아 옮겨가는 시의 구도와 배치는 조금도 어색한 구석이 느껴지지 않는다.

削立蒼崖路欲窮	깎아지른 푸른 벼랑길도 끊기려 하는데
精藍瀟灑翠微中	깔끔한 도량이 아지랑이 사이에 놓였구나.
水因照影方知淨	그림자 훤히 드리웠으니 물 맑은 줄 알겠고
山到無雲始見空	구름 한 점 없는 산이라 비로소 공을 본 셈이네.
碍日何妨剗茂綠	햇살 가렸다고 무에 성가셔 나무를 베겠으며
惜春不遣掃殘紅	가는 봄이 아쉬울 것 없어 떨어진 꽃을 쓰노라.
前程但得無岐派	앞길에는 더 이상 헤맬 갈림길 없으리니
不向人尋西復東	사람일랑 찾지 않고 자유롭게 길을 가리라.7)

色界에 갇혀 살아야 하는 것이 인간에게 주어진 한계상황이다. 생로병사의 윤회를 거듭하는 육신을 훨훨 내던져 버리고 진리의 터전에 발을 들여놓은 경지, 이를 우리는 공이라 부른다. 그러나 또 색과 공은 격리된 별개의 공간이 아니다. 역시 인간이 만든 구분일 뿐이다. 마음을 다잡기에 따라서는 색도 공이 될 수 있고, 깨우침의 깊이가 이런 경지까지 이른다면 공조차도 색으로 환원될 수 있는 것이다. 『반야심경』에 노래한 色卽是空 空卽是色의 열반의 세계가 이 작품 속에 녹아 있다.

무성한 나뭇잎이 햇살을 가린다고 나무를 벤다면 그는 이미 장애에 얽매인 野狐에 불과하다. 가는 봄을 아쉬워한다 해서 색계의 변화가 멈추지는 않는다. 아니 멈추겠다는 생각이야말로 我執이요 狂態다. 봄이 가지 않으면 어떻게 여름이 오고 또 봄이 오겠는가? 그저 현

---

7) <潤筆庵>, 『艸衣詩藁』 卷2. 윤필암은 경기도 양평군 용문산에 있는 사찰이다. 용문사에 딸린 암자로 고려 중엽 妙德 비구니가 창건했다.

상을 그대로 인식하고 物自體로 받아들일 뿐이다. 이렇게 되니 발길
을 어지럽히는 갈림길도 사라지고 오직 공의 세계에서 청정하고 자유
롭게 유영하는 깨끗한 영혼만이 남게 되는 것이다. 자연을 말 그대로
자연스럽게 보는, 無碍行의 참다운 맛이 잘 드러난 작품이다.

登山莫登透迤山	산을 올라도 험한 산은 오르지 말지니
透迤之山凡艸樹	험한 산이라고 해도 풀과 나무는 평범하네.
君不見	그대는 보지 못했나
迦葉峻山層白雲上	험준한 가섭산이 흰 구름 너머로 우뚝해
直入銀漢吐風雨	곧바로 은하수로 들어가 비바람을 토해낸다네.
懸松倒柞許人攀	거꾸로 걸린 소나무 누운 떡갈나무 잡고 오를 순 있어도
崩崖落石縈細路	무너진 언덕 구르는 돌이 길마다 얽혀 있네.
強欲一步進	억지로 한 발짝 내디딘다 해도
已覺退三步	이내 세 발짝을 밀려 내려오네.
危磴幾屈膝	위태로운 돌층계에 몇 번이나 무릎 꿇었고
側棧屢驚度	휘청거리는 나무다리에 놀란 일도 여러 번이지.
絶驗難寄飛猱足	끊기고 험준해서 원숭이 발로도 건너기 어렵고
嵩峻倒壓戾天羽	높고 가파라 하늘 나는 새도 거꾸로 박힌다네.
終凌絶頂非人力	마침내 정상에 닿는 것은 인력이 아니고
知有山靈冥祐護	천지신명의 도움이 있었기 때문이지.
不知幾萬丈之穹隆	아득한 낭떠러지는 몇 길인지 알 수 없고
峭壁下臨無地	깎아지른 벼랑 아래엔 땅이라도 있는지 모르겠구나.
目眩足酸不敢俯	눈은 아른거리고 다리는 떨려 내다볼 엄두도 안 나고
列岳攢峯爭盤紆	연이은 뾰족한 봉우리는 다투어 굽이친다.
騰驤起伏勢難數	내달리고 기복이 심해 앞길을 점치기 어렵구나.

環坐陳險艱	둘러앉아 그 험난함을 이야기하는데
慰言如相訴	위로의 말이 마치 하소연인 듯 들리네.
掬嘗巖竇泉	바위 사이 샘물을 한 움큼 떠 마시니
神爽如發悟	정신이 맑아져 깨달음에 든 듯하구나.
摘蔬褁簞食	채소 나물로 도시락을 까먹으니
靈香通胷腑	신령스런 향내가 폐부까지 스며든다.
談論恐非人間意	담론에는 '비인간'의 뜻이 담긴 듯하고
賦詠疑是天上趣	읊조리는 시 또한 천상의 체취가 풍기네.
地上神仙眞玆是	지상의 신선이 바로 여기 있는데
何必吸風復飲露	어찌 바람 마시면서 이슬을 음복하는가.[8]

李白이 지은 <行路難>을 읽는 듯한 감동과 긴장을 주는 작품이다. 마치 직접 산길을 악전고투하면서 기어 올라가는 듯한 기분이 읽는 이의 마음을 짓누른다. 굽은 산길을 가지 말라는 말은 충고인지, 아니면 참된 진리의 세계에 이르기 위해서는 그만한 각고의 노력이 필요하다는 암시인지 도시 분간할 수 없다. 고행을 다 치르고 깨침의 경지에 오른 상태를 산 정상에 올라 맑은 바람을 쐬면서 도시락을 까먹는 정경으로 담았으니, 생생한 자연 묘사가 없었다면 불가능한 수법이다. 읽을수록 새로운 맛이 느껴지는 수작이다.

인위적으로 신선이 되고자 애쓰는 짓은 얼마나 어리석은 행동인가. 피나는 수련과 정진을 피하고 暗數를 써서 피안에 도달하려는 무리들이여. 경계하고 경계할지어다. 別有天地非人間은 망령된 작위로 얻어지는 것이 아니다. 겸허한 자기 인식 위에 불퇴전의 각오가 뒤따를 때라야 비로소 가능한 것이다. 거룩한 우주의 기운을 한껏 심호흡

---

8) <登迦葉峯>, 『艸衣詩藁』 卷2.

하면서 대자연과 혼연일체가 된 자연인 초의의 울부짖음이 사자후처
럼 우람하게 각인되어 있다.

山萬疊兮水萬重	산도 첩첩하고 물도 첩첩함이여
重重疊疊鬱穹隆	겹치고 쌓여서 울창하게 하늘9)을 업었네.
峥嶸參錯奇秀傑	우뚝 솟아 연이어진 봉우리들 기이한데
皆含肅穆正齊容	모두들 정숙하고 온화해 품위를 갖추었네.
琮琤喧吼遞相響	시냇물은 옥 구르듯 골짝을 달려가고
時會碧潭靜溶溶	때로 푸른 연못에 모여 조용히 고이네.
闊脚步步尋源去	발걸음도 활기차게 근원 찾아 올라가면
境深步窮源不窮	깊은 숲 속 길은 끊겨도 근원은 끝나지 않지.
風凉雲暖日華姸	시원한 바람 따뜻한 구름 햇살은 화창하고
樹葉相舒花欲紅	나뭇잎 무성한데 꽃도 붉게 피는구나.
將恨春歸無覓處	아쉬워라 이 봄 가면 찾을 곳도 없으려니
誰知轉入此中住	이 곳에 머무는 줄 누가 알겠는가.
蘂英收藏堅固林	꽃잎들 가득 쌓여 견고해진 숲이요
流曦攝入光明戶	햇살을 두루 먹어 밝게 빛나는 문이로다.
我願與爾同住持	내 너와 더불어 함께 머물기 원하노니
長年常作主中主	언제나 이곳에서 주인 중 주인이 되련다.
淸洞澗流瘦如藤	맑은 골 흐르는 시냇가에서 등걸처럼 늙어 가면
鐵心石腸寒無慕	철석같이 견고한 마음10)에 추위도 그리울 것 없네.
霧露雲霞作衣裳	안개와 이슬과 구름과 노을은 나의 옷이 되고
霜花雪葉充粮糧	서리 맞은 꽃과 눈 덮인 잎들은 양식이 되겠지.
水邊林下乾坤靜	숲 속의 시냇가 천지는 고요에 잠겼고
像外壺中日月長	호리병 속 세상에는 세월도 길고 길어라.

---

9) 穹隆 : (1)활 모양으로 되어 가운데가 높은 것. (2)하늘.
10) 鐵心石腸 : 마음의 심지가 굳어서 조금도 흔들리지 않음. 鐵石心腸. 鐵腸石心.

也有家風自展揚　　선가의 풍모 또한 절로 드날릴 게고
鳥歌花舞弄一場　　새들 지저귀고 꽃 춤추니 한바탕 세상이로다.
共居不知觀自在　　함께 살면서도 관자재[11]보살을 몰랐고
相逢不拜妙吉祥　　서로 만나고서도 묘길상[12]에 절하지 못했네.
若人問我向他道　　누가 있어 나에게 다른 길을 묻는다면
只緣識得自金剛　　다만 금강산으로 앎을 얻었다 하리라.[13]

초의는 그의 나이 53세 때 금강산을 여행했다. 예로부터 명승과 절경이 곳곳에 널려 있다는 금강산이지만 초의의 눈에 비친 금강산은 바로 佛道場 그것이었다. 돌맹이며 바위 하나하나가 모두 보살의 화신이고, 새떼들과 꽃잎 속에서 극락정토를 만끽한다. 금강산 그 자체가 관자재보살이고, 만나는 삼라만상이 모두 묘길상인 것이다. 거기에서 초의는 悟道했고, 자연이 바로 證師였다. 자연과 일체가 된 희열감을 그는 온몸으로 느낄 수 있었고, 그 깊은 오도의 기쁨을 한 편의 시로 엮었던 것이다.

敎學과 禪學을 따로 보지 않았던 초의는 자연이 곧 경전이었고, 自然行이 바로 禪修行이었다. 선배이자 스승인 백파가 『선문수경』을 통해 혼란스럽고 蕪雜한 당대 불교계의 현실을 바로잡는 엄혹한 작업을 진행했다면 초의는 선배의 후원에 힘입어 이를 다시 원융의 정

---

11) 觀自在 : 觀世音. 阿縛盧枳低濕罰邏라 음역하고 光世音 또는 觀世自在, 觀世音自在라 번역한다. 줄여서 觀音이라 한다. 大慈大悲를 근본 서원으로 하는 보살의 이름. 彌陀三尊의 하나로 아미타불의 왼쪽 補處다. 관세음이란 세간의 소리를 본다는 뜻이다. 관자재는 지혜를 관조하여 자재한 妙果를 얻은 사람을 말한다.

12) 妙吉祥 : 文殊師利. 대승보살. 문수와 曼殊는 妙의 뜻이고, 사리와 室利는 頭, 德, 吉祥의 뜻이다. 보현보살과 함께 석가모니불의 보처이고 왼쪽에 있으면서 지혜를 맡는다.

13) <遊金剛山詩(戊戌(1838)春 與秀洪同作)>, 『艸衣詩藁』 卷3.

신으로 통합하는 대기획을 시도했다고 할 수 있다. 그가 자연에 관심을 가지고 이를 禪境으로 담아내면서 인류 공존의 장으로 자연을 설정하고 있는 것은 이런 의도의 실천과 맞닿아 있다. 자연 강산은 부처님의 땅이면서 대중들의 땅이고, 미물들의 땅이기도 한 것이다. 그러기에 유가 지식인 사대부의 땅이 따로 있는 것도 아니고, 染着에 빠지지 않는 승려의 땅이 따로 있는 것도 아니다. 날마다 좋은 날이고 사람마다 모두 부처인 절대 평등의 세상을 그는 아름다운 자연 강토를 노래하면서 찾고 있다.

6. 끝맺는 말

이 땅의 18세기와 19세기는 여러 가지 면에서 대단히 중요한 역사적 전환기이면서 내분과 외압이 시시각각으로 현실화되던 시기였다. 안으로는 성리학적 세계관에 의해 구축된 조선 사회를 그 밑바닥까지 흔들리게 만든 반동적인 세도 정치가 판을 쳤으며, 이를 시정할 대안으로 등장한 실학 또한 실질적인 힘을 상실해가고 있었다. 대외적으로 보자면 청나라, 일본과 함께 서구 열강이 차츰 그 제국주의적 마각을 드러내면서 조선 강토를 침탈하려는 기회를 엿보던 시기이기도 했다. 이런 가운데 이 땅의 사상계는 안이한 자기 만족과 균형 감각을 잃어버린 무의미한 논쟁으로 기력을 쇠진시키고 있었다. 그런 상황은 비단 성리학 쪽의 병폐만이 아니었다. 불교계 역시 오랜 타성에 젖어 진정한 구도자로서의 자세가 무엇이며, 이 땅의 위기를 어떻게 슬기롭게 극복할 것인가 하는 문제에 대해 외면하던 형편이었다.

이런 문제적 상황에 깊은 회의를 가지고 일군의 선승들이 등장하게 된다. 그 들 가운데 가장 주목할 만한 인물이 바로 백파긍선과 초의의순이다. 두 사람은 모두 주체적인 입장에서 불교계의 문제를 직시하고 그 대안을 모색한 선각자들이었다. 백파는 불교계 내부의 체질 개선을 통해 활로를 열고자 하여, 그 결과『선문수경』이 쓰여졌다. 그는 현실을 직시하지 못하고 민중들과도 유리된 이 땅의 불교계에 다시 한번 선종의 연원을 확인시키고, 선 수행의 참된 방법론이 무엇인가를 일깨워주고자 노력하였다. 그것이 삼종선 논의였고, 이를 전제로 해서 그는 선종의 법맥과 이론, 과거 선승들의 참된 선 수행의 실질을 인식시켜 이 시대에 우리들이 해야 할 급선무가 무엇인지 각성하게 하는 방편으로 활용하였다.

초의의 불교 유신 운동은 백파와는 다소 다르게 진행되었다. 그는 백파가 이루어놓은 정지 작업을 다시 한 번 살피면서 논쟁을 전개했다. 입장의 차이는 있었겠지만, 현하의 불교계가 이래서는 안 된다는 위기의식은 백파나 초의나 똑같이 느끼던 것이었다. 그러나 논쟁이 논쟁으로 끝난다면 그것은 탁상공론에 지나지 않는다. 논쟁은 실천이 있을 때 가치를 발하기 때문이다. 그 실천하는 불가계 지식인의 모습을 초의는 유감 없이 보여주었다. 그는 수많은 유가계 지식인들과 지속적으로 교유하였고, 차밭을 일구어 우리의 전통과 정신을 계승 발전시켰으며, 자연 강토와 불국토 정신을 아우른 아름다운 시들을 쏟아냈다. 백파가 上求菩提에 전념했다면 초의는 下化衆生에 치중했다고 말할 수 있을 것이다. 백파가 산중 문을 닫아걸고 자제 정비와 구조 조정에 힘쓴 인물이라면, 초의는 어느 정도 정화된 시점에서 산중 문을 다시 열어 불교계에 생기와 활력을 불어넣으면서 세상 밖으로 다시 나가는 길을 쓴 인물이라고 정리할 수 있는 것이다.

佛家散文의 文體的 특징

1. 들어가는 말

  불교는 儒敎, 道敎와 함께 동아시아 사상을 지탱하는 중요한 요소로 존재해 왔다. 인도에서 발생하여 漢나라 때 중국에 유입된 이래 2000여 년 동안 동양 문화사와 정신사의 궤적을 결정짓는 데 불교가 끼친 영향은 지대하다고 해도 과언은 아닐 것이다. 더욱이 불교는 방대한 經典 체계를 갖추고 있어 동아시아 문학사의 형성과 발전에 직간접적인 자양분으로 작용해 왔다. 敎宗이 보여준 호한하기 이를 데 없는 經論疏의 양이나 禪佛敎가 지향한 不立文字와 直指人心의 매혹적인 형이상학은 새로운 문예 양식을 창출하고 문예미를 확장하는 데 중요한 구실을 해왔던 것이다. 상하계층을 두루 포섭했던 불교는 기층 민중의 문예를 받아들여 고급 문예와 상보적인 발전을 이룩했고, 지배 사대부 계층의 고급 한문학도 수용하여 그 윤기와 진폭을 넓혀 왔다.

  이런 현상은 굳이 중국만의 상황은 아니었고, 한국에서도 비슷한 양상을 보였다. 삼국을 거쳐 고려와 조선시대까지 불교는 어떤 방식이든 우리의 문학사와 어깨를 나란히 하면서 변신과 변용을 보여 왔던 것이다. 그런 의미에서 우리 문학사에서 불교문학이 갖는 의미와 실체를 규명하는 일은 대단히 중요한 과제라고 할 수 있다. 본 발표는 그런 작업의 일환으로 禪僧들에 의해 한문으로 쓰여진 散文의 문체적 특징을 살펴보고자 한다. 다만 발표자의 능력과 시간이 부족한 관계로 오늘은 그 중 朝鮮後期에 文集을 남긴 네 사람의 선승들의 산문으로 한정하여 논의를 진행하겠다. 이 글에서 다루고 있는 선승은 無用秀演(1651~1719)과 天鏡海源(1691~1770), 艸衣意恂(1786~1886), 梵海覺岸(1820~1896) 네 사람이다.

다만 미리 양해를 구하고 싶은 것은 우리문학사(특히 古典文學史)에서 文體論의 연구는 시간이나 성과가 대단히 일천하다는 점이다. 일반 고전문학의 연구 상황이 그럴진대 漢文學, 특히 불가 한문학에 있어서는 더 말할 나위가 없다. 더욱이 漢文學이 새로운 전형의 創造보다는 과거 유산의 충실한 繼承이라는 전통이 강한 만큼 의욕만큼 실재가 호응할지 염려스러운 부분도 있다. 분명 제가 살펴본 바로는 佛家의 산문이 독특한 영역과 개성을 가지고 있음은 직감할 수 있었지만, 이것이 얼마만큼 유형화될 수 있을지는 장담하기 어렵다. 때문에 본고는 試論的인 성격이 강하다는 점을 미리 밝히면서 논의를 진행하도록 하겠다.

2. 조선시대 불교 산문의 지형적 특성

朝鮮은 崇儒斥佛을 國是로 채택하여 500년 동안 변함없이 지켜온, 대단히 교조적인 王朝였다. 승려 계층은 四民에도 속하지 못하는 천민 계층으로 규정되었고, 사회적·제도적으로 권리보다는 의무가 무겁게 지워져 있었다. 그런 가운데 불교는 생존을 위해서도 일정 정도 사대부 지배층과 타협을 해야 했고, 불교의 가장 큰 강점인 民衆性을 잃지 않는 노력도 겸비해야 했다.

조선시대는 어느 시대보다 많은 승려들의 文集이 출간되었다. 시간대가 가까워 유실의 가능성이 줄어든 까닭도 있겠지만, 조선이라는 공간 자체가 승려들로 하여금 문집을 편찬하게 추동한 요인도 배제할 수 없다. 불교와 사찰의 존재 이유를 인정 받기 위해 선승들은 사대부들과의 교유를 일정하게 유지해야 했고, 그 주된 방법이 문예적 교유였다. 불교만이 가진 독특한 상상력과 표현 방식, 사유 체계 등은 사대부들의 관심과 호응을 얻기에 충분했지만, 그들과 정신적으로 대등한 위치에 서기 위해 선승들은 부단하게 문학 작품들을 써야 했던 것이다. 이런 과정 속에서 자연 많은 문학 작품들이 생산되었고, 그것은 곧 文集의 편찬으로 이어졌다. 고려시대에 나온 선승들의 문집에는 대개 '--語錄'이란 이름이 붙는 데 반해 조선시대의 문집은 '--集'으로 끝난다는 사실이 저간의 형편을 잘 말해준다.

이런 불가 문학의 현실은 불교 고유의 문예 양식보다는 사대부들의 기호에 맞는 작품들을 양산하도록 유도했다. 문집의 상당 부분은 漢詩였고, 산문 역시 記序跋과 같은 문예문과 書文과 같은 실용문이 차지했으며, 上堂法語나 論疏같은 고유 양식은 찾기 어렵게 되어 갔다. 불교의 입지도 지키지만 사대부 문인들의 구미에 맞는 양식들이 속속 쓰여졌던 것이다. 어떻게 보면 조선 후기에 불교 문학은 풍성해졌지만, 불교를 제대로 보여주는 문학은 오히려 도태되는 아이러니를 드러냈다고 말할 수도 있을 것이다.

그러나 이런 사실이 곧 불교 문학의 전통이 단절되었음을 말하지는 않는다. 불교는 마치 공기와 같아서 결코 인위적인 조작으로 희석

될 수 없는 것이었고, 선승들은 시대 상황에 적응하는 문예 작품을 창작하면서도 불교적 사유와 개성을 드러내는 일에도 적지 않은 고심을 했기 때문이다. 좀 더 대담하게 단정한다면 불교 문학은 시와 산문을 모두 포함해서 韓國漢文學의 독자적인 영역을 점유했을 뿐만 아니라 일정 정도 선도하는 역할도 담당했다고 말할 수 있다. 조선 후기 선승이 문학에 대한 자기 생각을 펼친 아래와 같은 글은 문학론이자 동시에 불교 고유의 문체 의식이 반영된 예라고 할 수 있을 것이다.

> 옛 사람은 글을 糟粕이라고 했다. 그렇다면 글은 결코 귀하다 할 것이 못 된다. 그런데 아아, 마음은 한 몸의 주인이요 萬物의 근원이다. 그러나 그것은 온 곳이 없고 그 體는 형상이 없는 것이다. 무릇 형상이 있는 것은 다 형상이 없는 것의 그림자이니 글도 또한 그런 것이다. 그러나 흐름을 더듬어 그 원인을 얻고, 싹으로 인해 뿌리를 알게 된다면 이 宇宙에 없어서는 안 될 것도 또한 글인 것이다. 그러므로 三敎(儒佛禪)의 聖人들도 형상이 없는 몸으로 말이 없는 가르침을 말씀하시어, 인간 세상에 남겨 두어 지금까지 쇠해지지 않는 것이다.14)

자기 스승이었던 백암화상의 문집을 엮으면서 쓴 이 글은 미묘한 역설적인 논리를 품고 있다. 相이 있는 것은 相이 없는 것의 그림자라고 하면서 진정한 글은 相이 없는 몸으로 말이 없는 가르침을 말로 옮긴 것이라고 했다. 有의 굴레에 벗어나 無, 즉 空의 실체를 보고 이해했을 때 글의 가치가 살아난다는 것이다. 얼핏 유가의 理氣論과 닮

---

14) 無用秀演, <栢庵和尙文序>, 『無用堂集』下, 古人以書爲糟粕 然則書之不足貴也 必矣 噫 心也 一身之主 萬類之源 而其來無始 其體沒形 凡有相者 皆無相之影 書亦相類也 不妨尋流而得源 因苗而識根 則宇宙間不可無者 亦書也 是以三敎聖人 以無相之身 說無言之敎 留與人間 至今不衰.

아 있는 듯이 보이지만, 실상은 조금 다르다. 양자는 局限하고 便乘하는 대응 관계가 아니라 空卽是色이요 色卽是空하는 共存의 장 안에 놓여 있다. 그러니 글을 糟粕이라 해서 餘技로 하대할 것도 아니고, 道를 담는 수단으로 도구화시킬 필요는 없다는 주장이 담겨 있다. 글의 가치를 논하는 것 자체가 글의 굴레에 갇힌 迷妄이라고 보는 것이다. 상이 없는 몸으로 쓰고 말이 없는 가르침을 담을 수 있으니, 자유롭게 本性의 울림을 적어도 무방한 것이고, 옛 성현들이 남긴 글도 이런 사유 속에서 우러나온 것이다. 그러므로 선승들은 현실적으로는 글에 얽매였으면서도 글에서 자유로울 수 있었던 것으로 여겨진다.

범박하게나마 이런 성격을 염두에 두면서 본론으로 들어가겠다.

3. 大乘的 사유와 비유의 세계

불교는 對立보다는 調和를 추구하며, 밀쳐내기보다는 끌어안는 것을 敎是로 삼고 있다. 나는 남이 있어 존재하고 남 역시 내가 있어 존재한다고 생각한다. 이런 일은 저런 일이 있어 일어나는 것이고, 저런 일로 하여 또 다른 일이 일어나게 된다. 즉 세상의 모든 현상은 결국 緣起論的 因果 관계 속에서 작용한다고 보는 것이다. 그러므로 차별상이야말로 자신을 부정하는 행위이며, 融和包攝이야말로 나를 나일 수 있게 만드는 지름길이라고 본다. 그리하여 나와 自然은 서로 他者가 되지 않고, 내가 곧 자연이고 자연이 곧 나인 物我一體의 공간을 얻게 된다. 부처가 태어나면서 말했다는 天上天下 唯我獨尊은 철저한 나의 긍정이면서 내가 드러내고 있는 온 우주의 가치를 긍정하는 것이 된다. 이렇게 나의 입장에서는 上求菩提하고 나아가 남의 입장이 되어 下化衆生하는 자세를 크게 말해 大乘的이라고 말한다. 그러므로 불교적 사유 속에서는 절대 긍정도 절대 부정도 존재할 수 없다. 흐름을 중시하면서 논리를 극단화시키지 않지만 거부할 수 없는 진실이 자리하게 되는 것이다.

불교 경전에도 많은 비유담이 있듯이 불교는 비유를 즐겨 구사한다. 불교적 비유는 때로 유가에서 주장하는 諷刺와 유사하게 생각될 수도 있다. 그러나 풍자에는 결국 '찌른다'는 부정적이고 공격적인 행위가 잠재되어 있다. 반면에 불교의 비유에는 그런 공격성이 없다. 그것은 서로를 구분짓기 위해 사용하는 것이 아니라 同一하게 만들기 위해 쓰기 때문이다. 그러니까 說得이나 遊說가 아니라 感化요 共存의 모색을 위한 方便인 것이다. 이런 불교적 사유와 비유법은 상당 부분 佛家의 散文에도 드러난다. 불가 산문이 가진 문체적 특징으로 먼저 이런 점을 꼽고자 한다. 몇 가지 예를 읽으면서 풀어보겠다.

> 봄이나 여름이 草木을 다 살리고 싶은 생각이 없지 않지만은 마르고 썩는 놈은 어찌할 수 없으며, 가을이나 겨울이 草木을 다 죽이고 싶은 생각이 없지 않지만은 소나무나 잣나무는 어찌할 수 없는 것이다. 四時를 맡은 것은 天地인데, 천지도 어찌할 수 없는 것이 있다면 여러 兄인들 또한 나를 어쩔 것입니까?[15]

이 글은 여러 法兄들이 『華嚴經』을 강설하는 法席에 그를 초청하자 이를 거절하면서 보낸 글의 끝부분이다. 그는 여러 가지 이유를 대면서 불편함을 호소하는데, 평소의 습성을 갑자기 바꾸는 것은 生命

---

15) 無用秀演, <答未赴書>, 『無用堂集』下. 春夏之於草木　無不欲生也　而無可奈何者　枯朽是已　秋冬之於草木　無不欲殺也　而無可奈何者　松栢是已　主四時者天地也而天地尚不可奈何　則諸兄之於吾　亦奈何哉.

의 원칙에 어긋나는 것이며, 이는 닭이 음악소리를 즐기고, 원숭이가 周公의 衣冠을 걸친 것처럼 주제넘고 분수에 맞지 않는 일이라고 강변한다.

그러면서 천하를 지배하는 조물주라도 만물의 본성을 뒤집으면서까지 이치를 逆行할 수 없음을 위 구절로 설명한다. 봄이나 여름이 되면 온갖 생명들이 다 약동하지만 이미 마르고 썩어 버린 것을 살릴 수는 없다. 또 가을이나 겨울이 모든 생명을 죽이지만, 松柏과 같은 常綠樹의 잎을 시들게 하지는 못한다는 것이다. 天地조차도 못하는 일을, 法兄들이 강권으로 이루고자 한다면 이는 자연의 흐름을 거스르는 일임을 은근히 타이르고 있는 것이다.

이 글에서 우리는 공격성을 엿볼 수는 없다. 그는 順理를 순리 그대로 옮겼을 뿐이다. 그러나 聽者의 입장에서는 아무런 반박할 여지도 찾을 수 없다. 예봉을 숨긴 반론이나 근거를 제시한 설득이라면 또 다른 논리로 이를 꺾을 수 있을 것이지만, 논쟁을 넘어선 비유이기에 더욱 설득력을 가진다.

역시 비유가 담긴 글을 한 편 읽어보자.

> 또 처음 만들어낸 功과 다시 주조한 功에 있어서 그 輕重은 어떠한가? 앞서 만든 이가 실패하는 잘못을 저지르지 않았다면 지금 다시 주조하는 일은 일어나지 않았을 것이고, 오늘의 功을 말미암지 않고는 지난날의 실패를 일으킬 수 없는 것이니, 興廢는 서로 따르고 前後가 서로 응하는 것이다. 그렇다면 前後의 興廢로써 功의 輕重을 따질 수는 없는 일이다. 그 전후의 공이 아울러 來世에까지 전하게 됨을 상상할 수 있다.16)

---

16) 天鏡海源, <德原明寂寺鑄鍾記>,『天鏡集』中. 且夫初創之功 重鑄之功 誰輕

이 글은 덕원 명적사에서 새로 만든 梵鐘에 관한 이야기다. 이 글 앞에 나온 일을 설명하자면 이렇다. 처음에 여러 사람이 뜻을 모아 종을 만들었지만 형상이 삐뚤어지고 소리가 맑지 못해 버려졌었다. 그러다가 12년이 지나 여러 사람이 다시 뜻을 모아 주조했는데, 이번에는 형상이 원만하고 소리가 맑아 하늘 높이 울려 퍼진다는 것이다. 이런 일을 두고 천경은 재미있는 가정을 해본다. 종을 제대로 만들지 못한 첫 번째 주조와 종을 제대로 만든 두 번째 주조에서 어느 쪽의 공이 더 큰 것인가? 당연히 제대로 만든 두 번째 주조의 공이 크다고 생각할 것이다. 그러나 천경은 그렇게 보지 않다. 그 功德은 같다고 보면서 경중을 따질 수 없는 문제라고 대답한다.

첫 번째 종의 실패가 있기에 두 번째 종의 성공이 있는 것이고, 두 번째 성공은 첫 번째 실패가 밑거름이 되어 이루어졌다는 논리를 펼친다. 저것[過去]이 있어 이것[現在]이 있는 것이고, 이것의 성공에는 이미 저것의 공덕이 얹혀졌다는 말이다. 功의 경중을 成敗의 차이로 보지 않고, 양자의 공이 융화되어 하나의 공덕이 완성된 것이라고 보는 것이다. 시야가 거시적이니 해석도 대승적일 수밖에 없다. 이 글의 서두에서 천경은 鐘의 작용에 대해 이렇게 설명한다.

鐘의 형체는 둥글고 속이 비며 소리는 웅장하면서 맑고도 멀리 간다. 인간 세상에 울리면 들음을 돌이켜 소리를 듣고 세속의 굴레[塵根]에서 벗어나 圓通을 얻는 이가 강가의 모래알처럼 셀 수 없으며, 저승세계[地府]에 두루 미치면 괴로움을 쉬고 고생을 멈추어 業의 바다를 벗어나 깨달음의 세계[淨域]에 오르는 자가 티끌 수만큼 무궁하다. 때

誰重 盖不遇前功之廢 不現今功之興 不由今功 不興前廢 興廢相尋 前後相應 然則不可以前後興廢爲功之輕重也 可想其前後之功 並傳於來世者矣.

문에 이 물건의 작용은 위대한 것이다.[17]

　이 글에 담긴 비유도 아름답지만, 그런 큰 공덕을 담아낼 종이니 이미 주조하겠다는 마음을 일으킨 데서 공덕은 차별이 없다는 발상 역시 참신하고 적절하다. 글의 서두에 이 비유를 전제했기에 결론에 해당하는 글 역시 자연스럽게 독자의 마음에 녹아들 수 있는 것이다. 그 공덕이 내세에 전해져 모두 成佛하리라는 작자의 덕담도 단순한 인사치례가 아님을 깨닫기도 어려운 일은 아닐 것이다.
　이번에는 草衣意恂의 글을 한 편 읽겠다.

　　해는 대낮에 빛나지만 긴 밤의 어둠을 깰 수는 없고, 달은 밤에 빛나지만 暗室의 어둠을 몰아내지는 못한다. 암실의 어둠을 몰아내고 긴 밤의 어둠을 깰 수 있는 것은 오직 등불만이 가능하니 등불이 밝히는 의미가 참으로 깊고 멀구나. 또한 해가 밝더라도 구름이나 비가 가릴 수도 있고, 달이 밝다고 해도 그믐이나 초하루가 끼어 있기도 하지만, 등불의 밝음은 구름과 비, 그믐과 초하루가 끼어들 수 없어 길이 밝아 다함이 없다는 칭찬을 받을 수 있다. 이에 해와 달의 밝음이 오히려 등불을 따르지 못하는 면이 있다. 무릇 어두운 방 안에서도 聖人의 몸가짐을 밝히고 어두운 밤에도 오묘한 진리를 드러내니 부지런히 성인의 가르침을 열람하는 이에게 匡衡처럼 남의 집 벽을 뚫어야 하는 어려움이 없게 하고, 활을 쏘는 이에게는 那律처럼 되돌아 살피게 하는 이로움이 있게 한다. 그렇다면 등불을 밝히는 것은 끝없는 敎化이다.[18]

---

17) 夫鍾之爲形 圓而虛 聲之爲雄 淸而遠 鳴乎人界 則返聞聞聲 而脫塵根獲圓通者 河沙莫筭遍乎地府　則息苦停酸 而超業海登淨域者 塵數無窮 其物之爲用 大矣哉.
18) 艸衣意恂, <明寂庵燈燭契序>, 『一枝庵文集』 卷1. 日昱晝而不能破長夜之昏 月昱夜而不能消暗室之冥 其消暗室之冥 而破長夜之昏者 惟燈能之　燈之明義

明寂庵 불전을 밝히는 등불에 기름을 대는 契를 만든 佛子들의 모임에 붙인 글이다. 해와 달이 아무리 밝아도 바위 아래나 화분 밑을 비추지 못한다는 비유는 『明心寶鑑』에도 나오는 구절19)이다. 그러나 이 글은 그런 객관적 현상을 설명하는 데서 한 걸음 더 나아갑니다. 『명심보감』은 결국 處世의 논리에 머물지만 위 글은 작고 사소한 것에 숨어 있는 가치에 대해 이야기한다. 아무리 작렬하는 태양빛도 구름이 끼고 비가 오면 가려지고, 밤의 어둠을 밝히는 달빛도 그믐이나 초하루면 제 힘을 발휘하지 못한다. 그런데 등불은 꼭 필요한 곳이면 어디서나 빛을 발해 어둠을 밝히니, 세상에 주는 이로움이 적지 않다는 것이다. 그런 등불에 기름을 대는 계를 만든 이의 마음이나 덕의 소중함은 더 말할 필요가 없다. 등불의 本體는 기름인데, 그 기름을 공급하는 일을 자임하고 나섰으니 이들의 功德이 아름답고 運用도 무궁할 것이라고 찬탄한다.

불교의 논리에 反常合道, 離言絶慮라는 말이 있다. 상식에 어긋나는 듯이 보이지만 그게 道에 합당하고, 말에서도 벗어났고 생각해서도 꿰어 맞출 수 없지만 그곳에 진리가 있다는 말이다. 참된 진리는 言語나 常識의 수준을 벗어난 곳에 있다는 뜻이다. 이 글만 가지고 이 두 이치를 온전히 설명하기는 어렵지만, 해나 달의 밝음보다 한낱

遠矣哉　且夫日之明而雲雨間之　月之明而晦朔間之　燈之明無雨雲晦朔之間　而有長明無盡之號　是則日月之明　反有所未及於燈者也　夫照聖儀於暗室之內　現衆妙於玄夜之中　使勤閱聖敎者　無匡衡鑿壁之艱　暗挾弓矢者　有那律回省之益　此則燃燈者　善化無窮也.

19) 秋適編, 『明心寶鑑』, 省心篇下. 太公曰 日月雖明 不照覆盆之下 刀刃雖快 不斬無罪之人 非災橫禍 不入愼家之門.(태공이 말했다. 해와 달이 비록 밝아도 엎어놓은 동이 속을 비출 수는 없으며, 칼날이 비록 잘 든다고 해도 죄 없는 사람의 목을 벨 수는 없다. 잘못된 재난이나 뜻밖의 재앙도 삼가고 조심하는 집안의 문에는 들어오지 못하느니라.)

등불의 밝음이 가치있고 소중하다는 논리는 反常에 가깝다. 그러나
글을 읽어보면 그 말이 타당한 것을 깨닫게 되니 合道이다.

草衣의 다음 글도 그런 反常合道의 묘미를 잘 보여주는 문체에 속
한다고 할 수 있다.

> 방에 창이 있는 것은 사람에게 눈이 있는 것과 같으니, 눈에 가림이
> 없어 볼 수 있는 것은 또 창에 종이가 있어 밝힐 수 있는 것과 같다.
> 그러므로 눈에 가림이 있는 것은 사람의 병이고, 창에 종이가 없는 것
> 은 방의 병통이다. 눈의 병은 보기를 어렵게 만들지만 방의 병은 여러
> 가지 일과 관련이 있다. 바람이 들어와 먼지가 방에 가득하고 날씨가
> 추워지면 눈발이 창을 통해 들어온다. 白玉 의자나 黃金 책상이 뒤에
> 나열되고 비단 요가 앞에 깔렸어도 사람이 그 안에서는 편안하게 거처
> 할 수 없으니, 쓸모 없는 집이라 하지 않을 수 없다.[20]

방에 창이 있는 것은 사람에게 눈이 있는 것과 같다 해놓고 , 사람
의 눈은 가려지면 병이 되지만, 방의 창은 가려져야 제 구실을 한다고
말한다. 놓치기 쉬운 反常의 논리가 글 속에 숨겨져 있다. 앞의 글이
등불의 소중함을 말하고 있다면 뒤의 글은 종이의 소중함을 말하고
있다. 사소한 사물에 눈길을 주는 것이 굳이 佛家의 덕목은 아니겠지
만, 부족한 것이 넉넉한 것을 채우기도 하고 대단한 것도 때로는 쓸모
가 없을 수도 있다는, 그래서 세상에는 버릴 게 아무 것도 없다는 이
치를 구현하는 것이다.

끝으로 梵海覺岸의 글을 읽겠다.

---

20) 艸衣意恂, <大法堂窓糊契案序>, 『一枝庵文集』 卷1.

대개 더러운 것을 씻는 데는 물이 으뜸이고, 가시밭길을 제거함에는
불이 첫째이다. 때문에 제사나 재계하는 날에는 목욕하고 깨끗한 옷을
입고서 행사에 참여하며, 法席을 베풀고 戒를 받을 때는 정수리와 팔
에 불을 놓고 맹세한다. 목욕하고 옷을 빨아 입는 것은 현재의 바깥에
물든 더러움을 버리는 것이고, 정수리와 팔에 불을 놓는 것은 과거의
안에 쌓인 티끌을 없애기 위해서이다.21)

戒師가 되어 수계식을 진행하면서 새로 승복을 입은 승려들에게
남긴 글의 시작 부분이다. 왜 제사나 재계하는 날에는 沐浴을 하고
법석을 열어 계를 줄 때에는 정수리와 팔에 불을 놓아 맹세하는지, 그
이치를 물과 불의 비유를 들어 간명하면서도 곡진하게 설명하고 있
다. 현재의 바깥에 묻은 더러움을 씨기 위해 목욕을 하고, 과거의 안
에 쌓인 티끌을 없애기 위해 불로 지진다는 것이다. 물과 불은 相剋
이다. 때문에 처음 글을 일게 되면 그 대립의 이미지를 활용하는 것인
가 짐작한다. 그러나 범해는 相生의 입장에서 물과 불의 비유를 쓰고
있다. 재치면 재치고, 기발하다면 기발한 글쓰기이다. 짧은 도입부지
만 前提를 통해 범해는 이미 하고 싶은 말은 모두 마친 셈이다. 寸鐵
殺人의 비유고, 融攝의 묘미를 다한 문체라고 하지 않을 수 없다.

인용이 많고 설명은 길었지만, 결국 文體란 그 글을 쓰는 사람의
세계관을 반영한다는 점을 귀납적으로 설명하고 싶었던 것이다. 글을
쓰는 사람이나 읽는 사람이나, 글의 대상이 된 사물이나 모두 동일한
무게와 가치로 인식되고 있는 점을 지적하려는 것이다. 그런 인식 아

---

21) 梵海覺岸, <大乘戒法門>, 『梵海禪師文集』卷1. 盖潔垢稽者 水爲之首 除莉
   棘者 火爲之初 故祭日齋時 浴身洗衣而行事 法設戒受 燒頂燃臂而結盟 浴身
   洗衣 去現在之外染 燒頂燃臂 滅過去之內塵.

래 쓰여진 글은 색깔이나 구성, 감정과 표현 등에 있어 독특한 향을 담을 수밖에 없다. 이 글이 꼭 儒家의 散文上 특징과 비교하는 자리는 아니지만, 性理學的 세계관과 禪佛敎가 지향하는 세계는 분명 다르다고 할 수 있다. 그런 차이는 곧, 같은 漢文으로 쓰여진 글일지언정 상당히 다른 文體 아래 구사되어 나타나기 마련이다. 이런 차이가 곧 조선 후기 불가 산문의 문체적 특징의 하나가 아닐까 생각한다.

4. 直截的인 표현미

불가의 글들을 읽어보면 군더더기가 거의 보이지 않는다. 이 때 군더더기란 文의 裝飾的인 요소들을 말한다. 이미 앞에 제시한 몇 편의 인용문에서도 느낄 수 있지만, 장황한 수식보다는 적확하고 명징한 제시에 더 역점을 둔다. 물론 그렇다고 해서 미묘한 수사의 세계가 없다는 뜻은 아니다. 다만 수사를 위한 수사, 가식적이고 실재를 벗어나 꾸밈과 표현에만 얽매이지 않는다는 말이다. 많은 작품들이 유가적인 文套를 모방한 탓에 이런 장점을 다 살리고 있는 것은 아니지만, 禪機가 역력히 드러난 글들을 마주하면 그런 風格의 차이를 느낄 수 있다. 솔직담백하면서 人情에 호소하고 가능하면 共感帶의 선상에서 자신의 생각과 의견을 전달하려고 한다. 그런 무체적인 성격에 저는 '直截的'이란 말을 쓰고자 한다. 정직하게 주제를 끊어 直敍했다는 의미에서이다. 다음에 제시하는 두 편의 글은 全文이다. 각각 112자와 86자로 짜여져 있으니 비교적 짧은 글에 속한다.

개구리가 아침에 옮겨갔다 저녁에 돌아오는 것은 근본을 잊지 않기 때문이고, 까마귀가 깃이 돋아 날게 되면 어미를 되먹이는 것은 그 은혜를 알기 때문이다. 그런데 어찌 이[齒]가 돋고 털[髮]을 인 볼 만한 존재로서 되먹이는 까마귀나 밭의 개구리만도 못할 것인가? 아! 祖宗의 사당이 기울어진 지가 벌써 오래 되었으니 제자들이 다시 수리하는 일을 감히 늦출 수 있겠는가? 만약 방 안까지 썩고 창고마저 낡기를 기다린다면 다시는 수리할 시간도 없게 될 것이다. 죽을 날도 며칠 남지 않았는데, 백옥의 누대에 추위가 들게 된다면 은혜를 저버린 사사로운 한이 끝이 없게 될 것이고, 은빛 바다 빛이 전해지더라도 큰 것을 잊은 부끄러움이 한이 없게 될 것이다. 이에 이 疏 하나로 소원을 펼치노니, 뭇인연을 빌려 공을 이룰 수 있기를 바라노라. 받들어 축원하노니, 황금 수레바퀴가 더욱 견고하여 백옥의 잎과 가지가 길이 번창하소서.22)

　세 분 祖師를 모신 사당에 비가 새고 벽이 허물어져 멀지 않아 붕괴될 위험이 있으니, 願力을 모아 중건하기를 권하는 글이다. 개구리나 까마귀처럼 미물들도 근본을 잊지 않고 은혜를 기억하는데 하물며 사람이 되어서 스승의 은혜를 뒷전에 둔다면 되겠느냐는 반문으로 글이 시작되어 어서 빨리 신축의 공을 이루자는 간곡한 뜻으로 갈무리되어 있다. 후학들의 마음을 불러일으킬 비유담 하나가 제시되어 있을 뿐 스승의 업적을 자세히 설명한다거나 사당의 지금 형편이 얼마나 초라한지 贅言을 달고 있지 않다. 또 이전에 사당이 어떻게 지어졌는지 연혁을 꺼내지도 않았다.

---

22) 艸衣意恂, <三祖師影堂重建疏(喚惺虎巖蓮潭)>, 『一枝庵文集』 卷2. 蛙朝遷而暮還　不忘其本　烏羽成而反哺　蓋知其恩　何含齒戴髮之可觀　曾哺烏田蛙之不若　惟祖宗之祠宇　久已欹傾　而弟子之重新　寧敢遲緩　若待室饒朽貫　廩有陳紅　是乃營搆無時　死歸有日　玉樓寒入　負恩之私恨無窮　銀海光傳　忘大之幽慚何限　玆將一疏　而陳願　庶假衆緣而成功　奉祝金輪益固　玉葉永昌.

구차하게 이유를 달고 까닭을 따지면 설득력은 더 있을지 모르지
만 글은 진부해진다. 개구리와 까마귀의 비유로 이미 이 일이 얼마나
절실하고 당연한지 다 설명되었기 때문이다. 결국 말이 문제가 아니
라 행동이 문제기 때문에 화려한 문체보다는 직절적인 호소로써 마음
을 일으키고 있는 것이다. 오히려 이런 간결하고 호흡이 빠른 글이라
서 餘韻이 더 길고 파장이 깊어질 수 있는 것이다.

다음 글은 오랜 동안 자기가 侍奉하던 스님이 갑자기 입적하자 이
를 애통해하면서 지은 祭文이다.

> 아! 옛날 어버이께 하직 인사를 올리고 부처님께 나아가 머리를 깎
> 았을 때 오직 스승을 의지하여 은혜로 사랑하고 즐거워했다. 나도 자
> 라고 스승님도 늙어 은혜와 의리가 무겁고 두터워졌지만 늘 덧없음이
> 기약 없이 침입할까 두려워하였다. 신에게 맹세하고 부처로 하늘을 삼
> 아 긴 수명 누리기를 원했었지. 그러나 생명의 인연이 이렇게 닫힐 줄
> 누가 알았으리요. 靈龕23)을 안고 날뛰며 애통한 마음을 하소연하는구
> 나. 불 목욕도 끝나 그 모습과 영원히 떨어지게 되었으니, 창자는 끊어
> 지고 눈물은 갈래갈래 흐르노라. 다시 만날 곳 없어 이에 길이 이별하
> 니, 아! 슬프다. 歆饗하소서.24)

祭文이란 글 쓴 사람의 哀慟함이 드러나야 제 본분을 다하는 것이
다. 俗家의 부모님과 이별하고 佛家의 父子로 다시 인연을 맺어 喜怒
哀樂을 함께 하면서 永年의 세월을 함께 수행할 줄 알았는데, 스승은

---

23) 靈龕 : 魂靈을 담은 龕室이란 뜻으로, 棺槨을 일컫는 말.
24) 艸衣意恂, <上佐祭文>, 『一枝庵文集』 卷2. 憶昔辭親 投佛剃落 唯師是依 受
　　恩愛樂 我長師老 恩重誼深 每恐無常 不期來侵 誓神佛天 願享遐齡 孰知生緣
　　奄此卽冥 撫龕躃踊 用訴慟情 火浴斯畢 永隔儀形 有腸斯斷 有淚如傾 無處更
　　逢 斯爲永別 鳴乎哀哉 尙饗.

기약도 없이 훌쩍 此岸으로 떠나고 말았다. 하고 싶은 말 기억나는 일들이 한두 가지가 아닐 텐데 구차한 추억담은 다 빠져 있다. 그저 斷腸의 아픔과 橫淚의 몰골만 제시해서 애통한 심정을 거두어들인다. 또 후생의 인연을 운운하며 재회를 기약하는 희망도 접어버리고 단출하게 이생에서의 永訣만 제시한다.

글은 짧지만 망극한 심정을 한 치도 놓치지 않고 다 담았다고 말할 수 있다. 이 글을 읽고 제자로서 스승의 죽음을 소홀히 다루었다고 말할 수는 없을 것이다. 길고 번다한 수사보다는 즉물적이고 직절한 표현에 치중했기 때문이다. 꾸밈보다 슬픈 바탕을 절실하게 드러냈다고 평가해도 좋은 글이다.

이러한 직절적인 문체의 구사는 비단 글이 짧은 데서만 찾을 수 있는 것은 아니다. 글의 곳곳에 보이는 寸鐵殺人하는 어구들은 직절성의 흔적들을 그대로 보여주고 있다. 감정에 얽매이지 않으면서도 감정을 자유자재로 표출하는 힘이 느껴지는 필치는 선승들이 法語나 話頭처럼 논리를 넘어선 논리를 구사했던 글쓰기(또는 말하기) 전통의 구현이 아닐까 여겨진다.[25]

5. 寓言의 수용과 확산

寓言은 주지하시다시피 先秦時代 諸子百家의 글에 기원을 두고 있다. 그러니 불가의 문체적인 특징이라고 하기에는 독단이 엿보인다.

---

[25] 아무래도 儒家의 글과 비교하는 우려가 있을 듯하여 蛇足을 붙인다면, 유가의 글에도 그런 직절성은 없지 않음을 지적해야 할 것 같다. 뜻글자로 구성된 漢文이 가진 미덕일 수도 있겠지만, 佛家 글쓰기의 영향이 있었던 것을 아닐까 예단해본다. 이 부분에 대해서는 좀 더 세밀한 비교문학적인 접근이 요구된다.

그러나 우언은 儒家만의 전유물도 아니다. 우언의 활용 빈도를 보더라도『莊子』나『列子』같은 道家書나『韓非子』같은 法家書에 훨씬 빈번하게 등장한다. 또 불가에는 만물에 모두 佛性이 있다고 하여 物活論的 세계관이 자리하고 있고, 前生譚을 통해 動植物 비유담이 심심치 않게 등장한다. 이런 여러 가지 근거로 봤을 때 불가의 우언 전통 역시 긴 뿌리를 가지고 있다고 말할 수 있을 듯하다. 그런데 불교의 우언은 선진제자들의 우언과는 조금 형식이나 구성이 다른 부분이 있다.

梵海覺岸의 문집에 보면 <雌雄鐘記>라는 글이 있다. 제 생명을 구해준 스님의 은혜를 갚기 위해 제 머리로 종을 받아 종소리를 내서 보은한 雉岳山 까치의 이야기를 소재로 한 글이다. 아주 잘 알려진 이야기다. 먼저 왜 이 글부터 꺼내는가 하면 불가 우언의 차이를 설명하기 위해서이다. 일반적으로 우언은 이야기 자체 속에 교훈과 풍자가 담겨 있다. 이야기를 하고 따로 설명을 덧붙이는 형식이 아니다. 그런데 불교의 우언은 후자의 형식을 취하고 있다. 개인적으로 그 까닭을 저는 앞에서 말한 前生譚이 전범이 되었기 때문에 나온 것으로 보지만 역시 좀 더 공부가 필요한 부분이다.

아래 소개하는 글도 우언적 요소와 설명 부분이 연이어지는 형식을 보여준다.

내가 임자년 가을에『左傳』을 빌리기 위하여 松汀 이선생 집 서당을 찾아가 인사를 하고 앉았다. 이때는 크게 가뭄이 들어 높고 낮은 곳 없이 모두 애처로운 지경에 이르렀다.

"가뭄이 이와 같아 집에는 한두 석의 저축도 없고 들에는 푸른 농작물이 조금도 없이 백 명의 식구가 사는 길은 아무 방법도 없으니 늙은 나이에 참으로 견디지 못하겠다. 스님은 이런 걱정이 없습니까?”

　이에 나는 대답했다.

　“산에 사는 승려들의 생활도 모두 농민에게 의지한다. 하물며 농사가 근본인데, 뿌리 없이 서 있다는 말은 들어보지 못했다.”

　조금 지나자 선생이 다시 말했다.

　“올 봄에 玉泉에 가서 어떤 집에 모여 노는데 한 농부가 쟁기를 지고 소를 끌고 지나면서 말하더군요. ‘내가 여기서 나서 여기서 자랐지만 처음으로 이상한 것을 보았다.’ 내가 ‘무엇인가?’ 라고 물었더니, 농부가 ‘들에서 논을 가는데 한 쌍의 까치가 논머리에 둥지를 틀었는데, 완연히 숲에 지은 둥지와 같았다.’라고 말하더이다. 자리에 있는 사람들이 모두 의심하여 어떤 이는 바람이 많을 징조라 하고 어떤 이는 비가 많을 징조라고 하여 서로 자기의 예측이 옳다고 하면서 시끄럽게 떠들었다. 내가 가물 징조라고 했더니, ‘어떻게 아느냐?’고 물더군요. 대답하기를 ‘까치는 본래 나는 새이므로 높은 곳을 좋아하고 낮은 곳을 싫어하며 더욱 습기를 좋아하지 않는 법인데, 논에 둥지를 튼 것은 필시 가물어 물이 없을 징조가 아니겠는가.’ 했는데 주변 사람들이 잠시 생각하더니 그렇다 하기도 하고 혹은 그렇지 않다고도 하면서 서로 웃고 헤어졌지요. 오늘의 실정을 보건대 전날 말로 점을 친 것이 符節을 합친 것 같다.”

　내가 대답했다.

　“선생께서 사물에 대하여 이치를 풀어나가는 것이 靈氛[26]의 筵篿占[27]이나 堯夫[28]의 蓍龜占[29]과 서로 위아래를 다툴 만한다.”

---

26) 靈氛 : 고대 중국에서 점을 잘 치던 사람. 『楚辭』의 離騷經에 나오는 인물이다.

27) 筵篿占 : 고대 점치는 방법의 하나. 草木의 가지를 꺾어 많고 적은 것을 헤아려 吉凶을 점쳤다고 한다.

28) 堯夫 : 宋나라 때의 학자 邵雍(1011~1077)의 字. 호는 安樂先生이고, 시호가 康節이라 邵康節로 주로 불린다. 河南에서 살았고, 李之才로부터 도서와 천문, 易數를 배워 嘉祐(1056~1063) 연간에는 將作監主簿로 추대받았지만 사양하고, 일생을 낙양에 숨어살았다. 司馬光 등 舊法黨과 사귀면서 시정의 학자로 평생을

이에 선생이 빙그레 웃었다.[30]

　寓言은 대개 이야기 속에 주제를 감추는 수법이 장기인데, 이 글은 그 수법을 거꾸로 이용했다고 할 수 있다. 즉 드러내기 방식으로 우언을 활용하고 있다. 때문에 긴장감은 떨어지지만 이치를 일러주고 교훈을 체득시키기에는 수월한 장점이 생긴다.

　다음에 읽을 草衣의 글은 이런 寓言이 한 걸음 더 나아가 傳奇的 요소까지 띠게 되는 사정을 보여준다.

　　大師가 길을 가다가 천렵하는 소년들이 시냇가에서 생선국을 끓이는 것을 보았다. 대사는 끓는 솥을 내려다보다가 탄식했다.
　　"이 좋은 고기들이 죄 없이 鑊湯地獄의 고통을 받는구나."
　　그러자 한 소년이 장난삼아 물었다.
　　"스님도 이 매운탕을 드시고 싶습니까?"

　마쳤다. 『皇極經世書』 62편을 지어 천지간 모든 현상의 전개를 수리로 해석하고 그 장래를 예시했으며, 또 『觀物內外編』 2편에서 虛心과 內省의 도덕수양법을 설명했다. 시집 『伊川擊壤集』(20권)이 있고, 『漁樵問答』(1권) 등이 있어 후세에 많은 영향을 끼쳤다.

29) 蓍龜占 : 점치는 법. 蓍는 蓍草占으로 『周易』의 점이 여기에 해당하고, 龜는 거북점으로 거북의 등을 태워서 吉凶을 판단했다.

30) 梵海覺岸, <鵲巢水田說>, 『梵海禪師文集』 卷1. 予壬子秋 爲借左傳 往松汀 李先生家塾 叙寒暄而坐 時方大旱 高低盡可憐 先生曰 亢旱如此 家無儋石之 貯 野無尺寸之靑 百口生道 萬無一策 老景之實不可堪 山人能無此患耶 曰山 夫之生活 全依農人 況農者本也 無本而立者 未之聞也 曰然 良久 先生曰 春 間往至玉泉 聚遊一齋 有一農夫 荷耜牽牛而過曰 予生斯長斯 初見異物 曰何 物 曰耕於野 一雙乳鵲 巢於水田頭 完若林藪之巢 坐中皆疑 或曰風兆 或曰雨 兆 互相自是 喧囂不已 我曰旱兆何知耶 曰鵲本飛物好高而不好低 尤不好濕 氣 而巢於水田者 必是旱而無水之兆也 佇思移時 或然或不然 相笑而散 以今 日觀之 前日之口占 若合符契 曰先生之觸物解理 雖靈氛筵筶 堯夫蓍龜 足可 上下者也 先生莞爾而笑.

대사가 대답했다.

"나도 잘 먹느니라."

"그러면 한 그릇 드릴 테니 다 드십시오."

대사는 구리쇠 동이를 들고 입에 쏟아 모조리 먹어 버렸다. 그러자 소년들은 모두 놀라면서 말했다.

"부처님은 살생을 하지 말라고 하셨는데, 매운탕을 그렇게 잘 자시니 어찌 스님이라 하겠습니까?"

대사가 대답했다.

"죽인 사람은 내가 아니니라. 하지만 나는 이들을 다 살려 줄 수도 있지."

그리고 곧 옷을 벗고 물을 등진 채 앉아 쏟으니, 무수한 물고기들이 항문으로 쏟아져 나와 마치 봄 물결을 탄 듯 기세 좋게 내려가면서 번쩍번쩍 물 위에 어지러이 뛰어놀았다. 대가사 그 물고기들을 돌아보며 말했다.

"이 좋은 물고기들아. 지금부터는 멀리 저 강이나 바다에 가서 놀아라. 부디 미끼를 탐해서 다시는 확탕의 고통을 받지 않도록 하거라."

소년들은 모두 탄복하고 그물을 거두에 돌아갔다.[31]

읽어보신 분은 당장 느끼겠지만, 『三國遺事』에 나오는 元曉와 惠空 사이에 벌어진 法力 경쟁 담이 바로 연상될 것이다. 거기서도 원효와 혜공은 서로 물고기를 끓여 먹고 시냇가에서 대변을 보는데, 혜

---

31) 艸衣意恂, 『震默祖師遺蹟攷上』. 師於路次 値衆少年川獵 烹鮮于溪邊 師俯視沸鼎而歎曰 好個魚子 無辜而受鑊湯之苦 一少年戲之曰 禪師欲沾魚羹麼 師曰我也善喫 少年曰 這一沙鑼 任師盡喫 師攬銅沙鑼灌口 頓呷了無餘 於是衆皆驚異曰 佛戒殺生 能沾魚羹 豈僧也 師曰殺則非我 活之在我 遂解衣背水而瀉之 無數銀鱗 從後門瀉出 活潑潑如乘春流而下 閃閃然亂躍水面 師顧謂魚子曰 好個魚子 從今遠游江海 愼勿貪餌而再罹鑊湯之苦 於是衆少年 歎服解綱而去.

공은 물고기가 환생해서 떠가지만 원효는 그렇지 못한다. 『震默祖師遺蹟攷』에는 꽤 많은 이런 식의 傳奇 에피소드들이 실려 있다. 靈異譚의 수준을 넘어서는 독특한 구성이라고 할 수 있다. 유가의 입장에서 보자면 거의 怪力亂神에 속할 만한 괴담들이지만 불가에서는 아무렇지 않게 수용하고 있다. 이런 점은 좀 더 폭넓은 시각에서 주목할 필요가 있을 것 같다.

6. 變格 속의 眞正性

끝으로 문장 한 편을 읽는 것으로 주제의 마지막 장을 정리하겠다. 宗悟란 스님이 지은 養性堂이란 건물을 두고 지은 記文이다. 이 글은 14번의 의문문이 등장한다. 거의 전편이 設疑로 구성되어 있다고 해도 좋을 정도이다. 상투적인 문체에서 벗어난 변형된 형태를 보여주고 있는데, 자신이 하고 싶은 의견을 해학적으로 토로하는 재미나는 양식이라 따로 소개한다.

사람이 天地 사이에 난 것은 흰 말이 문틈을 지나가는 것과 같은데, 芭蕉와 같은 體質로 金石과 같은 계획을 세워 쌓아 모으지만 흩어지지 않을 것인가? 어찌 오직 흩어지지 않고, 또 더욱 쌓는 것만을 쫓을 것인가? 하나의 작은 물건을 얻고는 기뻐하며 한 물건을 잃고는 슬퍼하나니, 그런 사람이 가련한가? 행복한가? 예나 이제나 그런 사람에서 벗어난 이가 몇이나 되는가? 이 몸에 뜻을 두는 듯하고 저 재물에 두려움을 맡기는 것과 같아 얽매여 분발하지 않는다면 저것[財]은 없어지고 자신은 부서지게 될 것이다. 내가 분발하면 鳳凰이 날개를 精舍에 깃들일 것이고, 새가 다니듯 시원한 衲子[僧侶]이러니, 이와 같은 사람이란 어떤 사람인가? 시원한 사람인가? 아닌가? 그렇다면 이 堂은 大師의 것인가? 그 사람됨을 가히 알 수 있는가? 저 가련한 사람에 견주면 몇 층이나 높으며 몇 리나 먼가? 堪忍世界[32]는 괴롭고 安養世界는 즐겁다. 하루 저녁에 혹을 베어버리고 이 세계를 떠나 저 세계로 가는 것이 슬프겠는가? 養性은 宗悟大師의 法號인가? 堂號인가?[33]

남이 지은 정자에 대한 기를 짓는다면 그에 따른 일반적인 형식이 있다. 본성을 기른다면서 그 이름으로 물질적인 堂을 세웠으니, 이것은 작은 물건을 얻어 기뻐하고 또 잃어 슬퍼하는 下根機의 작용이 아닌가라는 의문을 다소 의뭉스럽게 표출하고 있다. 극락세계의 즐거움을 버리고 사바세계의 괴로움만 좇는 일이 아니냐는 반문이 목소리도 섞여 있다. 그러면서 결론적으로 養性이 대사의 法號인지 堂號인지 묻는데, 수행자가 되어 堂을 짓는 일에 대해 넌지시 나무라는 어조가 배여 있다. 그것을 직설적으로 얘기하면 서로 빈축을 살 일이니, 이런 식으로 설의의 문체를 구사해서 허물을 눌러주는 효과를 발휘하는 것이다. 전체를 설의로 구성한 문장의 참신성도 흥미롭지만 譴責의 의도를 희화화하여 제시하는 솜씨도 필자의 수완을 느끼게 해준다.

---

32) 堪忍世界 : 梵語로 Sahāloka-dhātu이다. 娑婆, 索訶라 음역. 우리들이 살고 있는 세계. 此岸. 이 세계의 중생들은 10惡을 참고 견디며, 또 이 국토에서 벗어나려는 생각이 없으므로 자연히 중생들 사이에서 참고 견디지 않고는 살아갈 수 없다는 뜻으로 하는 말이다. 또는 菩薩이 중생을 교화하기 위하여 수고를 견디어 받는다는 뜻으로 감인세계라 한다.

33) 無用秀演, <養性堂記>, 『無用堂集』 下卷. 人生天地間 猶白駒之過隙乎 以芭蕉之質 作金石之計 積聚而不散乎 豈唯不散 又從而愈積乎 愈積而愈不厭乎 得一小物以欣欣乎 失一小物而戚戚乎 其人乎可憐乎 詳乎 古今出乎此者幾乎 如有念此身 如寄畏彼財 爲累不廧 彼無自破 我有奮鳳翼精舍 棲鳥行快衲者 以若人爲何人乎 快人乎非乎 然則作此堂大師乎 其爲人可知乎 持譬彼可憐者 高幾層遠幾里乎 堪忍兮苦 安養兮樂 一夕決疣 捨此而彼 悲乎 養性宗悟大師之法號堂號乎.

7. 끝맺는 말

유교(특히 性理學)의 이념이 모든 현상을 대립적으로 인식해서 구분하고 차별화시키는 경향이 강하다면 불교는 圓融統合의 정신을 강조한다. 人性에 대해서는 性善說을 통해 平等性을 내세우지만 지배와 피지배의 논리는 분명하고, 四民을 제도화하여 불평등 자체를 인정하기도 한다. 그에 비해 불교는 萬物悉有佛性이라는 선언처럼 인간뿐만 아니라 모든 존재의 무차별성을 강조한다. 구름과 나무, 강과 풀잎마저도 차별하지 않는데, 사람을 차별할 리가 없다. 그런 평등성은 문학에서도 투영되어 있으며, 이는 곧 글쓰기의 형식, 文體에도 적용이 된다. 세계관이 다르면 문체도 다르다는 통설을 다시금 떠오르게 한다. 격식에 구애되고 盧飾을 일정 정도 허용하는 유가의 문장 의식과는 보는 방향이 다르다. 孔子는 "글이란 뜻이 통하면 그만이다."라고 해서 辭達을 높게 평가했는데, 그 후예들이 과연 이런 공자의 취지를 잘 따르고 있는지는 심히 의심스럽다.

불가의 산문, 특히 조선조 후기 때 쓰여진 작품들은 시대적 배경 때문에 유가적 글쓰기 전통에 상당히 가깝게 접근해 있다. 그런 관계로 많은 작품들이 사대부들의 문체나 구성법 등을 의도적이든 무의식적이든 추수하는 양상은 어쩔 수 없는 한계라고 할 수 있다. 그러나 그런 속에서도 불가의 산문에는 불가만의 개성과 문체가 묻어나 있다. 오늘 몇 가지 갈래를 나눠 살펴본 그 특징들은 대단히 범박한 접근이고, 좀 더 상세하고 조밀한 분석과 정리가 필요할 것이다. 이번 발표 기회를 빌려 저 개인적으로 불가 산문에 대한 이런저런 생각을 해볼 수 있어 아주 유익한 시간이 되었다. 논지가 불충분한 것은 차츰 시간을 두고 여러분들의 의견을 들어 메워나가기로 하겠다.

[부록] 『왕오천축국전』 번역본

■ 폐사리국(吠舍釐國)

 삼보(三寶)를 …… 맨발에 알몸이다. 외도(外道)는 옷을 입지 않는다. …… 음식은 보자마자 먹어치우며 재계(齋戒)도 하지 않는다. 땅은 모두 평평하고 …… 노비가 없으며 사람을 파는 죄와 사람을 죽이는 죄는 다르지 않다.

■ 구시나국(拘尸那國, 쿠시나가라)

 한 달 만에 구시나국(拘尸那國, 쿠시나가라Kusinagara)에 이르렀다. 부처님께서 열반(涅槃)을 드신 곳이지만 성은 이미 황폐화되어 아무도 살지 않는다. 부처님께서 열반하신 곳에 탑을 세웠는데 한 선사(禪師)가 그곳을 깨끗이 청소하고 있다. 해마다 팔월 초파일이 되면 비구 스님과 비구니 스님, 도인(道人)과 속인들이 그 곳에 모여 크게 공양 행사를 치르곤 한다. 탑 상공에는 깃발이 휘날리는데, 하도 많아 그 수를 이루 다 헤아릴 수가 없다. 뭇사람들이 함께 그것을 우러러보니, 이 날을 맞아 보리심(菩提心)을 일으키는 사람이 한둘이 아니다.

 이 탑의 서쪽에 강 하나가 있는데, 이라발저(伊羅鉢底, 아이라바티 Airavati, 아지라바티Ajiravati)강이라고 한다. 이 강은 남쪽으로 이천 리를 흘러 항하(恒河, 갠지스 강)로 들어간다. 이 탑의 사방 먼 곳까지도 사람이 살지 않으며 숲은 여지없이 거칠어졌다. 그래서 거기로 예배하러 가는 자는 무소나 호랑이에게 해를 입기도 한다.

이 탑 동남쪽 삼십 리에 절이 하나 있는데, 사반단사(娑般檀寺)라고 부른다. 거기에 삼십여 명이 사는 마을이 3~5개 있는데, 늘 절에 공양한다. 그 선사의 의복과 음식은 탑에 있는 것으로 공양하도록 되어 있다.……

■ 피라날사국(彼羅疕斯國, 바라나시)

며칠 걸려 피라날사국(彼羅疕斯國, 바라나시Varaanasi)에 이르렀지만, 이 나라 역시 황폐화되어 왕도 없다. 즉 여섯 …… 구륜(俱輪)을 비롯한 그 다섯 비구의 소상(塑像)이 탑 안에 있는 것을 보았다. …… 석주(石柱) 위에 사자(師子)가 있다. 그 석주는 대단히 커서 다섯 아름이나 되지만 무늬는 섬세하다. …… 탑을 세울 때 그 석주도 함께 만들었다. 절 이름은 달마작갈라(達磨斫葛羅)이다. 승려 …… 외도는 옷을 입지 않고 몸에 재를 바르며 대천(大天)을 섬긴다.

■ 마게타국(摩揭陁國, 마가다)

이 절 안에는 한 구의 금동상이 있다. 오백 …… 이 마게타국(摩揭陁國, 마가다Magadha)에는 옛적에 왕이 한 명 있었는데, 시라표저(尸羅票底, 실라디탸Siladitya)라고 하였다. 그가 이 상과 함께 금동 법륜(法輪)도 만들었는데 …… 테두리가 반듯하고 30여 보나 된다.

이 성은 갠지스 강을 굽어볼 수 있는 북안(北岸)에 위치해 있다. 바로 이 녹야원(鹿野苑)과 구시나(拘尸那), 사성(舍城), 마하보리(摩訶菩提) 등 4대 영탑(靈塔)이 마게타국 왕의 영역 안에 있다. 이 나라에는 대승과 소승이 함께 행해지고 있다. 급기야 마하보리사(摩訶菩提寺)에 도착하고 나니 내 본래의 소원에 맞는지라 무척 기뻤다. 내 이러한 뜻을 대충 오언시로 엮어본다.

不慮菩提遠	보리수가 멀다고 걱정 않는데
焉將鹿苑遙	어찌 녹야원이 그리 멀다 하리오.
只愁懸路險	가파른 길 험하다고만 근심할 뿐
非意業風飄	업연(業緣)의 바람 몰아쳐도 개의치 않네.
八塔誠難見	여덟 탑을 친견(親見)하기란 실로 어려우니,
參差經劫燒	오랜 세월 겪어 어지러이 타버렸구나.
何其人願滿	어찌 뵈려는 소원이 이루어지겠는가,
目觀在今朝	바로 오늘 아침에 내 눈으로 보았노라

■ 중천축국(中天竺國)

다시 이 파라날사국에서 서쪽으로 두 달 걸려 중천축국(中天竺國) 왕의 거성(居城)에 이르렀는데, 그 성 이름은 갈나굽자(葛那及自)이다. 이 중천축국의 강역은 무척 넓으며 백성도 번성하다. 왕은 구백 마리의 코끼리를 소유하고 있으며 다른 대수령들도 각각 이삼백 마리씩 가지고 있다. 그 왕은 매번 친히 병마를 거느리고 싸움을 한다. 항상 다른 네 천축국과 싸움을 하는데, 늘 중천축국 왕이 이기곤 한다. 그 나라들의 관행에 따르면, 코끼리가 적고 병력도 적은 줄 스스로 알면 곧 화친을 청하고 해마다 세금을 바치며, 서로 싸우거나 죽이지는 않는다.

■ 오천축국(五天竺國) 풍속

의복, 언어, 풍속, 법률은 오천축국이 서로 비슷하다. 다만 남천축국 시골 사람들의 말은 좀 다르나, 벼슬아치들의 말은 중천축국 말과 다르지 않다. 오천축국 법에는 목에 칼을 씌우거나 매질을 하거나 투옥하는 일이 없다. 죄를 지은 자에게는 죄의 경중에 따라 벌금이나 물리지, 형벌이나 사형을 내리는 일은 없다. 위로는 국왕으로부터 아래로는 서민에 이르기까지 수렵에 나가서 매를 날리고 사냥개를 내모는 것 같은 일을 하는 것은 보지 못하였다. 길은 많은 도적들로 득실거리지만 그들은 물건만 빼앗고는 곧 놓아주며 해치거나 죽이지는 않는다. 그러나 물건을 아끼다가는 곧바로 다치기 일쑤다.

토지(기후)가 대단히 따뜻하여 온갖 풀이 늘 푸르청청하며 서리나 눈은 내리지 않는다. 먹는 것은 멥쌀과 미숫가루, 빵, 찐 곡물 가루, 유지방(乳脂肪) 식품, 젖, 치즈 같은 것뿐이고 장(醬)은 없지만 소금은 있다. 모두 흙으로 만든 솥으로 밥을 지어 먹으며 무쇠 가마 따위는 없다. 백성들에게 별다른 부역이나 세금은 없다. 다만 땅에서 나는 곡식의 다섯 섬은 거두어들이고 한 섬은 왕에게 바치는데, 왕이 사람을 보내 운반해 가지 땅 주인이 일부러 보내지는 않는다. 이곳 백성들 중에는 가난한 사람이 많고 부자는 적다. 왕과 관리 집안이나 부유한 사람들은 무명 옷 한 벌을 입고, 다른 사람들은 한 가지를 입으며, 가난한 사람들은 반 조각만 걸친다. 여자들도 마찬가지이다.

이 나라 왕이 등청(登廳)하여 앉기만 하면 수령들과 백성들이 모두 몰려와 왕을 에워싸고 사방에 둘러앉는다. 그러고는 각자가 도리를 놓고 논쟁을 하는데, 소송이 분분하여 매우 소란스럽지만 왕은 듣기만 하고 화를 내지는 않는다. 그러다가 느직하게 '그대는 옳고, 그대는 옳지 않다'고 알린다. 그러면 백성들은 왕의 이 한 마디 말을 결정적인 것으로 받아들여 다시는 더 이상 언급하지 않는다. 이 나라 왕과 백성들은 삼보를 매우 경신(敬信, 공경하고 믿음)한다. 만약 스님 앞에 마주하게 되면 왕이건 수령들이건 땅바닥에 앉지 감히 좌탑(坐榻)에 앉으려 하지 않는다. 왕이건 수령이건 어디에 다녀올 때면 스스로 좌탑을 지니고 다니면서 목적지에 이르면 곧 자기 좌탑에 앉고 남의 좌탑에는 앉지 않는다. 절이건 궁궐이건 모두 삼층으로 지었는데, 아래층은 창고로 쓰고 위

두 층에는 사람이 산다. 여러 대수령들의 집도 그러한 바, 지붕은 평평하고 벽돌과 목재로 지었다. 그 밖의 집은 모두 초가집인데, 중국의 맞배집과 비슷하게 지었으며 또한 단층이다.

토산물로는 모직물, 천, 코끼리, 말 따위뿐이다. 이곳에는 금과 은이 나지 않아 외국에서 들여온다. 낙타나 노새, 당나귀, 돼지 같은 가축도 기르지 않는다. 그곳 소는 모두 흰데, 만 마리 중 어쩌다가 붉거나 검은 놈이 있다. 양과 말은 아주 적어 왕만이 이삼백 마리의 양과 육칠십 필의 말을 가지고 있을 뿐이다. 그 밖의 수령과 백성은 아무도 가축을 기르지 않는다. 그저 소만 즐겨 길러 젖과 치즈, 유지방 식품을 얻는다. 토착인들은 착하여 살생을 그리 좋아하지 않는다. 그래서 시장 점포 안에는 짐승을 도살해서 고기를 파는 곳을 볼 수가 없다.

■ 중천축국 4대탑

이 중천축국에는 대승과 소승이 함께 행해진다. 바로 이 중천축국 경내에 네 개의 큰 탑이 있는데, 세 개는 항하(恒河) 강 북안에 있다. 첫째는 사위국(舍衛國) 급고원(給孤薗)에 있는데, 절도 있고 승려도 있는 것을 보았다. 둘째는 비야리성(毗耶離城) 암라원(菴羅薗)에 있는데, 거기서 탑은 봤지만 절은 황폐해지고 승려는 없다. 셋째는 가비야라국(迦毗耶羅國)에 있는데, 그곳이 바로 부처님이 태어나신 성이다. 거기서 무우수(無憂樹)는 봤지만 성은 이미 폐허가 되었다. 탑은 있지만 승려는 없고 백성도 없다. 이 성은 중천축국의 가장 북쪽에 자리하고 있는데, 숲이 많아 황막(荒漠)해지고 길가에는 도적이 득실거려 그곳으로 가는 예배자들은 대단히 어렵게 (목적지에) 도달한다. 넷째는 삼도보계탑(三道寶階塔)으로 중천축국 왕의 거성(居城)에서 서쪽으로 7일 거리의 두 항하 사이에 있다. 여기는 부처님이 도리천(刀利天)으로부터 삼도보계가 만들어지자 염부제(閻浮提)로 내려온 곳이다. 삼도보계는 왼쪽 길을 금으로, 오른쪽 길은 은으로, 가운데 길은 폐유리(吠琉璃)로 장식하였다. 부처님은 가운데 길로, 범왕(梵王)은 왼쪽 길로, 제석(帝釋)은 오른쪽 길로 부처님을 모시고 내려와 바로 이곳에 탑을 세웠다. 절도 있고 승려도 있는 것을 보았다.

■ 남천축국(南天竺國)

중천축국에서 곧바로 남쪽으로 석 달 남짓 가면 남천축국 왕이 사는 곳에 이른다. 왕은 코끼리 팔백 마리를 소유하고 있다. 영토가 매우 넓어서 남쪽으로는 남해에, 동쪽으로는 동해에, 서쪽으로는 서해에 이르며, 북쪽으로 중천축국과 서천축국, 동천축국 등의 나라들과 경계가 맞닿아 있다. 의복과 음식, 풍속은 중천축국과 비슷하다. 다만 언어는 좀 다르고 기후는 중천축국보다 덥다. 그곳 산물로는 무명, 천, 코끼리, 물소, 황소가 있다. 양도 조금 있지만 낙타나 노새, 당나귀 따위는 없다. 논은 있지만 기장이나 조 등은 없다. 풀솜이나 비단 같은 것은 오천축국 어디에도 없다. 왕과 수령, 백성들은 삼보를 지극히 공경하여 절도 많고 승려도 많으며, 대승과 소승이 더불어 행해진다.

그곳 산 중에 큰 절이 하나 있는데, 그것은 용수보살(龍樹菩薩)이 야차신(夜叉神)을 시켜 지은 것이지, 사람이 지은 것이 아니다. 산을 뚫어 기둥을 세우고 삼 층짜리 누각으로 지었는데, 사방의 둘레가 삼백여 보나 된다. 용수 생전에는 절에 삼천 명의 승려가 있었고, 공양미만도 열다섯 섬이나 되어, 매일 삼천 명의 승려들을 공양하였다. 그래도 쌀이 바닥나는 일이 없었고 써도 다시 생기곤 하여 원래의 양이 줄어들지를 않았다. 그러나 지금은 이 절이 황폐해져 승려가 없다. 용수는 나이 칠백이 되어서야 비로소 입적하였다. 때마침 남천축국의 여행길에서 하고픈 말을 오언(五言)으로 이렇게 읊었다.

月夜瞻鄉路	달 밝은 밤에 고향 가는 길을 바라보니
浮雲颯颯歸	뜬구름은 너울너울 돌아가네.
緘書忝去便	그 편에 감히 편지 한 장 부쳐 보지만
風急不聽廻	바람이 거세니 답신이나 들을 수 있을까.
我國天岸北	내 나라는 하늘가 북쪽에 있고
他邦地角西	남의 나라는 땅 끝 서쪽에 있네.
日南無有鴈	일남(日南)에는 기러기마저 없으니
誰爲向林飛	누가 소식 전하러 계림(鷄林)으로 날아가리오.

■ 서천축국(西天竺國)

다시 남천축국에서 북쪽으로 두 달을 가면 서천축국 왕의 거성에 이른다. 이 서천축국 왕도 오륙백 마리의 코끼리를 가지고 있다. 이 땅에서 나는 산물로는 모직물과 천, 은, 코끼리, 말, 양, 소가 있고, 보리와 밀, 콩 따위도 많이 난다. 하지만 벼는 아주 적다. 빵과 보릿가루, 젖, 치즈, 버터기름을 많이 먹으며, 매매는 은전이나 모직물, 천 따위로 한다. 왕과 수령, 백성들은 삼보를 지극히 존경하여 믿는다. 절도 많고 승려도 많으며 대승과 소승이 함께 행해지고 있다.

땅이 매우 넓어서 서쪽으로는 서해에 이른다. 이 나라 사람들은 노래를 대단히 잘 부르는데, 여타 서천축국은 이 나라만큼 못한다. 또한 목에 칼을 씌우거나 곤장을 안기며 감옥에 가두고 사형에 처하는 일은 없다. 지금은 대식(大寔, 아랍)의 내침으로 나라의 절반이 파괴되었다. 또한 오천축국 사람들은 출타할 때 양식을 갖고 다니지 않아도 가는 곳마다 구걸만 하면 먹을 것이 생긴다. 단, 왕과 수령 등은 출타할 때 스스로 양식을 가지고 다니며, 백성들이 마련한 것은 먹지 않는다.

■ 사란달라국(闍蘭達羅國, 잘란다라)

또 서천축국에서 북쪽으로 석 달 남짓 가면 북천축국에 이르는데, 이름이 사란달라국(闍蘭達羅國, 잘란다라Jalandhara)이라고 한다. 왕은 코끼리를 삼백 마리 가지고 있으며 산에 의지해 성을 쌓아 거기서 살고 있다. 여기서부터 북쪽으로는 차츰 산이 있어 나라가 협소하다. 병마도 많지 않아 늘 중천축국이나 가섭미라국(迦葉彌羅國)에게 먹히곤 하다 보니 산에 의지해 살게 되었다. 풍속과 의상, 언어는 중천축국과 다르지 않지만, 기후는 중천축국보다 좀 추운 편이다. 여기도 서리나 눈은 없지만 바람이 불어 춥다. 이 땅에서 나는 것으로는 코끼리와 모직물, 천, 벼, 맥류가 있고, 당나귀와 노새는 적다. 이 나라에서 왕은 말 백 필을, 수령들은 네댓 필씩 가지고 있지만 백성들은 전혀 가지고 있지 않다. 서쪽으로는 평야고 동쪽은 설산과 가깝다. 나라 안에는 절도 많고 승려도 많으며, 대승과 소승이 함께 행해지고 있다.

■ 소발나구달라국(蘇跋那具怛羅國, 수바르나고트라)

다시 한 달을 가서 설산을 넘으면 동쪽에 작은 나라가 하나 있는데, 이름이 소발나구달라국(蘇跋那具怛羅國, 수바르나고트라Suvarnagotra)이라고 한다. 토번국(티베트)의 관할 아래 있다. 의상은 북천축과 비슷하지만 말은 다르며 지대가 대단히 춥다.

■ 탁사국(吒社國, 탁샤르)

다시 사란달라국에서 서쪽으로 한 달을 가면 탁사국(吒社國, 탁샤르Takshar)에 이른다. 언어만 좀 다르고, 다른 것은 대체로 비슷하다. 의복과 풍속, 땅 소출, 절기, 기후(추위와 더위) 등이 북천축과 비슷하다. 절도 많고 승려도 많으며 대승과 소승이 함께 행해지고 있다. 왕과 수령 및 백성들은 삼보를 크게 경신(敬信)한다.

■신두고라국(新頭故羅國)

다시 탁사국에서 서쪽으로 한 달을 가면 신두고라국(新頭故羅國)에 이른다. 의복과 풍습, 절기, 기후 등은 북천축과 비슷하지만 언어는 좀 다르다. 이 나라에는 낙타가 대단히 흔하며 사람들은 젖과 버터를 즐겨 먹는다. 왕과 백성들이 삼보를 크게 경배하니 절도 많고 승려도 많다. 순정이론(順正理論)을 찬술한 중현(衆賢) 논사가 바로 이 나라 사람이다. 이 나라에는 대승과 소승이 함께 행해지고 있다. 지금은 대식(大寔, 아랍)이 침략해 나라의 절반이 손상을 입었다.

이 나라를 비롯해 오천축국 사람들은 술을 많이 마시지 않는다. 오천축국을 두루 돌아다니면서도 술에 취해서 서로 치고받는 자를 별로 보지 못했다. 설령 마셨다 하더라도 의기나 좀 앙양하고 기운이나 좀 얻을 뿐, 노래하고 춤을 추며 떠들썩하게 술자리를 벌이는 자는 보지 못하였다.

다시 북천축에서 …… 절 하나가 있는데, 이름이 다마삼마나(多摩三磨娜, 타마사바나Tamasavana)라고 한다. 부처님이 살아계실 때 이곳에 오셔서 설법을 하시고 사람과 하늘을 널리 제도하셨다. 절 동쪽 골짜기에 있는 샘물가에 탑이 하나 있는데, 부처님이 깎은 머리카락과 손발톱이 이 탑 속에 있다. 여기에는 삼백여 명의 승려들이 있다. 절에는 대벽지불(大辟支佛)의 이빨과 뼈 사리 등이 있다. 또한 칠팔 개의 절이 더 있는데, 절마다 사람이 오륙백 명씩이나 되며 부처님의 가르침을 대단히 잘 간수하여 지니고 있다. 왕과 백성들은 (삼보를) 대단히 경신한다.

산중에는 절이 또 하나 있는데, 이름은 나게라타나(那揭羅馱娜, 나가라다나Nagaradhana)라고 하며, 여기에 중국인 승려 한 분이 계셨다. 그는 이 절에서 입적하였다. 그 절 대덕이 말하기를 스님은 중천축에서 왔으며 삼장(三藏)의 성스러운 가르침을 환히 습득하고 고향으로 돌아가려고 하다가 갑자기 병이 나서 그만 천화(遷化)하고 말았다고 하였다.

그때 이 말을 듣고 너무나 상심하여 사운(四韻)의 오언율시(五言律詩)를 적어 그의 저승길을 슬퍼하였다.

故里燈無主	고향의 등불은 주인을 잃고
他方寶樹摧	타향에서 보물나무는 꺾이고 말았네.
神靈去何處	신성한 혼령은 그 어디로 갔는가,
玉貌已成灰	옥 같던 용모는 이미 재가 되었구나.
憶想哀情切	생각하니 가엾고 애절하여라,
悲君願不隨	그대 소원 이루지 못한 것이 못내 섭구나.
孰知鄉國路	그 누가 고향 가는 길 알겠는가,
空見白雲歸	바라보니 흰 구름만 덧없이 떠돌아가네.

■ 가섭미라국(迦葉彌羅國, 카슈미르)

다시 여기서 북쪽으로 보름을 가서 산속으로 들어가면 가라국(迦羅國, 카슈미르Kasmira)에 이른다. 이 가미라(迦彌羅)도 역시 북천축국에 속하는데, 이 나라는 조금 큰 편이다. 왕은 삼백 마리의 코끼리를 가지고 산속에서 산다. 길이 험악하여 외국의 침략을 받지 않는다. 인구는 대단히 많지만 가난한 자가 많고 부자는 적다. 왕과 수령 그리고 여러 부자들의 의복은 중천축과 별로 다르지 않다. 그 밖의 백성들은 모두 펠트를 걸치고 추한 곳을 가린다. 이 땅에는 구리, 철, 모직물, 천, 펠트, 소, 양 등이 난다. 그리고 코끼리, 작은 말, 멥쌀, 포도 같은 것도 있다.

땅은 몹시 추워서 앞에서 말한 나라들과 같지 않다. 가을에는 서리가 내리고 겨울에는 눈이 내린다. 여름에는 장마가 지고 갖가지 풀들이 내내 푸르청청하다가 잎이 시들어 겨울이 되면 다 말라버린다. 시내와 골짜기는 협소하다. 남북은 닷새 여정, 동서는 하루 보행 거리로 평지가 끝나며 나머지는 산으로 뒤덮여 있다. 가옥은 널판자로 지붕을 씌우고 풀이나 기와는 쓰지 않는다. 왕과 수령 및 백성들은 삼보를 매우 공경한다.

나라 안에는 용지(龍池)가 하나 있는데, 그 용왕은 매일 나한승(羅漢僧)만 공양하는 것이 아니다. 아무도 그 성승(聖僧)들이 식사하는 것을 본 적은 없지만, 일단 재(齋)가 끝나기만 하면 빵과 밥이 물 속에서 물 위로 잇달아 떠오르는 것을 볼 수 있다. 이것으로써 (용왕이 성승들을 공양한다는 것을) 알 수 있다. 공양은 지금까지도 끊이지 않고 계속된다. 외출할 때 왕과 대수령들은 코끼리를 타고, 낮은 벼슬아치들은 말을 타지만, 백성들은 모두 걸어 다닌다. 나라 안에는 절도 많고 승려도 많으며 대승과 소승을 함께 행한다.

오천축국에서는 위로 국왕과 왕비, 왕자에 이르기까지, 아래로 수령과 그의 아내에 이르기까지 능력에 따라 각자가 절을 짓는데, 서로 따로 짓지 함께 짓지는 않는다. 그들은 '각자의 공덕인데 어찌하여 함께 지어야 하는가'라고 말한다. 이것은 이미 그럴 법한 일로 되어서 나머지 왕자들도 그렇게 따라 한다. 무릇 절을 지어 공양하는 것은 마을과 백성들에게 은혜를 베풀어 삼보를 공양하도록 하기 위해서다. 헛되이 절만 짓고 백성들에게 은혜를 베풀지 않는 일은 없다. 외국(천축국)에서는 왕과 왕비가 각기 따로따로 마을과 백성을 가지고 있는 법이다. 왕자와 수령들도 각기 백성을 가지고 있는데, 보시는 자유여서 왕에게 묻지 않는다. 절을 짓는 것도 그렇다. 지어야 한다면 곧바로 짓지 굳이 왕에게 묻지 않으며, 왕 역시 죄를 받을까 두려워서 감히 막지 못한다. 만약 백성을 많이 가지고 있다면 마을에 대한 보시는 없지만 절은 힘써 짓는다. 몸소 경영하여 얻은 재물은 삼보에 공양한다. 오천축국에서는 사람을 팔지 않으며 노비도 없다. 그래서 백성과 마을에 반드시 보시를 해야 한다.

■ **대발률국**(大勃律國) · **양동국**(楊同國) · **사파자국**(娑播慈國)

다시 가섭미라국에서 동북쪽으로 산을 사이에 두고 보름 걸리는 곳에 바로 대발률국(大勃律國)과 양동국(楊同國), 사파자국(娑播慈國)이 있다. 이 세 나라는 모두 토번의 관할 아래 있는데, 의상과 언어, 풍속이 (천축과) 다르다. (이 나라 사람들은) 가죽 옷과 모직 옷, 적삼, 가죽신, 바지 등을 착용한다. 땅이 협소하고 산천이 매우 험하다. 절도 있고 승려도 있으며 삼보를 공경하고 신봉한다. 그러나 동토번만 가더라도 도무지 사찰이라고 없고 부처님의 가르침도 알지 못한다. 이 땅(세 나라의 땅)은 호인(胡人)들의 땅이라서 (불교를) 믿고 있다.

■ 토번국(吐蕃國)

이보다 더 동쪽에 있는 토번국(吐蕃國, 티베트Tibet)은 순전히 얼어붙은 산, 눈 덮인 산과 계곡 사이에 있는데, 사람들은 전(氈)으로 만든 천막을 치고 산다. 성곽이나 가옥은 없으며 사는 곳은 돌궐(突厥)과 비슷한데, 물과 풀을 따라 이동한다. 이 나라 왕은 비록 한 곳에 거처하기는 하지만 역시 성곽도 없이 그저 전으로 만든 천막에 의지하는데, 그것을 큰 재산으로 여긴다. 땅에서는 양과 말, 묘우(猫牛, 야크yak), 모포, 베 따위가 생산된다. 의상은 털옷과 베옷, 가죽 옷인데, 여자들도 그렇다. 다른 나라와는 달리 지대가 아주 춥다. 집에서는 늘 보릿가루 음식을 먹고 떡과 밥은 적게 먹는다. 국왕이나 백성들이 모두 부처님의 가르침을 알지 못하며 사찰도 없다. 거의가 땅을 뚫어 구덩이를 만들고는 거기에 누워 자기 때문에 침상이 없다. 사람들이 대단히 까맣고 흰 사람은 아주 드물다. 언어는 다른 여러 나라와 다르다. 털옷과 베옷을 입기 때문에 서캐와 이가 대단히 많은데, 이를 잡기만 하면 곧바로 입속에 넣고 끝까지 버리지 않는다.

■ 소발률국(小勃律國)

다시 가섭미라국에서 북서쪽으로 산을 넘어 이레를 가면 소발률국(小

勃律國)에 이른다. 이 나라는 중국의 관할 아래 있다. 의상이나 풍속, 음식, 언어는 대발률국과 비슷하다. 전으로 지은 웃옷과 가죽신을 신고 수염과 머리를 깎는다. 머리에는 면포 한 장을 두르며 여인들은 머리를 기른다. 가난한 자가 많고 부자는 적다. 산천이 협소하여 농사는 많이 짓지 않는다. 그곳 산은 초췌하고 스산한데, 원래부터 나무나 여러 종류의 풀이 없었다. 대발률은 본래 소발률 왕이 살던 곳인데, 토번이 내침하자 왕이 소발률국에 들어가 주저앉았다. 수령과 백성들은 그곳 대발률에 남아 따라오지 않았다.

■ 건타라국(建馱羅國, 간다라)

다시 가섭미라국에서 서북쪽으로 산을 넘어 한 달을 가면 건타라국(建馱羅國, 간다라Gandhara)에 이른다. 이 나라 왕과 군사는 모두 돌궐인이고, 토착인은 호인(胡人)이며, 바라문(婆羅門, 브라만Brahman)도 있다. 이 나라는 옛날에 계빈(罽賓) 왕의 치하에 있었는데, 돌궐 왕 아야(阿耶)가 한 부락의 군대를 이끌고 그 계빈 왕에게 투항하였다. 그러다가 돌궐 병력이 강해지자 왕을 죽이고 스스로 군주가 됨으로써, 이 나라는 돌궐 패왕(覇王)과 국경을 접하게 되었다. 패왕은 이 나라 북쪽의 산속에 살고 있는데, 그 산들은 민둥산으로 나무라고는 없다.

의상이나 풍속, 언어, 절기는 사뭇 별나다. 옷은 가죽 외투와 모직 웃옷, 가죽신, 바지 따위이다. 땅은 보리와 밀의 적지로서 기장이나 조, 벼는 전혀 없다. 사람들은 보릿가루나 떡을 많이 먹는다. 가섭미라와 대발률, 소발률, 양동 등의 나라를 제외하고 건타라국이나 심지어 오천축과 곤륜(崑崙) 같은 나라에 포도는 전혀 없고 …… 사탕수수는 …… 있다. 이 돌궐 왕은 코끼리 다섯 마리를 가지고 있다. 또 그가 가지고 있는 양과 말은 헤아릴 수 없이 많으며 낙타와 노새, 당나귀 따위도 대단히 많다. 이곳(땅)은 호인들과 …… 우회할 수 없다. 남쪽으로 가면 길이 험악하고 강도들이 득실거린다. 이곳에서 북쪽으로 가면 악업을 일삼는 자들이 많으며, 시장과 가게에서는 도살하는 일이 너무나 흔하다.

이 나라 왕은 돌궐인이지만 삼보를 매우 경신(敬信)하고 왕과 왕비, 수령들은 저마나 절을 지어 삼보를 공양한다. 이 나라 왕은 해마다 두 차례씩 무차대재(無遮大齋)를 열어 몸에 지니고 애용하던 물건과 아내, 코끼리, 말 등을 모두 시주한다. 단, 아내와 코끼리만은 승려들더러 가격을 매기게 하고서는 값을 치르고 도로 찾아온다. 그 밖의 낙타와 말, 금과 은, 의복, 가구는 승려들로 하여금 매각하게 해서 그들 스스로가 이익을 나누어 생활하도록 하고 있다. 이것이 이 왕이 여타 돌궐 왕들과 같지 않은 점이다. 그러나 자녀들은 의연히 제각기 절을 짓고 재를 올리며 시주를 한다.

이 성은 인더스 강이 굽어보이는 북안에 자리하고 있다. 섬에서 서쪽으로 사흘 거리에 큰 절이 하나 있는데, 그것이 바로 천친보살(天親菩薩)과 무착보살(無着菩薩)이 주석하던 절로서, 절 이름은 갈락가(葛諾歌, 카니슈카Kanniska)라고 한다. 절에는 큰 탑이 하나 있는데, 늘 빛을 발한다. 이 절과 탑은 옛날 갈락가 왕이 지었기 때문에 지은 왕의 이름을 따서 절 이름을 지었다, 그리고 이 성 동남쪽 …… 리 되는 곳은 불타가 과거에 시비왕(尸毗王)이 되어 비둘기를 구제한 곳으로서, 절도 있고 승려도 있는 것을 볼 수 있다. 또 불타가 과거에 머리와 눈을 던져 오야차(五夜叉)에게 먹였다는 곳도 모두 이 나라 안에 있는데, 다 이 성 동남쪽 산속에 있다. 저마다 절과 승려가 있어 오늘도 공양하는 것을 볼 수 있다. 이 나라에는 대승과 소승이 함께 행해지고 있다.

■ 오장국(烏長國, 우디아나)

다시 이 건타라국에서 정북쪽으로 산에 들어가 사흘을 가면 오장국(烏長國, 우디아나Udyana)에 이른다. 그곳 사람들은 스스로를 울지인나(鬱地引那, 우디아나)라고 부른다. 이 나라 왕은 삼보를 크게 공경하고, 백성들과 마을 사람들은 많은 분량을 절에 시주하여 공양하며 집에는 적은 분량만 남겨두어 (승려들에게) 의식(衣食)으로 공양한다. 재를 올려 공양하는 것은 매일의 일상사이다. 절도 많고 승려도 많은데, 승려는 속인들보다도 약간 더 많으며 오로지 대승법만이 행해진다. 의상과 음식, 풍속은 건타라국과 비슷하지만 언어는 같지 않다. 이 땅에는 낙타와 노새, 양, 말, 모직물 따위가 흔하며, 날씨는 매우 춥다.

■ 구위국(拘衛國, 사마라자)

다시 오장국에서 동북쪽으로 산에 들어가 보름을 가면 구위국(拘衛國)에 이른다. 그곳 사람들은 스스로를 사마갈라사국(奢摩褐羅闍國, 사마라자Samaraja)이라고 부른다. 이 나라 왕도 삼보를 경신(敬信)하며, 절도 있고 승려도 있다. 의상이나 언어는 오장국과 비슷하며 모직 웃옷과 바지 같은 것을 입는다. 양이나 말 따위도 있다.

■ 람파국(覽波國, 람파카)

다시 이 건타라국에서 서쪽으로 산에 들어가 이레를 가면 람파국(覽波國, 람파카Lampaka)에 이른다. 이 나라에는 왕이 없고 대수령이 있는데, 역시 건타라국의 관할 아래 있다. 의상과 언어는 건타라국과 비슷하다. 절도 있고 승려도 있으며 삼보를 공경하고 믿으며, 대승법이 행해지고 있다.

■ 계빈국(罽賓國, 카피시)

다시 이 람파국에서 서쪽으로 산에 들어가 여드레를 가면 계빈국(罽賓國, 카피시Kapisi)에 이른다. 이 나라도 건타라 왕의 소관 아래 있다. 이 왕은 여름에 계빈에 있으면서 서늘한 곳을 따라 지내고, 겨울에는 건타라로 가서 따뜻한 곳을 따라 산다. 거기는 눈이 없고 따뜻하며 춥지 않다. 그러나 계빈국은 겨울에 눈이 쌓여서 춥다.

이 나라의 토착인은 호족(胡族)이고 왕과 군사는 돌궐 사람이다. 의상과 언어, 음식은 토화라와 대동소이(大同小異)이다. 남녀 불문하고 모두 모직 웃옷과 바지를 입고 가죽신을 신으니 남녀 의복에 차이가 없다. 남자는 모두 수염과 머리를 깎고, 여자는 머리를 기른다. 이 나라에서는 낙타와 노새, 양, 말, 당나귀, 소, 모직물, 포도, 보리와 밀, 울금향(鬱金香) 등이 난다.

국민들이 삼보를 크게 경신(敬信)하여 절도 많고 승려도 많다. 백성들은 집집마다 절을 지어 삼보를 공양한다. 큰 도성 안에 사사사(沙糸寺, 사히스Sahis)라는 절이 하나 있는데, 거기서 부처님의 트레머리와 뼈 사리를 봤다. 왕과 관리들, 백성들이 매일 공양을 올리고 있다. 이 나라에서는 소승이 행해지고 있다. 이 나라 사람들도 산속에서 살고 있는데, 산에 초목이라곤 없어 마치 불에 그을린 산 같다.

■ 사율국(謝颶國, 자불리스탄)

다시 이 계빈국에서 서쪽으로 이레를 가면 사율국(謝颶國, 자불리스탄Zabulistan)에 이른다. 그 나라 사람들은 스스로를 사호라살타나(社護羅薩他那, 자불리스탄Zabulistan)라고 부른다. 토착인은 호족이고 왕과 군사는 돌궐 사람이다. 그곳 왕은 계빈 왕의 조카인데, 스스로 부족과 군사를 이끌고 이 나라에 와 살면서 다른 나라에 예속되지 않음은 물론, 숙부에까지도 예속되지 않고 있다. 왕과 수령들은 비록 돌궐 사람이지만, 삼보를 지극히 공경하여 절도 많고 승려도 많으며 대승법이 행해진다. 돌궐 출신의 대수령이 한 명 있는데, 이름이 사탁간(娑鐸幹)이라고 한다. 그는 해마다 한 번씩 헤아릴 수 없이 많은 금과 은을 보시하는데, 그곳 왕보다도 더 많이 한다. 의상과 풍속, 물산은 계빈 왕국과 비슷하지만 언어는 각기 다르다.

■ 범인국(犯引國, 바미얀)

다시 사율국에서 북쪽으로 이레를 가면 범인국(犯引國, 바미얀 Bamiyan)에 이른다. 이 나라 왕은 호족이고 다른 나라에 귀속되어 있지 않다. 강한 군사가 많아서 다른 나라들이 감히 내침하지 못한다. 의상은 모직 옷과 가죽 외투, 펠트 웃옷 따위를 입는다. 이 땅에서는 양과 말, 모직물 등이 나며 포도가 대단히 많다. 이 땅은 눈이 오고 매우 추우며 사람들은 다분히 산에 의지해 살아간다. 왕과 수령, 백성들은 삼보를 매우 공경하고 절도 많고 승려도 많으며 대승법과 소승법이 행해진다. 이 나라와 사율국 등에서는 다 같이 수염과 머리를 깎으며, 풍속은 대체로 계빈국과 비슷하지만 다른 점도 많다. 이곳의 말은 다른 나라와 같지 않다.

■ 토화라국(吐火羅國, 토카리스탄)

다시 이 범인국에서 북쪽으로 스무 날을 가면 토화라국(吐火羅國, 토카리스탄Tokharistan)에 이른다. 왕이 사는 성의 이름은 박저야(縛底耶, 박트리아Bactria, 대하大夏, 지금의 발흐Balkh)인데, 지금은 대식 군사에게 진압되어 왕은 할 수 없이 – 동쪽으로 한 달 걸리는 포특산(蒲特山, 바다흐샨Badakhshan)에 가서 살고 있다. 그래서 대식의 소관하에 있게 되었다. 언어는 다른 나라들과 다르며, 계빈국의 언어와 좀 비슷하기는 하지만 많이 다르다. 가죽 외투와 모직 옷을 입는다. 위로 국왕에서부터, 아래로 서민에 이르기까지 모두 가죽 외투를 겉옷으로 입는다. 이 땅에는 낙타와 오새, 양, 말, 모직, 천, 포도가 많으며 빵만 즐겨 먹는다. 추운 고장이라서 겨울에는 서리와 눈이 내린다. 국왕과 수령 및 백성들은 삼보를 매우 공경하여 절도 많고 승려도 많으며, 소승법이 행해진다. 고기와 파, 부추 등을 먹으며, 외도(外道)는 섬기지 않는다. 남자는 수염과 머리를 깎고, 여자는 머리를 기른다. 이 땅에는 산이 많다.

■ 파사국(波斯國, 페르시아)

다시 토화라국에서 서쪽으로 한 달을 가면 파사국(波斯國, 페르시아 Persia, 지금의 이란Iran)에 이른다. 이 나라 왕은 전에 대식을 지배했었다. 그리하여 대식은 파사 왕의 낙타나 방목하는 신세였지만, 후일 반란을 일으켜 파사 왕을 시해하고 자립하여 주인이 되었다. 그래서 이 나라는 지금 도리어 대식에게 병합되어 버렸다. 의상은 예부터 헐렁한 모직 상의를 입었고, 수염과 머리를 깎으며, 빵과 고기만 먹는다. 비록 쌀이 있더라도 갈아서 빵만 만들어 먹는다. 이 땅에서는 낙타와 노새, 양과 말이 나며 키가 크고 덩치도 큰 당나귀와 모직 천, 그리고 보물들이 난다. 언어는 각별하여 다른 나라들과 같지 않다.

이 고장 사람들의 성품은 교역을 좋아해서 늘 서해에서 배를 타고 남해로 들어간다. 그리고 사자국(師子國, 지금의 스리랑카)에 가서 여러 가지 보물을 가져온다. 그러다 보니 그 나라에서 보물이 나온다고들 한다. 곤륜국(崑崙國)에 가서는 금을 가져오기도 한다. 또한 배를 타고 중국 땅에도 가는데, 곧바로 광주(廣州)까지 가서 능(綾, 무늬가 있는 얇은 비단), 비단, 생사, 면 같은 것을 가져온다. 이 땅에서는 가늘고 질 좋은 모직물이 난다. 이 나라 사람들은 살생을 좋아하며 하늘을 섬기고 부처님의 가르침을 알지 못한다.

■ 대식국(大食國, 아랍)

다시 파사국에서 북쪽으로 열흘을 가서 산으로 들어가면 대식국(大食國, 아랍Arab)에 이른다. 대식국 왕은 본국에 살지 않고 소불림국(小拂臨國)에 가서 살기는 하는데, 소불림국을 쳐서 얻기 위해서는 소불림

의 산 많은 섬에 가서도 산다. 처소로서는 대단히 견고해서 왕이 그렇게
한다.

이 땅에는 낙타와 노새, 양, 말, 모직물, 모포가 나며 보물도 있다. 의
상은 가는 모직으로 만든 헐렁한 적삼을 입고, 또 그 위에 한 장의 모직
천을 걸친다. 이것을 겉옷으로 한다. 왕과 백성의 의상은 한 가지로 구
별이 없다. 여자도 헐렁한 적삼을 입는다. 남자는 머리는 깎지만 수염은
그대로 두며 여자는 머리를 기른다.

식사는 귀천을 가리지 않고 다 같이 한 그릇에서 먹는다. 손에 숟가락
과 젓가락도 들었지만 보기에 매우 흉하다. 자기 손으로 잡은 것을 먹어
야 무한한 복을 얻는다고 한다. 이 나라 사람들은 살생을 좋아하고 하늘
을 섬기지만 부처님의 가르침은 알지 못한다. 이 나라 관행에는 무릎을
꿇고 절하는 법이 없다.

■ 대불림국(大拂臨國)

다시 소불림국에서 바다를 끼고 서북쪽으로 가면 바로 대불림국(大
拂臨國)이 있다. 이 나라 왕은 강한 군사를 많이 가지고 있으며, 다른
나라에 속해 있지 않다. 대식이 몇 차례 정토(征討)했지만 얻지 못했고,
돌궐도 침입했지만 얻지 못했다. 이 나라 땅에는 보물이 많으며 낙타와
노새, 양, 말, 모직물 등의 물품이 대단히 풍족하다. 의상은 파사국이나
대식국과 서로 비슷하지만 언어는 각각이어서 같지 않다.

■ 호국(胡國)

또 대식국의 동쪽에는 여러 호국이 있으니, 바로 안국(安國, 부하라
Bukhara), 조국(曹國, 카부탄Kabudhan), 사국(史國, 킷쉬Kishsh), 석
라국(石騾國), 미국(米國, 펜지켄트Penjikent), 강국(康國, 사마르칸트
Samarkand) 등이다. 비록 나라마다 왕이 있기는 하지만 모두 대식의

관할 아래 있다. 나라가 협소하고 군사도 많지 않아 자위(自衛)란 불가능하다.

이 땅에서는 낙타와 노새, 양, 말, 모직물 같은 것이 나며, 의상은 모직 상의와 바지 따위 그리고 가죽 외투가 있다. 언어는 다른 여러 나라들과 다르다. 또한 이 여섯 나라는 천교(祆敎, 배화교, 조르아스터교)를 섬기며 부처님의 가르침은 알지 못한다. 유독 강국에만 절이 하나 있고, 승려가 한 명 있기는 하지만, 그 또한 (부처님의 가르침을) 해득하여 경신(敬信)하려고 하지 않는다. 이들 호국에서는 모두 수염과 머리를 깎고 흰 펠트 모자를 즐겨 쓴다.

풍속이 지극히 고약해서 혼인을 막 뒤섞어서 하는데, 어머니나 자매를 아내로 삼기까지 한다. 파사국에서도 어머니를 아내로 삼는다. 그리고 토화라국을 비롯해 계빈국이나 범인국, 사율국 등에서는 형제가 열 명이건 다섯 명이건, 세 명이건 두 명이건 간에 공동으로 한 명의 아내를 취하며, 각자가 부인을 얻는 것은 허용하지 않는다. 그것은 집안 살림이 파탄되는 것을 두려워해서이다.

■ **발하나국**(跋賀那國, 페르가나)

다시 강국에서 동쪽은 곧 발하나국(跋賀那國, 페르가나Ferghana)인데, 왕이 두 사람 있다. 아무다리야라는 큰 강이 한복판을 지나 서쪽으로 흘러간다. 강 남쪽에 있는 왕은 대식에 예속되어 있고, 강 북쪽에 있는 왕은 돌궐의 관할 아래 있다. 이 땅에서도 낙타와 노새, 양, 말, 모직물 같은 것이 난다. 의상은 가죽 외투와 모직 옷이며, 빵과 보릿가루를 많이 먹는다. 언어는 각별하여 다른 나라와 같지 않으며, 부처님의 가르침을 알지 못한다. 절도 없고 승려도 없다.

■골탈국(骨咄國, 쿠탈)

또 발하나국 동쪽에 나라가 하나 있는데, 골탈국(骨咄國, 쿠탈 Khuttal)이라고 부른다. 이 나라 왕은 원래 돌궐 종족 출신이고, 이곳 백성의 반은 호족이고 반은 돌궐족이다. 이 땅에서는 낙타와 노새, 양, 말, 소, 당나귀, 포도, 모직물, 모직 외투 같은 것이 나며, 모직 옷과 가죽 겉옷을 입는다. 언어는 토화라어와 돌궐어, 토착어를 뒤섞어 쓴다. 왕과 수령, 백성들은 삼보를 경신(敬信)하고, 절과 승려가 있으며, 소승법이 행해진다. 이 나라는 대식의 관할 아래 있다. 외국에서는 나라라고 부르지만, 중국의 큰 주(州) 한 개와 비슷하다. 이 나라의 남자는 수염과 머리를 깎고 여자는 머리를 기른다.

■돌궐(突厥, 투르크)

다시 이 호국들의 이북으로 가면 북쪽으로는 북해에, 서쪽으로는 서해에, 동쪽으로는 중국에 이르며, 그 이북은 모두 돌궐(突厥, 투르크 Turk)족이 사는 강역이다. 이들 돌궐족은 부처님의 가르침을 알지 못하며 절이나 승려도 없다. 의상은 모직 외투와 모직 상의이며 고기를 먹을 거리로 삼는다. 성곽을 거처로 하는 일도 없으며, 펠트 천막을 집으로 삼는다. 살러 다닐 때는 이 천막을 몸에 지니고 물과 풀을 따라 다닌다. 남자들은 모두 수염과 머리를 깎고 여자는 머리를 기른다. 언어는 다른 나라들과 같지 않다. 이 나라 사람들은 살생을 좋아하고 선악을 알지 못한다. 땅에서는 낙타와 노새, 양, 말 따위가 많이 난다.

■호밀국(胡蜜國, 와칸)

다시 토화라국에서 동쪽으로 7일을 가면 호밀(胡蜜, 와칸Wakhan) 왕의 거성(居城)에 이른다. 마침 토화라에서 (호밀국으로) 올 때 이역(異域)에 들어가는 중국 사신을 만났다. 이에 간략하게 사운체(四韻體)

오언시(五言詩)를 지었다.

君恨西蕃遠	그대는 서쪽 이역이 멀다고 원망하고
余嗟東路長	나는 동쪽 길이 멀다고 탄식하노라.
道荒宏雪嶺	길은 험하고 눈 쌓인 산마루 우뚝한데
險澗賊途倡	험한 골짜기엔 도적떼가 길마다 으르렁 거린다.
鳥飛驚峭嶷	새도 날다가 가파른 산에 짐짓 놀라고
人去難偏樑	사람은 다리가 기우뚱해 건너기 어렵네.
平生不捫淚	평생 눈물을 훔쳐본 적 없는 나건만
今日灑千行	오늘만은 하염없는 눈물 뿌리는구나.

겨울 어느 날 토화라에서 눈을 만난 소회를 오언시로 읊었다.

冷雪牽氷合	차디찬 눈이 얼음까지 끌어 모으고
寒風擘地烈	찬바람은 땅이 갈라지도록 매섭게 부는구나.
巨海凍堰壇	망망대해는 얼어붙어 단(壇)을 깔아놓은 듯하고
江河凌崖嚙	강물은 제멋대로 출렁이며 벼랑을 갉아먹는다.
龍門絶瀑布	용문(龍門)엔 폭포수마저 얼어 끊기고
井口盤蛇結	우물 테두리는 도사린 뱀처럼 얼었구나.
伴火上陔歌	불을 벗 삼아 층층 오르며 노래한다마는
焉能度播蜜	과연 저 파밀(播密) 고원을 넘을 수 있을는지.

이 호밀 왕은 군사가 적고 약해 스스로를 지켜낼 수가 없어서 대식의 관할 아래 있게 되었으며, 해마다 비단 삼천 필을 세금으로 보낸다. 주거가 산골짜기이다 보니 사는 곳이 협소하고 가난한 백성이 많다. 의상은 가죽 외투와 모직 상의이며, 왕은 비단과 모직 옷을 입는다. 빵과 보릿가루만을 먹는다. 이곳의 추위는 다른 나라들보다 더 극심하다. 언어도 다른 나라들과 같지 않다. 양과 소가 나는데, 아주 작고 크지 않다.

말과 노새도 있다. 승려도 있고 절도 있으며, 소승법이 행해진다. 왕과 수령, 백성들 모두가 불교를 섬기며 외도(外道)에 귀의하지 않는다. 그리하여 이 나라에는 외도가 없다. 남자는 모두 수염과 머리를 깍지만, 여자는 머리를 기른다. 주거가 산속이기는 하지만, 그곳 산에는 나무와 돌, 심지어 이러저러한 풀조차 없다.

■ 식닉국(識匿國, 쉬그난)

또 호밀국 북쪽 산속에는 아홉 개의 식닉국(識匿國, 쉬그난Shighnan)이 있다. 아홉 왕은 각기 군사를 거느리고 사는데, 한 왕만이 호밀 왕에게 예속되어 있고 나머지는 각자 모두 제멋대로 자립하여 살고 있어 다른 나라에 예속되어 있지 않다. 근자에 두 굴왕(窟王)이 중국에 자진 신복하여 안서(安西)에 사신을 보냈는데 왕래가 끊이지 않고 있다.

왕과 수령만이 모직 옷과 가죽 외투를 입고 나머지 백성들의 의상은 가죽 외투와 펠트 상의뿐이다. 이 땅은 대단히 추우며 설산을 거처로 삼는데, 이것이 다른 나라들과 같지 않다. 역시 양과 말, 소, 노새가 있으며, 언어는 각별하여 다른 나라들과 같지 않다. 그 나라 왕은 늘 이삼백 명을 대파밀 평원으로 보내 그곳 홍호(興胡)들이나 사신들의 물건을 겁탈하기도 하였다. 가령 비단을 겁탈해 얻게 되면 창고에 그대로 쌓아두고 못 쓰게 할 뿐, 옷을 지어 입는 법은 알지 못한다. 이 식닉 같은 나라에는 불교가 없다.

■ 총령진(葱嶺鎭)

다시 호밀국에서 동쪽으로 보름을 가서 파밀천(播蜜川)을 지나면 곧 총령진(葱嶺鎭)에 이른다. 이곳은 중국(唐)에 속하다 보니 지금 그 나라 군사들이 장악하고 있다. 이곳은 바로 옛적 배성(裵星) 왕의 영토였지만, 왕이 배반하고 토번으로 달아나는 바람에 지금은 이 나라 안에 백성이라곤 없다. 외국인들은 갈반단국(渴飯檀國, 타슈쿠르간Tashukurgh-an)이라고 부르지만 중국 이름으로는 총령이다.

■ 소륵국(疏勒國, 카슈가르)

다시 총령에서 걸어서 한 달을 가면 소륵(疏勒, 카슈가르Kashgar)에 이른다. 외국에서는 가사기리국(伽師祇離國, 카슈가르)이라고 부른다. 이곳 역시 중국 군사들이 주둔하고 있다. 절이 있고 승려도 있으며, 소승법이 행해진다. 고기와 파, 부추 등을 먹으며 토착인들을 모직 옷을 입는다.

■ 구자국(龜玆國, 쿠차)

다시 소륵에서 동쪽으로 한 달을 가면 구자국(龜玆國, 쿠차Kucha)에 이른다. 이곳이 바로 안서 대도호부(安西大都護府)로서 중국 군사의 대규모 집결처이다. 이 구자국에는 절도 많고 승려도 많으며, 소승법이 행해지고 있다. 고기와 파, 부추 등을 먹는다. 중국 승려들은 대승법을 행한다.

■ 우기국(于闐國, 호탄)

다시 안서(安西) 남쪽에서 우기국(于闐國, 호탄Khotan)까지는 이천 리이다. 이곳에도 중국 군사가 많이 주둔하고 있다. 절이 많고 승려도 많으며 대승법이 행해지고 있다. 고기는 먹지 않는다. 여기서부터 동쪽은 모두 당나라의 영역이다. 모두가 다 알고 있어 말하지 않아도 알 수 있다.

■ 안서(安西)

개원 15년(727년) 11월 상순 안서에 도착했는데, 그때의 절도사는 조군(趙君)이었다. 또한 안서에는 중국인 승려가 주지로 있는 절이 두 곳 있고, 대승법이 행해지고 있으며, 고기는 먹지 않는다. 대운사(大雲寺) 사주 수행(秀行)은 강설(講說)에 능란한데, 전에는 경사(京師)의 칠보대사(七寶臺寺) 승려였다. 대운사의 의초(義超)라는 도유나(都維那)는 율장(律藏)을 잘 아는데, 왕년에는 경사의 장엄사(莊嚴寺) 승려였다. 명운(明惲)이란 대운사 상좌는 불도를 크게 닦았는데, 역시 경사의 승려였다. 이들 승려들은 대단히 훌륭한 주지들로서, 불교를 믿는 마음이 대단하고 공덕을 쌓기에 열심이다. 법해(法海)라는 용흥사(龍興寺) 사주는 중국인으로서 안서에서 태어났지만 학식과 풍격이 중국 본토인과 다르지 않다.

우기(于闐)에도 용흥사(龍興寺)라는 절이 하나 있는데 …… 라고 하는 중국 승려가 있다. 그는 사주로서 대단히 훌륭한 주지이다. 이 승려는 하북(河北) 기주(冀州) 분이다. 소륵에도 중국 절인 대운사가 있는데, 한 중국 승려가 주지로 있다. 그는 민주(岷州) 분이다.

■ 언기국(焉耆國, 카라샤르)

다시 안서에서 동쪽으로 …… 가면 언기국(焉耆國, 카라샤르Kharashar)에 이른다. 여기도 중국 군대가 주둔하고 있다. 왕이 있으며, 백성들은 호인(胡人)들이다. 절이 많고 승려도 많으며, 소승법이 행해지고 있다. …… 이것이 곧 안서사진(安西四鎭)인데, 이름을 꼽으면 첫째 안서, 둘째 우기, 셋째 소륵, 넷째 언기이다. …… 중국식대로 안에 치마를 입는다. ……

■ 林鍾旭

　1962년 경상북도 醴泉에서 출생했다. 동국대학교 국문학과를 졸업했고, 동대학원에서 박사학위를 받았다. 전공은 한문학이고, 현재 청주대학교 사범대학 한문교육과 전임강사로 재직하고 있다.

　저서에 『耘谷 元天錫과 그의 문학』과 『高麗時代 문학의 연구』, 『韓國漢文學의 이론과 양상』, 『중국의 문예인식』, 『중국문학에서의 문장체제 인물 유파 풍격』, 『우리 고승들의 禪詩 세계』가 있다. 편저로 『고사성어대사전』, 『동양문학비평용어사전-중국편-』, 『한국한자어속담사전』, 『동양학대사전』(전4권) 등이 있으며, 그밖에 번역한 책으로 『花潭集』, 『艸衣選集』, 『論語』, 『蒙求』, 『明心寶鑑』, 『千字文』 등이 있고, 자료집 『韓國文集所載論說辭賦作品集』(전17권)을 출간했다. 약 50여 편의 論文을 발표했고, 2500년 전 孔子 시대와 현재를 오가면서 벌어지는 의문의 살인사건과 그 실체를 추적한 장편소설 『소정묘 파일』(1·2, 달궁)을 출간했다.

　현재 한국학술진흥재단이 지원하는 <한국문집 소재 賦 역주 해제>(3년 과제) 프로젝트에 책임교수로 있으면서 우리나라 賦 문학 전반에 대한 번역과 연구를 진행하고 있다.

麗末鮮初 한문학의 동향과
佛敎 한문학의 진폭

2006년 10월 20일 초판 발행

지은이　임종욱
펴낸이　김흥국
펴낸곳　도서출판 **보고사**

등록　1990년 12월(제6-0429)
주소　서울시 성북구 보문동 7가 11번지
편집부　922-5120~1, 영업부 922-2246, 팩스 922-6990
홈페이지　www.bogosabooks.co.kr
메일　kanapub3@chol.com

ⓒ 임종욱, 2006
ISBN 89-8433-494-4 (93810)
정가 18,000원

▶ 잘못된 책은 교환하여 드립니다.